陈涛◎主编

灯盏2020

中国作家网『文学之星』原创作品选

作家出版社

目录 CONTENTS

散文卷

诗歌卷

小说卷

散文卷

故乡的河流

殷金来

我并没有真正读懂过故乡的河。当我打开一部更大更厚的地方史，看到故乡的河，它的籍贯竟然是无数的旮旯角落，它的成长走过了历史上很多的邑国和封地。它不属于一个故乡，不属于一个地域，它所流经的城市平原和山地都是它一路的故乡。我的故乡只是它流经的一角，一个寂寂无名的村庄。

村庄的河流细浅枯瘦，琐碎繁多，纵横交错，盘根连接，细密而难以厘清。它们休戚与共，互依互存，互荣互衰，互融互济。我家房子左边不足十米的位置有一条马儿沟。在右边十五米的位置有一条叫大湾沟的小河。再过去就是殷家沟，殷家沟过去二十米就是李家沟。这些河的名字，是故乡根据它的地理地貌和走向给予它的乳名。但它的名字又根据不同的地段发生着改变。在上游是杨家沟，下游或许就是牛嘴梁了。比如那条大湾沟，它的上半部就叫上河坝。它的身份同样跟着改变，在梁顶为溪，半山为沟，山底为河。它们的门户也随着不同的河流汇集发生着变化。杨家沟李家沟大湾沟三条河最后汇集在一起就叫石灰湾，殷家沟马儿沟汇在一起就是外婆家的庙儿沟。

这些河流是村庄的一条一条血管一个一个肺鼻和咽喉，让故乡历经衰败和枯竭仍得以绵长的呼吸，让故乡的生命在几经湮灭后仍得以接续和蜕变。

这些细小的河流构成了村庄的奇经八脉，它们是故乡扎根于土地的根须，和这片脚下的土壤一起让村庄枝繁叶茂。村庄长在这些河流的根上，吸吮着甘泉，接受着它们的浇灌和滋润。在万山叠嶂里，故乡是一只在重重关隘深涧峡谷的水道上行驶的船。河像套着的纤，故乡越重，纤越长。一条单薄的纤拉不走故乡这只简易笨重的木船。它吃力地拉着故乡走过搁浅的水滩，狭隘的河道。走过故乡的拥簇，窄闭，在河道的宽阔处，才可以舒缓地伸展一下佝偻的腰身。众多的河流终将把它们的力量在平坦处一起汇聚。它们代表着故乡不同的村子，不同的山落，不同的人群，互融互济，环抱在了一起。在众多力量的促使下，水越来越大，水速也越来越快，赋予了那条勒住河的纤绳惊人的力量，拉着故乡这艘笨拙破旧之舟，有了迅疾的动力。

故乡的河流是故乡的步子，跟着它的步子，村庄一天天兴旺，一天天长大，一天天强大壮实，一天天朝气蓬勃。跟着河走，故乡用它的时速丈量着河水的流速，储蓄的容量，测算着河水的压力与张力。我小的时候，跟着河流去另一个村子里读书，跟着河流去镇子的集上卖粮，跟着河流去更远的地方中考，跟着河流到红岩渡口去赶船。但河水总在我的前边奔跑，它以一个简单的姿势就领先我无数个身位。它一用力，就将我远远地扔在身后。它是领跑者，它让我看得见希望，又一次次将距离拉远。这是河流和故乡的契约，它督促着我加快步子。这是故乡和河流给我的一道函数，它让我在它给出的线路上练习，然后走出这条直线，再为故乡给出一个答案，给出一个故乡能够到达的坐标。

我在跑，故乡跟着在跑。我和故乡都是这片土地上的河流。我是碎步，故乡是慢步，只有前面的河流是大步。我跟着河流，我的微弱的力量也将和故乡一起汇入这条河流。同样还有这些河流代表的山川、平原、森林、道路。然后在这条各种各样力量汇聚的大河里被它们携带着一道向远方奔流。

故乡的河流有一个渡口，而这里也是河和江的分界线。它们代表着慢与快，衰老和年轻，懦弱和胆大，稳妥和冒险。土气的短浅的简陋的河流是故乡的一个身份，宽阔的汹涌的澎湃的江是故乡的另一个身份。这是从河到江的跨越，从弱到强的蜕变，由小而大的衍变。从渡口开始，水变得越来深不可测，河面变得越来越宽，水流越来越湍急。水从肤浅走向深沉，从清澈走向深蓝，从宁静变得汹涌，从体小走向壮实。我知道故乡河流积累的力量都汇聚到了这条无数个乳名汇集的大江，这是故乡的江。这江边有一座大的城市。水流大的地方有宽阔的马路，四通八达的街道，车水马龙的热闹。一江水装着一个地方的辽阔和兴旺。

这条江在我的私下认知里曾是一条温驯的江。它露着皓齿，羞答答的，一副胆小怯意的模样。我在渡口乘坐木筏，站在木筏的中间，用脚晃荡，我的高傲和不屑像桨一样拍打着水面。轻轻一个水浪，差点将我掀入深不可测的水底。才知道故乡的这条河流并不是表面那样的文静，它平静的一副百依百顺的表象下是汹涌波澜的潜流，是看不见的漩涡，是无数股看不见的力量在碰撞交织融合酝酿着更湍急的波澜起伏。这是我无法驾驭的，要驾驭这条河流，得有比河流更广泛的阅历，比水流更大的力量，比桨更强的碰撞。它托着故乡的一切，将故乡的村郭炊烟日常都拥在它阑风长雨之中，它以它的忍耐和沉默承受着故乡的车载斗量，承受着故乡每一个瞬间的呼吸，承受着故乡的无名孤独烦琐。

这条河，秉承着故乡的性格。

故乡木讷，但它供养了这片大地上的一切。它得到的是雨露阳光，长出的是粮食和牲口。故乡的河是故乡的巷子，在烟户人家的拥簇里蜿蜒。它看得见每户人家的境况，它尽可能地提供着它力所能及的帮助。它和这里的人们一起欢乐一起悲伤。它是心细的，耐烦的，奉献的。它是纤柔的，甜美的。它哺育着土地和良田，让它们长出了优质的稻谷和麦子。每到稻谷沉甸甸的季节，两岸的蛙声就此起彼伏地传递着丰收的信息，传递着故乡一朵朵的欢乐。

河因故乡而生，故乡因河而有了自己的文明。

故乡的文化是这条河的血液。这片流域是古老的“华夏族”崛起的地方，著名学者钱穆先生说它是中国民族之本干。由于汉水上游在文化上“风气兼南北”，造成“语言杂秦蜀”，“其声音山南近蜀则如蜀，山北近秦则如秦”。汉水孕育出了多种多样的方言，多种多样的族群，形成了湖广川渝南北各地的大杂烩。

故乡的土地上原来并没有一座城池，它是只有几户人家的渔村。后来在它的下游火石岩修建了大坝，水位上升，原先陈旧的村落都被它淹没，新的村落在新地方建成。有了码头水港，有了街道，有了洞河，变成这样美丽的集镇。河水上涨，集镇跟着扩大。它把故乡贫瘠的村子变成了茶桑兴旺的富饶之地，把盐碱滩涂变成了鱼米之乡。故乡在这水的滋养下脱胎换骨，茶叶沿着这条水踏上了去大西北的茶马古道，人们沿着这条水去安康到武汉。河所到达的地方城市越来越大，视野越来宽阔，它终于在汉口汇入它的母亲河长江，又被长江带着奔入东海。

在这片河上，由于地理和水势的落差，河水以算术的精密构建着它的分布和流速。储水和拦坝，大大小小数量繁多的电站，像星星一样灿烂地分布在每一条河段。它们像是另一种形式的河流，一条河流跟着一条河流，从村子连接到城市，从城市连通了整个大西北，从大西北贯穿到每一个地方。它们把水的能量转换成光和热，互为输出，互为补充。向河的里面延伸，是莽莽的幽深的峡谷和古木参天的林海。这是河的源头，是故乡活水的源头。它带着大量的圆木和水纹花色的青石板离开村庄。又通过匠人的手艺把河水的质地和纹路镌刻在镂空的花窗上变作飞鸟鱼虫和花草树木，把水的灵魂清秀碧绿镶嵌在红木雕刻的艺术上。这水这河在任何地方都以它流动的液态有了故乡的语言和思想，有了故乡生命的韵律。

我沿着这条故乡的河，去看过黄河，也看过大海。在从青岛到大连的海面上细细看过海的波涛，聆听海的声音。它比故乡的河宽广雄浑博大豪迈，它随意的一个浪头就可以掀翻故乡河面上的舟楫。我不熟悉大海，但我熟悉故乡的河，我能从故乡的河里听到故乡的苦难和深沉。

我摘录县志光绪年间大事记如下：

> 光绪三年，大旱，自五月至次年三月初，历十月无雨，草木皆槁，人相食，道馑相望。光绪十五年（1889）雨涝，大饥。光绪十八年（1892）六月，四川农民武装首领周蛮刀率部入紫阳南乡。受乡勇及官兵阻击，仅捕得数人。冬大雪，汉江结冰，为史所仅见。光绪二十一年（1895）夏大水。任河自毛坝关以下各市镇，冲毁铺房祠宇近半。光绪二十三年（1897）雨涝，大饥；冬大冰，山涧断流，为数百年所仅见。光绪二十九年（1903）六月，大水。汉王城街坊冲毁过半，沿汉江损民房畜物无数。光绪三十三年（1907）十一月二十二日夜，县城河街大火，焚店铺二十余家，损失财以数万金。

我从这二百多个字的记载里读出的是故乡千疮百痍的片段，是一条河流的窒息和压抑。这每一个字都是水患匪患天怒人怨。我现在走在这条蜿蜒的河道上，经常看到悬崖峭壁上凿出坚固的工事。他们凿空山壁挖掘洞窟修筑寨墙。为了躲避战火匪患，人们把家安置在猿猱难以攀援的地方。我盯着那些洞窟，那些洞窟像是一个个故乡的伤疤让人觉得疼痛。为了抵御土匪，小小一个地方，竟有六十七座寨堡。每一个寨堡都是一部书，都是故乡的记忆，是听得见的河流的声音。这短短的二百多字，每一字都力透纸背，重若千斤。

故乡这条多灾多难的河，在故乡的土地上喘息着缓缓地疲惫地向前流着。它迈不开大步，没有汹涌澎湃的流速。它像缠着脚的，拄着拐杖满头银丝的祖母，颤巍巍地踮着脚向前走着。它想快一点，被脚下的石岩两边狭窄的河道羁缠着，牵绊着。

在我刻骨铭心的记忆里是1983年夏天的河。干瘦，萎靡，苍老，细弱。河道两岸的人们在这条河上挖沙淘金，水流干涸，将它苍白地裸露在干裂的川道之上。水位下降，被水淹没的地方在风吹日晒下，沙泥一层层卷褶，剥落，枯槁。那些砍伐者偷盗者捕猎者让它丰腴的身子枯瘦伶仃，咆哮的愤怒的情绪开始淹没村庄和土地。无数条细沟疯了一样向外发泄着积郁的怒气，水从土地的裂缝里冒出来，从石岩的罅隙里涌出来。窄窄的河道不断地被山涧汇集的溪流越冲越宽。大地到处都是狰狞的伤痕，是筛眼一样的漏洞。河带走了沙石粮食树木和建筑。这场雨波及陕南整个地区，无数的房屋倒塌，田地被毁，许多人无家可归，有的地名刹那间在地图上消失。

这是安康的一个历史记忆，1983年7月31日。“7 · 31”成为了一个被放大的瞬间，作为一个历史的符号而被深深地铭记。据大哥说，当年他到安康师范上学时，汉江大桥的戒严还没有撤去。这场水灾，电厂爆炸，损失无法估量。很多人在这场水灾后迁移，在新的地方建起了他们生活的村庄。有的镇子县城进行了规划改造，有的地方发布了有关保护土地森林河道的禁令。

我参加工作后，随着知识和经验的增加，我渐渐明白了这条河愤怒的寓意。它以这样的方式重塑故乡的骨骼和健康。故乡的河需要一条能容纳自己身躯的宽阔的河道，需要一直向前的奔涌，需要一条新生的产床，需要一条畅通无阻的通道分娩新的生命。

我在城里上学时，经常去城堤。站在城堤上，看着那一江的水。这么柔顺的水，妩媚的水，多情的水，让人利用的水，为何会用这样劲爆的力量来宣泄她的情绪表达她难以抑制的愤怒。你看她多么温情，轻轻地洗濯着孩子赤裸的小腿。你看她多么慈祥，为每一个劳累的人擦去身上的泥尘。你看她的手琥珀凝脂一样嫩白，在宁静的月光下弹奏出浣纱捶布的音乐。她用她阴柔的力量托着每一位横渡者游过江面。水面像玻璃一样静止，水藻在江底泛着幽幽的蓝光，像是她的一袭裙摆。鹅卵石在清澈的水里像是蚌壳留下的珍珠熠熠闪动。这样闺秀深藏的江，谁能想到她这看似平静的一池水下，埋藏着巨大的能摧毁城郭，淹没土地，让天地失色的能量。

河要新生，故乡要新生，总要有一个能容纳自己自由奔腾呼啸的子宫，一张巨大的产床。

故乡的河在我心里不仅仅是一条河，它代表的是自然，是敬畏，是法则。它能瓦解一座城池，但它又能建造一座城池。它能摧毁无数的土地和庄稼，但它又能哺育无数的土地和庄稼。这种毁灭与新生，才让这条河成为五千年来文明的河流。历史上有名的汉中三堰，自两千多年的时光维度里仍发出哗哗的水响。一九六几年从双桥到洞河镇修建的六河大堰，将六河乡的山泉引向下游的三台。它不够长，仅仅四十多公里，远远比不上那些在历史上光照千年的大堰。但它和汉中三堰一样是故乡的脚步，它绕着山的脊梁穿越山的腹地，一步一步走着。它是故乡的步子，故乡在艰难跋涉里的脚步。它把水引向故乡的四面八方，润泽这片土，肥沃这片良田。

故乡的河啊！它是故乡的老师，去陈革新，锐意进取，忍辱负重一路前行。河流是村庄的哲学，是故乡的《诗经》。水清山绿，水浊山秃。现在这些山岗栽上了满山满坡的树，水也蓝天一样清澈碧幽。河道越来越宽，山上的树越来越多。树在治疗河的伤口，为它调理经络为它调理羸弱的病体。农民很少再在水土流失的地方开荒种地，他们搬到了山下，沿着故乡的河，修起一座座新房。河以它的胸襟和魄力带着故乡前行。故乡引导着这条河流，驾驭着这条河流，穿过几千年的风雨沧桑。

我在这条河上静静走着，如今我终于能赶上这条河流的速度，和这条河流并驾齐驱。河水用它的浮力载着我，我的身躯已经强壮如树，可以做这条河上的船，可以做这条河上的桥梁，也可以做摆渡渡人。故乡的河是大河，我是它身旁的小河。故乡的河是和故乡连着命运一起飞奔的，同样带着我们这些平凡的小河。故乡以它的胸怀容纳着这条河流的咆哮怒吼，故乡的河流以它的姿势偏执地在千年的岁月里催生着故乡的枯亡与荣旺，毁灭与新生。它让无数条溪流在微弱里获得力量，发出声声不息背负着命运不屈的奋争跫音。

河是一座城，河是一座村庄。

故乡是河，河是我们行走的故乡。河流在哪里，故乡就在哪里。

作者简介：

殷金来　陕西紫阳人，乡镇干部，农艺师。

哭的艺术

雪夜彭城

我到很晚的时候才觉察到哭实在是中国很长时间里存在过的一种艺术形式。

三娘和我同一屋居住，早年就守寡了，带大四个儿子，那自然是吃了很多很多的苦。她三儿和四儿一同得脑膜炎，眼看死去了，放篾篮里摆着等发落。忽然，三娘叫我奶奶：嘏嘏，这个三的脚还动呢。恰我父亲从山里做篾归来，看到其光景，发现俩娃都还有气，立马找人把孩子弄到周溪街上公家医院去了。这两个娃都活过来了，如今都儿孙成群。我哥说，三娘说“这个三的脚还动呢”时，非常非常冷静，好似感情神经非常麻木。

其实真不是这样。三娘是我四邻里出色的“哭艺”专家。她每隔个七天十天的，就会很正式地哭一场。哭的起因一般是和大儿媳妇斗气了。三娘很能干，说话做事体现着刚性，所以和大儿媳妇吵嘴是不会让步的。明明她没有吃亏，但她依旧觉得委屈，就突然没了声音。这非常不好，意味着一场正式的哭就要开始。我儿时对这个哭前的沉寂非常敏感，每每提心吊胆地听动静。听到夜半老鼠在梁上吵嘴不可怕，听到猫思春也不可怕，就怕那一声“好天哪，好天哪——”哭的楔子出现，偏偏这事儿是免不了的，接下来必然要听完三娘整本的哭戏。要说嘛，这个哭文确实感人，就是太令人感伤。说的都是三娘自己的身世，她做包婢来了万镒咀的，后来嫁给了石匠黑人三爷，黑人三爷有打磨的手艺，但好似始终是困顿不堪的，我听说的他的故事一个是一粒豆豉下三口饭，一个是炒瓷片当菜。这个穷苦人没有活过四十岁，所以——三娘常用的哭词引语是“我话我是里个命咧……”

她哭得真正好，无论是哭词的逻辑结构还是词语的使用，无论是其音质的清脆响亮还是其旋律的抑扬顿挫，我都觉得达到了极端的程度，她哭一次，听的人要悲伤三天。

艺术是需要受众的。哭，起初大约只是自我受用，有了委屈，宣泄一下，对本人生理和心理都是好的。后来，有了听众和观众。听众不到现场，只是在夜深人静的时候任凭那哭音飘进自己的耳朵，情绪被严重感染，辗转反侧地睡去，依然在令人伤心的梦境里。观众则要到现场去。那是哭诉者的友邻。人家开始哭了，作为友邻，不能装睡，要披衣起床，靸着破棉鞋，去哭者身边，拍着哭者的背，或为哭者象征性地添一添衣，握着哭者的手。耐心地听着哭诉，等人家表达的意思到了一个小结，才适时地插上一言“就是，就是，那也是没得法子的事啊”；如果哭者诉的苦难不再，观众就说“现在好了，好了，样事都好呢”；如果哭者说的是儿媳妇的不是，观众就说“还年嫩了，过过就好了”。哭者对劝慰者是感恩的，但哭艺的特定形式决定了不是人家一劝就止的，人家越劝你这哭艺越要好好发挥，好似越劝慰越伤心。当然，也不能哭得太没边际，扯禾秆塞狗洞东扯西掖哭得观众打哈欠就不好。也要适时收工，不能让看得起你的人挨冷罚站到天明。这好比文艺作品的原始传播方式，一开始感染自己，渐渐地发表出来，感染他人。

当然哭也是要收场的，如今我记不得许多收场的境况，大约收场的时候我已经哀伤地睡去。三娘的哭有时是这样收场的：住她后面的大儿媳妇嫌她哭得太伤人，就直接反击，词儿有些不雅，这对艺术是很有伤害的。人家那边哭戏还没到高潮，被这边吵吵就乱了人家的方寸，艺术的灵气就发挥不出来了，只好暂时停工，和后房的对骂几句，之后再想接上，试试腔，“我话我是里个命咧——”发现已不是那么回事了，一个好好的哭戏就报废了。

我奶奶也会哭，她哭得不如三娘千回百转，但更老到。当然哭的起因多半也是和我母亲吵架了。祖母也是做包婢来了万镒咀，本来是做秋亮子的童养媳，秋亮子在鄱阳打船篷的时候丢了性命，后来嫁给了我的爷爷——篾匠大汉子明标。要说这样的女人，所遭受的苦难那真的是难以细述的。

旧时妇女严重缺乏话语权，心里的委屈无处诉说，宣泄却是生理需求，就只能哭，背着人哭，夜深人静时哭。哭着哭着就有了门道，就慢慢有了观众或听众，观众或听众都是差不多同样命运的为人妻、为人母的妇女，她们很容易对哭的内容产生共鸣。

我屋子往东是一幢清朝遗留下的棋盘屋，棋盘屋的西厢房有个小脚女人也是哭艺的高手。她身子小，头更小，眼珠是灰色的，眼力不济，但她看得见路。有个儿子叫戊辰子，是个极端本分的人，长期在泗山看石头堂，戊辰子一个人孤零零地在山里住茅屋子，死了，说是被鬼打死的。小脚女人哭用的是很拖拉的音，时断时续，似断还续，虽然文辞无华，一场哭戏下来却也能把人弄得愁肠百结，她那非常老实本分的儿媳妇小唐本来对这个不算能干的公婆有些微词，还没来得及吐出来，这就只能咽回去，只能忙不迭地逃去：你哭，你哭，哭瞎了眼鬼管！

还有呢，棋盘屋南屋的兰叔婆，我屋前住的英叔婆都会哭，而且哭得都各有特色，都会哭长本子，一场哭下来，没有足足一个时辰是无法伸腰的。

我母亲不会哭。要说我母亲这辈子遭受的委屈，和前面所说的诸位“哭星”比那是有过之无不及，但我的母亲真不会哭。我儿时曾经很多次为此感到难堪。不会哭咱就不哭，但人生有些情况下是非哭不可的呀。我母亲第一次非哭不可的境地是她的伯父也就是我的大外公去世。大外公没女儿，少了女儿哭爷的福分，但他有好几个侄女，侄女们示孝，担当起女儿的责任来，围着寿坊哭。我的姨妈是很有才干的，能说会道，自然也会哭。但我母亲一个词儿也哭不出，就是低着头掉眼泪，声音小得像蚊子叫。我看到母亲哭的样子非常难堪，就逃得远远的。母亲之后相继哭了她的双亲。人老了，要说的话自然会多些，但母亲的哭，依然非常不入戏，要词儿没词儿，要调儿没调儿。这是没有法子的事。哭戏说的是生活，但生活并不是哭戏。

新年伊始，是很忌讳哭的，但嫁女儿时大哭一场是例外。这个叫作吵嫁。

嫁女的酒席吃过，嫁妆绑好，催锣敲起来，小桃红吹起来，铜号吹起来，好似新媳妇就要出来了。其实不是，这个时间是专用于吵嫁的。接新媳妇的乐队有心理准备，这段时间显得漫长，打锣的要打得手软，吹号的要吹得嘴疼，得忍受。人家做爹的眼泪吧嗒，做娘的干脆拿腔拿调地数落着哭了起来——

好肝肠啊，好肝肠啊
把屎把尿带大你啊
门口的水也喝干一塘啊
从此就是别家人
看人眉高眼低心惶惶
叫人家爷
喊他人娘
……

哭艺好的，会哭得天昏地暗，直到本家主事的上前打叫口，路远，事多，云云；不会哭的，则会借风过岸，草草收兵。

乐队是不理会这个的，只知道做娘的在哭，要等。本村的老少媳妇则非常在意这个，定要挤到近处，听那哭词的字字句句和腔腔调调。如是觉得人家哭得好，就把人家的门道牢记于心，私下里习了，做了自己将来要用的本事。公开的，就是看完热闹后在自己的圈子里宣传某人某人好会哭。性格外向的，会一五一十地把人家吵嫁的内容罗列出来，大家分享。

要说嘛，吵嫁虽然也是诉着苦，却不是真的悲伤，甚至在咀嚼着生活的希望，加上被喜乐的气氛围着，其令人伤感的力度是要小很多的。但并不是说哭戏的艺术感染力差了，从某种角度说，这种哭艺更具艺术魅力。

我把那哭说成哭戏，是有理由的。要说那哭词的内容，就是散文，就是诗歌。叙事的，自然是散文，时空错位、重于情感的是诗歌，这些散文、诗歌都非常真挚，绝没有伪造、牵强的内容，所说的人、事、物或情感至少是感动了哭者本人的。其内容也都来自生活，和观众、听众的生活靠得很近，很容易打动人心。

其实，有些哭艺，还真的变成了很正式的文艺作品，我从我母亲那里学会了一首歌，至今会唱。

天上布满星
月牙亮晶晶
生产队里开大会
诉苦把冤申
万恶的旧社会
穷人的血泪仇
千仇万恨
涌上了我的心
……

无论内容和旋律都有着中国农民哭歌的特点。

如今，农村确实还存在商业性质的哭丧形式，但单纯的自我哭歌怕是没有了。

不管社会发展有了什么程度的物质和精神文明，人总是会有很多艰难，很多无奈。这时只有少数人能以积极、乐观的心态应对，多数的人则会一时陷入绝望。那么，能感受委屈就好了，那就找到了宣泄的口子，那就眼泪一哗啦，歌一声：三圣母，坐洞中，前思——后想，想起了柳官人好不——心酸哪——心里的一道坎就过去了。

我远在故乡的母亲，心中有很多的坎，很多的苦，很多的无奈，但她不会哭。她要会哭就好了，我总是这样想。

作者简介：

雪夜彭城　本名刘凤荪，曾用笔名雪夜看彭城。江西省都昌县人，1962年生。发表关于鄱阳湖文化的小说、诗歌、散文等两百万字以上，著有散文集《烟雨人语》《烟雨物语》、中篇小说《青青此草何盛生》、长篇小说《烟雨跑尘》等，与人合著短篇小说集《烟雨四友文萃》。

河西走廊（二章）

支　禄

骆驼城

一堵墙，是画；一堵墙，是歌；一堵墙，是诗。

是画，光影交错，隐隐约约晃荡骆驼起伏跌宕的脊梁；是歌，大风起兮云飞扬，唱着《胡笳十八拍》沙砾自飞；是诗，立于城头就是“黄河远上白云间，一片孤城万仞山”的壮美。

河西风再大，吹不来昔日骆驼如云的影子。

但是总有几根遗落沙海的驼骨，指着城头皎洁的月亮，河西再大的风也吹不走。

传说中城头的月亮在三弦子上舞蹈，沿几根丝弦，骆驼跑得起土冒烟。

苍苍茫茫中，听到落日一声长叹，那时骆驼归来，就舔食云样的荒凉。

彩绘画像的砖上，一块块背着风的骸骨，像背着一条条风干的河流，如今，方方正正地坐下来注视雄浑的河西；砖上，有人扬鞭耕地，撒播种子，一定是春风从江南打马而来，鞭子在空中高扬了两千年，种子沿着弧线落了两千年，一只麻雀抢食种子向下飞了两千年；砖上，家畜走出圈门望着长天，星星总在眼眶外落下；几只凳子、桌子静静地在砖上等着马帮和传说，一等又是两千年。

青海的树神撩起长长衣襟匆匆翻过绵延起伏的祁连山，像跨过一道门槛，在一块汉砖上坐下来，从此，就很少打探云朵里神的动静，和人类平等地住在一条线上，邻里邻居的，帮人们开始思考大地上的事情，思考秋风阵阵，大雁南去，思考粮食、灶火。

袅袅娜娜的炊烟中，神，让大地和天空如此肃穆。

神的影子里，更多的人坐在砖上消遣时光，像坐在自家院子的木凳上。

一旦走到时间之外，一切都是无动于衷的样子。

出使西域的张骞迎着风沙而行，至今听见他啪嗒啪嗒的脚步；骆驼城王子用饿马摇铃，悬羊击鼓的手法，瞒过攻城的敌人，领着文武百官和百姓谜一样悄然远去，风中，经常听到他们匆忙的脚步，但是风一停，四处茫茫，又不知他们去了何方；玄奘闯过金城关像一路上穿过佛祖空空的肠胃，一只挎在肩头的行囊，让风沙吹得肥嘟嘟的，不久飘成天空的朵朵白云；班超的马蹄声声，陈子昂城头迎风唱诗，霍去病箭射云端，林则徐负重前行的车辕，左公柳年年泛出的新绿……在骆驼城留下的回响，已经越去越远。

黄沙蠕动，风在秘密地前行。

风把骆驼城搬到更远的地方。

一座故城作为骆驼远道而来的好去处，当从青草地走进无边无际的黄沙。那时，骆驼客一眼没有穿透两千年的时光，他们只是用梦拴起一峰峰行进的骆驼。

在河西，梦被吹成高扬的锦旗；锦旗飘扬，骆驼就得继续负重而行。

骆驼看了一眼，一一来到梦中打招呼。骆驼客只因睡得太沉，对骆驼的到来浑然不觉。后来，骆驼驮起那夜的月光就走了，走到时间的背面。等醒来，骆驼客已经孑然一身。

怪，就只能责怪自己。

一堵堵的城墙，肯定有话要说。

风说着，但有谁听懂风的话呢。

丹霞：走进梦幻地带

鹰，张开翅膀，一直用力拍打翅膀。

此刻，猛地发现天空就像玻璃做成的，打碎后落成祁连山头的皑皑白雪。鹰，不停地盘旋、盘旋，寻找天空的出口。从正午到黄昏，鹰，让彩带系着爪子，挣不断就别想出去。

片刻，让色彩舞晕了，就是找到也飞不出去。

风悄悄地附在耳边说，梨园河是唯一的出口。

顿时，我向着天空喊了一声，鹰像是被突然来的两团子云塞住了耳朵，丝毫没有听见。

眼睛惯于往上看的鹰，耳朵惯于听天上的，对大地上的风吹草动，根本打不在眼里。如果天黑鹰继续找不到出口，鹰，这回想是要吃大亏的。

一旦色彩的山丘镇住梦，鹰恐怕下辈子也飞不出去。

月光下，这些火焰就像火蛇一样爬进来，然后舞动，世界的出口就变得异常拥挤。梨园河把自己静下来，静成一把河西长长的马刀，从云的刀鞘中抽出，斜斜地插在祁连山口。

刃口光亮，看清藏着山的风骨。

一朵云来不及躲避，不小心碰到上边，片刻，沙子样乱溅。

火焰，来自两百万年前的耐心。看着看着，一颗苍凉的心热乎起来。

在有月光的晚上，撩拨遥远的星际。

心情好时，片刻间也会奇峰突起。比起一个人的一生来，两百万年无疑是一个天文数字。

五彩斑斓，练习打坐。

尘世的喧嚣无非是炼成一个静字：心静、人静以及天地静。

静，万事万物的佛身。

如今，沿着丹霞地貌交错的条条纹理，一只东土大唐来的蚂蚁背上干粮（半颗黄米），系好云的褡裢，一路沿着长长的走廊西行，今夜，终于抵达。

在丹霞，建一座寺院，有光明的金顶。

在这里，修炼成蚁中的佛。

风，一直没有超过一只蚂蚁的行踪，迷恋在纵横交错的山谷。

在无数彩带的交替中，月亮的光打来，瞬间发现我也是尘世一只蚂蚁，一棵草就是我的大树，一粒沙子就是我的大山，一缕阳光就是我的风调雨顺，一缕风就是我的电闪雷鸣……今世无法走出七彩峡、七彩塔、七彩屏、七彩练、七彩湖、七彩大扇贝了。

来世，还是做一只蚂蚁，锻炼出一个七彩的太阳。或者，一条彩虹架在去天上的路上。

如今，天上的虹太虚，道行太浅，一不小心就踩空。

作者简介：

支　禄　已在《诗刊》《飞天》《星星》《人民文学》等国内外百余种刊物发表诗歌、散文等千余首（篇）。已出版《点灯 点灯》《风拍大西北》《九朵云》等。

村庄的声音

徐春林

人的心思狗知道。狗不会说话，但会判断人的走向。现在，我能够做的事情就是慢慢回忆。在我的记忆中回到锅庄，努力地回想这个村庄的声音。

从我出生的那天开始，奶奶把瓷碗砸烂在天井的台阶上。我顿时号啕大哭。这是我来到人间的第一个声音，我生下来时没有呼吸，是这个炸雷般的声音把我惊醒。在我成长的日子里，奶奶说，黎明的鸡叫声能传到星星那里，牛哞声能碰到天上的白云。从此，我的生命被整个村庄的声音包裹着，各式各样的声音在我的耳朵里回荡，远远的，就像是一个悠远而漫长的梦。

我每天细细地品着声音里的味道，有时还会吸收着新的浑浊的声音。当我写到爷爷的时候，我突然意识到村庄的故事该结束了。爷爷已经离开了。

我时常梦想着回到村庄里去，回到我的小伙伴中，和他们一起跳绳，追赶蜻蜓。不是走从前的茅草路，而是从水泥路上狂奔而至。然后在村庄里放风筝，风筝飞到了太阳上。

如有可能重新在老宅基地上盖几间泥土房，盖两层，和城市里的房子一样也做个阳台，猫喜欢卧在阳台上晒太阳。和着阳光看书或者练习书法，风一吹墨汁就干了。山里的阳光更暖，树叶更绿，水也更清，悠长得几乎听不见遥远的呼唤。

我回到村庄时，母亲蹲在灶台前，侧着头朝灶内吹气，一点点火光被她口里的气吹得光亮。火焰在灶膛里烧得旺，锅里的水很快就翻着浪花。母亲的眼角布满血丝，额前的头发蜷缩着。她已娴熟掌握了吹火的技巧，但火苗难免袭击式地喷出来。

灶台一侧堆满了干枯的柴火，老鼠洞就藏在堆满柴火的角落里。柴火一般是烧不完的，烧得差不多时就得添加。垫在底下的一般是柴兜，等到除夕夜整个搬进火炉。老鼠洞常年掩埋着。翻开柴兜会有一股难闻的味道，粪味，烂薯味。

傍晚时分，村庄到处都是喊鸡喊狗的声音。动物占据了村庄的一半，在这里它们可以四处奔跑。鸡狗都认识主人，了解主人的内心。

那年秋天，镇干部就像春风吹进了村里。坐在老大队部的地场，村民们围着听他们讲政策。“移民，不移民是没有出路的。”在锅庄蜗居那么多年，村民的日子苦得难熬。移民是一束从山外照进村子的暖阳，年轻的村民好说，可那些年老的听不进去，他们舍不得这块相依为命的土地。就算土地再贫瘠，他们都不愿离开。“世代在这里生活了上百年，这才是我们的家。”是的，在这块土地上发生过太多的故事，那些故事构成了乡村文明。

一年后村庄里的人还是移走了，整体搬到了繁华的县城里。谁不向往美好的生活呢？老人的思想工作不是镇干部做通的，是他的子孙们。村庄变成了一个空壳，移民政策有规定，搬迁后将宅基地还耕地。于是村庄里除了寺庙，陆陆续续会有人像走亲戚般回来。他们会站在老屋前，感叹过往的生活，也会站在村庄的某个角落抹眼泪。

我现在看清村庄的往日了，就像是一个失去光明的人。我发现我的眼力有限，很难透视村庄的内心。可是谁还需要一个盲人呢？我听够了这个村庄的声音，也可以不听了。我想，我是否可以改变一种方式，用鼻子闻，用手摸，用嘴去尝。村庄是不会拒绝我的方式的，我会用心把它的点滴刻在薄纸上。

我得感谢我的村庄，它给了我家几亩地，月亮丘挂在峭壁上，又像是柳条儿，虽然不能脱贫，但在很长的时间里养活了我们一大家人。我的曾祖父和曾祖母，我的爷爷和奶奶，我的父亲和母亲，还有我们兄弟姐妹。一代又一代人的汗水浇灌着土地，但土地还是不见肥沃。种的植物也是选择性的，除了麦子就是红薯，麦子和红薯都可以做很多好吃的。但麦子收成较小，只够吃上几碗面条，或者几碗麦子粑。每年的春天气候都不一样，有些时候麦子种下去，麦苗能够顺利长出来，有时要闷上好一阵子，生长得非常慢，还有时稀稀疏疏的。红薯却不一样，不会因为季节的反常影响生长，薯藤只要埋在土里就会长果实。所以村民们都会选择这种命贱的植物，这样不用担心口粮。

我离开村庄后那几亩地就空着，长满了层层叠叠的茅草。那些耗尽精力挖地洞的山鼠全部挪到了地下，它们在地面上真的是太孤独了。

村人会因为离开改变信仰吗？实际上村庄的人陆续离开，不完全是整村移民。在此之前，村里的人陆续都在离开村庄，最早的时候是外出打工，在沿海的地方赚了钱，回来在县城买了房子。后来有些孩子读书改变了命运，毕业后分配到了更好的地方。这些人也都不愿意再回村庄，他们在外面的生活比村里好。

现在想来，发生在村庄里的过往事情，都是因生活条件太差造成的。邻居家的大黄狗老往我家跑，站在门口伸着舌头朝屋内张望。主人不同意狗是不会跑进屋来的，那些日子没有剩饭剩菜，我们吃什么，母亲总会给狗倒半碗饭。狗不会经常来，每次来要么是邻居不在家，要么是狗的口粮没有了。想想，狗是多么善解人意。

夜半狗吠声响起。像是月亮在叫，声音悠远飘忽。我放学后玩得忘记了回家的时间，黄昏时狗站在山沟对面叫我。我喜欢看狗摇尾巴，奔跑着朝我跑来。我有自己的小路，比狗跑得还快。慢慢地狗声丢失在村庄里，在村庄里再也听不见狗的声音。

我后来想想锅庄这个地方是不适合居住的。乌鸦特别多，经常会听见哇哇的叫声。声音像是带尖刺的铁丝网包围着村庄，在空气中来回撕扯，一层层密布。那次村庄里意外死了两个人，年龄都不大，警察进村抓捕犯罪嫌疑人时，警笛声呜呜地划破了村庄的宁静。奇怪的是乌鸦漫天飞舞着，叫声覆盖了警笛声。可悲的是犯罪嫌疑人在乌鸦的叫声中，借机逃得无影无踪。

在这之前还有些声音惊动过村庄，一辆破拖拉机开进村庄时，“突突突”的声音吓得鸡鸭满天飞。一股难闻的柴油味散布在空气中，很长时间都未散去。

村路是老百姓用锄头挖出来的，可以勉强通行一辆拖拉机。路上的山石随时会滑落，砸在车轮上叮咚响。那年秋天，拖拉机进村装了一满斗麦子。开到村口坏了，几日后，除了底盘和机器壳能拆的都被人拆光了。后来就连拿不动的也被铁匠铺分割成几段，变成了镰刀、锅铲子和斧头。还有一些被打成了铁棒，门前的桥就是用铁棒焊起来铺板的。再过些年在上面重新铺上水泥，桥梁变得非常结实牢靠。

村庄里来汽车的时候，狗已经不再看热闹了。汽车的声音很小，发动机的声音轻一声，小一声，小的时候好像没气了。山路铺上水泥还是不好走，路太狭窄，急转弯特别多，每过一个拐弯，车内的人都会碰到一起。还会让人担心，车会不会掉下旁边的悬崖。很多时候在半路会杀出程咬金来，车遇到车就找不到掉头的地方，仅倒车就得花半天时间，换上生手倒车会成大问题。还有些车坏在半路，连拖车也进不去，得请个师傅来现场，师傅不愿来就得被人解体。

夜晚是黑得没有尽头的，但也是清爽的。几个村民围坐在一块，聊着一些睡梦里的话题。声音黑黑的，人也是黑黑的。

还有一个夜晚，房檐的泥土沙沙地落在窗台的茶碗上。随即是各种像爆炸的巨大轮胎的叫声，从村庄的上空碾压而过。我至今都想不明白，那天晚上发生了什么。

慢慢地，我发现村庄变了。人也变了，我以为埋藏在人内心深处的善念是不会变的。善念与村庄附近的森林贴得很近，刮风时林子里的花香忽忽悠悠地飘散得变了形，它随时会被风唤醒。

村庄底下还会有村庄吗？我一直怀疑。翻阅史料，村庄的历史仅一百余年，但我不相信，我以为在更久远的时候地底下还埋着另外一个村庄。

奶奶比爷爷早去两年。她去世时只有母亲在身边，她拉着母亲的手说："一定要送我回去。"

爷爷去世前，已经不能说话了。他的耳朵还正常。能听进去声音，包括他拒听的。我单膝跪在床前，还想听他说点什么。他伸过手来拉着我的手，怎么也不愿意松开。他的手冰凉得刺骨，没有了任何气力。我想起了三十年前，他拉着我的手时的感觉。走在山路，我脚下一滑，他又把我提起来，始终没有滑倒。

人都是要离开这个世界的，别后就永远不可能再回来。不知道为什么，爷爷离别前却示意我一定要回到村庄。是不是人回去后，就意味着一切都回去了呢？他是我亲眼看着死去的第一个人，我以为一个人对死亡会产生恐惧，他却死得十分安详。

我不知道一个人的头脑里储存着多少声音，那些声音是什么形状和颜色的。我想把听到的全部说出来，但还有很多是没有听见的。但我相信一定会有人听得见，他们的耳朵比我的灵敏。如果我是一个聋子，那一定还会有很多的声音没有描绘出来。还有吗？声音能否唤醒我的耳朵呢？在没离开村庄前，我的耳朵特别灵敏。就连隐约响起的碎丝乱飞声都能够听清楚。但后来不知道为什么，耳朵渐渐失去了知觉。

我把耳朵贴在墙壁上倾听，突然从硬质的泥墙里响起狗叫，像从很远的地方，狗叫着跑来，越跑越近。

也许在村庄的地下，还会有很多的声音。

作者简介：

徐春林　1981年生，江西修水人。中国作协会员。中国水利作协合同制专业作家。中国国土资源作协第二、三届签约作家，河南省文学院第六批签约作家。曾在《人民文学》《诗刊》《当代》《文艺报》等报刊发表三百余万字。著有长篇小说《白虎郢都》《活火》，小说集《该死的见面》，散文集《山居羊迹》《芳亭记》等十余部。鲁迅文学院首届自然作家班学员。鲁迅文学院第三十六届中青年作家高研班学员。

青瓦的村庄

陈伟芳

一觉醒来，初日的红还未漫卷而来，青瓦上覆了黎明的霜雪，屋顶像一张张素笺，比天色还亮，村庄寂静的头条里，早起的麻雀印下霜泥趾爪。

太阳跳出层云，光在青瓦上慢慢流淌，流着“世”的悠长，漾开“界”的深远，光舔着霜粒，点点滴滴顺着青瓦的沟槽流向终古。瓦房毗邻，瓦楞的曲线连起五线谱，鸟儿起起落落，音符灵动；青瓦红瓦此起彼伏，融进天空青苍，萧然自远着水墨丹青里的宁静淡泊。

村里的瓦房差不多为人们遮风挡雨几十年了，雨淋日晒得近于土灰色。仔细端详那些瓦当，齐齐整整，手腕扣着手腕的样子更接近村里乡亲的面容，一种北方特有的复古、朴拙，是矮于天空的穹顶。

父亲膝下无子，懒得翻盖老屋，瓦房得以幸存。

回家居住，不堪老鼠顶棚上“咚咚”的广场舞，熄了灯，头顶还有它仙人过桥的礼遇。与人类多年的共栖生活，它们早已摸透了那点伎俩，什么粘鼠板、鼠夹、鼠药，只对初出茅庐的小老鼠管用，对老江湖都成了聋子的耳朵——摆设。

也曾抱养了一只豹纹的花猫，随着老鼠的日益猖獗，花猫越来越漠不关心自己的职责了，不是离家外出周游，就是在屋脊上盘腿而坐，像参禅入定的老僧。

拾掇房子时，床底下，母亲用铁锨端出一条青花蛇，想来那是一条家蛇，母亲还亲眼看见它在鸡窝里吞吃鸡蛋，还说有了家蛇的老屋冬暖夏凉，却瘆得我后背凉气嗖嗖。小时候为逃避上学，被母亲拴在床腿上哭得昏天惨地，一只小老鼠跑出来，滴溜着黑豆似的小眼睛在脚边吱吱地叫，那唯一的同情与安慰平息了无助的抽泣，孩子很容易得到其他物类的惺惺相惜。

此一时，彼一时，实在不想与它们争夺对老屋的居住权，为了干净，舒适，便在老屋一侧盖了两层小楼，其实徒具楼的虚名，它更像个直筒筒的小炮楼，不是财力所限，也想住在有落地大窗的华庭，如此陋居，多有暂栖之意。不管怎样，站在小楼的窗口，放眼覆着青瓦的房顶，也有了花猫高瞻远瞩的视野了。

父母在小楼里住了一年，执意要搬回老屋，说老屋是砖铺地，接地气。下地回来，一脚泥一脚水的，地也不显脏，与老人的懒散更相宜。父亲还有一亩多的菜地，上地无关早晚，他说了算。有时，父亲听着唱机，还开着电视，先品酒，后喝茶，一边跟着唱机的鼓点打拍子，一边打起饱嗝，哼哼着小曲儿，如老话儿里说的，骑着驴拄着棍自在一会儿是一会儿；一张躺椅里慢慢回味着世界，多半个上午就过去了。花猫在脚边嚼着鱼刺，狗在屋外等待着残羹剩饭，过冬的萝卜白菜堆放屋角，庸常地，过着一种被时代的浪潮拍在沙滩上的生活，老屋里闭目养神，等待老去的那天，一脚踢飞灰尘。谁又能说清当生命进入倒计时，怎样才不枉此生？老有所乐，这是生命的恩准，也是村庄给予的简朴无争。

忍不住想去轻轻翻阅青瓦的封面，屋檐之下的男人女人，一本本烟火的心经，盛放的身世，流转的光阴。苍茫暮色为屋顶画出丘山的轮廓，银的、金的、红的一钩弦月，簪在村庄的穹顶，像岁月的书签，诉说星光的拂远。

村里还流传着一个段子：一家盖房子，挂瓦时，主妇对帮忙的匠人说，千万小心点，别摔了俺的瓦，那瓦砸在俺头上倒不要紧，大不了一个口子，几天又长严了，那瓦碎了就不能用了。听听，要头要脸的爷们是断断说不出如此小家子气的话，只有持家过日子的灶台妇才会像这样肺腑之言都蹦了出来，一片瓦都疼惜得扯心扯肺，可想一座房子在她们心里的分量了。曾当作笑话来听，因为我没经历过民间“脱坯盖房，活见阎王”的艰辛。就像高楼里出生长大的孩子，读到这种对村庄的留恋，嘴角也许会嗤笑上代人的矫情吧。

一个沦陷在楼群背景里的村庄，近处的钢构厂房，烟囱直插云霄，在村庄的额头滚着浓烟。明路上来的，还有锤天的撞击，午夜惊魂，暗地里污水长流去无声。

碧水蓝天，土地，粮食，村庄，瓦房，树木，都是乡村与生俱来的原配元素，组成祖辈的糟糠之妻，多有难舍的不离不弃。而我们这一代曾是老屋的房客，却又唯新是尚。这聚族而居的村落，保持了最初的平静与散漫，骨子里的田园气依然氤氲在大街小巷，习染已久的慢与不争，与背后那条催人奋进的狗，在心的两端拉锯，有时渴望它的生活方式革新，有时又沉湎于它的某种气息一成不变地延续，这似乎就是独属于我们这一代的两难。

老屋早晚是冷宫。周遭各种名目的高楼社区，成了未来乡村看齐的样板。动迁的消息像东南西北风中的烛焰，阴死阳活了很久，每一次街谈巷议的复燃，加剧着我要把青瓦的村庄刻进心里，这绝版的家园，像传统里的老日子一样，在的时候不见得多么可爱，一旦消逝了，却莫名地可悲。

人们围在各种沙盘周围，为格局簇新的楼盘心动不已。常想，为什么不为行将消逝的村庄塑造一座原始风貌的沙盘呢？一排排参差错落的房屋，每一处院落都有主人家的特殊印记，看着它，抬脚就可以走进去，大爷大娘打招呼的声音独一无二地逸出来；大街小巷，云影和树影经行处，青瓦的屋顶留下歇脚的亭台驿站；一座古老的石碾，农妇在上面摊开活蹦乱跳的豆粒儿，推动得吱呀有声，像一张老唱碟，播放着暖老温贫的日子；孙儿在爷爷手植的树荫下乘凉跳房子……精神的游历无始无终，聊慰着故园的思念。散步的时候，常叮嘱自己多围着村子转几圈吧，一遍遍地重新走过，心上的沙盘，烙下深夜的犬吠，黎明的鸡啼，泥融燕子飞，无边的虫鸣浮起一张床，我和绵羊一样的村庄，飘摇一天，聆听物语的权利就未被剥夺。

城市趾高气扬的时候，乡村成了拥趸。城市摧枯拉朽的气势告诉你一切都不复存在，即使进入城乡一体化，有时候，还是想看看高楼阴影下低俯的村庄，天寒白屋贫的亲切。

我们的原乡和一切文明的意图附着在大地上，田园的解说不见得就是继承老祖母泥泞的生活方式。城市的野心捧上天，村庄的乖张就暴露无遗。那片断了水的池塘，愈是证明童年戏水的存在，其实短暂得要命，推土机踏平了水的灵性，车展的 T 台应运而生。时代的喧嚣围剿得村庄无所适从，随同富裕一起抵达的，还有村庄谦卑潦草的程式化，不得不承认，在想象贫乏的趣味中，村庄的很多原配元素弄丢了、隔离了。比如，水泥路压制了春草碧如丝，各种各样的家树，无缘从小和孩子比高高了，鸟儿远远地宿在村外的断头树上。混凝土和胶质屋顶的逼仄，速生出移来移去的断头树，造景艺术等不及一粒树的种子落地生根。

不知自己对着村庄还能凝视多久，但每一次的注视都有收获。我知道自己在收集、储存，以供某年某天的某个地方，在物去人非的泡沫里，打捞那些关于村庄的，从简朴的远古出发的神话。

回家的时候，特意绕道平房，向那些青瓦行注目礼。鞋子晾在青瓦上，让青瓦拓印下潮湿的足迹，还是向着青瓦取暖？它们瞬间组成别样的修辞，青瓦镀着落照的金边，窗玻璃上的余晖燃烧着图腾的余味。那窑温巨变过的青瓦以百代之身，沧桑之眼，洞悉着一个村庄寄寓的隐秘诗行。

花猫起身，在屋脊上漫步，它的眼神幽蓝幽蓝的，一朵朵瓦楞云飘过。有人说猫是忧郁的诗人，原来，它不是对世事变幻漠不关心的老僧，它看过了村庄的诗笺，行行复行行，都是原创的简洁与慢板，连广宇的感性审美，拒绝复制粘贴。

看得久了，会觉得村庄跟风模仿的小镇是没有历史的，无根地走向乏味和雷同，剥夺着我们关于精神、文化、情怀和风物方面的经典记忆。丢掉了外面的一层皮，到另一个装饰一新的世界里去，留守的还是不伦不类的自然迎合。

一个土生土长的乡下人，想去相依、热爱、贯注所有的笔墨抒发它曾经的恩养。也许因为没有别的东西可爱，必须爱有所及，就像诗人滥情于星空的巨大无边，而倾情于青瓦的村庄。除了言辞，我别无选择。村庄从来不能从体内抽身而去，即使巢空了，还是确切无误地留在梦之所在。

青瓦的村庄，悠悠的乡情，权作埙来吹吧，无声处，声击苍穹。

作者简介：

陈伟芳　笔名绿艾、陈伟昉，山东省济宁市人，曾获万松浦新人奖。

牛儿还在山坡上吃草

胡德江

年过半百，越发想念那年那月和我打交道的牛儿。仿佛昨天，牛儿还在山坡上吃草，但在梦里，常常是吃草的牛儿距我越去越远，直到风吹草低不见牛影，只剩山风习习、芳草萋萋……

牛是农家人的命根。我家那间跑风漏雨的土墙房，添上阁楼里那一囤箩苞谷，也抵不上一头耕牛值钱。农民最大的家底，就是牛。牛本性忠实，父亲犁牛，牛忠实可靠，我放牛儿，也放养了忠实可靠的本性。那个年月，牛是和我连在一起的，有什么心思，只有牛知道，和牛在一起，心安踏实。但是，牛终究是犁累了，身影埋没在时光里。在那时光里头，牛把它的犁头传给我，让我驾驭人生的犁铧，一路耕耘一路回望，找回自己，看见家园炊烟……

我印象中的第一头牛，是目睹它滚坡倒岩，叫人撕心裂肺。那是土地下放的年月，生产队分给我家一头牛，那是头黄母牛，都发情了，像个充满青春的姑娘，爹妈把它看成是立家之本。那年我几岁，姐姐带我去放牛，我们放牛去田坝头，田坝头谷子黄了，封坝的谷子封盖了田埂上的草，牛要吃谷子了。那时候，谁家牛吃庄稼，就要罚款放电影，抓大人在电影场上亮相。我们怕牛吃谷子爹妈亮相放电影，就不能在田坝头放牛了。田坝头有座叫孤山的山坡，很陡，但草长得旺，没有人放牛上去过。领头放牛的小哥放开胆子，带领我们上孤山放牛，公牛们追着我家那头发情的小母牛，追过田坝，追上孤山。孤山没路，牛群就往一条沟坎里挤，争先恐后，就在这时，几头公牛把我家小母牛挤进深沟，掉进岩旮旯里，小母牛拼命挣扎，痛苦哀叫，我和姐姐吓得大哭起来。领头的小哥冲下深沟赶小母牛，小母牛挣扎不动了，头尾挤在一起，眼珠子鼓了出来。我和姐姐没命哭喊，姐姐哭晕过去了，我也哭晕了过去……待大人们赶来，小母牛已经死了，爹和几个亲戚抬起小母牛一步一步回家，姐背着我跟在牛背后一步一步回家。爹妈几天不说话，姐姐和我几天不吃饭，我们家没了牛，感觉家空荡荡的。爹妈犁地种庄稼，就去借人家的牛，要等人家把自家的田地犁完了庄稼种完了，才能借到牛，因此，我家苞谷、稻谷要比人家晚熟晚收。可想而知，庄稼耽误不得农时，我家粮食收成比不上人家好，秕谷多，我们吃饭吃不饱。特别是我那老实巴交的爹，家里没了牛，就没了底气，给人家借牛犁地，小声小气，像断了魂。

生产队长心肠软，看不惯我家每年借牛犁地误农时，又分给我家一头牛，那是头黄牯，看上去憨厚温和，不像别家公牛扭头甩股脾气暴。爹把它领到手那天，走路屁颠屁颠的，晚上自己把自己灌醉。

我悄悄进牛圈去看黄牯，黄牯毛光水滑，威武站立着，与我家那破旧的偏刷牛圈背景极不相称。黄牯瞭我一眼，点了个头，出了口气，好像和我打招呼，不认生。我自信地摸它的头，它用头轻轻拱我的身体，似曾相识。我把脸贴在它的脸上，它一动不动，随我亲近。我跑回家，偷偷爬上阁楼，往囤箩里舀了一碗苞谷，转身跑去喂黄牯。黄牯眼睛盯我一会儿，然后低头吃着那一碗粮食。黄牯好像没有这样单单纯纯吃上一碗粮食，津津有味咀嚼，不时抬头看我。我对它说：“黄牯，以后我们是一伙了，以后我还要偷粮食喂你。”黄牯好像听懂我的意思，又用头轻轻拱我，等黄牯吃完粮食，我才转身回家，回头看，黄牯把头伸出牛圈门口看我走远……

那时，我们读书懒散，放牛比上学自在。我时常躲学，骑黄牯爬坡，黄牯的背宽广厚实，肩包像座小山，我躺在牛背上，抱住黄牯的肩包，哪怕坡陡路滑，也安全可靠，甚至可以在牛背上睡觉、做梦。山坡是黄牯的天堂，黄牯很欢乐，自由自在，摇着尾巴吃草。我也自由自在，躺在草地上，看云朵，看远方，看那山风吹响的苞谷林，遥想牛与苞谷、爹妈与牛的关系……我不会想到黄牯会走远，等到太阳落坡，我起身唤黄牯，它就会自然而然在太阳落坡的地方出现，听到我的呼唤，它会随着声音走来，轻轻拱我的身子，我会爬上它的背，它就会踏上回家的路。

黄牯高大威武，吃得做得。放牛不能满足它的胃口，我要一边放牛一边割草。盛夏，放牛割草要起早，不等太阳露脸，我们就踩着清晨的露水爬坡，大家都想抢先一步，发现一坡坎好草，就能割上威武的一背架草。背架，过去是农家背粮草的用具，那时割草，一背架草，是爹妈或整个寨子里的人评判谁家娃娃有出息、牛是否壮实的标志。看谁家娃娃有出息，看谁家牛儿是否壮实，就看一背架草。所以，抢先一步，发现一坡坎草，割一背架草，是我们最大的理想。有时，一坡坎草，怕被人发现，悄不着声，待明天起个大早，一个人不声不响割走。有时，一坡坎草被我们同时发现，我们会大打出手，为一背架草争强好胜。赢了的，一口气割完一坡坎草，背起一背架草威武回家，去接受爹妈的夸奖。输了的，捂着鼻青脸肿的脑壳，悄悄把背架换成背篓，把草装疏松，提心吊胆回家，怕爹妈看出破绽。我就是失败的那一个，有次，为了一坡坎草，我和村里的放牛娃大打出手，挨了他一石头，脑壳打“冒烟”了。我坐在地上动弹不得。眼睁睁看着人家“唰唰唰”爽快割草，眼睁睁看人家背上一背架草威武回家。我一个人捂着头，坐在地上等天黑。月亮出来了，我一个人偷偷钻进苞谷林，狠心掰了十来个苞谷喂黄牯，只见黄牯在清光光的月光下，大口咀嚼苞谷棒子，嚼得黄牯垂涎三尺，露齿大笑……我对黄牯说：“今天输了，明天定赢一背架草给你。”黄牯伸长脑壳想亲我，碍于它那一嘴的三尺垂涎，我避开了。我勉强割了几把草，把背架扔了，换成箩筐，装草时作假，在箩筐底下支撑几根蒿枝秆，勉强撑起一箩草，跟在黄牯后面回家。

不等天亮，我踩着月光，赶着黄牯上山坡，我发现一坡坎草，在月光下闪闪发亮，没有人和我抢草，然而我割草飞快，我要割一背架草威武回家。

到家，爹妈没有夸奖我，也没有惩罚我。只问一句："有人告你偷苞谷喂牛，有这事吗？"我扭头说："没有。"爹妈再没说什么。我撒了谎，没有勇气"一人做事一人当"。过几天，爹被放了电影，我抱着黄牯的头哭泣。

爹身坯瘦小，腿脚不好。看上去难以驾驭黄牯犁地。每次犁黄牯，爹日天骂娘，雷声大，雨点小。黄牯好像懂得爹，不发脾气，厚厚道道任爹骂，默契迎接爹的力气步调，缓缓和和犁地，总是那么和谐。有年抢端午水打田，爹带病犁黄牯，不见犁头移动，爹急得日天骂娘。"爹，我来！"不容爹许应，我夺下爹的犁头，学爹的样子犁田。那天雷电交加，大雨瓢泼，我发力，黄牯发威，我驾驭黄牯跑起趟子，勇猛行进。雷电交加，打田一如战场，黄牯像战马，带着我来回厮杀，一场端午水，一块无边无际的田，雨停时，田水已满。那年犁黄牯，我小学没毕业，却学会了耕耘。

我时常逃学，老师骂我无出息，只会放牛。爹妈也说我不能像他们那样当一辈子农民，锄头大的笔杆不好使。我决心耕读两不闲，起早放牛上坡，跑回学校上课。傍晚放学，上坡赶牛回家。这样来来去去，黄牯好像懂我心思，每当我把它放出圈门，黄牯就埋头自个上坡了。放学后，只要黄牯看到我来赶它了，就自个下坡来，让我赶它回家了。早晨和傍晚，上学与上坡，放学与下坡，很准的时辰，黄牯把握着时辰之间的联系。从来没有这么灵性的黄牯，是它怕我耽误时辰吗？

哪想有天起早，我去开牛圈门放黄牯，只见牛圈门大开，牛圈空空不见黄牯，我跑回家问爹妈。爹说："和小堰塘人家换了，换了头草白牛和一坡旮旯地。"我说："咋换了，那是我的黄牯！"爹说："你小孩家不懂事，一头牛换一头牛，白得一坡地，吃饭不愁，值！"我哭着往学校跑，那天上学，我没听懂一节课，满脑子是黄牯。我在牛圈房上睡了一晚哭了一晚不吃饭。

我决定去找黄牯，第二天天不亮，我去小堰塘找黄牯，小堰塘不远，翻两匹山梁就到了，在坡坎下一家牛圈里，我看到我的黄牯，黄牯也看到我，叫了一声，跃出圈门，奔我而来，我带上黄牯，往家里跑。不想人家追上门来讨黄牯，我死死抱住黄牯的头不放。爹妈把我拉开，拉出我的哭叫和黄牯的泪水，我看到人家硬生生把黄牯牵走了……

换来的那头草白牛，没有黄牯忠实厚道，吃草挑嘴，叫它走东，它偏要走西，更别说会自个上坡吃草下坡回家了。我没有好好放草白牛，多半是爹放养它。只是爹叫我割草时，才去割一背架草放在牛圈里，随它吃或者不吃。我多半把心思花在学习上，梦想到的也只是黄牯。

考进县城读初中那年，家里供不起，我每个月的生活费，有时拖延，有时断月。月底，当我按时接到爹妈手里的生活费时，我问："哪来的钱？"爹说："把草白牛卖了！"原来，支撑我上学生活不拖延不断月的，是用草白牛换来的生活费！我讨厌过的草白牛，却是用它的卖身钱来供养我上学读书！

放了黄牯、草白牛，我接着放了二舅爷家的老母牛。县城距家不远，逢周末回家，我就去二舅爷家放牛玩，二舅爷开玩笑说："幺，你好好放，下崽给你讨媳妇。"我没在意二舅爷的意思，只是我爱放牛而已。那头老母牛很温顺，放上坡，不选嘴（不挑食），狼鸡叶、苦蒿等平时牛们不喜欢吃的草，老母牛像人吃面条大口大口吞。逢假期，我割草喂老母牛，每天一背架草，把老母牛喂得臀肥腰圆。二舅爷疼我，每天都要守在门口等我吃饭，我那时害羞，把草堆在牛圈边，就拔腿跑了。二舅爷说："幺太乖了，吃饭都害羞，像个大姑娘！"

我考起农校，离家到安顺城读书，就没好好放牛割草了。那年，听说二舅爷家老母牛下了崽，是个小黄牯。我仿佛又看见我的黄牯……

参加工作那年，我准备结婚，二舅爷把一头黄牯牵给我，说："幺，这是你的，母舅要说话算数。"是二舅爷拿我当成大姑娘、拿黄牯给我当陪嫁礼吗？我又看到黄牯在眼前，高大威武，憨厚敦实。我抱着黄牯的头，眼眶热乎酸胀……家里没钱送人家彩礼，爹妈又背着我，卖了黄牯，拿出一沓钱放在我面前，这又是一笔牛的卖身钱，给我换来一个家……

岁月悠悠，山坡常青，河水长流，却看不见牛儿在山坡上吃草。山坡上的苞谷地、稻谷田，全都退耕还林、还草，那些坐落深山的人家，早已搬迁下山，进城进镇住公家房了，那些遗弃的老房旧寨，半掩半隐在林草丛中，不见人影，更不见牛影。放眼看见的，是公路沿线的果树林和蔬菜田垄。放眼看不到的深山老林，躲藏着几块苞谷地，还有孤独的老农犁牛……土地用不着牛了，山坡上也看不见牛吃草，牛们去哪儿了？我只看见距城镇不远的地方，活动板房里喂养着一排排肉牛，那些牛目光呆滞，只顾吃饲料，不知道会不会吃草……那孤独的老农，是不愿下山，要固守山坡上最后一头牛？或是下山了，又逃离公家房，回归山坡上最后一头牛？

"牛儿还在山坡吃草，放牛的却不知哪儿去了，不是他贪玩耍丢了牛，那放牛的孩子王二小……"我仿佛听到当年的牧笛在耳边回响。我想起放牛郎王二小，我没王二小勇敢，但我和王二小一样放过牛，我会为王二小放好牛，即便出卖牛的肉身，也绝不要出卖牛的灵魂，因为，土地还在，农民还在，粮食还在……

作者简介：

胡德江　贵州省普定县人，贵州省作家协会会员。1992年开始发表文学作品，在《山花》《文艺报》《中国作家》《中国散文家》《散文世界》《散文选刊》《贵州作家》等刊发表文学作品五十余万字，并在贵州作家协会、《中国作家》杂志社、中国小说学会、中国散文学会等组织举办的征文活动中多次获奖。

岁月长赊

菡　茗

母亲进来时，我不知道。她找至书房门口说：“这么专心，家搬走了都不知道。”我把她让至客厅，沏茶、切水果，问她为何不休息。她说：“睡不着，出来走走，闹心，你老姑又病了，这次是肝硬化。”这么多年，我不时听到她的消息，不是摘这个，就是拿那个，身上的零件已然不多。我说：“妈！没事的，只是硬化，不是癌，好好保养，还能活很多年。”母亲沉吟道：“看你说的，硬了就软不了，再也不是原来的样了，她还那么年轻。”说着竟滴下泪来。

我起身拉了拉窗纱，午后的阳光筛成米金色，一团团落在地板上，也洒在母亲的暗影里。帘后是影影绰绰的绿，春天真的来了，像蹑手蹑脚的猫。这个世界有过无数个春天，每个春天都不同，何况肚子里的肝。

一

见到老姑那年她十八，我八岁。她带我去插班，找她的张老师，逢人便说我是她的大侄女，那个兴奋劲我一直记得。她和谁都熟，见谁都打招呼，她说我生在那所学校，天天用悠车子悠我。

她没妈，从小就没妈，她妈走时她八岁。趿拉着我爷的大头棉鞋，提着铝制饭盒坐火车去给我奶送饭。奶在长春的铁路医院住院，一住就是五年，是肝腹水。

这样的场景，幼小时，我在心底一遍遍描摹过。想着同样幼小的她像童话里的小女孩，趿着那么大一双鞋挤蒸汽式火车，孤单地坐在绿皮长椅上，听着铁轨叮叮当当地响，寂寞而勇敢。

那是个布局很美的小城，遗有俄罗斯风格。街道呈平行状，一道街、二道街、三道街，一直到八道街，就这么数过来。街道间除一条条岔道相通外，中间有条大马路，横贯东西，叫中央大街。那是我唯一不迷路的城市——我的故乡。一道街前还有条杨林路，杨林是烈士，年年清明我们给他扫墓，参观他的故居，听他父亲在院子里作报告。她说认识杨林，是我父亲的同学，与我们家隔一条马路。

那时她待业，在街道帮忙，脸色红润漂亮，穿得也时尚。他们唱歌跳舞，拉二胡手风琴，说快板三句半，还有现代京剧、二人转之类的。我常常混迹其中，看他们排练，跟他们跑文化宫，坐在那个小城最大剧院的第一排，看他们演出。满天星辉从棚顶而落，“浏阳河弯过了九道弯”“交城的山来交城的水”这样的旋律，与夜幕一同响起。我怕她出丑，担心她演砸，跑到后台看他们上装卸装，刺眼的灯光，京剧样的脸谱，漆黑油亮的眼影，大红的腥唇，那是她的青春，浓墨重彩的青春。

她谈恋爱，钢琴般雪花般漫长的恋爱。他们一起排练，他喜欢她，总找她。每晚七点在胡同口打口哨，清脆的哨音拐着弯划破清凉夜色。她能听见，我也能听见，整个胡同都能听见。她借故跑出去，回来却要挨揍。我爷打她，用皮带抽，抽一下，她叫一声。多年后她不再承认，说我爷好，待她好，没太拦着。而我知道爷爷心如磐石，死活不肯，家里不时洪水滔天。“文革”时两家有仇，大姑妈深受其害，他们讨厌那个老太太。可那个老太太喜欢她，一口一个“苓”地叫着，想让她做她家的儿媳妇。

很多次，我和二姑半夜不得不从暖烘烘的被窝爬起，穿戴整齐，走过寂静无人的街道，高高的天桥，去敲响铁道南那所红色老毛子房。站在高大的玻璃窗下，二姑敲一下，喊一声：“姐！”直至屋里的灯光亮起，厚重的木门，在浓重的夜幕下，吱呀一声打开。三个人影再急匆匆往回赶，哪怕是冬天，柏油路上的雪吱嘎嘎作响。

她没少挨打，为了她的爱情。我经常掩护她，为此在三道街的电影院，跟着她看了一场又一场的电影。《流浪者》《冰山上的来客》，都是那时的节奏。我坐在他们的中间，当电灯泡，护着她，也顾忌着爷爷。没我她出不了门，我是她的挡箭牌。基于爷爷对我的信任，她的恋爱一直可以在冰封的暗河下流淌。

那时的人清淡，恋爱不像现在这般黏稠，只是看看电影，压压马路，或成群结队地出去玩。至少我没看见他们拉过手。最浪漫的事，无非昏黄的路灯下，各自抄着手，矮倭瓜样并排慢吞吞往前移。天空的雪花一片片往下落，寒冷不是主题，我得不时站住，回头等他们。

有次爷爷打她，她深夜跑了出去。二姑牵着我出去找，以为她投敌叛国，游入别人水域。凌晨两点，我起夜，皎洁的月光下，她独自坐在院落里，脸上还挂着泪痕，满身清辉，尤为肃穆。穿了件藏青色后开衫短袖，纯白荷叶两瓣领，非常洁净，那是我记忆里她最美的一个画面。

二

她对我好，我需要的东西，她总是变着法子弄回来。发卡，钱包，铜钱扎的鸡毛毽子，透明的羊嘎拉哈，橡皮筋，魔方，九连环，掐着红牙子的军帽。同学们没有的小东西我都有，惊喜总在意外。发卡松了，她拿出去找人用橡胶水撸一撸，回来就紧了一圈。她认识很多人，朋友遍天下，到处都是同学，让我觉得无所不能。

她有个同学叫李晓宓，幼时母亲回了日本，1979 年又找了回来，带回很多衣物。她们送她，她不穿，往我身上套。我身量高，那些尼龙弹性的东西正合适。那是一个时代，审美有别于现在的桑蚕棉麻，但她的心是天然的。

每至星期六，同学们都要忆苦思甜，去校田地劳动。校田地很远，在郊外，我们排着队走着去，需带饭。她给我炒土豆片，煎鸡蛋，用袖珍黄铜腰型饭盒，一盒盒装好。饭是饭，菜是菜，规规矩矩，干干净净的。我吃不完，把菜分给同学。有年土豆大丰收，我们连挖带抬，堆得小山似的。拖拉机一车车往回拉，天黑还没干完。猛抬头，看见她从田垄那头，喊着我的名字，就那么扑了过来，胳膊上还挎着我的红格衣服。那个画面一直定格在我的脑海里。她帮我们干活，搂着我坐拖拉机回家，夜风吹着头发，很幸福。她是唯一找到校田地的家长。

有一次，二道街挖水沟，几个男孩子用黄泥巴打仗，一个泥团飞过来，误伤了我的眼睛。我惊叫着从同学家门前的秋千上跌落下来，眼前漆黑，泪流不止。她风风火火赶来，找不到凶手，背起我就跑。我趴在她背上，听得见耳边呼呼的风声。我说没事的，好了。她不听，奔进医院走廊，就喊她同学的名字。她的同学把我的肝胆脾都照了一遍。那是我第一次接触 B 超，凉腻腻的东西涂在肚子上，她帮我擦了又擦。

爷爷是个老派的人，板板的，每天提笼架鸟，悠闲地迈着八字步，火上房都不着急，这是母亲的原话。上馆子、听戏、搓澡、看书、读报、下棋、养花、捉虫那是他的常态。以现在的话说，叫虚度光阴。他抽烟斗，盘腿坐在炕上，看《参考消息》，喝牛奶，管美国叫米国；做鸟食，鸡蛋加小米，又蒸又碾，再用牛皮纸袋封好；他给鸟配种，看鸟孵蛋，把蛋放在水盆里转，不转的就说死了；他把鸟笼子托在掌上，把鸟放出去，再举过头顶等鸟回来，鸟不回来，就发动一胡同的小朋友们帮他找；他唱京剧，打太极，摘茉莉花，做花茶，生活的烟尘一丝不染。他天真慈爱也暴躁，洗脸水温稍不对，会一脚把盆子踢飞，扬手也能将整桌饭菜扣在地上。然后领着我扬长而去，在馆子坐下，重新点菜。

四年间，爷爷给我的全是溺爱，一句重话都没有。没啥对错，对错对这个老人一文不值。他难伺候，伺候他的事，多半老姑做，那些糙事粗活也是她的。她弓着腰背米回家，抢紧俏物品，用架子车拉煤，在院子里做煤球；站在水池边给我们洗衣服，衣服晾在绳子上，很快冻成铁板，滴下的水凝成冰柱。这样的场景，成年后我一遍遍想起。她用坛子腌朝鲜咸菜，烧得一手好菜，熘肉段、挂浆白果、爆炒小肚，啥啥都会。她能干，健康，浑身使不完的劲，稍有空闲还要忙她五光十色的爱情。

吃饭时，她常坐在桌前，讲她的大哥。说她的大哥多么智慧幽默，转业是多么大的官，天天盼着能回来；也说我的父亲，是多么聪明，算盘打得如何好，古今人物了如指掌，倒背如流。我却不以为然，觉得都是春天枝丫上风吹的一粒，而非她口里崇拜的哥。若干年后，我开始理解，她需要的仅仅只是一块遮风挡雨的天空。

每年叶子深时，小城要开运动会。有一次，附近县市代表团齐聚这个小城，同学们轮流去。我课间偷偷跑回去取白衬衣，借给没有的同学。院子里围了不少的人，她半边脸是红的，有泪，手里握把剪刀。我闪进屋，开箱拿了衣服藏在背后就偷跑开了。我知道打了架，那家有三个儿子，最小的儿子打了她一巴掌，起因是爷爷家的海棠遮了人家的窗户。这件事，让我纠结很多年，想着为何没能冲上去保护她，是不够高大，太小，还是没有勇气？如果她哥在，会不会一拳挥下？这成了我心底的伤疤，隐隐的，揭不得，揭了就流血。仿佛那一巴掌打的不是她，而是我。可我一生爱惜自己，讨厌这样的粗鲁和野蛮。

三

为了拆散他们，爷爷把她带到几千里外的部队雪藏起来，一住就是半年。家里只剩下我和二姑，那是一段宁静的时光。二姑文雅，慢声细语，一笑俩酒窝，有地主家小姐的范儿。但也琐碎，一个盘子在天空下照半天，才能盛菜。她挑拣我，嫌我把衣服穿脏了，书包弄破了，没爱惜东西了。所以那时我和老姑肝胆些，她大咧，毫无城府。她走后，我和二姑进入蜜月期。每晚她陪我写作业，坐在桌旁削铅笔，然后一根根码进文具盒；低头一针针缝沙包，用小米装好锁上，再放在手上掂一掂；用线给我订本子，订得整齐平整，和古装书籍没啥两样。后来我也这样给儿子订。我帮她相亲，那年她二十七岁，是个危险的年龄，得嫁出去，所以她相了一个又一个。她胆子小不敢去，拉着我，把我自个搁家也不放心。我们相依为命，两个人常常走在满天星斗的大街上，一边走她一边问我："菡！你说咋样？"我说："好像不行，没长开，土豆似的。"也就作罢。她没人可商量，婚姻一直无果。后来找了一个儒雅白净，个子高大，鼻梁挺括，出身清寒的读书人，我现在的二姑父。

二姑爱美，在百货公司上班，冬天常穿一件深灰色大衣，毛线钩的领子，口罩雪白。每次回家都要在屋子里转一圈，看看前面，再瞅瞅后面，方摘掉围巾，脱下大衣。爷爷家四周都是镜子，淡青色墙壁，双层大玻璃，暖气冒着热气，是我们的水晶城堡，也是 T 台。

快春天时，爷爷和老姑回来了。爷爷依旧像尊瘦月，提着鸟笼子，神清气爽，皮袍垂地。老姑似头牛，背回来一堆东西和一件铁盒苹果汁，那是我第一次知道易拉罐。除了这些她还带回一糖果盒的情书。爷爷自以为万千山水，可以阻隔一桩姻缘，没想到她的宝贝女儿，暗通款曲，愈演愈烈。她的箱子不锁，那些情书成了我们学习小组的学习资料。我们大声朗读，摘取精彩段落。"时间似奔腾的野马，青松似盛开的鲜花。"这是一封信的开头，我们觉得好，便加作文里头。那时红旗招展，喜欢铿锵，现今哑然。一个人不会走时，往往喜欢捡拾别人的贝壳，装点自己的门面。而若干年后，更喜欢自己思想的沙砾。

在一切法子使尽，不见效果后，屋檐的水滴开始下落。春意泛起，又是一年物华时分，大伯穿着草绿色的军装回来了。他坐在廊下打开我的书包，翻出作业，夸我的字好，要带回去留念。看到潦草，揉成腌菜的，也会幽我一默，说："敢情是矬子里的大个。"她的恋爱也开始解冻，男方家来提亲，希望能订婚，并请下厨师。不知道大伯是怎样做通爷爷工作的，总之云开雾散，春暖花开。那是个郑重的日子，意味着肖常棣从此可以正大光明地走进这个院落，牵手我们家的女儿，那些暴风骤雨的日子一去不返，随之一道宁静的彩虹挂在了天边。

放学后，我换了身新衣服，松绿色的确良衬衣，彩条搭扣绒线背心，是母亲编织缝制，从很远的东方寄回来的。梳了头，端坐在朱红照得见人影的写字台旁的木椅上，等肖常棣来接我。我管他叫肖常棣，一字不落。我们家住二道街，他们家三道街，很近的路，我去过，但今天我是贵客。我摆弄着手里的小钱包，发现彩色拉链的接面脱了扣，便找出针线准备缝两针。恰巧他进来，我连忙藏在背后，不好意思起来。这个钱包是他买的，他给我买过许许多多的小东西，包括绣花的衫裙，每次去长春都不会忘记我。他追了老姑四年，也溜须了我四年。

再后来，我带着很多礼物离开了那个小城。1979 年，我小学五年级，十一岁。我的学习很棒，是三道杠，在最大的礼堂指挥过十几个小学一起的大合唱，是爷爷和姑姑们的骄傲，我的离开，让他们哭了又哭。

四

爷爷走的时候，是二十世纪九十年代初，我已二十多岁。他躺在奶奶走的那家医院，风度一点没改。雪白的山羊胡子梳了又梳，纹丝不乱。洗脸水依旧端至床前，试好水温，挽好袖子，方能伸手。胡子要戴个套子，洗完再摘下。他一生如此，一点褶都不打。父亲带的烟他放在贴身口袋里，想时就拿出来贴在鼻下嗅一嗅，或散给病友，炫耀是他儿子买回来的。而他的三个姑娘女婿们衣不解带地伺候着，还要受着他的气。那个老姑夫，一直鞍前马后陪着，即便是骂，也得听着，爷爷吐出的一口口鲜血，他用手捧着。爷爷走在严冬，等两个儿子从几千里外赶回去，出殡的队伍已白茫茫蜿成长龙。当两顶孝帽两套孝衣端至跟前，号啕的哭声飘荡在北国寒冷的风中。

几年后，我辗转拿到爷爷唯一的一件遗物。幼时，经常看他坐在皮褥子上摸索的葫芦，色呈暗红，光滑如缎。再后来，年幼的儿子出于好奇，想窥探里面，竟偷偷锯掉了嘴。

上初中时，老姑曾给我邮来一块七十元钱的电子表，是她让别人从南方倒腾回来的。婚后，她给我捎来一套化妆品，一件梦特娇衫，大红色，穿着不合身，塞锣打鼓的，衣服没穿，化妆品也搁置没用。再后来她说给我买了羊毛大衣，淡紫色的，捎信让我回去。实际我手边就有电话，拿起就能听到她们的声音，但从未这么做。她们是我心里的水井，照得见童年的身影，我怕我匆忙的脚步溅落灰尘。她们是那么不一样，有别于大街上来来往往，庸尘俗世里的任何一个人，她们是我的姑妈，生活在遥远的精神之国。

我真正见到她是十二年前在北京。她头发枯黄，牙齿外撅，脸色晦暗，背微驼，穿着市面上大众的服饰。记忆中的老姑，那个扎着麻花辫，脸色红润，健康美丽的老姑，不复存在。她切了阑尾，摘了脾，拿了胆，极度贫血。我和她们住在一起，听着卫生间的水声哗哗流淌。她们老了，松懈干瘪，二十年该风干的都风干了。想当年，她们带我到道南的浴室洗澡，雾气腾腾中，洁白饱满的身体，美得让我昏眩。那样的青春，对于当年的我，得仰视。

大伯病逝在 301 医院，是心肌梗死，还没正式退休。不让她们哭，怕诱发更多人的心梗，她们就嘤嘤的。也没有让她们去八宝山，怕她们受不了。所以当灵车开出医院后，她们在后面踉跄地追赶着，边追边声嘶力竭地喊着：“哥！哥！”直至车子的背影越来越小。她们蹲在北京的街头，无助地哭泣，上气不接下气，任初秋的冷风抽打在身上。她们没妈，父亲不管事，顶天立地的哥也轰然倒下，这个世界越发荒凉。

后来大姑也走了，很遭罪，浑身插满管子。剩下老姑二姑两姐妹在那片土地上相依为命。她不时去她家，她也去她家。老姑不会过，总有捉襟见肘之时，二姑偷偷往她的手里塞钱，自己把短裤补了又补。再后来日子宽了，可以换房换车，乘飞机、火车、轮渡到外旅游，二姑依旧给她买。但每次去她家，拉开柜门，都是空荡荡的。她急着问：“苓！苓！我给你买的衣服呢？”那些衣服都是大商场的品质，即便打折也价格不菲。她嘻嘻地笑，二姑知道她又送了人。她家没有多余的东西，光溜溜的，所以她人缘好，交际广。二姑就数落她败家，说再也不管她了，可下次还要给她买。她对二姑也好，有一年二姑得了类风湿，浑身骨节肿痛，寸步难行。她背着二姑上医院，过马路，爬天桥，二姑像个孩子样趴在她的背上。后来老天眷顾，二姑闯过难关，彻底治愈，可以穿着真丝旗袍，在微信一端温柔地喊我。

如今老姑也两鬓落雪，快六十了，碰到喜欢的东西还会让她的二姐给她买。她不见外，撒个娇的不算什么。二姑常说，咋整，就这么一个妹妹，你爷临走时交代，不放心的就是苓。说从小没妈，不会过，你们得管着。有一次，老姑到长春看二姑，二姑送她走。进站时，她说二姐！你看你每次都给我买衣服，就这次没买，我心里空落落的。二姑说那咋办？这样吧，我给你五百块钱，你自己买。她说我不要钱，我有。这样吧，还有两个小时发车，附近有菜场，你割十斤猪肉给我带着。二姑说好！就这样她提着十斤沉甸甸的猪肉回了家。

初次听说，我以为是笑话，觉得不可思议。多方证实后，我的眼泪开始一颗一颗往下落。一个没妈的孩子，人生的天空总有一角是漏雨的，需要别人缝补。娘家没了，姐姐成了唯一的通道。

爷爷花光最后一分财产撒手人寰，他是个清高的老人，不是不懂人间苦乐，而是喜欢用自己的方式表达生命。我爱爷爷，他给了我另一重人生，极小时就知道什么是荣辱不惊。即便现在两个姑妈，时常在电话里对着我年迈的父亲呜呜滔滔地哭，说哥！你可要多保重呀！你要是没了，我们到哪再找亲人。

所以亲人一词不仅仅是配偶和儿女的专利，还有最初的根系，连着扯着，挖心挖肝地疼。

前年我再次见到老姑，她穿着黑色小喇叭短裙，烫了头发，比我还时髦。依旧是北京，半夜她在我的头顶数钱，唰唰唰，新票子的声音。我迷迷糊糊地问，老姑你带多少钱，咋还没花完！她说这是儿媳妇给的，让她好好玩，还没动。我便夸她儿媳妇好。他们说你别信，她爱面，工资卡都在别人手里帮儿子还车贷呢！

她的旅行包是水货，在济南时，衣服就露在外面。她叉着腿坐在地板上闷着头缝，我说别要了，陪着她去买拉杆箱。东西太多，装不下，在北京的旅店，又裂开了，她又坐在走廊里连捆带缝。外面是热闹的街市，望不断的人流。

凌晨五点，我们分手在黎明的街头，最后的拥抱，让我泪湿衣衫。我知道，物是人非，很多事都回不去了。

作者简介：

蕊　莒　原名崔迎春，湖北荆州人，中国作协会员。文字散见《作品》《天津文学》《清明》《散文》《广州文艺》《四川文学》《湖南文学》《草原》《朔方》《文艺报》等刊物。出版有《蕊莒说红楼》《红楼漫谈》《养一朵雪花》《空翅》等。有散文入选高中试卷与散文选本，获得过湖北新闻奖等。

大地生欢（五章）

赵会宁

一树虫儿鸣

月上柳梢，光影着地，属于白昼的禽雀们知趣地闭了嘴，弋着双翼划过天空后，没入树叶间归巢安歇，被绿色喧嚷一天的土地开始打盹了。轻烟笼来，阒寂漫漶。“闭嘴禁言”，一份御旨衔星而降，但有些尤物却是被准许发声的，比如蛐蛐儿。

田里的玉米早就期望长成一棵棵树，拣着地力肥厚、雨水充足的当儿，铆足了劲儿向天上拱，根也没闲着，时刻在向土地深处钻。站得稳，立得高，挺得直，不只是人的渴望，树和庄稼也是有此志向的。一入秋伏，一株株玉米葳蕤成树，一片片地又葳蕤成林，大片的绿色沉淀成静谧的碧水凼。豆角、草更没闲着，个个攀着玉米、蒿草也向高处探进。高处的雀儿没把鸣声种到地里，勾肩搭背的玉米叶儿却致密成树枝，捂出了一片幽境来。土地生暖，蛐蛐儿从土里长了出来，蛐蛐儿的叫声也从土里长了出来，秋伏的夜在键盘上生长流泻。

“吱”“吱吱”。开始是一声两声短促、怯怯、稚嫩的鸣叫从墙角挤出来，间歇几秒钟后，又是一两声，如一棵幼芽破茧拱土。间歇的工夫，既是缓气儿，又是审慎的试探。侧耳聆听，可有危险来袭？土地的神经也是绷紧的，毕竟孕育一个生命并不容易。

“吱——”“吱吱——”，进而“吱吱吱……”。试探结束后，叫声破土而出，一只蛐蛐儿便在墙角酣畅地高歌起来。看似厚实的黑色却是易碎的玻璃，一声虫鸣，便碎裂成树枝状。声音沿着缝隙生长。不一会儿工夫，枝连枝，枝连干，干伸到土里，院落里就长出了一棵声音之树。

黑色易碎，但乡村的夜却厚实，蛐蛐儿做了夜的宠儿，也许只有夜才可以安放如此欢悦的鸣叫。归居本位，这该是长生不老的自然给世间的启示吧。日月归位，草木归位，禽虫归位，天地怎能不大安？

镰月枕苍穹。疏柳依檐，散发而寐；稼穑立地，相拥而眠，一滴清冷的露珠的降生催醒了一群夜的尤物。一虫呼，百虫应，椒花下、白菜旁、柿树根、玉米地，百千蛐蛐儿的叫声便升腾起来。绕过辣椒花瓣，漫出白菜叶片，爬上柿子树梢，钻出玉米叶缝，此起彼伏里，散开又聚拢。宁静的夜里，一朵莲的骤然绽放，催开了一树老槐花。乍放的花瓣如婴儿唇开，正急切地向天地呼告。

天地两极滋出万物阴阳柔刚，阴阳相偕生出世间和合守恒。此刻，才突然顿悟：鱼之乐，乐在刚以化柔的方之圆中，太极之“泰”，泰在以意化形的涵虚里。

一树虫儿鸣，秋伏的夜愈加澄明清澈了。

澄明了的还有趴在门前的狗和靠着墙咂巴着烟锅，吐着烟圈的三叔……

播种一茬，收割一茬。种了多少茬，收了多少茬，耕了一辈子地的三叔没算过，但虫子知道。每一次蛰伏后的复出，它与人间的距离就拉近了一步。耕了一辈子地的三叔也被地耕了一辈子。终了，他也会化为虫。

一摊草儿欢

接连几天小雨，可美了场畔、塬头的草，“咕噜”“咕噜”喝饱水之后，便铆足了劲儿向高处挺，向地里钻，向四周蔓，向密实地长。地从不薄草木。无论是参天大树，抑或佳禾良穗，还是一蔓不知名的草，只要根扎在大地上，大地都会毫不吝啬地把水分浸进根系，送上秆茎，让叶子把绿水溢出来，还世间一份希望和干净。有绿色漫漶的地方，烟轻人净。

这场雨水给草木来了一次彻头彻尾的浣洗，污垢剔除后，个个露出本色素颜，朴中含贵，洁丽淡雅，落脱而玉立。

越是弱小越易被忽略和伤害，食物链是横亘在草木心头的一道暗伤。一只羊羔轻易就能踩折一棵草的腿骨，一只猪崽轻易就能拱断一朵花的颈肩。常居低处的事物在隐忍中学会了疗伤。趁着这一场酣雨，禽虫避舍，在雨声辟得的这份静谧里，受伤的草木们静静地开始接骨、止血、化瘀、弥合伤口。这一幕，只有草木自己知道。

草木从来不会主动打扰禽虫雀兽，这是路边的那一绺儿狗尾巴草告诉我的。这绺草去年就站在路边，或许比去年更早。春天发芽，夏天疯长，特别是入了伏后，在几眉细而长的叶子间露出一枝被绿里透黄的叶子严实包裹的箭镞。一个晚上的工夫，包裹的叶子被突破，一个毛茸茸的小脑袋从襁褓中探出来。接着是伸颈，展腰，起身，又是一个晚上的工夫，个个就站在路边眺望远方了。

这场雨后，风还没苏醒，狗尾巴草粘住颗颗露珠，借露珠擦亮阴翳的双眼，以清澈洞视人间。一绺儿比肩，一绺儿昂首，一绺儿侧目。

暗自疗伤的它们，一场雨后涅槃重生，再次以姣好的面容自信、自我地活着。

阒寂里，一摊的草儿悬铃而歌。

草欢，牛欢，放牛的人更欢。秋伏天气不燥，草的汁液黏稠，牛最喜欢了。拣着这个农闲的当儿，牛得抓紧贴膘攒劲，不久之后，一场秋播就要开始了。

两轴山门绿

沿着一径小路，逆着夕阳前行，离崖咀越来越近。穿过一片树林后，一壑山谷突兀眼前。远处，对望的两座峰咀相向生长。

“这两扇山门挡住了西扰的贼风，一挡一川暖，一挡千年安！”已是耄耋之年的羊倌站在被夕阳笼着的山咀发出一声慨叹。

说起羊倌，他可是村庄历史的活化石。给地主放羊、给生产队放羊、给自家放羊，一放就是多半个世纪，山里的每一棵草根上都有他遗落的汗珠。风过山门，羊倌栉风而立。听了一辈子山风的他，把风的语、风的形、风的道纳进了骨头。站在崖咀的羊倌本就是一场风。

的确，一座山出生时站在哪里，生长时还站在哪里，寸步不移。根扎得有多深，站得累不累，这只有山自己知道，反正这么多年，从没有一个人见山低过头，弯过腰。山里那条逼仄的沟壑从一出生就躺着，从没翻一次身。不知躺得烦不烦。季节更迭，它换装时永远是一副享受的样子。

两轴山门从出生到现在还是未闭合，一相望就是经年。彼此望得厌不厌，无人知晓，但草木可以做证，它们彼此从未红过脸。

一场雨后，这座山川更年轻了。

川里的树站得零散。沟口的那一棵是大叶杨，站得笔挺。枝条拢起，似一支倒着生长的毛笔，不倦地抒写无字天书。半洼的那一棵是株槐树，枝丫向四周撑开，椭圆形的叶子长得密密麻麻，绿色的蘑菇云似的，惹得一洼的草都抬头仰望。峁咀的那一棵是株老杜梨树，站得孤独又铿锵。塬头的风大，四季变换着方向吹。风不知疲倦，吹得执着。几十年或者上百年，山咀却没被磨矮一寸，草被越吹越高，树也被越吹越高。在树上筑了巢的鸦雀们一年产一窝崽，叽叽喳喳的叫声把风叫老了，却把树和山沟叫得愈来愈年轻。

山沟里的草才叫“真”草。它们长得野性，长得毫无顾忌，即使长在犄角旮旯，开着碎花，蜜蜂不采，也是安泰的。盛夏里，草是不许山沟裸露肌肤的。它们循着雨水流淌的纹路迅速把根蔓上去。不几天，山沟就被护得严严实实。

雨后，你得感谢那两轴山门。它们的存在，将近与远、浅与深、模糊与清晰诠释得再具体不过了。渐次推展的层次里，虚与实互映。夕阳把光与影布上天地时，会突然觉得山川老而不老。

一线溪水长

沿着被细密的草遮隐的河床向西而行。河床蜿蜒明灭，溪流蜿蜒明灭，蝴蝶轻振薄翼循河床的飞行蜿蜒明灭，溪流声亦蜿蜒明灭。大概是物我间的共振，我的心更是蜿蜒明灭。

身后的树已是长在头顶了，山崖居高临下，崖尖挑着云朵，鸟的叫声从树尖升腾起来，天被推得愈加高邈，山谷被镂得愈加空寂，唯有匍匐在地的草循着河床，觅着脚印，把溪流送了一程又一程。

继续向前走。

鸟的叫声叫不老山川，倒是一股一股的风把山川吹老了。前面龇出的山咀上一块绿色的草皮脱落了，这肯定是在风的主谋下，雨做了帮凶的结果，山的颅骨顶得皮肤凸起，鼻梁上还留着风的抓痕。

山川是东西走向的，所以风一年四季只能来回跑，沟里的树就被风左右磨着。站在风口上的树被越磨越大，直至有一天，树长到悬崖高时，风才明白——妥协并不是耻辱。避开风口的树活得最率性，阳光在哪里，它就追向哪里。为了追一只蝴蝶，其他的枝可以停止奔跑，聚集群族的力量助一棵枝追向沟口，所以这类树是不知矜持的。风无形，它们的体形就是风的样子。

太阳偏西，河床还是一路向西蜿蜒明灭。

当夕阳箭镞般的光束掠过西山头顶射向东方时，整个山谷只留下了溪流蜿蜒明灭的吟唱，继续隐没在草丛里，穿过石头缝，行在泥土的肋骨间。埋头行路，当然也不忘在浅滩处驻足凝望。凝望时，蜻蜓奉翅轻掠，溪流不忘以微笑回馈。云把倩影留在浅滩时，溪流和云一样轻。同伴着急了，从屁股后推一把，一个趔趄后，又是一路向西。

站得久了会不会累？站得高了会不会晕？一路低吟浅唱的溪流从没有被这些问题困扰过。

一轮红日醺

走了一天的太阳肯定会累，但一临近西山的家门口时，酿于檐下的那坛米酒的香定会驱了累，再拱出一抹温存来。独享，不是夕阳的做派，于是，微醺的夕阳借了温暖的红色把这份温存分享给大地。

玉米站得笔直，大片大片葳蕤成林。林里，黑色慢慢升腾弥漫。不久，整片的玉米林就成了一块黑色的蛋糕，只是顶部被夕阳涂成一片暗红。暗红也在潜滋暗长，每一株玉米都心甘情愿被滋染，静静地立成黄昏的婴儿，沉静在幸福里。

独木是黄昏的另一种隐喻，逐流将被嗤笑。峁咀的那一棵老刺槐一站就是几十年，夕阳也把它解读了几十年。如今，夕阳情愿做背景，把它长长的背影送到村庄的腹地，时刻给村庄一种提示。黄昏里的独木站得悲壮而长情，夕阳雕绘的轮廓，除了躯干绘得有些苍硬外，其他部分的线条屈曲而圆润。当暮色把静寂滋出时，余晖笼罩下的独木站成了塬上的守望者。

静寂漫开，齐刷刷的玉米梢头把天地割开。一线之间，两重景致。线上，微醺的夕阳睡意渐浓，把光束收裹得越来越柔和，越来越淡朴，越来越近身。云凌厉的边儿越来越钝，酒醉的夕阳早已把醉意轻吐到线下的一绺儿黑色中了。黑色从夕阳的身下洇出，漫下山来，漫到成片的玉米梢头，再从梢头轻轻滑落到地面，顺着地面铺开。这时，黑夜真正来临，大塬陷入深沉的幸福里。

作者简介：

赵会宁　七〇后，笔名巍巍子午、叨客，现供职于正宁县某中学。甘肃省庆阳市作家协会会员，长于乡土散文写作，作品散发于《人民日报》《延河》《散文诗》《大观·东京文学》《北斗》《中国青年作家报》《甘肃日报》等。散文《村庄在上》在第二届“范仲淹散文奖全国征文大赛”中获二等奖。

村庄时光书

萧　忆

黄豆经历了春天的萌发，夏日的灼晒，秋日的濯洗后，却对一场毫无征兆的秋雨，束手无策。它们即将在清冷的雨水中，沐浴，泡发，进而换来一张蜡黄的脸庞两行悲怆的寡泪。几孔趴在黄土上空荡荡的颓靡的窑洞，像是几只张着结痂嘴巴嗷嗷待哺的难民，黑黢黢的，让人瞥去有些毛骨悚然。黄豆似乎不会等来主人的怜惜，只能孤苦地等待着命运无情的摧残。几声沉闷的雷声，从山垭舒缓而至。

从田里急匆匆赶回的农人只几分钟便出现在急需解救的场里。阴沉沉的天空下，人影攒动。晾晒的秋食，大多在阵阵急促的喘气声中得到了妥善的安顿。它们聚集了阳婆和月嫂的精华，赢得生命之中最绚烂的绽放。张张汗水涔涔的脸庞，闪动着明亮的眸子，他们饱含深情，把脸容舒展得如同一枚枚迎着阳光擎举希望的花朵，花瓣艳丽，花蕊玲珑。

一阵熟稔利落的拾掇，这坳沉寂在高原之上的村庄，终于将所有的粮食全都存放。一滴滴雨水，就顺着红艳艳的枣子，滴落地面。庄稼人的旱烟锅，就在此刻恢复了生机，袅袅浮游的烟气就钻在声声气喘的间隙，缓缓爬升。秋日疲倦的满足把爽朗的笑声播撒于金黄的田野，果实终于不再奔波、生长，沉默在粮仓中，维系人们又一年的生计。

这是一个叫李家墕的村庄每年都会发生的小插曲。它们年复一年不知倦意地上演。有些人走了，有些人来了，故事，就在来来去去之间，成长起来……

一

秋天被金黄色的染料涂抹。放眼望去，呈现着一片盎然雄姿。

鸟儿们忙碌，田间跳上跃下，翻腾着土地上遗落的粮食。它们识破了稻草人的谎言，肆无忌惮。无须负重的庄稼地上，总有无尽的盛宴，等待着它们的猎食，土豆、苞谷、高粱、红豆，还有农人故意丢弃的干粮残渣。

父亲把一柳筐土豆埋在事先挖好的土坑内，上面轻轻覆一层细土，而后把结束使命的稻草人干枯的“骨骼”搭成塔状。划一根火柴，火焰就在梯田上熊熊燃烧起来，热浪逼人。伴随着噼里啪啦的响声，土豆发生着完美的变化。香蔓儿，就像长了腿一样，沿着山峦的起伏，蔓延开来。这个时候，我会从背阳的地里挖几个黄萝卜，拭干泥土，随意在衣服上一搓，就成了烧土豆绝美的配菜。

田里的庄稼碾压着父亲的肩膀，他深一脚浅一脚踩着他低矮的身影，如同一个枯瘦的感叹号在峁梁间穿行。

火灭，灰烬成渣。滚烫的土层下正孕育着一餐饕餮美食。剥开被火炙成暗灰色的土层，一个个滚圆的土豆换上了金黄的衣袂，分外喜人。拂去尘土，咬一口，满口溢香，然后就一口黄萝卜，所有的倦意就在嘴唇的一张一合中磨砺成岁月恬静的时光。一草一木，一山一水，似乎是最美的相逢。

夕阳如豆，金辉满地。一家人，围拢在田埂，沐着一缕飘逸的风，笼着一抹浓郁的香，天地之间，谈笑风生。说一说将来的饱满，叙一叙过去的艰难，所有正在经历的苦难，被甜美稀释。

那一刻，时间凝固，成为一块琥珀的永恒。那一刻，笑语成忆，定格成一朵花开的美好。

已到而立之年，每每倚栏浮想，那些普通得不能再普通的画面，总令人魂牵梦绕。只是一晃而过，流年如梭，一些曾朝夕相伴的人，再不能出现，空留如麻的怀念，萃取成脸颊颗颗晶莹的泪，不经意间又一次滑落。走着走着，就散了，那些慢慢的时光，那些至深的亲情，那些永远铭记的画面，幻化成一缕尘埃，再不会出现。

人常说，人吃土，吃一生，土吃人，就一口。我的父亲，摸爬滚打了四十多年后，在吹鼓手悲凄的哀乐里归了黄土。算一算，已有十五年之久了，许多我们之间的故事，渐趋模糊。只有一串剪不断的思念，把夜晚拉得更长久，把眼泪濯得更澄莹。

二

村东的河流，已在那年那月断流。随之而去的，还有我灿烂的童年。

高原上，河流很少存在。存在的，也都是涓涓细流，指不定哪一刻，就黯然隐退，留下窄窄的干涸的河床在无休止地呻吟。鸟儿在河床旁躬身的槐树上叽叽喳喳地叫着，似乎也在呼唤着河流往日的热闹和繁华。只是它哀泣的眼神再也不会得到童音的润泽。

槐树已经很老了。树皮皲裂着一道道口子，口子上落满鸟类灰白的粪便。五月，是它最美的季节。一树洁白如云彩的花朵随风摇曳，馥郁的清香就像春雨一般在沟谷里肆意地弥漫。它的美，招来了嗡嗡飞舞的蜜蜂，引来了蹁跹的花蝴蝶。这棵槐树，成了所有人眼中春的核心。

高原蔬菜种类少，多以白菜土豆为主。在青黄不接的月份，槐花成了众多人的完美调剂品。槐花，带着浓郁的芬芳，走进窑洞，通过巧妇们的妙手经营后，变成一海碗一海碗的美食，植入人们的味蕾，也植入了人们的回忆。

小时候，我童年最美好的时刻总与这棵槐树相关。不记得它什么时候被种下，我的印象中，它自我有记忆时就蹲在那里，每年春生秋落，过着与世无争的静美生活。

每到槐花盛开，母亲就带领我们来到槐树下，一朵一朵小心翼翼地采摘，生怕折断槐树的枝条。有时候，我们等不及槐花漫长的蜕变，直接扔几粒到口中，味道也是极好的，甜丝丝的。村庄里的人们商量好似的，每家人并不多采摘，只折三两根枝条就主动离开。那些岁月里，人们纵是缺衣少喝，但对于槐花的美味，还是乐意与所有的人分享。

下午，炊烟轻轻。一阵阵稀稀疏疏的犬吠渐次响起，槐花编织的美味就会让整坳村庄沉浸在一片满足之中。

那时，细小的河流，不足以为人们的日常提供便捷，人们便在河流中间修了一个小小的水塘，等水蓄满后，再挖一条小道，让河水沿着原来的河道平缓地远去。天高云清时，妇女们结队到水塘，沿着塘岸一溜坐开，浣洗衣物。一时间，清脆的笑声就在你来我往中溅开。

青蛙不知道什么时候也在水塘安了家，一个个成了水塘的主人，即使有人来也不惊慌，按照自己的轨迹自由地游弋着。母亲在忙碌，我也没歇着，一屁股钻在白杨树下，挖出一个个小坑，然后用手当瓢，舀来河水，抓来青蛙，让这些小生灵在我为它们修筑的家园里安家。它们往往非常不配合，只一会儿就四处乱窜，稍不留神就跑得没有踪迹。母亲告诉我说青蛙是益虫，专吃侵害菜畦的虫子。于是对于青蛙的出逃，我们选择性地没有惩罚它们。而抓来的蚱蜢、草猴之类的就没有那么幸运。水淹加棍棒相迎，轻则断腿断翅，重则了却它们短暂的一生。

小河的岸边，草子都是匍地的，低矮，不引人注目。在这些草子的根茎下，往往遮掩着蚁类家族的房舍。它们洞穴朝上开口，与莹澈的天空言语，与雄浑的大地歌唱，对抗着夏日的灼热。可就是这样，有时候也难免因为它们的肤色，让我们产生种族歧视。小河边的蚂蚁的肌肤有两种颜色，一种是类似于石榴汁的暗红色，一种是类似于夜色的深黑色。暗红色的蚂蚁，我们称之为“红军”，自然而然，我们把它们和当年二万五千里长征的红军想在一起，认为是好的一类。相反，深黑色的蚂蚁则被我们称为“黑军”，它们归类于国民党，或者匪军，或者反政府武装。就这样，简单地以肤色分类好与坏给“黑军”带来了灭顶之灾。为了帮助“红军”，我们对“黑军”采取多种暗黑手段。比如水淹、火炙。一次进攻，往往让“黑军”近乎全军覆没，“蚁”不聊生，死伤无数。

现在想来，荼毒带来的，是一时的舒爽，却是一生的感伤：一个人的童年，要给多少生灵带来苦楚，甚至毁灭。多年后，我依然对童年的无知而感到愧疚。而童年，也在这样的懵懂无知中渐渐远去……

曾承载我童年时光的小河早已没了踪影，荒草萋萋，空留一地的忧伤，在我心间盘旋。

三

村庄除了草木惹人怀恋，更多的是可亲的人们。

他们祖祖辈辈倚着黄土的黄，用脚印一次次丈量黄土苍老的纹理，用犁铧一次次梳理高原的温度。土地给了他们生命，他们最后，也魂归黄土，与土地融为一体。可以这样说，高原上憨厚的人们，身上流淌着黄土的血与汗。每一个人都是高原。你瞧他们的脸庞，纵深的皱纹和黄土的褶皱如出一辙，黑青的脸，就是高原真实的写照。他们一生素净，淡然，与世无争，守着几亩薄田，吃老天饭，悠然见南山。

我记得，有一个叫六孩的女人，个头不高，脸上生满麻点。丈夫给人箍窑洞时，窑洞轰然倒塌。一个换工的石匠随着尘土飞扬，再没能看六孩和孩子一眼。换工，在高原非常普遍。这家箍窑洞，村里的汉子们便不约而同前来帮忙，没有报酬，管一顿饱饭即可。人们谓之换工。等后面轮到其他人家再箍窑洞，打石头，砌院墙时，同样会得到帮助，不管十天半个月，还是一两个月，都是这样。六孩的丈夫，就死在箍窑洞出土的时候，那是箍窑洞最后的工序，出土完成后，窑洞的修建就此竣工。可事不遂人愿。六孩的丈夫是独子，父母在病痛的折磨和失子的悲怆的无情冲击下，先后仙逝。

六孩赶到现场时，丈夫身体已经冰冷，血肉模糊。她跪在刨出的丈夫面前，泣不成声。她的孩子，不知所措地站在她旁边，只是无休止地呜呜地哭着。经此一难，六孩成了寡妇。为了躲避村人少不了的闲言碎语，她带着孩子，再次回到生她养她的李家墕。李家墕的老少，接收了她的归来。更有甚者，腾出土窑，安顿了凄苦的娘俩。她家的窗棂前，总有村民们默默送去的吃食，或者是一只瓜，或者是一袋枣，或者是一盘窝窝头。

为了报答乡亲们，她总是力所能及地为乡亲们做些事情。菜田是人们常常顾不得打理的地方，每到夏日，六孩主动承担起为菜田浇水的任务。她一个人稳稳地站在桔槔中间凸出石壁的条石上，弯腰汲水，伸腰倒水。石壁的绒藓被水淋得湿漉漉的，黑绿黑绿的。她懂事的孩子则用锄头隔开菜畦的水沟，将菜地一畦接着一畦灌好。

日子，就这样静静地流淌着，不声不语。高原还和往常一样，日升日落，人们日出而作，日落而息，过着一眼就能看到头的生活，没有抱怨，没有烦恼。

我小时候，一直对一件事不明白，为何很多村庄都有一座庙，唯独我们村没有。在高原，每个或大或小的庙子都会选定一个日子，请来晋剧班子唱大戏，请来神婆抬神楼子，求得神仙庇佑，求得风调雨顺。每次遇庙会，我都得翻山越岭数十里，晚上看完夜戏还得赶夜路回家。为什么一定要看夜戏，因为夜戏演的是我们孩童最爱看的《西游记之三打白骨精》。

其实，人们求的都是一个心安，庙会，成了人们精神的寄托。

而静静地卧在高原犄角旮旯的李家塬，早就成了村人们内心的精神供养地，无须神庙，人们靠着拧成一股绳的劲头，已将生活过得井井有条。只是遇到大旱之年，才会不得已从邻村请来龙王爷，头戴柳冠，赤脚踩地，进行一场已存在了若干年的祈雨仪式。这场仪式的唱曲，后来成了电视剧《平凡的世界》的片头曲，由民间歌手贺国丰演唱，流传颇广。在我已走过三十年的生命旅途中，我尚且没有经历一次。也许用不了多久，随着老一辈的离去，祈雨也会随风远逝。

四

村庄伴随着我的开始，也将伴着我的结束。

在李家塬，仿佛只要一出生，便会与锄头、铁锹、连枷、碌碡、桔槔，与土豆、高粱、糜子、荞麦、玉米，与后窑上、坟峁上、新舍沟、葫芦蛋、阳洼上紧密相连。这些挥之不去的符号，已深深耕植在人们的心域，无论刮风下雨，无论电闪雷鸣，无论富贵清贫。

那年，我终于尝试着走出村庄，去探寻山外富丽堂皇的世界，我读书、毕业、工作，每一步，都在摆脱着村庄的“枷锁”，可直到我在城里安了家，有了儿女，却始终对那片多山少水的地方念念不忘。那里生长的每一棵树，每一粒草，每一声虫吟羊咩，每一个风和日丽，都在我脑海中深深烙印着，镌刻着。

我总以为，父亲的离去，爷爷奶奶的离去，一个个曾把我捧在怀里的村人的离去，会让我距离村庄越来越远，这是毋庸置疑的事情。可随着年龄的渐长，村庄距离我的心灵却越来越近。我经常会回忆那里的一切，包括崖窑峁掏鸟窝的事，迂回的山路上父亲赶骡子的事，伙伴们扔沙包的事，村头榆树下放电影的事，三爸烧砖的事……

春天，我跟在母亲的身后，踩着父亲犁铧划过的肤沃黄土，将一粒粒饱满的黄豆种下；夏日，我跟在母亲的身后，用锄头谨慎地将附着在庄稼里的杂草清理；秋天，我把谷穗扎成捆，一捆一捆放在父亲钟爱的平车上；冬天，我蹲着挪进漆黑的窖里，挖出正在酣睡的土豆、香葱、胡萝卜。那些大山给予我的青春，像天宇中熠熠生辉的星辰，总会照亮我一直认为的单薄人生。

住在城里，春天还没有到来，母亲就着急忙慌地从超市要来盛放蔬菜的泡沫箱子，准备将菠菜、芹菜、生菜、芫荽、辣椒种植，自然不是为了吃菜，这种在阳台种植蔬菜的成本显然要高于菜市场买菜的价格，可母亲乐此不疲。我会跟在母亲身后，选择一个温暖的日子，播种对于农事的留恋。看着绿油油的蔬菜，母亲还会时不时念叨一句：“六孩那些年照看的西红柿又大又圆，白菜又高又壮。不知道这些年，她过得怎么样？”

五

铁匠姓姜。

姜姓在李家墕只有一家。他们的一生都与带着体温的农具有关。一件称手的农具直接关系到农耕的效率。为了让村人们都能心满意足，姜家人把汗水敲击成了岁月，把时光凝聚成脸庞的疤。

清晨，曦光柔软地倾泻下来的时候，姜家的院落就开始忙碌了。他们生起柴火，拉上风箱，把坚硬的冰冷的铁块烧得殷红。火焰耀红他们的脸，深邃的眸光里，你总能看到铁一般的信念。铁块有了农具的雏形后，咚咚的敲击声就开始迎接日头进一步的上升。

敲击声是孩提们上学的闹铃，亦是村人们上田的催促声。人们扛着姜家打制的农具，带着惺忪的睡眼和风干的馒头，朝着黝碧的庄稼地走去。农具被阳光反射的光斑，时不时在蜿蜒的山路间闪烁。

铁匠的院落里，上门定制农具的外村人，胳膊肘夹着一根旱烟锅，浓烈的烟气很远就能嗅到。农人对于农具的好与拙，只需瞧一眼就能看出端详。姜家铁质农具的名声，早就名播乡里，很受欢迎。他们打制的铁器，经久耐用，细节部分做得天衣无缝。手艺别说在乡里，在县里也是一绝。

凭着手艺的精湛，姜家很早就买了电视机，后面又早早安上了卫星锅。为了观看中央电视台下午六点的大风车，碎娃娃们总是赶着节点纷至沓来。后来人越来越多，姜家索性把电视搬到院子里，还为看电视的大人小孩准备了炒瓜子。一时间，他们家的热闹，甚至超过了碾道。或许每个村都有一个地方十分聚人。李家塌聚人的地方就是碾道。碾道安一盘大碾，夏天，被槐树遮得结结实实，清爽宜人。碾道又是去水井的必经之路。以至于这块二三十平方米的地方，成了村人们敲锣说散话的绝佳区域。

一年，可能是出于感谢李家塌的接纳，姜家请了一家远近闻名的说书班子来说书。闻名的说书班子，价钱也就自然要高一些。高原上说书班子有很多，他们有一个共同的特征，或是眼瞎或是瘸腿，为了谋生，他们胳膊肘夹一把蟒蛇三弦，兜里揣一副快板，行走江湖。说书内容大多是善有善报、恶有恶报的故事，让人听后拍案叫绝。他们会唱，会跳，会反串，会口技，会快板，似乎无所不能。一场激烈的农事后，恹恹的夕阳随之坠落，此时，嗑着瓜子，听一本书是村人们最为惬意的事儿。

给天地三界诸神上了香，磕了头，供了祭品，一本书就在“弹起三弦定准音，我们是说书唱曲的人”的起音中开始。起初，说书匠让姜家人讲几句，姜家人紧紧握住话筒，道了一句“话在诸位身边的茶水里”就作罢，见众人端起茶碗一饮而尽便示意说书匠开唱。村里人抬头不见低头见，用不着那些花红柳绿的客套话。那日，书匠们唱的第一本书就是村人们耳熟能详的《三女婿拜丈人》。

姜家人一直打铁到二十一世纪初，他们终没能抵挡住市场化工业化的冲击，熄灭了炉火，再没开打，直至姜家老人去世。

打铁的娴熟手艺，也许会和村东头的小河一样，断流。这当然是我们最不愿看到的事情。

六

李家墕很小，只有五百余人，但学校很远，二十世纪九十年代，学生上学要走七八里的山路才能到达完全小学。尤其上幼儿班和一年级的学生。为了送孩子们上学，村人们不得不耽误农活。

鉴于这种窘境，善良敦厚的任老师毅然决然腾出自家的一孔新窑洞当作教室。窑洞的炕上是幼儿班，地上为一年级。没有课本，她就从完全小学要来别人用过的给我们。我们没有一本课本是新的，可任老师授课的内容却是我们眼中崭新的世界，无边无际的世界。她让我第一次知道山外青山楼外楼，知道直挂云帆济沧海，知道飞流直下三千尺……

小时候，我在那孔窑洞里度过了快乐的两个春秋。至今，我依然不知晓任老师的真名，我从没听村里的人叫过她的名字，他们都称谓她老师。我们没有黑板，便用一块床板代替，床板是白色的，不显粉笔字，就用黑墨汁涂一遍。待时间长了，墨汁褪色，再涂一次，如此循环。没有电铃提示上下课，就把一个残缺的锈迹斑斑的犁铧挂在院落一棵久沐风雨的歪脖子枣树上，开洞的铁勺子敲两下是上课，敲四下是下课。

我在那孔黑漆漆的窑洞内，咿咿呀呀地学会了“a、o、e、i、u、ü”，咿咿呀呀地也学会了儿歌《我去上学校》，学会了任老师教给我们人要具备的知书达礼、温文尔雅，也学会了《三字经》的“人之初，性本善”。

她一生的称呼，都是老师，她也是那个年代李家墕所有稚童的启蒙老师。

没有柔婉的赞美，没有芬芳的鲜花和此起彼伏的掌声，她在无声的时间长河里默默地老去。当我多年后再次遇见她的时候，她已双鬓斑白，但脸颊那抹明媚的笑容，依然如春天般让人温暖、恬静。

村里的时光书，最是纯真。当我一页页翻开，那些平凡的感动就会随之而来。我幻想着有一天，春意盎然，清风骀荡，我还要重归那片炽热的土地，采几瓣温润的阳光，觅一畦葳蕤的菜田，在最柔美的一折时光里，用文字重温这里发生的一切，它们纵是再普通，也值得去书写，去记录，可有一天是哪一天呢？

是夜，寂寂的窗外，一轮纯澈的满月斜斜地挂在埋头梳妆的柳树上，被树叶筛过的光点轻柔地洒在地面。城市渐渐进入了深睡，霓虹也渐渐熄灭。路灯下昏黄的灯光似乎要比月光还要明亮一些，孤独地照射着没有尽头的柏油路。我摁灭台灯，心里空得宛若沉醉在无垠的荒原。我有多久没有听闻到充盈于山沟峁梁的鸡鸣犬吠虫吟声声了，我有多久没有荷锄行走在蓊郁的庄稼地里聆听它们的私语了，我有多久没有触碰到母亲无休止的温暖的唠叨了。这些曾围拢着我的素日景象，已然褪色。点燃一根香烟，我把自己埋在久远的那条淙淙的记忆之河里，一次次泪下。

我依然无法确定，究竟哪一天，我才会循着祖辈们远去的足迹，再次回到我那一坳精神的伊甸园，去触摸村庄每一片烟岚的味道，去细嗅每一粒粮食的芬芳？

作者简介：

萧　忆　本名李阳阳。1988年生于陕北佳县，毕业于陕西教育学院。系中国散文学会会员，内蒙古作协会员。文章散见于《人民文学》《中国文化报》《草原》《星星》等报刊。作品入选《中国散文大系》《中国散文诗人》《中国年度精短美文精选》等选本。曾获《人民文学》美丽中国征文三等奖、东方文艺奖散文奖等。著有诗集《漫步陕北》，散文集《行吟大地》。现为某刊编辑。

芒种

雪雁鸣

在芒种的坡地上，看见无数把镰刀闪亮。

在芒种的田野里，我看见秧苗有着孩子般的笑样。

芒种的清晨，我听见父亲在天井下清理农具，他把镰刀擦了又擦，把冲担抹了又抹，把箩筐敲了又敲，只为收割，只为把那些听话的果实请回家，麦子、桃子、李子，怕它们在山上待得太久了，被一些不劳而获的人饱了私囊。特别是那些桃子李子，怕被嘴馋的山雀毁容。

没有哪个时候草长得像芒种那么长，她越过许多年龄的限度，想长得更高，像树一样抱月，但她的祖籍不允许她越过碑记的高度，淹没了祖先遥望故乡的视野，淹没了子孙寻找亲人的路径。其实草还是挺温和的，她们站在岸上看着农人插下的秧苗，深知农人没有像对待庄稼一样把自己当宝，但草的心情也是一如既往地好。风总喜惹草，总喜擒住小草的臂膀，风其实是个一无所有的事物，它靠草来展示自己的姿体。草也很乐意，愿意与风结为兄弟姐妹，一起跳舞，一起轻吟芒种的勤勉。草没有风，就像呆子傻傻地站立；风没有草，只会吹来蹿去，没有人认识你是张三李四。山峰青翠，田园新绿，大地丰收，都是从一棵草开始。

那些麦子轻晃脑袋唠叨了许久，该回家了，该回家了。来时只是几对公婆在土里恋爱、结婚，把子女高高地举起。土地的本领比寐床何止强千倍万倍，几粒种子在这里结亲，长出的后代满坡满畈一望无垠，土地这张大床产出的供养，年年跑回家去养活了在床上诞生的人，有的人长大后，再把它们带到山上来，再繁衍千担万箩；有的人长大后，不愿把那些种子送到山里来撒在土地上再长出大批的颗粒，他们只是坐在家里消耗，日复一日，年复一年，终究让那些干瘪的米桶，长出一堆贫困的表格。

四月节，最多的还是麦子登场，麦子的锋芒毕露，只为在风中自保，保住身上的饱满，不让农人的梦想成为空壳，不废农人的汗滴禾下土。该是交卷的时候了，那些农具的影子在卷纸上时隐时现，监督着麦子进仓的流程。忘不了母亲在割过的麦地里捡起遗落的麦穗，一篮又一篮，填饱了我饥饿的童年。没有哪种食粮，有麦子会变戏法，它变出的花样，让你一时难以记上。它把自己变成面粉，跳下油锅游泳，成了麻花样，让你认不出客从何来；它把自己变成月饼，让游子思念家乡一轮月；它把自己变成糨糊，张贴年少青春的婚联，粘上孩子饱满的奖状，黏合母亲精制的鞋样，让我一生的道路不走样；它把自己变成面条，千丝万缕，白发三千；它把自己变成蛋糕，让长寿的烛光把堂前点亮。

四月节，那一份鲜红是桃子给的，酡颜醉脸，分外妖娆。桃花修炼了许久，蘸着千尺潭水，写下无限的春思，在水墨山村的桃林里，挂满长寿的果子。捏着一个桃子，让我神游了河姆渡，让我走进了《山海经》。在名农居士的群芳谱里，我结识了你的好多兄弟；在贾思勰的《齐民要术》里，我拜访了关于桃的各种性情。寿桃摆上了案台，祝贺山村不老，老人的一壶酒、一盏茶，尽是他黄金版的年华。只是，我再不见我的桃林，这一片桃林是我唯一的家产，在一个月黑风高的夜晚，在趁我熟睡的时候，被秘密地种上了高耸入云的述职报告。

还有梅子，梅的魅力，就是让许多哥哥抛出了诱饵，就是让许多妹妹酸痛了香齿。

这也是我喜欢的邻居，其实我与她不远，其实有时触及我的中枢。望梅止渴，这个天地间最美的谎言，是给人宽解的最有力的证据，也是最有把握的解脱。我的一生，都在这个成语词典里跑来跑去，让我时常甜蜜在卷动的书页里，让我不断沉浸在幻想的时空中，如朦胧的月光照在属于我的路上，在月光下奔跑，谁能开足最大的引擎？在我寒冷的时候，有人给我画出一盆炭火；在我饥饿的时候，有人给我发来满汉全席的视频。多少次让我条件反射，多少次让我虚偿所愿。

那一片梅林还在吗？

那长篇累牍还在台上翻动着，我发现那些声音有些嘶哑，我才不愿给你一粒酸梅让你提神让你继续跑。

捧着梅，我忽然想起酒的纯度，青梅煮酒，汉字的鬼魅让我排解夏日的烦忧。青梅煮酒，本是凶险的情节，我用酒的灼热把它熨平，变成浪漫的请柬，邀请还没走远的挚友，在梅林下抚琴歌舞，朗诵季节的脉动。

梅乡忆，故人愿，何所虑，无忧患。我已失去长歌当啸、豪气冲天的成本，捧着温顺的忆江南，指认声声慢。

作者简介：

阮绪华　笔名雪雁鸣。湖北省作家协会会员。在《散文天地》《散文诗》《人民日报》《光明日报》《湖北日报》等报刊发表小说、散文、诗歌、摄影等作品若干，入选《中国散文诗精选》《南方文鉴》等多家年度版本。出版散文集《美的遐思》，散文诗集《梦故乡》等。曾获“咸宁市优秀文艺人才”“咸宁市十大优秀青年作家”称号。

采采蓼花

黎　采

秋渐深，蓼花次第开放了。

山野里，到处都有它们的身影。一串串，一丛丛，一片片，红艳艳，轻盈盈，娇媚媚。于我而言，低头看见蓼花，是一种什么感觉呢？还真是说不清，我只能说，就像抬头就遇见彩虹一般美妙。

蓼花是花，也不是花。蓼花也称荭草、水荭、红蓼。“山有乔松，隰有游龙。”蓼花，即那根被古人叫作“游龙”的草，自《诗经》中走来，婷婷袅袅，缤纷了几千年的时光。

秋天里，蓼花仿佛再也按捺不住一颗热烈激荡的心，倾尽所有的灵气，乘风破浪般地，冲入红尘之中，化为朵朵红花，在秋风里摇曳，在秋雨里静默。花朵是那样小巧那样可爱，像羞答答的眼波，如恍惚惚的幽梦。任你心似寒冰，也顿生缕缕温情。

多少次，我在村庄里一边胡思乱想，一边四处闲逛。若是停下来了，可能就是看见了蓼花。那是一种甘心情愿的停。没办法，谁叫我无可救药地迷恋蓼花呢？不过，我估计蓼花一点也不喜欢我。因为我一陷入迷恋，就会做出伤害蓼花的事——我采蓼花，采了又采，采上一大束，拿回家，泡在玻璃瓶中。一抹红颜，满屋清雅。我微笑地做着这一切，我简直陶醉了！蓼花呢，无可奈何地住进人的家，不情不愿地美给一家人看，当真是“我见犹怜”，楚楚动人。

我采蓼花，是为赏而采。还有一种采，是为吃而采。采些蓼花用来泡柿子。那些年，乡村里许多人家都做过泡柿子。迎着暖暖的秋阳，爬上高高的柿树，摘下一筐青黄青黄的半熟的柿子，再采些蓼花，分别洗净，然后一起装入坛子里，加清水泡着，密封。过二十天左右，蓼花就完成了人交给它的秘密“使命”——暗中施展“功夫”令一个个青涩的柿子成为农家人舌尖特有的美味。开坛，拨开蓼花，取出柿子，刮去表皮，咬上一口，柿子的涩味消失得无影无踪，只有满口的清脆与甘甜。仿佛平淡的日子一下子都跟着变得甜滋滋。那甜呀，是物质匮乏的年代里一丝甜彻心扉的甜，一尝永难忘。

如今，家乡那些老品种柿子树已所剩无几。也没有几户农家依然在秋天做一坛泡柿子了。当然，也就没有什么人在秋天里采蓼花了。蓼花呢，早已忘记了前尘往事，一年一年，从春天启程，蓬蓬勃勃地生长；抵达秋天，便一丝不苟地开花。有人采，蓼花不会躲闪；没人采，是蓼花的福气。

我也好多年不采蓼花了。离开了乡村，久居城市，看见蓼花的日子，越来越难得了。如今，不论在哪里看见蓼花，我都只安安静静地看着那些跟记忆中似乎一模一样的花朵。

看着看着，我就看见从前那个采蓼花的我。我采呀采，在老家的屋后；我采呀采，在村头的小路边；我采呀采，在山脚下的清溪畔……我的长裙在阳光里映着蓼花的倩影，我的头发和着蓼花一起在风中轻舞，我的思绪散落在蓼花丛中，我的欢欣随着蓼花一同绽放……我采了一束又一束，花影在我眼眸里闪烁，清香在我呼吸里流淌。我举着一束蓼花在田野里如风一般地奔跑，花瓣纷飞，诗语飘洒。我仿佛就这样采了好些个秋天的蓼花，童年就过完了。仿佛只有一瞬，就过完了。我忽然感到，天地之间，苍远辽阔得近乎虚无，我孤独的影子被一阵大风刮得很瘦，很瘦。

我想回去，就算是在梦里回去一次，也好。去把那些亲亲的蓼花再采一遍，把那些简单的快乐一一拾起来，密封，冻住，保鲜。

就像把一部分自己保鲜。

我还看见，村里的玉姐、萍姐、敏姐，七婶、六婶、大婶以及侯婆婆、康婆婆、杨婆婆也在采蓼花。她们在乡村的各个角落采呀采，表情很模糊，动作快狠准。她们采蓼花时在想些什么呢？她们的脚步踩在了谁的心上？她们的身影温柔了谁的苍凉？她们都不知道自己如蓼花一样美，美得朴素又高贵，美得低调又神秘。她们只是低着头弯着腰不停地采呀采，采了一束束蓼花，放在竹筐里，或是拿在手里，慢慢悠悠地往家走——她们就要大显身手，让蓼花去遇见柿子，酿造生活的甜味。她们，各采各花，各做各的泡柿子，各甜各家人。这甜，穿越时空，在一村一村人的唇齿间久久留着清甜。

远去的蓼花，眼前的蓼花，重叠，交织，如梦，如幻。蓼花不语，我不语。有些东西，一出声就碎裂了。有时，静默是最虔诚最质朴也最深刻的交流。

那个在蓼花间发呆的我，不知从何时起，对蓼花生出了羡慕之情。每一秋，蓼花都绽放，好像从来不曾枯萎，好像始终是活力满满的样子。而我，在人间行走，一晃三十多年过去了，啥作为也没有，徒留一纸空文。

是的，我常常感到空。曾经的理想，如云一般下落不明；曾经的爱恋，如风一样不知所终。像我这样的人，走遍了万水千山，历经了千辛万苦，终于把自己走空。有点可笑。那就一笑而过。

空也不是件坏事。空了，或许就懂得了慈悲。目之所见，万物生长，或是凋敝，皆是风景。一朵蓼花，在我眼里，不再只是一朵花，而是一个世界。敬畏之心，油然而生。我的双手，临花轻颤。我的欢喜，更胜从前。

蓼花，遍地蓼花，一再枯荣，一秋又一秋，风姿不改，从容自如。蓼花明明是一副不问世事、无忧无虑的样子，却也拥有叫人心潮荡漾、情丝飞扬的本领。不信你看——

“蔟蔟复悠悠，年年拂漫流。差池伴黄菊，冷淡过清秋。”蓼花的雅致，化为郑谷眼里一抹淡淡的清愁。

“淡烟枫叶落，细雨蓼花时。”蓼花带雨，在文天祥的心里晕染出万千风情。

“曾向江湖久钓游，极怜红蓼满汀洲。”一个怜字，道尽了舒岳祥对蓼花的深情以及藏不住的丝丝惆怅。

“花穗迎秋结晚红，园林清淡更西风。织条尽日差差影，时落钓璜溪水中。”蓼花那差差影的呀，不由分说地勾了宋祁的魂。

“晶晶红染累垂糁，袅袅凉摇软弱枝。”蓼花一摇，就摇软了董嗣杲的心。

“秋到梧桐我未宜，蓼花何事已先知。朝来数点西风雨，喜见深红四五枝。”蓼花，在宋伯仁的心中，开成四五枝喜悦。

“老作渔翁犹喜事，数枝红蓼醉清秋。”蓼花数枝，如醇浓的酒，醉了陆游的清秋。

“红蓼花繁，黄芦叶乱，夜深玉露初零。”繁茂的蓼花，温柔了秦观的失意。

“红蓼花香夹岸稠。绿波春水向东流。小船轻舫好追游。”蓼花的芬芳，终究没能化开晏殊的两眉愁。

蓼花，在时光深处的扉页里，在唐诗宋词的笔墨里，摇曳生姿，风采绝然。于诗词中“采”蓼花，每一“朵”都别有韵味，惊心动魄。

那就继续采。“露华凄冷蓼花愁。”“梧桐落，蓼花秋。”“数枝蓼蕊吐芳丛。”“秋色在何许，蓼花含浅红。”“莲花雨，蓼花风。秋恨几枝红。”“蓼花枫叶万重滩。”“蓼花枫叶忘西东。”“蓼花枫叶雨霏霏。”“蓼花迎路舞西风。”……花影绰绰，忽远忽近，时浓时淡；诗意漫漫，纵横时空，起伏跌宕。花，乱了人的情丝；人，摄了花的魂魄。花也是人，人也是花。

忽地，我笑了。如秋风里的蓼花一样，笑得了无烦忧。浮生一梦，谁都逃不开命定的羁绊，所有的悲喜，都是生命的底色。正是这些底色的交融、碰撞、沉浮，才于漫漫无尽的时空里，于最纯的欢喜里和最深的孤寂里，悄然绽放出一种真实而绝美的“花朵”——它可能是一首诗、一阕词、一幅画，也可能只是一抹微笑、一滴眼泪、一声叹息……是它们，组成了完整的生命。是它们，灵动了平淡的生活。你采或不采，它们都在那里，闪耀着人间某些情怀与思想的光辉。你懂得了，你就释然了。

闭上眼，有一个我回到那个生我养我的村庄，那里四野开满蓼花，秋风起，花轻摇，香飘远……

采采蓼花，悠悠我心。

作者简介：

黎　采　本名蔡黎彩，汉族，湖北建始人，编辑。迄今发表散文作品二十余万字，作品散见于中国作家网等媒体。现就职于建始县融媒体中心。

寂静的深处

刘晓利

真正的寂静在乡村，窑洞无语，喧嚣热闹的是那些大自然的歌者。在大片的无声里，偶尔几声鸟鸣，会让人觉出乡村的寂静是如此美好。

除了静还是静，在寂静的深处，我们总能清晰地听到自己的心声。

漫步于空旷的旧街，北风总会拂来往事的碎片，记得车赶供销社的大门前立着许多人，一年四季里总有些闲汉在那儿谈东说西，谈天扯地的。没有什么东西要买，他们仍然喜欢去那里，打打牌，下下棋，打听一些消息，也听听刘老汉讲故事。阳光很温暖地抚过来，那些倚墙而立的老古董这时就会眯起眼睛望望耀眼的那个圆盘。

"建林家铺子里的洗脸盆五元钱一个，洗衣粉两块五一袋。侯狗家的洗脸盆四块五一个，洗衣粉两元一袋。一样样的东西，竟差了五毛呢。建林的心真重，比秤锤子都重啊，肯定还有其他东西卖贵了，真是的，赶快把消息传开，以后就到侯狗家铺子里去买东西吧……"说的人不管铺子里的人听没听见，立在人家铺子外面的石台阶上就议论开了。"管屎他着呢，就是说给他听的，谁叫他卖贵了。"街上过来个人，就会有人再次说起这事。不久，村里的人们便都知道了建林家卖的东西贵，去建林铺子里买东西的人就越来越少，渐渐地，建林的口碑开始下降，堆在他家铺子外面的汉子们都立到侯狗家铺子门口了。铺子里生意冷淡，半月过来，竟连个串门子的人也没有了，建林没有丁点办法，红着脸只好把价调下去，这些闲老汉，真是拿他们没辙了。

卖东西贵的铺子，如果不及时调整物品的价格，搞搞促销活动，那这家的口碑就彻底坏了，不仅没有人去买西，还会成为人们茶余饭后谈论的话题。车赶供销社的院子是那种仿古的四合院，东西南北都有人住，在我童年的记里，能住在供销社院子里的人大都是村里有脸面或者是供销社工作人员的家属，这些人家一般都比我们住在村子里的人有钱。有的吃着公粮，即使有些人吃不上公粮，但因为做生意，手头有些活票子。这些人家的戏咪（吕梁方言：小孩）极惹人羡慕，时常穿着新衣服，有不间断的零食可吃。尤其使人记忆深刻的是秀爱饼子铺里的热饼子香，那些住在供销社里的戏咪便会像小鸟一样地飞奔到铺子门口，挤在一起抢着买刚出炉的饼子。而我们这些戏咪却不能，一般口袋里没有钱，只能眼睁睁馋嘴地看着，口水也要流出来了，肚子饿了一天，无精打采地低着头走在街上，早就对食物有了强烈的渴盼，回家的路上又绕不开，只有路过饼子铺才能穿过老街回到家里，魂都要被饼子的香味勾去了，谁还想离开呢。

建林的二女儿翠梅比我小一岁，我们是同班同学，放学回家的路上她曾几次拿买来的饼子给我吃，有时大点，有时小点。那时候我感觉自己有这样的一个好朋友很幸福，因为我们的友谊，我也经常去她家买学习用品，偶尔买点零嘴“三角豆”和“唐僧肉”等，她也会偶尔送给我一个什么零食吃。直到现在我都能记得这个善良女孩的样子，圆脸盘上，安着端正的五官，一双水灵灵的大眼睛会说话，两根羊角辫子走起路来一跳一跳的，粉色的怀绒点点外套，的确良蓝裤子，一双千层底鞋，她总是看着我笑。我很羡慕她那双大眼睛，因为我的眼睛小，我总觉得自己笑起来就看不见眼睛了，要是自己也长上这么一双漂亮的大眼睛该有多好啊。小学毕业那年，我与翠梅失去了联系，因为她家铺子的声誉不好，后来铺子就关了，听说翠梅到城里去读初中了，从此，我们再也没有见过。

后来，我总是会立在关了的铺子门前，看建林家铺子里堆满了的尘埃，人去铺子空，黑暗的深处一片狼藉。

我曾在一个个落日黄昏之际，偷偷地立在供销社门口向院子里的窑洞望去，金色的阳光铺满了窑洞外面的每一寸土地和窑壁。院子里有几个戏咪在玩跳皮筋、抓石子、跳格子等，他们各玩各的，空气里传来了快乐的笑声。那些戏咪看上去和我们一样，都有一颗爱玩的童心，并没有因为他们的父母是有脸面的人而变得有什么不同。

秀爱的饼子铺与供销社的大门正对着，当饼子铺里传来烤饼子的香味时，整条街上都是黑糖饼的香啊，买饼子的人便会来到街上排起队，有说有笑的很是热闹。无数次，我是那样喜爱这种香味，一次次走过，不舍地停下来看看，肚子饿得咕咕叫，因为口袋里没有钱，最后离开时竟会心情沮丧地哭了起来。偶尔有了买饼子钱买糖饼时，便会挑上好一阵子，找个最大的，糖多的，不久，烧出来的饼子被我摸了个遍。这时的秀爱会很生气，大声说几句话：“看看这些戏咪，你摸遍了让我怎么卖啊，真是不懂事……”

挑来挑去，看上去都差不多，最后只能随便拿一个赶快走人。刚出炉的饼子暖暖的，舍不得大口吃下，用两个手指尖抠一点放进嘴里，又热又甜，油的香和着烤面的味道，再加上热黑糖的甜，真是好吃啊。回家了也舍不得吃完，留着半夜里吃。

那时候，糖饼子五毛钱一个，而一块钱就能称一斤白面，一斤白面能烧十来个饼子呢，也是几口子人几天的食物，庄户人家谁能常吃起这白面饼子啊。

车赶街是人流汇聚的场所，也是赶集的场所。赶集的日子里，买与卖繁华着乡村萧条的经济，几个小时的人头攒动，叫卖声四起，喧嚣过后，这条街道又归于往日的寂静。

思绪回转到现实，此刻空旷的街道，每一声鞋子与水泥地的摩擦声都让我感到无比刺耳，一声声清脆的响声，仿佛是老去的街道在哭诉一般，让人心头涌起莫名的难过。

人去屋空，供销社的两个店铺一个已然全部破烂，建林一家从此再杳无音信。侯狗倒是一直卖着东西，铺子里很旧了。每次回家，我依旧要到他家铺子里转转买点什么东西。

在时光的面前，旧的事不断地旧去，破败了的东西竟让人不忍心去触摸。岁月就这样不停地流逝走失，而我们却无能为力，留下来的是老去窑洞的遗容，那些破旧的窑洞、荒芜的院落、无人的巷子曾经见证了多少代人的生老死去啊！

我能想象得到它们曾经的繁华，黄昏里，这些拐拐巷巷中时常会传来戏咪玩耍的笑声，袅袅的炊烟升腾着人间米饭的香味，田野里耕耘着的男人，一代代传承着祖先们的手艺，把劳动力永恒地伸向了土地。男人从田间劳作归来，一家人围坐在窑洞的炕上吃饭，说笑间其乐无穷，一盆盆洁净的水洗去了他们一天拂身的尘土，也洗涤着那一颗颗质朴的心灵。夜晚，所有的人在窑洞的火炕上睡去，在梦里他们总是会梦到黄土地上的日子无限美好。

作者简介：

刘晓利　1988年生，山西临县车赶村人，山西省作协会员，山西文学院第七届签约作家。作品散见于《山西文学》《黄河》《山西日报》《都市》《五台山》《汾河》《吕梁文学》《当代校园文艺》《长江诗歌》等省内外报刊。

沿着雨的足迹

梦蝶书生

初冬的雨，带着轻寒，带着残秋遗落的最后味道，在空旷天底，像一个行迹匆匆的过客，悄悄掠出那条冷寂巷口，从禾场边的光秃树底，从小径旁的荒草间隙，从人家屋顶的烟囱上……向着远天深野。

思绪沿着雨的足迹一路向前……

关于一只铝饭盒的意识延伸

冷风从山坳里刀子一样刮过来，旷野里卷过低低的压抑的咆哮，远处的灌丛仿佛枯瘦的经络，那曾经丰润妖娆的身体被轮回的季节蛀空，成为时光里的残骸，失去葱郁遮蔽的鸟声像漏风的牙齿，低沉絮叨，含混不清。

一群孩子拥在厨房狭小的空间里，厨房门也被塞满。所有眼睛仰望着青砖台上倒扣着的那只巨大陶缸——食堂的大蒸瓮。

陶缸向上的底被锯掉，盖着一面木锅盖，为防蒸汽泄漏，盖下衬着一圈烂布条。那个满脸胡楂的男子，穿着齐腰塑料围兜，跳上砖台，手触一下陶缸的温度，揭开瓮盖，蒸腾的雾气瞬间充盈在厨间。

所有人被蒸汽围裹，胡楂男子戴着手套飞快从蒸瓮里拎出一只只饭缸，“砰嗵、砰嗵”扔在砖台上，孩子们一个接一个从那一堆子里辨认着属于自己的食物，又一个接一个捧着深深浅浅的饭缸子走出去。

这些饭缸子大大小小形形色色，陶碗、平底瓷碗、带把瓷缸，甚至就有一只很特别的长方形铝饭盒。铝制盒身，上面镌刻的字痕嵌着长时间使用过后留下的黑垢。

就算这样，这只铝饭盒同样显得很“贵族”！四方棱角，折叠着金属握把，看起来很有派头。将金属握把打开，小心揭开盒盖，似乎有点隔夜酸的米饭味道伴随着蒸汽飘散出来。这说不上多么好的味道已被辘辘饥肠彻底无视，迫不及待拧开罐头瓶盖，把被瓶口扣出很深印痕圈的铁皮盖扔在一边。侧歪着瓶子，用筷子掏出各样咸菜：藠头、菜心、半块榨菜或辣椒……手握着饭盒金属握把坐在半块石磨盘上，埋头吃饭。或者把金属握把折叠起来，用盒盖托住盒底，顺着小路边走边吃……

无论用哪种姿势，那个被托在手上的铝饭盒一样让人神往！如果能有一个铝饭盒，如果能捧着一个铝饭盒在小路上悠闲走着，轻轻揭开盒盖，打开那个金属握把，或用盒盖托住饭盒，那就算吃着光米饭而没有任何下饭菜，也令人心满意足！

很早以前，我一直就想拥有一只和别人同样的铝饭盒。看着自己手中那只时常不小心摔地而创痕累累的瓷碗，说不上嫌弃和失落，但想着有天，如果允许，我也要买一只这样的铝制饭盒。如果有一只铝饭盒，如果可以握着铝饭盒的金属握把，装在包里发出特有的金属质地声响……多么惬意！

甚至有一次，我独自蹲在那棵刺槐下，看那位同窗手里捧着的铝饭盒。那位同窗正吃得津津有味，余光里感受到了被窥视的眼神，猛抬起头，很不快，你看什么看！瞬间，我突然为自己的偷窥行为感到无比羞愧！

每次看见铝饭盒，心里便念叨一次愿望，时间久了，愿望像磨盘上重复转圈的驴，单调乏味而终于麻木。再后来这种期盼，就像山间夏天行将干涸的泉水，偶尔泛滥一下，跟着消歇下去。当初那种无比强烈的渴望，似乎被时间消磨着激情与耐力，像一根用乏的皮筋，慢慢失去韧性。

始终，我都未能如愿拥有一个铝饭盒！

我一个同窗，身形瘦削矮小，奇怪的是却捧着一个与体形极不相衬的大号铝饭盒，这只铝饭盒比我以往见过的铝饭盒都要大出许多，而偏偏端着如此大饭盒的同窗，每次却总是只吃一点点，饭菜占据了饭盒的几分之一的地盘，其余地方空空如也！这感觉活像一个身形矮小者套着巨大衣衫，又像一只可怜的猫蜷缩在一间空旷宅子里！

不言而喻，我们谑称这位同窗饭盒里的食物为“猫食”，称这位同窗为“猫”！而每一次，看见“猫”捧着巨大铝饭盒里的“猫食”，使一只无比袖珍的勺子进食，便感觉无比怪异。甚至突然感觉铝饭盒也很怪异了！而这种怪异，我弄不清是那位同窗进食的怪异而让我觉得铝饭盒怪异，还是铝饭盒怪异而让我觉得那位同窗怪异。

总之，曾在心里一度风光无限的铝饭盒形象，突然妖孽丑陋。

几年后，这一群同窗五湖四海，而我也奔赴很远的城市去了。

一年回小村，在县城车站中转，看见不远处一辆人力三轮车停在树下等待揽客。那个戴着草帽的身材瘦小的车夫，手里捧着一个与身形极不匹配的铝饭盒，埋头匆匆吃着东西。

这个铝制饭盒引起我的注意。这年头，已经极少看到有人使用这种饭盒了。铝饭盒陡然唤醒我内心深处一息尚存的那点怀旧情结，我走近并特意仔细打量那个饭盒。

饭盒的主人抬起头，模模糊糊的，我们彼此愣了一下，我突然发现这就是当年端着“猫食”的“猫”！

久别重逢，很吃惊在这样一个地方竟能相遇昔年同窗，真是人生何处不相逢啊！

“听说你后来去了很远的城市？”那阵兴奋激动过后，“猫”复又变得拘谨。

我点点头：“你……怎么……？”

“哦，我……”他有些语无伦次。

我这才知道这位同窗已在城郊定居且为人夫为人父了，为补贴家用，闲时出来蹬人力三轮车挣几个闲钱。

我看看那辆三轮车，他赶紧解释：“这不是我的，今天我替我小舅子……我的车被扣了！”

“那你有没有去找找人帮忙？”

“我去了……你不知道吧，你的那位同桌现在交警大队……我去找了他……”“猫”突然变得很不快，“他说不太好办……不就一辆三轮车？他和城管那边通融一下就好，前几天我还请他吃过早饭，他推辞了一下，就一起吃过饭……这都几天过去了！”

“他或许有他的不便，你想……”我信口劝导。

“猫”生气地打断我的话，顺手将铝饭盒摔在车上：“什么不便，一辆破三轮车，亏我们还是同学……”

我愣了一下，有些错愕地看着“猫”，或许因为那位被他怨恨的同学曾是同桌的缘故，我也感觉很不自在。“猫”还在絮絮叨叨，那一刻，我感觉“猫”手里的那个很大的铝制饭盒突然像一个笨拙粗俗的器具，那容器里满是人情世故。

匆匆辞别“猫”，我很后悔，怎么鬼使神差偏偏就让自己看见那个铝饭盒了呢？

只是不知为何，心里那个旧日情结，那个被端在手上的铝制饭盒，突然显得很别扭。

前往南方某城，顺道拜访一位朋友，朋友亲自下厨款待。上过菜，朋友突然端来两个很精致的铝饭盒，我呆了一下。朋友解释说，饭盒放在电饭锅里蒸米饭，很方便，也免得大动干戈收洗碗筷锅子，算是偷懒取巧。

看着眼前的铝饭盒，棱角精致，光洁圆润，镌刻着卡通花绣。我心里突然浮现从前向往的那种铝饭盒的影子，相比起来，显得粗糙笨拙俗气寒酸。竟未料到，我第一次如此真实捧着铝饭盒，竟是在时隔那么多年后，在繁华都市里这样一个场合。

铝饭盒，这不是我曾寤寐求之却求之不得而寤寐思服的东西吗？在如此遥远的记忆深处，曾似乎触手可及却可望不可得……

不知为何，那一刻看着手里的铝饭盒，却无论如何也无法唤起内心深处曾经的那份渴望！此时的我，捧着铝饭盒的我，感觉那从前被自己无比向往过的铝饭盒竟如此普通而别扭，那些从时光深处翻寻出来的记忆，似乎早已过时、腐朽，那个当年的我，此刻正拘谨立在我眼前，滑稽可笑！一个铝饭盒……

突然感觉，这并不是我真正想要的，或者说，我曾经所渴盼的只是一种意识形象。此时的我像一个旁观者，冷眼审视着那年的我——那个当年的人，曾在这只可望不可即的饭盒上，倾注了太多虚无与不切实际的想象。

或许，那只存在于想象里的美好饭盒，只能永远在想象里了！

这个世上，你曾为之魂牵梦萦无比向往的事物，历尽艰辛，有天你终于和它面对面，但那一刻，你恍然惊觉，发现这曾经的冲动原本只是岁月深处的一个梦，醒来的你终于心平气和，波澜不惊！你像一个干渴过头的人，面对一池春水，却发现你对水的愿望早已枯萎。你暗自说，原来，原来不过如此！

我一直在想，曾经的向往与渴望熄灭，是内心深处的失落？是期待的事物已成明日黄花？抑或是那份渴望在历尽岁月后，从此平静与放下？

你不得不承认，这世上的许多东西，时过境迁之后，蓦然回首，你们已错过最好的时间，错过了那最好时间里的最好相遇！

铝饭盒于我，或许如此！

过去的油印机或者女孩

不远处的场边，那丛风情的鸡冠花生出几丛妖娆的火。那时风从禾场口那棵乌桕树下低低掠过，滑过檐口的石阶、廊柱，窗口的塑料破孔发出呜呜声响，几片青黄斑驳的叶子在风中飘忽……

窗背后那张红漆雕花书桌上，书堆叠在桌边，糊着一层油垢的铁皮灯靠墙立着，桌面上是灯油不小心烧出的一个疤痕。紧靠着那处疤痕，铺开一张蜡纸，蜡纸上白色的方格，很清新。转身从身后矮凳上拿起那块长方形钢板，表面布满细腻纹路的钢板很沉，钢板衬在蜡纸下。手握着尖头蜡笔，耳际便充斥着“刺啦刺啦”的尖细绵密声响。屏息静听，那“刺啦”声像一根根肉眼看不见的琐细花芒，带着冰冷的锐气，一下一下撕裂切割着空气，甚至身体也莫名有种痛感，灵魂似乎在遭受渡劫，在痛苦挣扎……

衬着钢板的蜡纸上，一行行字迹泛着白花。尖头蜡笔像一方小小的犁，那小小犁在手肘牵引下埋头冲锋所向披靡，翻耠着这片未曾开垦的土地。蜡末似涌起的浪，随笔尖翻卷。

鸡在窗外打鸣，鸟雀的聒噪从瓦楞子和檐溜碎落，那只乏了的蜻蜓懒懒歇在禾场边的枝丫，阳光悄悄溜出半个禾场……静静的村巷，时而有一缕风徘徊，那个浅绿色上衣的影子有没有从窗口走过?

握笔的手已酸麻，从桌边直起身，轻轻伸展一下腰肢，走动几步，从矮胖陶壶里倒一碗三匹罐，仰脖一饮而尽，顾不得捋去嘴角的茶渍，迫不及待审视那张刻满字迹的蜡纸，就像在欣赏一件煞费苦心而成的艺术品。感觉很满意，禁不住长长嘘出一口气。

轻轻揭开墙角矮方几上的盖布，是一台成色保存完好的油印机。打开油印机盖板，拧开机盖下的卡槽螺丝，将刻好字的蜡纸固定在卡槽上，放下蜡纸面板。

一切准备就绪，从墙角翻出那只油墨瓶，将油墨倒进一只废弃的瓷碗，滚刷将碗中油墨调成最合适的浓度。蘸满油墨的滚刷小心从蜡纸面板上推过去，掀开蜡纸面板，抽出一张印制好的稿纸，压下面板，滚刷推过去，掀开面板，再抽出一张印好的稿纸……屋子里弥漫着新鲜的油墨纸张的味道！

这个，还有人记得吗？那个时代里的油印机！

如果不是偶然想起，这曾经旧日时光里的过客，或许永远尘封在记忆里了。

在山中那座四合院里，穿过中间的草地，走上后面那排校舍前的青砖台阶，正对着台阶的那间办公室门角，油印机就摆放在那里。

谁想用谁就用！时常就有人立在门角，调墨、推印、抱着一摞印好的资料匆匆走下台阶……

一台仅有的油印机，大家争先恐后，试卷资料宣传单页……这就给刻制蜡纸带来很大工作负荷，无论走到哪里，似乎总看见老师们在忙着刻蜡纸。夜晚，那盏喷气马灯在头顶嗞嗞燃烧，台下灯影里大家安静看书，台上的先生戴着那副老花镜，整个人趴在讲台上，手握着尖头刻笔，在衬着钢板的蜡纸上一笔一画，刺啦刺啦响着……

蜡纸白天没刻完的晚上继续刻，晚上没刻完的白天接着刻，许多时候，台上的先生大约也乏累了，放下尖头刻笔，眼睛向下逡巡，把刻笔蜡纸钢板交给某个同学，这同学便倍觉尊崇殊荣！刻蜡纸这等大事，除却先生们外，便是表现出色者可被委此重任。

煞有介事铺开蜡纸钢板，一本正经攥着刻笔，正襟危坐……累并得意着！享受着其他同学羡慕忌妒的目光，格外认真刻写，有时甚至能感受那刻着蜡纸的笔尖，铁画银钩力透纸背。

许多次，那个男孩也如先生一般趴在那张长桌上，一笔一画认真在蜡纸上刻写着，看着边上一摞刚印制出来的资料，散发着浓郁的油墨香气，又看着这一摞印制的资料分发到每个人手中，想着那原是自己的一笔一画，未免得意兴奋。即便手上沾满油墨，即便还没来得及吃午饭，眼睛胀痛……统统忽视！

那年，办过一期校刊，由男孩亲自校稿排版，亲自刻写蜡纸，捧着油印校刊的同窗们，看着版面上自己写出的文字变成油印字，无比兴奋，但他们怎知道，那个最兴奋的人，只是默默在一边看着这喜悦场景呢？只不知，若干年后，这些早已为人父为人母的当年同窗，可还怀有一如当年的那份初衷？还记得那年手中文字散发出的浓郁墨香？

多年后，那个男孩远赴西北某地任教。简陋的校舍在无比偏僻的山窝里，山窝里除了两排校舍外，最近的人家都在几十里地外。

熬过一整个冬天，走出屋外，远近山上仍是一片荒芜冷寂，偶尔只有戈壁上几棵孤零零的骆驼刺，远空缥缈的数声驼铃，证明着这荒芜尚存着一丝生机。

这个时节，千里外的故乡，故乡山脚下的小村，应是花红柳绿草长莺飞了吧？

同事艳来自遥远的海边小城，对这异域风情人事充满好奇，但路远山深，荒漠戈壁，终无可去。更多的时候，男孩看见她趴在那张课桌上刻蜡纸。手指紧紧攥着刻笔，深埋着头，一丝不苟形神贯注，刺啦刺啦响着，蜡纸一寸一寸向前移动。男孩感觉那不是刻蜡纸，那分明是一个虔诚的信徒，手摇着经筒在苦心修禅！

有时艳看男孩刻蜡纸的辛苦，主动请缨。男孩也乐得忙里偷闲。但艳备课紧张的时候，若有闲暇，男孩也主动替她一把。

仅有的一台油印机，男孩来之前，由艳一个人使用和保管，男孩来之后，两人共同使用，但仍由艳负责保管。油印机框架松散且蜡纸卡槽的螺丝总是拧不紧，使用时须十分小心。找不到维修的人，自己动手修理过几次，只能凑合着用。

蜡纸刻好，调墨印制就是男孩的事，艳在一边打杂，清扫现场，将那些印废的纸和用过的蜡纸小心卷起来，在远处的墙角焚烧。

走过的艳带着风，风里弥漫着香水味，香水味里混杂着油墨的清香，这味道像极了一个飘忽斑驳的梦……

无事可做时，大家一起走上对面那道山岭子，就那么呆呆坐在坡石上，呆呆看远山雪巅，看更远处那条细长带子似的河，看两只小毛驴在青稞地里闲逛……

过段时间我可能就要走了！有天，艳突然对男孩说。

男孩看着艳，有点猝不及防。

我爸妈催我回去，那边一所学校已确定好了！艳接着说。

相处久了，彼此间已淡如止水，突然听说艳要离开，那一刻男孩内心竟有莫名伤感。就像一件习以为常的物件，有天突然从视线消失，那一刻才体会到从未有过的失落。

你呢？怎么打算？艳问男孩。

我？男孩一时语塞，鼻息里，艳身上那种香水混合着油墨味的香很浓郁，我……

艳笑笑，起身伸展着腰肢，随口念着海子的诗：陌生人，我也为你祝福／愿你有一个灿烂的前程／愿你有情人终成眷属／愿你在尘世获得幸福……

送艳离开的那天，艳很郑重地将那台油印机托付给男孩："你要好好照顾它呢！"

远处车的影子，像一只孤独的甲虫，吃力地向着这边爬过来，艳突然从包里掏出一个绣花荷包，又从荷包里掏出一页塑料封装的蜡纸。

这……这不是男孩最后替艳刻的蜡纸吗？

艳拿出来放在手心，我留下来做个纪念。

那一刻，男孩突然很遗憾，怎么没有将艳替自己刻的蜡纸也留下一份做纪念呢？

车来了，艳突然将一页纸塞到男孩手心。

车尘远逝。

那张纸是艳给男孩的地址电话。

男孩最终没能照看好艳托付的油印机。学校又来了几个新同事，没人有耐心去对待一台已破旧不堪的老物件，先是机盖掉了，跟着一边的卡槽断裂，最后彻底坏了。

平心而论，男孩一直记着艳给自己的嘱托，却有心无力，毕竟这不是私人物件，男孩无权自作主张。

有天，男孩也终于离开那所学校。忙于生计，男孩从此走南闯北，从一个城市到另一个城市，甚至当男孩乘坐的列车从艳留给男孩地址的那座城市呼啸而过时，男孩竟没有想过停下来，去看看这位从前的同事！艳没有想到，男孩也没有想到。

这场偶然到来的初冬的雨，让男孩偶然想起油印机这样一个老物件，想起那个叫艳的女孩子，想起那个女孩子身上，香水混合着油墨味的清香……

男孩不知道那遥远的山窝里的那个学校，那台废弃在墙角的老油印机最终去了哪里；男孩不知道艳留作纪念的那页刻满字的蜡纸又去了哪里；男孩不知道那个从身边走过带着风，风里弥漫着香水味，香水味里混杂着油墨的清香，像极了一个飘忽斑驳的梦的女孩子去了哪里；男孩不知道……

有一天，透过列车的窗口，男孩看见对面驶来的列车窗口里，坐着一个女孩，那个女孩像极了艳，在那个意念生起的瞬间，列车疾驰而过，剩下无边空旷……

这个世界注定是离别的世界，人与人，人与物，莫不如此！这个世界注定只是在离别后才懂得思念的世界，是注定离别后才懂得惆怅与忧伤的世界，是注定离别后才懂得疼与痛的世界……似乎所有的曾经与现在都只是天地间时间的发酵，酝酿那一点最后的短暂回味，就像作坊里的酒缸，有的醇绵，而有的……苦涩！

作者简介：

梦蝶书生　现居湖北荆门。著有网络长篇小说《弄色书窗》（又名《一夜桃花》）、《半床斜月》、《消逝的村庄》，其他小说、散文、杂文、诗等一百余篇（首）散见于报刊及网络文学平台。曾担任某文学网站杂文、散文、小说组编辑。

柴火

普　普

在很多人眼里，乡下人最不缺的就是柴火，不过在母亲的日子里，有那么几年真是费尽心思，用心良苦。庄稼人为了柴火煞费苦心确实在现在听起来有点不可思议，但事实上，就在那么短短的几年里，庄稼人对于柴火的渴求一点也不输于对于粮食的渴求，他们为此想尽办法，做出努力。

二十世纪九十年代初的日子里，似乎离了柴火，生活就丧失所有气息一般，烧水煮饭得用柴火，炖汤煨药得用柴火，早起煮猪食晚上取暖得用柴火……清晨袅袅而升的炊烟，才是生的气息，炊烟升起，所有东西都开始苏醒和鲜活起来。

母亲的柴垛子就安放在出门不远的墙角边，柴棍被堆放得整整齐齐，那时候的人们对于那种高高垒砌的柴垛子是很羡慕的，毕竟没有一户人家是可以离了柴垛子生活的。

那时候的电不如现在这样的村村通户户通，电线的维护也不如现在及时快速，所以稍微的风吹草动，阴蒙细雨也会让电线断开，又或者造成电杆倒塌，甚至对面某个村落的土块突然坍塌，也会影响到这边村落的线路供电，这时候，抽屉里备着的蜡烛或者隐秘角落存放的柴油灯都会被拿出来点上，蜡烛光微弱得只是证明了确实有光存在，黑暗没有那么黑暗，而柴油灯则是火焰上一股浓浓的烟雾，似乎明亮之后也会融入黑暗一般，满屋子的柴油味被一屋子黑暗中的明亮火焰带来的满足感化解，所以，电呢？

那时候的电支撑起几个十五瓦的电灯泡，在橘黄色的光中还得顾虑是否会因为太多的灯泡而导致电力不够，灯泡烧毁，又或者电压不稳，在来回几次一明一暗当中索性熄灭反而来得痛快。在那种照明体验不那么好的环境下，庄稼人大概都不曾想过，在未来的二十年里，生活竟然会发生那么大的变化。

煮饭用沼气电饭锅，炒菜用电陶炉，旁边还置着电磁炉，稻花鱼在烧着柴火的大锅里嗞啦嗞啦地炸着，柴房里堆满了柴棍……这就是最近一次回舅舅家看到的景象。母亲在为柴火费尽心思的时候，大概没有想到，未来的日子里，将食物由生变成熟的过程会有这么多实现方式，当然最关键的一点，庄稼人居然真的可以不用再为柴火费尽心思。

上山砍柴，这四个字，不论在过去或者现在，说起来都是平平常常的四个字。而在我母亲上山砍柴的那几年里，这四个字对于庄稼人来说是不可耽搁的一件事，但同时也是很多人因此受到责骂的一件事，森林防火相关人员为此安排了很多人力，那是在护林行动扩大范围的前后交接时期，砍柴的人偷着砍着，护林的人防着守着巡逻着。

通常上山砍柴都被安排在了秋收之后和春收之前的空闲期，也就是在春节前后一段时间。那段时间，庄稼人不用将太多时间耗费在田地里，因为这个季节里，田地里种植的也并非关系到人们一年吃喝的庄稼，稍微放松一下也是没有问题的。

立冬之后，寒气越发重了，那时候大人们砍柴，孩子们也跟在后面背个篮子捡些细碎的柴火引火用。人们先是砍柴，从大的砍到小的，最后连那手腕粗的也不放过了，之后还砍起了疙瘩，就是埋在土里的树疙瘩，也砍回家了，人们砍柴有多疯狂，就可以知道对于柴火的需求有多强烈，但也可以看到森林被毁得有多不堪入目，以及有远见的人们对于砍柴行为的谴责有多激烈。上山砍柴在当时更多的是艰辛苦涩。

孩子们是将这种行为当成了一种极其有趣的行为，毕竟离开庄稼田往大山上走又是一片新天地。冬天的龙胆花开得正艳，往上一层白白的霜，想要触碰又有点不舍，然后背着篮子围着那个不知道是被谁砍倒的树疙瘩捡一些细碎的木片，这种碎片木渣在一个家庭的柴火当中，实在是算不上什么，点燃后，咻的一阵火苗，嗖地就结束，甚至连铁锅还没烧热，碎片就已经变成了炭灰，安安静静地躺在了炉底，可是这又算得上什么呢，庄稼人还是带上了孩子一起上山，似乎能一起完成这个砍柴的过程，能独立来回也算得上是一种锻炼，一种本事。

翻过年后，报春花就开了，整个山上的颜色也丰富了不少，孩子们依然跟着上山，那时候山茶花、报春花、龙胆花已经不像入冬时沾满霜碴，随意采摘也不再那么冻手。

大概也正是这种从小跟着父母往山上跑的锻炼，学校里每两个星期安排一次学生上山拉柴的活动才能按时按量地完成，凡是三年级以上的学生都得上山拉柴，满足学校食堂的柴火使用，这是一次任务，也是一次户外活动，大概也是因为频繁与大山打交道，孩子们的筋骨都很好。

母亲一直就是砍柴队伍里的一员，在管控严格之后，他们还是偷偷摸摸地去砍过几回，最后一次被护林员撞了个正着，没收了手里一把又快又好使的左手大刀。那天她空着双手回家后，在床上躺了一个下午，在无法可想的情况下想了个透彻，不能砍柴了，那就得减少柴火的使用量。首先，每天一次的煮猪食取消，孩子高兴了，被安排在家煮饭的上午，煮猪食真的会花费很多时间，使劲加柴火也无法将大锅里的水烧开，确实又头疼又着急——只是从此之后猪就没吃过熟食，一切怎么顺手怎么来，解放了孩子，苦了猪；其次，不能砍柴了，那就得有自己的可以砍的柴火，因为短期内完全不使用柴火是不现实的事。

上了三年级，就得上晚自习，这是学校的传统。

下晚自习后，孩子们打着电筒往家走，一路上说说笑笑吵吵闹闹，母亲在半路拦住了我，说，我带你去串亲戚。大晚上串亲戚？听起来不是那么回事，但母亲说了，我还是跟着去了。

到了一户人家，人倒是认识，只是说到亲戚，小孩子实在没那么多概念，除了眼前的堂兄姐妹，表姊表弟，其他的人，大人说是亲戚，也就把他们当作亲戚而已。

母亲在那户人家里待了很久，我在一旁隐约听到些关于树苗的事情，夜晚的时间也过得很快，快到九点半了，母亲也不好再多耽搁，一阵轻声麻烦您了、拜托您、谢谢您了之后，也就匆匆退了出来。

回家路上黑森森一片，没有过往路人，这时候她突然提高分贝放大了声音说，我今天是去买树苗的，以后我就可以种一片属于自己的树林，等你长大了，就不用像我一样为每天的柴火而操心受累了。

大概在母亲的生活里，对于我未来生活的考虑和准备统统是在她现有的生活上去补全所有能想到的能遇到的问题，似乎这就是她给孩子未来生活的最好考虑和准备。

我们去的那位亲戚家是负责退耕还林和树苗培育的，母亲去的目的自然是拜托主人家把边角上瘦小一点的或者多余的树苗卖一部分给她，经过一个多小时的对谈，显然主人家是同意了的。而最终的结果是，在退耕还林使用之后，所育的树苗还剩了不少，也就是说，很多人不费吹灰之力也得到了一些新鲜的小树苗，反而母亲为此倒是又花心思，又去拜托，还花了钱。最后她的回应说，买的和不花钱得到的树苗确实不太一样，买的成活率都比别的好了很多。而我也确实只是听她说完了这些话，至于是否买的树苗比不花钱的真的要更好成活一些，我不得而知，毕竟每一棵树苗移栽之后，她都为此花费了不少心思，即便那不花钱得来的树苗应该也会长得很好。

那些买来的树苗被栽在了田间地头，长大后就将整块庄稼地严实地包裹起来，形成轮廓，除此之外母亲还在一片荒地上种上了树苗，头两年对树苗的管护，基本上比得上地里的庄稼苗了。

树苗是桉树，长得极快，长大后可以将树叶卖给专门烤桉油的人，这样一来，树叶卖了钱，树枝修剪下来可以当柴火，真是一举两得的事情。只是桉树对于土地的破坏性也是极强的，桉树所在的地方，几乎将根须所达之处的土壤养分吸收殆尽，再种粮食，很难有好的收成。柴火的问题解决之后，母亲似乎放松不少，同时也大胆不少，在解决了当下生活中的问题后，也时常考虑着未来会出现的问题，在未雨绸缪这件事上，我一向觉得母亲做得是过犹不及。不过她唯独没有做准备的就是，生病了会怎样。在这个事情面前，她有点措手不及，一下子失去了解决问题和困境的勇气，所以反过来强调那些她已经做过准备的事情，比如，学习不好没关系，回家来，土地都给换好了，这几年的施肥和养护也可以种出庄稼了，柴火也没关系，等你长大，树长大了，不愁没柴烧……她这是将积攒的勇气用自己那句“没关系”传递给她想要传递给的人，而对于她自己眼前的困境，索性放下了。

母亲大概没有想到的是，树会长大到坚不可摧的状态，生活有一天也会变成人们都差点认不出来的样子。那种每天愁着柴火的日子里，拿烤烟树回家当柴烧，玉米骨头塞进灶膛，煤油得随时备着应对时不时的停电……现在庄稼人的厨房里，除了电磁炉、电烤炉、沼气灶……客厅里还有冰箱，有没有柴火对于现在的庄稼人已经不是个问题，人们也不再会为此而特别焦虑。

树不用为了当柴火用而去生长，人不用为了当柴火用而去栽种。

树高大了，人矮小了，每一棵种下的树都在往天上生长，每一个生下来的人都在土地上、在树下长大。

作者简介：

普　普　云南人，业余写作爱好者。

咏叹自行车

燕　滦

1

老房子的年岁已过天命，青砖和白灰外罩着土坯的身子骨尽管十分孱弱，但在瑟瑟之中依旧拄着院墙外的老树，顶风冒雨、傲霜斗雪，照看着老屋子里的老物件。

我当兵前骑的那辆自行车，就是其中的一件，在老屋子里看上去近乎体无完肤，车身支离破碎，车轮分崩离析。至今年劳动节回老家我逢着它，粗略算来，已有四十个春秋，如今它老得不成样子，这么多年来，我没能认真地看它一眼，更没有关心过它的命运。

老屋子在暮春最后的风中为自行车叹惋着，自言自语：自行车在村里的大街小巷来来往往暂且不说，村外百里远的山石路、泥土路、沙窝路、冰雪路，哪条路不认得它？它又不熟悉哪一条起伏坎坷、曲折分岔的大道小道呢？它早出晚归，披星戴月，从不说累，也不抱怨。

自行车旁是落满尘土的暗红色的板柜，当年亮铮铮的凝重的身躯、红润的脸庞已不复存在，但仍不失沉稳的表态，首先是道路上不该存在的铁钉一类的东西扎破了自行车的轮胎，然后是风慢慢地扭曲了自行车的轮辋，也折断了一些意志薄弱的辐条。

板柜上的簸箕性格直爽，坦言相告，表明是雨把自行车打得锈迹斑斑。板柜边上的篓子忍不住说是霜将前后挡泥瓦和链瓦子腐蚀得朽坏变形，并扯落了链条、撕开了鞍座。

篮子和扁筐不甘沉默，篮子提问说铃铛怎么不见了，车灯为啥不亮了。扁筐因过去曾跟自行车转战南北，发言悲愤，说大家都埋怨是它给自行车的后座压散架的，其实都是雪惹的祸，包括铃铛不响后来丢失，车灯不亮最后毁掉，还有车闸失灵、闸皮脱落和脚蹬松懈、踏板离轴，无一不是雪亲力亲为造成的后果。

火炕虽显苍老，依然保持温和的态度。炕上的绳子和盘子秤受到火炕的鼓励，加之绳子过去长年缠在自行车后座上、盘子秤也累月地挂在车把上，对自行车的吃苦耐劳有着深切的体验和同情，开始讲出心声。

绳子说自己从“结绳记事”起，就代表岁月拴住每个人、每件物，系上每个事、每份情，也丈量事物的长短与大小、人生的胸怀与理想。最后表达自己当年总在默默地帮助自行车完成最终心愿。

盘子秤的秤砣没有垂在秤杆下，而是安稳地坐在秤盘里，这是一种无法完成自我称量的休假姿态。暂时失去秤砣的秤杆变得飘飘然而活泛起来，说自己称过的物件有小山一样重，都是靠自行车驮来驮去，而自己让自行车知晓了所载不同物体的各种承受力。

2

我看到这些老物件，听到它们的纷纷议论，觉得可爱可亲，不由得想起它们年轻时和青春年少的我整天缠在一起的情形。老物件所说的风霜雨雪无非是说早年时光的艰辛，象征了人生之路的坎坎坷坷、踉踉跄跄。

对于老物件来说，老屋子俨如母爱，老房子俨如父爱。老房子、老屋子，互为表里。母爱温暖着家，父爱支撑着家。

老房子是五十多年前我父亲母亲靠姥姥倾其所有的帮助才盖成的。大姐说那年她十八岁、二姐十六岁、三姐七岁、我四岁、弟弟才两岁。在二姐和三姐中间还有一个哥哥，两岁时罹患肺炎，夭折了，盖房那年如果活着应该十二岁。

大姐从小是在姥姥家长大的，姥姥家和我们家在一个村子。姥爷死后，姥姥同大姐和我们搬到一起过日子，姥姥就母亲一个独生女儿。姥姥家有一间半正房和一间半厢房，后来姥姥用那一间半正房换了另一间半厢房，有了完整的三间东厢房。厢房也是瓦房，夹在两排正房中间。姥姥让我父母把厢房拆了，在村北批下一处宅基地准备建房子。后来父母带领大姐、二姐盖了四间新房，再后来，新房也渐渐地成了承载老屋子里老物件的老房子。

盖房时二姐年岁小，累活计的重担磨坏了她的肩膀，压歪了她的脊椎。二姐两手肌肉萎缩，用筷子夹不起饭菜，后来蔓延到胳膊和双腿。她学不了骑自行车，大姐学骑车时，二姐在后面给扶着后座来掌握平衡，以后的生活中就没有再摸过自行车。

大姐在村里的代销点上班，代销点取消后，大姐结婚了。她没有离开我们村，而是让大姐夫这个首钢工人落户到我家。大姐夫一早一晚要跑首钢的矿区，婚后买了一辆红旗牌自行车。我和三姐、弟弟陆续用这辆珍贵的自行车练习骑车，每一次摔倒和碰撞，哪怕是很轻微的，都让我们无比心疼。终于在以心慌脸红和忐忑不安为前轮，以顽皮倔强和不断坚持为后轮，颠簸为左车把，曲折为右车把的骑行路上，获得迎面而来、扑入胸怀的临风快慰和惬意。

3

三姐定亲的时候，三姐夫家给买了一辆唐山生产的燕山牌自行车，从此我们家也有了自行车，而我成为这辆自行车真正的驾驭者。

迎接崭新的自行车到家的自然是当时还不老的老房子、老屋子和老物件们。家里一下子热闹起来了，像来了一位贵客。

家里又开始准备挨着老房子的东房山墙盖新房，按照我姥姥的说法是给我和弟弟每人留一处宅院，留着往后娶媳妇住。人们总是朦朦胧胧地憧憬着未来，我不知道未来媳妇藏在哪里，但对于一个人口较多的家庭来说，盖新房总是令人向往的。父亲又把爷爷分给我们的两间瓦房给拆了，老房子没建以前我们一家人居住在那里，是一个大院落里可单独生活的两间比老房子更老的房子，连我父亲都不知道它是何时建造的。

农村盖房子是件大事，几乎得集中家里所有的人力、物力、财力。为了给房子添砖加瓦，我跟随春福哥利用假期学习做些小买卖。自行车不仅成了我最为得意的坐骑，也是我跑东跑西、走南闯北最得力的帮手。那段时光，我和自行车，可以说如同一对情侣，不离不弃，如漆似胶。

盛夏里，天气炎热，我和春福哥骑车去外县的偏远村落收往年的粉渣，一出门就是几十里地的路，没有固定目标，只有大概方向。我们得勤打听哪里栽种白薯多，推断哪个村庄的粉渣价格更便宜，常常要走很长的路才能踅摸到粉渣充足的庄户人家。进村后，沿着一条街挨门挨家地叫喊：谁卖粉渣喽？刚开始我不敢大声招呼，还有些羞怯，在春福哥的带动下，才渐渐大声嚷出来，稚嫩的叫买声从一家传到另一家，从一条街跑到另一条街，从一个村飞到另一个村。

我从各家各户收的粉渣平均每斤八分钱，交到供销社是每斤一角二分，能挣得四分钱，一百斤的粉渣我就能赚到四块钱。那时每天能赚四块钱，对于我来说，已经是非常惊喜的事了。不要忘了，我的自行车功不可没，为此，它一次次辛苦地付出，代价沉重。

太阳的高温不停地从我的全身挤出汗水，粗布衣服阻挡不住那“润物细无声”式的渗透，衣裤落得湿淋淋、咸涩涩、皱巴巴的。我反倒有种热敷的体验，将自己一双眼睛睁得更大，浏览着道路和村庄旁侧的绿水青山。骑上车子，风就来了。衣服鼓胀着或贴紧我的身体，风撅折了阳光废弃的箭镞。

夏季的性子极易变换，脸说翻就翻。刚刚还是白云如帆，在天空碧蓝的湖水中徐徐而行，瞬息就像打碎的墨碟，黑云翻卷。电闪过后就是雷鸣，脚前脚后。风大声吼着，猛烈地摇晃着道路两旁的栗树和庄稼。我恰好在路上，前不着村后不着店，又是陡坡，载着一百多斤的粉渣，只能推车前行。既然无处避雨，就把我的雨披，一块说不上大的塑料布苫在装着粉渣的纤维袋子上，我解开挂在车把上父亲的草帽，戴在头上，大胆地走进风雨。

后来父母亲带领我们兄弟二人在挨着老房子的东面又盖了四间房子。大姐、二姐和三姐已经结婚，也总来帮忙，姥姥那时身体还硬朗，一直忙前忙后。这四间房子和老房子比，只能称为旧房子，父母现在仍然住着。老房子和旧房子，像长辈和晚辈站在一起。这就是我们的快乐老家。

4

成长过程中，我有自行车相伴。

那是一个凛冽的冬天，腊月里的一场雪让年味更浓，人们的脚步匆匆、心情欢喜。连续几天的好太阳，春福哥和我决定到口外看看粉渣的行情。一个寒冷的早晨，我们踏上了崎岖的山路，雪坚硬地固守着光滑，坑坑洼洼和大大小小的乱石纵横交错，密密麻麻。已然习惯于艰难困苦，不再畏惧和留意道路对我们一次次的考验。上坡下岭，都得推车而行，可我们依然像小鸟飞跃崇山峻岭一样快乐。不知不觉中，我们越过燕山长城的擦崖子关隘，骑进了青龙满族自治县一个叫凉水河的村子。

村子里充满即将过年的喜庆气氛，每个人的脸上都笑逐颜开、容光焕发。日头在十点多的光景，我和春福哥都收好了各自的粉渣。我刚用绳子煞紧后座两边装得满满登登的粉渣口袋，肚子突然疼起来，我随口“哎哟”了一声，卖给我粉渣还帮我扶车捆口袋的年轻媳妇赶忙停住脚步，回身问道：“小兄弟，怎么了？”我回答肚子疼，告诉她来的路上渴了，吃了两捧雪。她说：“这么冷的天，又是早上，怎么能吃雪呢，快到屋里喝杯热水暖暖肚子吧！”我正犹豫，春福哥赶来，知道原委后谢过年轻媳妇就催促我去喝水。

进屋发现，屋子里真干净啊！雪白的墙壁和窗纸，北面墙壁上挂着梅兰竹菊四扇屏，东面鲜红的板柜上一面穿衣镜里出现了我发呆的身影，镜子两侧写着“日出江花红胜火，春来江水绿如蓝”，横批是“风景旧曾谙”。窗子上贴着剪纸和红双喜。这时，一双纤细白净的手端过来热气腾腾的一杯水，年轻媳妇笑着说：“快坐炕上，趁热喝。”我一边接水，一边腼腆地瞅了她一眼：黑色的裤子，红色的上衣，利落的短发，鹅蛋形的脸盘比月亮白嫩，两只大眼睛荡着笑。喝完热水，肚子不疼了，春福哥叫我赶路回家。我答应着把那只带有大红花的水杯放到炕沿上，匆忙起身时，慌乱中杯子被手指带到地下，“嘭”一声碎裂了。大镜子马上照出我涨红的脸，我难堪至极，不知该说什么。她却始终在笑，拿来笤帚和铁簸箕收拾地上的碎片，还安慰我说：“没事的，有没有拉破手？”骑上车后，我扭头回望了一眼送到门口的年轻媳妇，她正冲我们摆手，归程一路无语，我总觉有双含着笑的大眼睛在看着我。

我的自行车仿佛也受到鼓舞，飞奔着将我安稳地带回了家。从此，那杯热水一直暖着我的心，直到今天也没有降温。还有那红色的上衣、荡着笑的眼睛和白居易的《忆江南》，时时刻刻都唤起我对美好生活的热爱和憧憬。

中学毕业后，我到滦河南边的二姐家跟姐夫学漏粉。村子在首钢矿区附近，离我家有五十多里地，我每天往返于两个村子，骑一百多里的路，每天在自行车上的时间至少四个钟头。入冬后，我参军去了部队，就把自行车给了弟弟。临走那天，弟弟骑车带着母亲在镇里送我，也算是和自行车的告别。

如今，我们姐弟的家里都有了汽车。可我又起心动念，想把那辆病恹恹、伤累累的自行车收拾好，骑着它去凉水河村，寻访那些美丽的景色和人。我和春福哥视频聊天时说起了这个想法，他表示大力支持，愿意前往。在视频里看到我们小区大门口的共享单车时，春福哥说：我们骑着共享单车去。我回答说：好的。但我心里还是惦记着那辆破旧不堪的自行车，我要修好它，让自行车在新的时光中继续前行。

作者简介：

王树久　笔名燕滦，河北省迁安市人。中国作家协会会员，中国散文学会会员，2019年参加河北省青年作家高级研修班。迁安市作家协会主席，《燕山》杂志主编。有多篇文章在《散文百家》《华文月刊》《唐山文学》等报刊发表，出版文集《忧郁的河》（上下册）、《娥眉月》。

悠悠水下千年城

朱湘山

一

汽车沿着汉水东岸行驶，一路向北，进入丹江口市腹地，筑在大坝两岸山岭上的彩色小城顿时惊现眼前。远处山色葱茏有致，山尽水出，水流山动，别有一番情趣。极目所眺，碧空如洗，路如彩带飘舞，若隐若现，烂漫的山花簇拥在脚下。红色屋脊密集建筑在起伏错落山岭之上，宛如朵朵红云从山坡蔓延至远方，安宁质朴的样貌，就像从山岭自然生长出来一般。

2018 年春，恰逢丹江口大坝建立六十周年，荆门和十堰的朋友陪同我们来到了这个被称为“亚洲天池”“中国水都”的童话世界。

一座凌空飞跨的水都大桥，连接着城区的东西两岸。176.6 米高的大坝巍然高耸于汉江之上，它的高度比曾经被称为华夏第一高楼的深圳国贸大厦还要高出 23.6 米，高峡耸起，四野翠脉，一江清水北上，卧引菱花飞流。

下午，本地的朋友安排我们乘坐快艇游览景区，登上巍巍如山的大坝顶，清新的水风扑面而来，湖光山色在春风的爱抚下，呈现出空灵缥缈的意蕴。大坝如龙，纵横在青山绿水之间，将历史截然分开，一边是浩瀚的大海，带着秦岭的气质，溶解了华北的干旱，泽被京津冀的人民，从悠悠岁月里谱写出时代的华章；另一边是荡漾的碧波，让曾经的水涝灾害成为了过去，留下一段帆樯如林、渔火涛声的历史回忆。

游艇载着我们向号称“小太平洋”的区域行驶，快艇在水面犁开一条美丽的水路曲线，眼前是水天相接、烟波浩渺的茫茫水面，江风扑面，直撞心扉，鸥鸟在前方翔集，几十里狭长的江面，夹岸奇峰对峙，陡壁峭拔，野藤倒挂，山环水绕，号称是著名的丹江“小三峡”(云岭峡、太白峡、雁口峡)。狮子山壁上有一天然石佛，高达 15 米，面向江面，平视前方，神态安详，正襟危坐，颇有乐山大佛之雄姿。其慈颜端庄肃穆，两手合掌于胸前，好像正在给坐艇、荡舟的游人祝福。

游艇在一块写着“河南人民欢迎你”的巨幅标语牌对面的小岛停下，直觉告诉我，已经进入到了河南的地界。我们走下游艇，拾级而上，在野花丛中登上小岛。四野眺望，鲜花如同铺开的云霞，不时亲吻我们的脚步，眼前碧波千顷，天水一色，奇山异石，独具姿彩。游艇渔舟荡漾在绿波之上，人绕水转，山随人移，人如画中行，山似水上漂。令人心旷神怡，乐趣无穷。

然而，面对此景，谁能想到，在这万顷碧波的下面，正沉睡着一座具有两千年历史的古代名城：均州。曾经的弯弯小路，水上大桥，辚辚车马，起伏错落的古建筑和古墓群，以及那稻菽麦浪，阡陌桑麻，十里人家，全在历史的叹息声中，一夜之间，沉沦在这水天茫茫的下方，历史名城知何处，水都千载空悠悠。

二

今天，当人们对宗教的朝拜或踏访，已成为世界性的一种文化象征的时候，中国道教原生地的古均州，仿佛消失得无影无踪。因为兴建南水北调丹江口枢纽大坝，千年文明的古均州淹没在此。道教圣地武当山有九宫，而被称为九宫之首的“静乐宫”，就位于约70公里外的均州古城内。据说均州是道教徒信奉的真武大帝传说中的降生地，从水路去武当山朝圣的人们，都要在此地下船，换车乘马上山。所以，均州曾是帆樯林立、车水马龙，一片繁荣景象。

“一座静乐宫，半座均州城”，静乐宫是在明代永乐皇帝的“南修武当、北建故宫”的思路下创建的，其面积占到均州城的一半之多。宋代开始，封建王朝自上而下皆崇拜玄武神，为避宋太祖父赵玄阴讳，改玄武为真武，并称其为道教始祖老子的“变化之身”。至明代，真武神受到历代皇帝的奉祀，尤其是明初的“靖难之役”后，永乐皇帝朱棣取得皇位，自称他得天下是“真武神”的庇佑之功。因此，崇奉真武神较前朝更甚，并把武当山道场作为皇室家庙进行营造。

道教自汉代兴起至明发展到鼎盛，明永乐九年至永乐二十二年（1411—1424），皇室耗十四年时间，役使三十多万军民工匠在湖广均州武当山修建庞大的武当山道教宫观两万余间，与此同时在均州城内修建了金碧辉煌的净乐王宫三万多平方米，总占地十二余万平方米。净乐宫为武当山九宫之首，均州城的三分之一为净乐宫所在，正是“城中宫，宫中城”。

如今，在世界各宗教发源地和创始人诞生地均成为辉煌的文化圣地的文明景象中，中国武当道教的原生地、净乐王子（即真武帝）的诞生地——古均州及净乐宫，却早已毫无声息地沉没在浩渺江水中达六十余年之久，仿佛无人知晓，无人痛惜，更无人回眸。

三

陪同我们的当地朋友，是一个很有学者气质的政府官员，对丹江口的文化研究极深，他向我们详细介绍了老县城均县搬迁的前世今生。于是，在湖心岛的这个下午，在融融的春日阳光里，关于一座古老均州的深邃记忆，如同眼前这沉淀的悠悠库水，轻轻拨开那看似平静安宁的表面，缓缓地搅动起沉淀着历史积累的长河，或浑浊或迷离的过去，不时呈现在我的眼前。

1967 年初冬，丹江口大坝下闸蓄水，距坝址仅 30 公里的古均州第一个开始悲壮地沉沦，与均州同时沉沦的，还有河南南阳的一个历史文化名城淅川县城。

1958 年，均州城里有人口 2 万余人，分布在城内、城外 3 平方公里内的土地上。城内是政治、文化区，城外是经济、商业区。主干大街两条：一为城内的南关街，至南城门，长约 500 米，宽 10 米；一为城外的南关街，长约 1500 米，北至南城门，南至南栅子门。两条大街全是一米见方的青石板路面。

城郭东南角的城墙上，有一座 3 层 20 米高的亭台式魁星楼。城内有城隍庙、九仙庙、学宫、文昌馆、江西馆、陕西馆等古色古香的明清建筑，把均州城装扮得端庄古朴。均州城地处汉水中游，汉水自东临城而过，依山傍水，水陆交通便利，有两条神道直抵武当山。

载货木船往来均州，上可达陕西白河县，下可通汉口，为汉水交通咽喉。城外汉江沿岸，有 4 段高约 20 米的护城大堤，总长度约 4000 多米。均州八大景之一的“东楼望月”，是指大东门外的一座亭台楼阁。在这里可近听汉水拍岸、远眺武当山天柱峰，令人心旷神怡。

均州城内方外圆，汉江水由西而来，绕城北沙洲，至槐树关和沧浪亭向南，经城东于龙山脚下折流东南。神州大地有文字记载的沧浪者不下五处，而最具权威的记载却是均州之沧浪，它以其不争的事实，奠定了神州诸多“沧浪”之名中的绝对正宗的地位。“武当县西北四十里，汉水中有洲曰沧浪洲……沧浪者，水色也。”（《水经注》）“汉水重浊，与大河相似，自均州以下，水为之一清，故曰沧浪之水。”(《襄阳志》)“危亭高耸白云颠，孺子歌处石上篆。绿水萦回深浅涨，春风摇曳往来船。鱼游波面全如意，人坐镜中半若仙。千古沧浪留胜景，濯缨濯足乐陶然。”均州沧浪亭筑在江水回流之处的峭崖石壁之上，林木苍翠，崖水相映。临江的陡壁上有座两层的古色古香的木楼，在正屋和庭院两侧的厢房后，便是一座古亭。山顶上一棵大槐树，树冠遮荫数余里，直过汉江到彼岸，在树荫下有一处渡口，因为这株古槐树，这里唤作“槐荫古渡”。

在临江的那面刀劈斧砍般光洁平直的崖壁上，镌刻着四个斗大的红字：“孺子歌处”。这一处的来历牵扯着历史名人的传说。当年孔仲尼率众弟子周游列国，路经沧浪：“有孺子歌曰：‘沧浪之水清兮，可以濯我缨，沧浪之水浊兮，可以濯我足。’孔子曰：‘小子听之，清斯濯缨，浊斯濯足矣，自取之也。’”(《孟子·离娄上》)我们完全可以想见，一路风尘、一袭长衫、由鲁至楚的孔老夫子，闻听《孺子歌》后的震撼，深省歌中所言的清静恬淡、自由取舍的哲理。

“有鸟自南兮，来集汉北，好姱佳丽兮，牉独处此异域。”这是我国伟大的爱国诗人屈原的诗句。他因遭谗被疏愤然远游，来到汉北并在此生活了很久，也写下了一系列伟大的爱国主义诗篇，《九章·抽思》便是此时的吟唱。在其《渔父》中有明确的记载，当屈原大夫行至武当沧浪时，也清清楚楚地听到了那支《孺子歌》。因为有了沧浪，才有了这支歌；也因为有了这支歌，沧浪绿水才得以千古流传。

四

均州城西门外宽阔的黄土岗上分布着大量的从春秋以来的各代古墓群，诉说着均州古老的文明，南关大街两边分布着十余条东西向的街巷，光彩巷南的朝武街是均州城的最繁华地段。朝武街西接南关大街，东连河街，就在这街口有一座四柱三间的高大石坊，出石坊过街便是宽阔的石磴道，直达江边，江边停泊着密密的木船，这便是闻名四川、陕西、山西、湖北、河南五省的均州大码头。明代永乐十四年从北京漕运来武当山金殿就在这儿下船登陆。这里有个地名叫金匠场，就是当年堆放金殿的地方……

1958 年 9 月 1 日，丹江口大坝动工兴建，均州城海拔只有 115 米，城内海拔有的只有 90 米左右。作为距离大坝最近的县城，1959 年汉江截流蓄水后，城内街道就开始进水。城区居民的房屋全部泡水，损失惨重。城区的机关团体事业单位学校及部分居民在大水的威逼下，被迫仓皇搬离。

1959 年，均州城内县直机关和部分学校仓促迁到原老城对面的山坡上的龙口镇。丹江口水库水涨起来后，龙口镇成为一座半岛，面积非常小，而且远离公路干线，有人称，那里一个村都摆不下，还要摆下一个县城?

当时的湖北省认为，国家正处于三年自然灾害时期，没有能力重建县城，不如将光化县（今老河口市）和均县合并成一个县。1960 年报请中央批准两县合并成一个县，称为丹江县，后易名为光化县。县城设在老河口镇，原均县县直机关、企事业单位全部迁往老河口，均县县城不复重建。

丹江口以下的人生活习惯处事方式和均州人太不一样了，合并后是貌合而神不合，山区与平原地带办事处事作风无法融合，导致很多工作，尤其是移民安置工作非常被动，矛盾重重，无法调解。原均县的干部职工对这种准备不充分的两县合并十分不理解。1962 年，党中央国务院决定，恢复均县建制，为了便于管理，新的县城设在丹江口水库工程指挥部所在地沙陀营。原均县领导机构和企事业单位又从老河口搬到丹江口。

自从老县城被淹后，三年内三次搬迁，均县元气大伤，经济上几乎是一穷二白，两手空空，城市建设一无所有，1962 年均县恢复建制时，正逢三年自然灾害，国家经济极度困难，拨给县城建设费120万元。面对不断上涨的库水，首先要解决数万干部职工的住房问题。面对区区120万元，当时的均县政府只得采取非常手段，突击建房，建房所有材料基本上拆自老城。国家给城内居民每间房屋补偿400元，但这笔钱不给个人，而是统一建房。老百姓形容所建房屋是："明砖清瓦跃时坯，初一放线十五住。"

1979年，国务委员兼国家财政部长张劲夫到均县视察，当他看到均县县城破破烂烂，移民住的房屋东倒西歪时，深感震惊，回到北京后专门下拨1550万元专项资金用于均县移民房屋建设。这1550万元下拨到湖北省，部分被均县用于改造了位于老城关镇的部分移民房屋，就是现在的车站路后面。勤劳勇敢的均县人民，依靠自己的双手，经过几十年的不懈努力，硬是在荒凉的沙陀营村的基础上，建起了一座现代化水电新城。

1985年，当时我还在鄂西三线厂工作，利用在老河口市学习的机会，专门到丹江口市区走过一趟，看到的大多是平瓦房，沿街栽着稀疏的法国梧桐，时有地上的黄叶伴着灰尘在风中飞扬，那情景，与我们此次看到的童话般的城市何止天壤之别。

2006年，丹江口大坝下游一公里处的南水北调丹江口大桥（现在改名为水都大桥）建成通车，大坝右岸新城区开发建设拉开大幕。大桥连接丹江口市城区左右岸，使丹江口市主城区面积增加了一倍以上。

历史的车轮滚滚向前，孔子曰："逝者如斯夫，不舍昼夜。"从1958年到2018年，六十年，整整一个甲子。

1968年，随着丹江口水库一期工程建成蓄水，均州古城从地图上永远地消失了，永远沉睡在滔滔汉水之下。

为了一个千年大计，丹江口市站在了历史的潮头，均县人民献出了祖祖辈辈居住的家园，特殊的历史背景下，或许难免牺牲。只是这牺牲有些太悲壮、太沉重。

五

那天下午，我们在坝顶停留很久，回到酒店，已是华灯初上，灿烂的灯光把城市的夜空点亮，水都大桥连同汉江两岸如同流动的光波，璀璨着如歌的夜色。在酒店的大堂墙壁上，一幅幅关于古均州的老照片，再一次撞击着我的心扉，令我震撼。

大坝蓄水，无疑是功在千秋、利在当代的国家大事，但乘着“大跃进”东风匆匆上马，对于刚刚起步的两省考古工作也造成重大损失。

人们记忆犹新，丹江口水库一期工程蓄水时，考古人员仅开挖遗址约 8000 平方米，发掘古墓葬 100 余座，尚不到整个古墓葬的 1%。绝大多数古墓葬沉入水下。1986 年库区水位下降，仅均县镇（原均州城）境内露出水面的墓地就有 10 余处，可辨认出来的古墓达 4000 余座。另外武当山古建筑位于淹没线以下的就有“净乐宫”“迎恩宫”等 173 处古建筑。此外还有历史悠久的湖北均州城和河南淅川古城，后来，随着南水北调中线工程开工大坝加高，丹江口库区又遭受了“二次淹没”。

根据调查，库区淹没的古文化遗址、古墓葬、古建筑不仅数量多，而且价值高。经文物部门勘查论证，库区淹没的湖北文物点有 241 处（包括地下文物点 210 处、地上文物点 31 处），河南有 130 余处，总计 370 余处，古墓葬群超过 1 万余座。其中就有世界文化遗产武当山的遇真宫遗址、浪河明清老街、六里坪蒿口古戏楼、沧浪摩崖上的“万古流芳”明代石刻、小店子遗址、北太山庙墓群、红石坎旧石器遗迹等等。毫不夸张地说，在库区淹没的地方，抬脚即可踏进一个千年朝代，俯身即可拾起一段远古文明，丹江口库区是一个比三峡库区更大的文物宝库，浓缩了一部五千年璀璨中华文明史。

库区淹没的腹地就是楚国的古都丹阳城。屈原流放时在这里写下了许多诗篇，其中《国殇》里描写的秦楚丹阳之战就发生在这里。水库岸边有春秋战国古墓群，发掘的25座楚墓中出土的7000余件珍贵文物记载着昔日的繁荣，其中楚令尹子庚墓中出土的编钟是全国出土编钟中音质最好的一套，被定为国宝，反映了几千年前这里的文明盛况。

这座水下古城里会有怎样丰富的文物宝藏和久远的历史记忆？又会给我们带来什么样的惊喜？浩瀚的丹江水成了遮挡历史的迷雾，考古工作者的视线已无法穿透。

六

清晨，静谧的城市上空弥散着薄薄的白雾，空气中飘着水草、泥土的清新和浓郁的花香，对面的民居里，不时闪烁出一两点微光，淡淡的晕晕的。天空越发迷蒙了，乳白色的雾霭在江面上似轻纱披拂，笼罩着高楼如林的城市，江水静静流过，安然地享受着晨雾和阳光轻柔的爱抚，犹如母亲怀中含乳酣睡的婴儿，随后，太阳从东山冉冉升起，金色的光焰仿如圣水一般，浓浓地泼洒在幸福的城市。

我顺着水都大桥的台阶走下江滨大道，走进建成不久的丹江口市沧浪洲湿地公园。公园位于丹江口大坝下游的西侧，为长条形状，东临汉江江滩，西靠右岸沿江大道，并与之平行。公园由汉江河滩、沼泽及各类小型湖泊组成，占地3.43平方公里，是丹江口市“一江两岸”滨江景观带的重要组成。

前方沧浪亭里，传出一阵深长幽怨的音乐声，一位老人正在古琴和洞箫音乐的伴奏下专心打太极拳，他轻运臂掌，推移腾挪，颇有仙风道骨之态，见我站在旁边久看入迷，那老人的一只脚在地面划出一道清逸出尘的弧线，双手上提收拢，整个人的精气神仿佛也因此升华，随后就收了招式，跟我交谈起来。老人姓陈，是丹江口中学的一位退休教师，陈老师告诉我，他就是从老县城搬迁到新城的移民，老家就住在均县县城里，当年他才上小学，见证了丹江口市的整个变迁过程，对老县城至今留下清晰的印象：那烟波浩渺处，是他曾经的家园，那一片油菜地，春天里开花，成群的蜜蜂飞向远方。鱼虾游动在房前屋后，几棵老槐，就是家园的高度，喜鹊的巢端坐树梢，青墙蓝瓦的老宅，淡淡的苔痕里留下有无尽的往事……老人话语中既有对往事的深沉留恋，也有对新城建设和现在生活的欣慰。

眼前的沧浪洲湿地公园，从名称到设计，都流溢古老均州的文化内涵，公园广场、游园步道、九孔桥、浮桥、亲水平台、沙滩娱乐场、植物园、月季园、杜鹃园，一切都是别具匠心，漫步其间，会让人想到淡淡的月色，婆娑生姿的树影，宁静的汉江收敛了张扬个性，变得深邃静谧，平朴无争，为市民和游客展示了一方足可领略天光水影的世界。

悠悠沧浪碧水，半世家国情怀。2014 年 12 月 12 日下午 2 时 32 分，南水北调中线工程正式通水，清澈甘甜的渠水从南阳淅川的渠首工程流进全长 1432 公里的明渠，输送到河南、河北、北京和天津。这不仅是一条“清水长廊”，也是一条“绿色长廊”。沿线河流均与总干渠立体交叉，保证了华北和首都人民的优质水源。工程也极大地缓解了中国北方地区的水资源短缺问题，为河南、河北、北京、天津四个省每年增加供水 130 亿立方米以上，一举解决了二十多个大中城市的生活用水和生产用水。

与此同时，老省长张体学的遗愿也正逐步变成现实。新县城建设之初，张体学省长这样说过：均县县城建设没有旧城市的牵扯，应当很好规划，我们在这里建设丹江口大坝就要将均县县城建设成为一个十五万人口的游览风光生产城市，具体地说，均县县城应当是“长春式的马路、上海式的楼房，杭州式的风景，广州式的街道”，有人插嘴说，还得有古均州式的古老风味，张体学说，对，很好。今天，当人们站在潮头眺望日新月异的丹江口的时候，是否可以这样说，老省长当初的设想，不正是这样吗？

七

“两望无际丹江口，举首传海空碧流。问我洗掉烽火路，遥指水下古均州”，如今的丹江口新城区，兼具超凡脱俗的童话气质与浓烈的田园风情。在丹江口，最棒的体验是黄昏时分独自伫立在高高的大坝边，一边是浩渺无边的水域，一边是碧绿色的江水从坝底流向远方。远处的武当山崖是散发着古老神秘味道的巨大岩石，近处是春天里满山满谷的浅粉色杜鹃花。山谷中有炊烟袅袅，从容地向天际飘摇，好似连接着人世和天界的隐秘飘带。

在晴好而微热的白色阳光下极目远眺，目光越过零星散布的房子，越过果树林，抵达数公里外由赭色山岩组成的高大屏障。看上去像是带着某种宗教情怀的岩画，让你心有所动，想要攀上那道逼向天际的石屏，叩问山的皱褶里隐藏的天遥地远和远古苍茫。

这次到丹江口之前，我曾从沙洋路过，沿途风景如画，无边的菜花在春风的摇曳下波浪起伏，像情意绵绵的田园诗。经过旧口镇和罗集镇，很快就到了一个别样情景的地方：一排排二十世纪六十年代建设的旧平房，上面盖着斑驳的旧瓦片，间或有新盖的楼房鹤立鸡群地掺杂其间，这就是钟祥著名的移民安置点大柴湖镇。至今仍然有一些移民居住在经过改造的这种房子里，当时为了赶工期，采取的红砖作柱，芦苇作墙，墙上糊上泥巴，冬天透风，夏天飘雨，同样，分散安置移民的地方还有宜城、随州、荆门和沔阳等地。那时我还正在钟祥一中读书，记得一天下午，学校集合我们到城北的桥头欢迎移民队伍，我们站在通往皇庄的道路两边，一辆辆汽车从眼前的沙土路上碾过，扬起阵阵的沙土灰尘，人们的脸上漠然凝重，间或听到老人妇女的哭声，那场面，我永远也难以忘记。

离开丹江口的上午，风轻云淡，却有半轮弯月高悬天际。远处有乐声袅袅飘来，有广场舞的乐曲，或许也有陈老师打拳时那不绝如缕的箫声，在这游客稀少的春天的早晨，挥之不去的永远是浓浓的乡愁。

“问渠那得清如许，为有源头活水来”，这源头，就是湖北河南两地人民的竭诚贡献，就是淹没两个古老县城和上千平方公里的土地，34.5万人离乡背井的代价，就是汉江两岸上百家排灌站和闸管所成为历史的陈迹，就是曾经的渔歌唱晚和千帆竞发成为两岸人民梦中悠长的浩叹。

诚如英国著名历史学家阿诺德·约瑟夫·汤因比所言，不是所有文明都是能顺利成长壮大的，事实上，有些文明流产了，有些文明则在它们生长的早期就停止了。文明生长的尺度应当是，在一系列的挑战和应战的过程中，场所发生了转移，即从文明的外部环境移入文明的内部。在这种逐渐升华的过程中表现出来的“自决能力”，才是文明成长的标志。

水是生命之源，围绕着水力资源，人类的工程活动几乎延伸到了地球各个角落。对我国来说，水利工程是国民经济和社会发展的重要物质基础，但也不能忽视修建水坝对自然环境和人文景观的巨大影响。只有了解历史，才能更好地把握现在；反思历史，才能更好地认清未来。

作者简介：

朱湘山　河南南阳人，海南省作家协会会员，现定居海口市。华中师范大学中文系毕业。先后在中国兵器部525厂、湖北省荆门市检察院、海南省公安厅工作过，曾经在国内有关媒体发表诗歌、散文、报告文学和文艺评论多篇。

不老的土地

周火雄

山，层层叠叠，层层叠叠。大别山走到这里，放下了和缓乖顺的性子，脱衣露膀，嗨哟一声，发起威来，山体越发丰隆，陡起陡落，忽然耸到天上去，忽然又下切到谷底。于是，山野奇巧，或莽莽苍苍、高峻入云，或绝壁千仞、沉降到深谷，飞瀑轰响。一块块巨石垂挂天地之间，上面留有青黑的道道，那是流水的印痕。抓石留痕，那是柔弱的流水的杰作。流水以柔克刚，日复一日，终见功夫。没有了嘈杂之音，天幕更加蔚蓝，天籁更加明晰，流水落在沟谷，回响不绝。黑黢黢的鸟的翅膀划过清空，立即被青山遮蔽。天地空蒙，四野不见人踪。河水在歌唱，那是柳林河水，它清粼粼的，在卵石和沙砾中冲击，铺排出路来，清澈无尘，清鉴天地。

不一样的山里人，不一样的真性情。人心豁达，性格开放，这就是柳林人。柳林人性情豪放，插科打诨，飞短流长，无所不能。促狭的玩笑常常让人捶胸顿足、忍俊不禁。有人夸口柳林的堂客力气大，他们不说堂客的力气，只说堂客撒尿，说有一日堂客尿急，忍不住在古角山头尿了，哎呀，这一尿不得了，一泡尿哗哗淹没了半个县城。柳林区区长早晨从尿河里爬起，懵懵懂懂，抹了一把尿脸说，柳林的堂客真他妈了得！

一

时序已是冬日，风吹雪子打在地上，发出硬邦邦的脆响。

我要到塔畈去。

巨大的山冲在沟谷延伸。越往山里去，越发显空旷。大山高挺险峻，四面围拥，托举起一方原野。这方土地上，人们沿山沿水筑屋而居。土地肥沃，人丁兴旺，塔畈越发闻名。关于塔畈，脉管里有一丝温暖的东西，那是本能的，与生俱来的印记，这种印记读来显得亲切。这里是我祖母的出生地。生命的河流里，这里有一股不可小看的支流。啊，塔畈……那是一个叫板桥冲的村庄，依山傍水，秀丽安静。祖母的娘家就在这里。幼年的祖母多病，发烧，说着胡话，眼看不行，却慢慢地、慢慢地好转，像一株野树，在凌寒的风中摇摇欲死，但是，春天来了，它焕发了生命的活力，树色慢慢青郁，渐渐萌出新芽，发出新鲜的叶子。正读小学的年龄，祖母的娘家人常常到家里来，他们由古角渡船，到停前街办事，我的家是他们的必经之道，也是歇息的中转站。下了船，他们会到家里看看我的祖母他们的姑娘。记忆里，这茬人极其标致，面部周正，皮肤白皙，话语得体。偏偏就是这些人，在特殊的年代，老实本分，过得极其艰难。他们被无形的绳索禁锢在土地上。一些人找不到媳妇，终老一生，一些人看不到希望，寻了短见，成了短命人。那个四表叔，口齿伶俐，长相清秀，三十岁还没有娶上媳妇。生产队让他给庄稼打药，中午，他回家吃饭，将药桶放在地里，被一个寻短见的妇女找到，喝下农药，抬到了医院。这可怎么得了，这可怎么得了？四表叔害怕责罚，欲寻死谢罪。但是，真正想死竟然也是不容易的。他拿起石头狠命砸自己的头，砸得皮破血出、鲜血淋漓，最后，一头碰在田埂的石头上，以奇特的方式结束了自己的生命。

许多年以后，记忆里总是这样的画面。

高天厚地，最值得歌唱的是这里的丰富矿藏。就在这片土地下，磷，农作物的重要生长要素之一，取之不尽，用之不竭。还是学生时代，这里就有一支开采大军，计有数百人之众，他们住在这里，吃在这里。他们吃公家饭，是公家人。他们把矿井打到地底，然后把上好的磷矿一车车运上来，再用货车转运到更加遥远的地方制作磷肥。还是学童的时候，村庄就有人来招工，据说是招到黄梅磷矿当工人。上井下井，虽说工作有点儿脏，也有点儿危险，但是，因为端的是公家饭碗，这份工作就极其抢手。跟我住一个村庄的两个小伙到矿上当了工人，穿上了新崭的工作服，不久就找到了俊俏的媳妇，由此可见，磷矿的工人多么不一般。

关于塔畈，关于磷矿，在儿童的记忆里竟然是与轰隆隆走过村庄的大货车相关联的。那段日子，汽车满载磷矿走过村庄，带来漫天尘土。天长日久，村庄灰蒙蒙一片。公路和车辆带来了污染，也带来了便捷。开车的师傅们，总是喜欢笑笑地、笑笑地打着响指，让美美的女子坐在驾驶室，一路有说有笑由山里带到畈外，当然，山里的那些树木、竹子、柴草，也被丢在车厢，哐啷哐啷一路颠簸，片刻工夫就捎带到了城里。

我的三叔就是这个时候到矿上吃上了公家饭。在乡村，三叔实在算不上一个好劳力。高中毕业，不好好务农，仿佛与农村农活有仇，挑肥拣瘦，拈轻怕重，很不被人看重，是典型的吊儿郎当。有人就喜欢吊儿郎当，这个人就是书记的二妹。二妹吊着三叔，村前晃到村尾，全是哥哥妹妹……后来，三叔走了，到矿上当了工人，再后来，三叔不回来了，在矿上吊上了别的妹妹……那个很新潮的二妹后来就常常把司机带回来，她常常那么浪浪地笑着，与司机们打得火热，终于，二妹离开了村庄，跟随那个瘦巴巴的广东人走了，天遥地远，从此再也没有回来。

到处是矿井，到处是工棚，到处是嘈杂的人群。塔畈的夜空不再宁静。塔畈的土地不再迷人……夜晚的矿山透着别样的凄清。在那片高坡上，我听到同样凄清的胡琴声。一个人坐在路边的石头上，漠然地拉着二胡，他仿佛是一尊石头，一动不动。唯有手臂随着曲子的起伏在夜色里摇晃。他分明就是一尊石头，在夜色里，在塔畈的天空下。夜色包裹了一切。他的面部该是平静的。仿佛一摊死水，波澜不兴。这时候，他的面部也是如此，你看不到他内心的波澜，包括他曾经的爱，他的恨，他的那些深刻地印在骨子上的过往。但是，他的胡琴，他的曲子隐瞒不了，它们坦然告诉了这一切。他是寂寞的。他是有思想的。这些寂寞和思想仿佛刀子，仿佛利刃在剥离他的记忆，鲜血淋漓，痛彻心扉……

三十年，那些曾经的过往风一样过去。记忆仿佛尘土，掩埋了许许多多。三十年后的今天，我走上曾经热闹的矿井，只觉得满目荒凉。矿井坍塌了，那些厂房早已在风雨中风化，虚弱不堪，似乎随时要垮塌下来。野草霸占了这一切，到处是它们的踪迹，矿井、操场、食堂、厕所、小路……包括三叔拉琴坐过的石头，它们全都淹没在高高的野草中。时光多么奇特，多么奇特，三叔老了，磷矿老了，塔畈也老了，年轻人不知道塔畈曾经的繁荣，不知道这里曾经有过轰轰烈烈的辉煌，不知道，野草淹没了沸腾的波澜，那场壮阔的波澜被岁月埋葬。唯有经历过闹腾年代的人们记得，这里曾经是一片海洋，波涛汹涌，风急浪高。

二

塔畈。塔畈。

阳光照耀这面山坡。一个农民在坝上砍柴，他的身后，茅草一堆，一堆，铺排得井然有序。阳光安静地落在山野，发出温暖的气息。野山茶盛开了，散发暖暖的味道。

冬日的朔风冷冷地吹着。茶地坐落在一片山岗。茶花，白色的茶花已然凋谢，散落在地上的是细碎的花瓣，和褐色的茶籽儿。严寒的大地，有些植物在转化，它们以另一种形式存在。野草在风中瑟瑟发抖，茶树看起来光秃秃的，没有叶子，没有春色，但是，它的梦还在，轻轻浅浅，轻轻浅浅，等到春暖，等到土地升腾起潮润的气息，等到阳光有了力度和威势，植物生命的迹象就会越来越明朗，越来越明朗，你看，瘦小的枝丫已然结出芽苞，总有一天，这些星星点点的小东西，这些小可怜，它会在春光里，在阳光下散发淡淡的清香，它会以淡绿昭示人，弥漫乡野的天空……

在塔畈，最值得说道的，还有它的银杏树。是的，塔畈的银杏树，积千年岁月的精华，灼灼其华，何其耀眼。在山野，在沃土，在大地，成为一尊绝妙的风景。它轰轰烈烈，轰轰烈烈，遮蔽了大片天空。现在，在凌寒的山野，在寒风呼啸的天空下，它面若冰霜，一言不发。其实，它的内心是多么火热。那身华贵的金色，亮了这片山野，成为这个季节绝妙的风景。银杏树，古老的银杏树，那真是难得的存在。金钱的润滑，已经使许许多多的古树被挖掘，被移走，它们住进了城市，住进了公园。这是城市对山野的另一种掠夺。在更遥远的山村，我见到更为珍贵的树种，二十年前，城市园林公司欲出价百万买走它。但是，在运输方式上，终于没有达成一致。古树太长，大卡车根本无法通行。古树留了下来。

不能不说塔畈的泉水。塔畈的泉水真正的来自于岩石上的涌泉。站在天然水渠边，你能看到流水涌起的样子，水的流动如花朵初开，是的，一种动态的美丽，一串串，一簇簇，绚丽绽放，质朴无华。真的是上好的泉水，伸手摸一摸，暖透了，润透了，十足的惬意。塔畈村党支部书记说，已经将泉水送检，完全合乎矿泉水要求，所有要素俱全，希望有企业家光顾的慧眼。

天然的、温暖的泉水，让沟谷两岸四季常在。

三

非凡的土地，记载非凡的一笔。

过去了九十多年，那一场声势浩大的斗争仍明晰如昨。站在畈上屋村前硕大的坪地上，你能感受到这里曾经的不同凡响和照亮历史的辉煌。屋舍俨然，四山围拥，书声琅琅。那是艳羡人的好气象。行走在畈上屋的村巷，石子在脚下发出细碎的清响。阳光落在村庄，悄然无声。从风水学来看，这是一处难得的好屋场。是的，数百年来，畈上屋出了许多读书人。这些人一茬茬，一茬茬，清新雅致，有所作为，给畈上屋带来荣光。大革命时期，读书人王达强在武汉接触进步思想，回到乡村，他联络进步青年，成立八青年读书学习会，让革命的星星之火，在塔畈燎原开来。

正如星光，正如星星点点遍布各地的火种，在革命的温床引发燎原大火，轰轰烈烈，势不可挡。以至这片红色土地相继有数百人参军参战，小小塔畈，仅县志记载的烈士就有九十余人，在一次大屠杀中，畈上屋一次屠杀绝户四十八户，两百多人，震惊鄂东的四十八寡妇事件就来自畈上屋。大屠杀带来的四十八个寡妇被大恶霸王伯纯以每人两块银圆的价格卖到外地，痛绝人寰。

反革命的嚣张气焰令人胆寒。一次，塔畈党支部会议正在畈上屋进行。由于叛徒告密，敌人闻讯疯狂组织大围剿。黑压压的反革命势力围住村庄，刀刃上的寒光让日月逊色。放哨的同志发现了危险，立即发出了声息。同志们从阴沟爬出去，他们翻过围墙，跑进了庄稼地。少数跑在后面的革命者来不及撤退，为了战友的安全，他们自断后路，搬来石头、砖瓦，堵死阴沟，他们视死如归，在劝降声中，用砖瓦、石块砸向敌人，坚守阵地，誓不投降。敌人于是用机枪扫射，许多人被打断双腿，他们用带血的身躯，爬着，爬着，抛掷石头，至死绝不低头。敌人没有办法，近又近不得，劝又劝不了，最后只得一把火烧掉了古老的祠堂。烈火硝烟，轰轰烈烈，烈火托举起英雄的魂灵，飞上天幕，震撼鄂东大地。

著名烈士吴正红在越墙奔逃的过程中，被敌人抱住双腿。敌人劝说他投降，放他一条生路，他坚决不从，双手死死地扒住墙头，敌人无奈，最终将其杀害于矮墙上……

这片土地，浸染着志士的鲜血；这片天空，回荡过英雄的豪气。“为国牺牲岂怕刀，男儿到此是英豪。身遭绳捆心犹乐，肉被刑消志亦高。死后九泉跟马列，生前一叹别朱毛。捐躯革命成功日，血染荒沙尽瘁劳……”这是烈士王万朋就义前的诗作，震撼心灵，光耀日月。

塔畈，噢，塔畈，不老的土地。

作者简介：

周火雄　又名周火熊，湖北省黄梅县作家。中国作家协会会员，中国散文学会会员，作品散见于《青年文学》《散文》《长江文艺》《湖南文学》《人民日报》等报刊；作品入选《语文教学与研究》(学生版)、《中学生魅力阅读高中版·秋实卷》等文集；著有散文集《皂荚青，皂荚黄》《外婆家的桥头湾》《你是一颗明星》等，与人合著长篇纪实小说《大地赤子》等八部。

走进燕长城

孙国华

深秋，我一个人，在高高的山岗行走。

阳光很温暖地照拂，风却是凉的，从山岗上一阵一阵掠过，撩起人的发丝与衣襟，带起阵阵啸声。连天的荒草大部分已经发黄，现出深深浅浅的颜色，被风拍打着，一波一波向远处涌去。

我曾不止一次来过这里，在这高高的山顶行走。

这是一座东西走向的大山，山高而雄伟，山顶却是平坦、空旷。像一条通衢大道，逶逶迤迤由西向东而去，不知，在何处停下匆匆脚步。山的西边，是一处断崖。一条阴河，川流不息地来到这里，被大山阻住了。阴河水虽然不是多么浩大，但凭借滴水穿石的韧劲，经年累月，一座大山终于被拦腰截断。阴河水缓缓从大山脚下流过，在大山的南侧，与一条来自草原深处的老哈河相汇，然后，浩浩荡荡向东方流去，奔向更加广阔的松辽平原。

这座大山，扼守着燕赵大地的咽喉要道，成为塞外进军中原的要冲之地，其地理位置十分重要。在那诸侯割据、烽火连年的战国时期，这一连绵山脉，割断了北方少数民族屡次南侵的道路，成为一道重要的自然屏障。为了割据一方，巩固边防，燕人在这一带修筑了一条长城，史称“燕长城”。

燕国位于今河北省北部和辽宁西端，包括今天内蒙古赤峰大部分地区，幅员辽阔，南与齐国、赵国相接，北与东胡等游牧民族毗邻。据历史文献记载，为了防御邻国的进攻，燕国共筑有两道长城，一道是南长城，一道是北长城。

《史记·张仪列传》记载秦相张仪游说燕昭王时说："今大王不事秦，秦下甲云中、九原，驱赵而攻燕，则易水、长城非大王所有也。"张仪所说的长城指的就是燕南长城。据《水经注》《元和郡县图志》等文献记载，起于今河北省易县西北太行山下，经易县南境，入徐水、安新北境至雄县东北，折向南经文安至大城县西境，止于子牙河。

而修筑时间较晚的另一条长城，因它行经赤峰市南，故名"赤南长城"。赤南长城横亘东西，与赤北长城大体成平行方向。赤南长城西起河北省围场县中部的夹皮川乡边墙村，由此东行，入喀喇沁旗南境，经楼子店乡，又东北行，过山前方，再东北行，沿山岭进入赤峰市美丽河镇，东过老哈河，而后进入辽宁建平县境，从建平县又进入敖汉旗，复进入辽宁省，由北票北部山区逶迤前行，然后进入阜新县，全长六百余里，是中国历史上修筑最早的长城之一。我的脚下，就是赤峰段燕长城遗址。乱石堆砌，瓦砾遍地，蒿草连天，在深秋季节里，一片枯黄、萧索的景象。如果不是断崖处用碎石摆放出来的"燕长城遗址"几个大字，很难有人会知道，这里，曾经是群雄逐鹿时的燕赵之地，这里，曾经屹立过中国历史上最早的长城——燕长城。

为了记住这一段历史，当地文物部门就用碎石堆砌了那几个大字。一是为了铭记，一是为了保护。在山下公路行驶，很远就可以看见。

我就是被"燕长城遗址"几个大字吸引过来的。

可是，当爬上高高的山顶，举目四望，突然就有一种苍凉、悲怆的感觉涌上心头。这个地方太寂静、太荒凉了，让人感到了某种不安。

没有树木，没膝的荒草在山风中俯仰着，像是满山无处发散的思绪，披拂飘摇，从远古，一直俯仰到今天，不知何时才会停止。裸露着的是一堆堆乱石，有的是燕长城倒塌遗留下来的碎石乱瓦。

有的则是山民们开山采石丢下的。没有了残垣断壁，没有了地理标识，只有文字记载，这里的人们已经忘记了历史上这里曾经发生的一切，忘记了自己的祖先曾经在这块土地，浴血征战，快意恩仇；忘记了那个战国时期在这里所发生的杀伐与吞并、爱恨情仇与慷慨悲歌。历史文物的保护，任重而道远。

悠悠白云，被风吹着，飘飘荡荡，从头顶飘向远方。巨大的阴影，投射在萋萋荒草、残砖碎瓦上，阴晴不定，诡异而张皇。很像那个动荡不安的年代。山的南面，是一片开阔的田畴，正在丰收的庄稼，被一车一车运回村子里，人来车往，热闹、繁华；山的北面，是一眼望不到边际的绵绵群山，那里，是一个个古老的村落，应该还有许许多多关于燕长城、关于燕赵大地的不老传说。

昔日的燕长城早已荡然无存，或被岁月消磨，或被山民破坏。只有那些遗落在岁月深处的碎石乱瓦，安静地卧在蒿草里，享受着今天温暖阳光的抚摸，咀嚼着岁月往来的风风雨雨。几朵山花，在蒿草里探出头来，很温和地笑着。那些坚硬、粗糙、布满历史尘埃的乱石碎瓦，多少也有了些温情。很多遗迹，多多少少总会有一些可以观看、可以触摸、可以凭吊的残垣断壁，或者土丘、古树之类。前来凭吊的人，都会寻找到可以抚今追昔，一发思古之忧情的着眼点。可是，眼前这个山岗，这个曾经修建了燕长城的大山，这个曾经上演了一幕幕国破家亡、王朝更迭的舞台上，什么都没有。遍地荒草，满山乱石，一眼望不到边的秋色。

一切都深深隐藏在岁月的深处。

一群羊，从山坡上来，很像是一团团从大山深处涌上来的云朵。群山里的村落，时隐时现，就像不断闪现在眼前的谜团。我猜想，那些村落、那里居住的人，一定会知道这大山，知道这燕长城，知道燕赵大地发生的故事。放羊的是一位中年汉子，被山风吹得黧黑的脸，极像这山里的岩石，粗糙、坚韧。看到我，他很自然地停下脚步。他就来自那大山深处的村子里。看见我一个人在这荒凉的山上漫步，他并不显得奇怪。他说，见惯了像我这样的人，一个人，或者几个人站在风中，四下里寻觅。来的，走了；又会有人来。来来去去，远近的人都有。他一副见多识广的样子，这里的长城虽然没有了，但是名声还在，比北京八达岭的长城还古老。他的眼里露出些许惋惜的神情，只可惜，长城没有留下一点点遗迹，让许多慕名而来的人，失望而归。

一阵更强烈的山风袭来，我们背靠着一块巨大岩石坐下，看着羊们散落在荒草里，慢慢移动，恍惚之间，似乎走进了那个遥远年代。我递给他一支烟，点燃，看着那青烟刚一出口，就被山风吹散，无影无踪。这里，曾经修建过一条很长很长的长城，如今，怎会一点点痕迹都没有呢？他嘿嘿一笑："很多人都这样问过，这是一个无法说清楚的问题。山上的老坟荒芜了，不去年年除草、填土，也会丢失的。"

山风掠过岩石的棱角，呼啸声更加凄厉。我们感觉到了深秋寒意。

这是一块具有深厚人文底蕴的土地。几千年来，先后有东胡、乌桓、鲜卑、库莫奚、契丹、女真、蒙古等各族人民生息、繁衍在这块沃土之上，这里成了我国古代北方各族活动的大舞台。在古代，北方大地孕育了"红山文化""夏家店青铜文明"。这里又是商族、山戎和乌桓族、契丹族兴起的摇篮和故乡，中国"龙"文化也从这里发源。西拉沐沦河、老哈河流域和黄河流域一样，也是中华民族古代文明的发祥地之一。

早商时期，西辽河上游赤峰地区存在一个城邦奴隶制社会形态。考古人员在今敖汉旗，松山区阴河、英金河流域等地发现大批规模宏伟、建筑坚森、布局严密的石筑城堡，大多建在高山顶或山坡间，城内大小住房密布，城垣石筑，辟有多道城门和城楼。我们的祖先，很早很早就在这里繁衍生息了。

拨开层层没膝的荒草，躲避着脚下累累的碎石，举步前行。眼前连天的荒草，荒凉的秋色，很难让人联想到这里曾经发生过那么多的传奇故事，曾经有过那么多的辉煌与荣耀。往事悠悠，我等后人览之，不禁感慨系之矣。

“峰峦如聚，波涛如怒，山河表里潼关路。望西都，意踌躇。伤心秦汉经行处，宫阙万间都做了土。兴，百姓苦；亡，百姓苦。”张养浩这首《山坡羊 · 潼关怀古》似乎可以给出一个答案。世上许多建筑大都如此，不管出于什么目的修建的，都经受不住岁月的消磨，让人感慨唏嘘。修城筑墙，挖池掘壕，一切都是徒劳，岁月围不住，人类的融合也难以阻挡。山下那些村落，那里的人，应该祖祖辈辈就生活在这里，商族、山戎、乌桓族、契丹族，各民族的后裔们，在这里繁衍生息，绵延不断。那是人的力量，人类存在，家园就不会荒芜。因为家园，是休养生息之地，是和平的居所。

往事如风。发生在这块土地上的所有爱恨情仇，分分合合，都在风中烟消云散，成为今天人们茶余饭后的故事。那些曾经鲜活的人物，那些曾经建筑在大地上的亭台楼阁、长城古道，都变成了一个个文字符号，被后人铭记，供后人凭吊，但山河不朽，人类的思想不朽。我们行走大地，可以在荡然无存的遗迹处，阅读那些生动翔实的文字，去感受这片土地曾经的辉煌与没落。

太阳有些苍凉了，山风越发猛烈，几只山鸟从头顶飞过，啾啾鸣叫，打破了山的寂静。那群羊和那个放羊人渐渐远去，消失在山的尽头。荒草依旧在风中俯俯仰仰，撩拨着人的思绪。举目四望，满眼苍凉。

作者简介：

孙国华　中学语文教师。作品散见于《人民文学》《儿童文学》《中国校园文学》《小品文选刊》《四川文学》《意林》《语文报》《电影报》等报刊，曾入选《中国散文诗 2017—2018 卷》。有作品获首届《中国校园文学》一等奖。

村庄还是村庄

王　娅

1

太阳一竿高了，才走了不到十分之一的路程，父亲望着天忧虑地说，这样走下去，别说早饭，午饭都赶不上。放暑假了，父亲带着我们全家回乡下看奶奶。到奶奶家的路，像一个大写的J，长长的一竖是高出地面的光秃秃的堤坝，钩呢，是下堤坝后通向奶奶家的腊肠似的田埂。父亲自己走的话在堤坝上步行五十分钟，田埂上再走上二十分钟，奶奶家便到了。不过，那是父亲一年前的速度。如今，别说父亲领着一支虾兵蟹将，即便是他一个人，怕也走不了惯常的步伐。因为那一“竖”变了大样。

一年没回村庄的父亲，听说公社的窑厂烧出了像模像样的砖块，但出窑后砖块的出路，父亲没想过。当然这不是做老师的父亲思考的问题。砖块不是下饭菜，公社消化不了，于是这条堤坝成了手扶拖拉机运输红砖的驿道。人工肩挑背扛垒起的堤坝，哪里经得起如此的碾压，再加上雨水的推波助澜，一条平坦的土路，整成了高低起伏的丘陵不说，路面还像隔壁小玲哥哥长满青春痘的脸，坑坑洼洼，惨不忍睹。每一辆拖拉机驶过，我们都像是被吐着芯子的爬行动物吞噬，我们背过身去，待到黑烟散尽、尘土不再招摇时，才敢转身，继续前行。

父亲无奈地蹲下身子，弟弟立马爬上他弯曲的脊背。可是习惯在三尺讲台上挥斥方遒的父亲，离开黑板和粉笔，明显劲道不足。他起身就踉跄了几步，好一会儿才稳定阵脚，我替他捏着一把汗，果然，父亲走了十来步，便气喘吁吁地放下弟弟。汗水在父亲的脸上恣意流淌，把一张人脸变成了花猫脸。弟弟快五岁了，怎么着也比一袋三十斤的米沉，父亲从来没有一口气把一袋米背回家过。

身后又响起拖拉机的嘟嘟声。父亲再次目光复杂地掉头向后张望。阳光明晃晃的，他的手搭在额头上。拖拉机擦肩而去。但就在我们还未来得及背转身去的时候，拖拉机停住了，司机扭头朝后大声嚷嚷，他的声音淹没在仍嘟嘟作响的马达声里，一个字也听不清楚。起先，父亲和母亲以为司机提醒我们掉了东西，母亲正低头仔细检查携带的物品，突然，父亲认出了那藏在草帽里的黝黑的脸，是昔日的发小。他兴奋地狠狠地拍了下大腿，对母亲说："救兵到了。"

父亲迅疾向前跑去，和跳下驾驶台的发小，你一拳我一掌地招呼。母亲牵着弟弟，跟在父亲的后面紧走慢跑，不时地回头招呼我和妹妹跟上，那急迫的样子，仿佛我们必须赶紧撤离，否则会被敌军追捕上。父亲的发小哐啷哐啷地掀开后斗板，我们姐弟三个被拦腰抱起，塞进满是铁锈色砖渍的车斗，转身笑嘻嘻地看着母亲笨重地、手脚并用地拱上车。后斗板又哐啷闩上，父亲随发小钻进了驾驶台。

一个大颠簸，出发了。尽管紧紧抓着斗板，可拖拉机变着花样和我们玩，让我们前屈后仰左右摇晃，逗得我们哈哈大笑。母亲先是蹲着身子，不知怎么一屁股坐在车上。我们学着母亲也坐了下来，却不似母亲那样稳若磐石（她抓牢了斗板），车厢像滑板，我们和包裹滑来滑去，撞来撞去。后来我滑到后板边上，看着一路尾随的飞扬的尘土，感觉那是鸟的长长的尾翼，闭上眼睛，想象那鸟就是我，我正在云彩里上下翻飞。

睁开眼，父亲站在面前。奶奶的村子到了。父亲的发小只能把我们捎到这儿，他还得一路烟尘、一路欢歌地去大队的窑厂拉砖块。

2

父亲母亲的胳膊像棒槌一样，在我们身上起起落落。我龇牙咧嘴，哎哟哟地叫着。都挨了“惩罚”了，铁锈红仍不肯脱落，母亲说没法子，那红吃进衣服里了。之前的欢愉一扫而空，我顿时流出了伤心的泪水。这件白底绿叶短袖洋布上衣，是我的最爱，才洗了两次水，新崭崭的。捣鼓间，听见有人喊我们，循着声音，看到四叔和奶奶站在坝下朝我们挥手。上高中的四叔，三蹦两跳地蹿到了跟前。四叔和父亲一般高了，他把堆在草丛里的包裹，左披右挂地全上了身，我定定看着他，感觉他是小一号的父亲。

采了一捧马尾巴草，和奶奶会师了。高高的堤坝不知不觉地被我们甩在了脑后。奶奶搂着弟弟，看着我和妹妹，脸像裂开的核桃，再也合不拢了。我不稀罕小脚奶奶的亲昵，忽地哇哇叫开了，迎面绿油油的一片，一下子把我从悲伤中拯救出来——知道那像葱似的立在田里的是秧苗。我见过插秧，一群男女高挽裤脚，赤足踩在水田里，一字排开，低头，弯腰，比赛一般，把育好的秧苗移栽进稻田，栽好的秧苗，比我们作业本上的字还整齐。眼下，秧苗出落得青青翠翠、郁郁葱葱，一派勃勃生机。仔细看，这一大片是由无数小方块、矩形和三角形组成的。一个不成方圆的组合，却组合出了一片诗情画意。旁边点缀着蘑菇状的树木和火柴盒似的房屋。再放眼四望，蓝蓝的天，白云朵朵，一轮八九点钟的太阳，斜斜地从树梢升向天空，橘红色的阳光和田野上未散尽的白雾交融，使得秧田、房屋和树木仿佛笼罩在梦幻般的纱缦中，如同一幅精美的油画。

这幅静态的油画，和接下来的动态画，一静一动，从此便成了我脑海中的村庄底色。

那动态画，是两把太阳伞（那是十分夺目的彩色遮阳伞，一把红艳艳，一把黄灿灿，是母亲用什么票子给我和妹妹换的）跟随一列人马向奶奶家蠕动的过程。我每每回忆这个过程，都觉得像电影里的慢镜头，又像物质匮乏年代的棒棒糖一样，稍纵即溶，弥足珍贵。

田埂实在是窄。壮大的队伍只能像放学的学生那样排起纵队，父亲一扫方才的惆怅，像只高傲的公鸡，昂首走在最前头。我和妹妹一人擎一把太阳伞，好比两朵娇艳的花朵，走在队伍中央。太阳越发地猛了，能感受到热气从地面上升，在蒸腾着脚板。躲在伞下阴凉中，听见父亲和母亲一唱一和，一路爷啊奶啊嫂子大哥地和过往的人打招呼。父亲的口吻和语调，让我不敢相信是从他动不动就暴怒如雷的嘴里发出的。好多年后母亲告诉我其中的缘故。爷爷撒手人寰时，三十八岁的奶奶肚子里怀着四叔。奶奶独自一人拉扯大了四儿两女，儿女中又出了一个吃商品粮的老师。老师又领回了一支吃商品粮的队伍，队伍又姹紫嫣红地好看，怎么也算是荣归故里吧。父亲向来严峻，不苟言笑，可他此时是奶奶的脸面，是家族的荣耀，他自己不免也有些得意，却又不敢忘形，但不管父亲如何克制、谨慎，难免会露出一点蛛丝马迹。

我们走成了村庄里一道流动的风景线，是从过桥开始。

穿过秧田，父亲收了我和妹妹的伞。原来，一条横卧的小溪挡住了去路。进村，须得走过一座预制板拼接的小桥，桥身窄，又无栏杆，父亲怕我们两姐妹被招风的大伞带落水里。奶奶说原来更险，就几棵树绑在一块，一走一晃，能看见水草在脚底下游泳。为什么不修座桥呢？我问。奶奶却没有闲情回答我，她正在应付小溪。说是防贼防寇防鬼子。四叔瓮声瓮气地说。但现在没有鬼子了啊？我打破砂锅问到底。四叔也没心思回答我。他听玩话去了，边听边嘿嘿地笑着。对岸的溪边，有几个洗被子的妇女，坐在长石条上，骑马的姿势。正仰着脖子，跟父亲母亲和奶奶寒暄，对山歌般闹热。

过桥。流水淙淙，水草果然齐整地摆出一副随波逐流的样子。仅仅是样子，也让我眩晕。我赶紧扭过头，正视前方。可还是晕。我感到自己好像变成了流水，婶子们（奶奶让我喊的）的目光变成了水草。我生性腼腆，这般被人打量，很不自在，最后一截几乎是跑下桥，以为甩开了水草的追逐，哪知，随后无论是经过房屋还是菜园子，总会有人出来跟大人们说话，我们走过去了，目光仍黏在我的伞上（母亲为了充分展示我和妹妹，把伞往后压了压，伞像盾一样贴着我们的背，我们是裸露在阳光下）。

奶奶家前面，有一个晒谷场。晒谷场除了晒作物，还是村庄的活动中心。每天铛、铛、铛地吆喝人们上工或开会的铃声，就是系在一棵比奶奶还沧桑衰老的槐树下的铜铃发出的。铃声即命令，人们从四面八方聚集到晒谷场。偶尔，两棵老树中间挂块白布，这里又变成露天影院了。父亲领着我们绕开家门径直走进场子，正值早晨收工，在场的人们犹如看到了马戏团，全围了上来。

这幅流动的动态画，到这里不得不中断，因为密密匝匝的男人女人像一块块从开水里捞出的热布，牢牢罩住了我。我本能地看着自己的脚尖。依稀记得后面的几个片段——弟弟高高地骑在二叔的脖子上；我和妹妹被母亲带进左厢房、右厢房，分别见过裹着头巾坐月子的二娘、三娘，和她们怀里肉乎乎的小人儿。我甚至不记得在奶奶家吃了什么，却始终固执地认为那是我吃过的最美的味道。

一下添两丁，本就双喜临门，又回来一支城里军，喜上加喜。如果知道，这是我们家族在村庄的最后一次集体谢幕，我肯定会抬头迎向那些审视、挑剔、好奇、羡慕甚至妒忌的目光，并记录下每个时刻。

现在看来，那一次，其实也是村庄在我眼里的最后一次华美亮相。

3

父亲自从那次荣归故里，再也没有回过村庄。不知是羡慕父亲的旱涝保收，还是因为土里扒不出金子，三叔不晓得通过什么渠道到砖瓦厂当上了工人，他领着一家四口告别了村庄，在长江边上的小城镇安家落户。二叔不甘心，也只身离开村庄。二叔有的是庄稼人的实诚和力气，却缺乏闯世界的人脉与灵光，他没有像三叔那样端上“铁饭碗”，只做了一名泥瓦工，朝不保夕，八十年代中期，村庄实行包产到户后，二叔仍不愿回去种田。四叔是遗腹子，本就视长兄为父，高中一毕业，就和奶奶长居我家。他换工作像换衣服，到老也没匹配上一个彼此满意的。我的三个叔叔应该是最早离开土地的一批人，从这点上看，他们是时代的弄潮儿。可惜，他们离开在前不见古人、后不见来者的空当，没有人给他们经验和告诫，他们自个儿又不具备先驱者的魄力和气质，冷不丁地被涌来的浪头劈头盖脸一浇，那雄心壮志便碎了一地。他们把分得的一点点田地，送给别人。到后来，老屋也成了别人家的猪圈。

我们家成了叔叔们的大后方。父亲的脾气更暴躁了，家里终日回荡着他的骂声。有什么用呢？叔叔们皆已成年，父亲气得面色青紫，嘴唇乌青，浑身哆嗦。也不知道从什么时候起，青紫色成了父亲脸上挥之不去的烙印，直到他骂不动人了，才知青紫色是不治之症的前兆……临终前，父亲对母亲提出最后要求，他要叶落归根。

大家觉得父亲是病糊涂了。身为当地享有声誉的人民教师，父亲去世后进公墓顺理成章。况且，老屋没了，田地没了，他回村庄不是孤家寡人一个吗？

送父亲回“家”的那一天，离阳历新年差几天，天阴沉沉的，没有晴的迹象，也没有雨雪的意思，甚至一丝风都没有。大概老天爷也不知道用什么表情迎接父亲。

时隔十年，再回村庄，已是物是人非。没有记忆里的那条坑坑洼洼、沙土飞扬的堤坝，车队行驶在宽阔的水泥路国道上，想起那次坐在父亲发小颠簸的手扶拖拉机上的情景，恍如隔世，真是“浮云一别后，流水十年间”。

进村的路变了，村庄的方位便模糊了。我还没有找到脑海中那幅油画的框架，大车小车停了一溜。那个大长方形的秧田呢？那蘑菇树和火柴盒房子呢？那些水草般灵动的目光呢？还有那一抹明亮夺目的红和黄……眼前破旧、斑驳的房子，惊讶、怜悯的目光，和一个极富表演意味的披麻戴孝方阵，仿佛一个黑暗的洞穴，我的心比父亲还先跌落其间。

过去了很多年，我还在嗔怪母亲，不该迁就父亲的最后一次。虽说父亲最终是睡在自家的菜园地里，但那块菜园地，像抱出去的婴儿，上了人家的家谱，被新家养得膘肥体健，父亲贸然进去，蜷缩一角，倒像寄人篱下。

不知父亲是否料到，他回到的是一个陌生的地方。他心中的炊烟袅袅、鸡鸣狗跳、摸鱼捉虾的村庄，一去不返了。

4

每年要回村庄两次给父亲烧纸钱，我已熟悉了村庄的内部构造。它宛如中国象棋棋盘，西边田地，东边村舍，中间一条小溪一分为二。小溪其实是灌溉渠。村庄毗邻县城最大的湖泊——龙感湖，小溪是湖衍生出的一条毛细血管。奶奶家门前的晒谷场，既是从前的乡村活动中心，又是东边村舍的正中心。旁边还有一个塘堰。几棵盘根错节的老树散落其间。老树、青苔、草垛和浮萍。如果单看照片，这里倒有几分思古怀远之韵。然而，景致缺乏人气，塘堰干脆闭上眼，任凭浮萍厚厚覆盖。

原来村里的人是从西边进出，就是当年父亲带我们回村的那条路，穿过田地，跨过小溪。现在修了村道，村道在东面连上了县道，县道又连上了贯穿南北的国道，也就是说，从村子东边出来，人们可以去往全国各地。并且，不用像我的叔叔们那样，走出村庄时，裤腿裹满泥巴，脸上沾满灰土，一看就是来自乡村。城乡道路一马平川，于是，光怪陆离的新鲜事物春风般扑面而来。村里的年青一代，一拨拨地走出村庄，外面的世界很精彩。

无论是在我工作生活的城市，还是出差到别的城市，哪儿都能看到村庄里的人。他们不似过关斩将闯进城市的学子们，毕业后像一滴雨点落进江河，与城市文明融为一体。村庄里的人的身影活跃在建筑工地、菜市场、饭馆等地。他们在哪儿村庄就在哪儿，他们把村庄背在背上，在城市，他们被叫作“农民工”。

几年前，我搬进了现在的小区。让我意外的是，县城配套设施齐全的小区里，一半住户来自村庄。他们的衣着服饰光鲜讲究，语气豪迈硬挺。可我还是能一眼分辨出他们来自乡村。

还记得城里的旮旯地吗？如今那些地方保留在泛黄的老照片里。从村庄到城市的人，经过多年的奋斗，像燕子一样，离开老家的土地，依靠自己的劳动和汗水，在小城拔地而起的楼房里筑巢栖息。我的小区有很多这样的人。我的邻居就是这样的人。

城市拥挤了，村庄的寂寥是必然的。鲜少打开的门里，晃动着像母亲那样迟钝的身躯。听到脚步声，他们颤颤巍巍地上前来，和母亲家长里短。母亲原来还有几分城里人的矜持，末了，时间让她明白，在大自然中，所有的生命都是平等的。再后来，母亲和父亲一样，成了村庄永远的居民。我和那些留守的老人，仿佛站在光阴的隧道两侧，谁也穿越不到对方所站的那处。

5

村庄终于闹腾了。

程哥最先回来。就是那年用手扶拖拉机捎带我家一程的父亲发小的儿子。程哥离开村庄的时候，比我叔叔们的机遇好，正值南方大开放。此外，程哥同他爸一样，脑袋活络，吃苦耐劳，敢闯敢拼。

以程哥为榜样，外出的人纷纷回村，沉寂多年的村庄一片喧哗。很快，雨后春笋般矗立起一栋栋楼房。村庄高大了，亮堂了。旧房子显得更加破落。镇上领导找到程哥，村庄缺一个致富领头人。程哥想了许久想明白了一件事，为啥住在大房子感觉不爽快，原来是他一家人在孤芳自赏。一人富不算能耐，领着全村人一起富才是本事。程哥像开足马力的机器，一刻不消停，村庄也不消停了。那次回村给父母烧纸钱，村庄被挖掘机翻了个底朝天，沟堑，黄泥，机器轰鸣，沙石弥漫。第二年回村庄，小路硬化了，路灯亮了，自来水通了，新搭建的文化广场，咿咿呀呀地唱起了戏腔。连塘堰都美了瞳——清淤、筑堤，围一圈栏杆。小溪那头经过养护后的田地，逐渐地绽放光彩。不施化肥的秧苗，出落得青青翠翠、郁郁葱葱，我想起了在心里珍藏了几十年的那幅油画。比那幅油画还要美，因为它是和将要开花挂果的桃树、葡萄等作物，和田间的所有一切，像装修房子一样，按照省农科院专家规划的图纸布局、栽种的。

不知从什么时候起，村里人讲上了夹生的普通话。大概是因为那许多在外出生的孩子和嫁过来的外地媳妇，也有可能是回来的村民已然习惯了普通话。村庄里也有了亭台楼榭、车轮滚滚，以及液化气、手机、互联网……何止我的村庄，周边的村庄，无不如此。村庄正在变得越来越现代化，像城市一样。

但我们这些所谓的城里人，还是喜欢去乡村、去山野。我们一路说着儿时村庄的种种野趣，好像那些趣事就发生在昨天，末了，总有一两声叹息作为结束。有一次，我在大山深处看到一个已无人迹的村舍。村口，干涸的爬满青苔的井、斑驳沧桑的树、模糊了年轮的石磨……透过依稀完好的土砖房的小木窗，看到矮小逼仄的屋子，我仿佛回到了奶奶家。我与同行的伙伴面面相觑。这不就是大家儿时的村庄？原始质朴、世外桃源、远离喧嚣，却贫穷、简陋和杂乱……

我们脑海里的村庄，只是一种意象或者追忆。现代科技与文明让我们享受生活的高效、舒适和便捷的同时，也带来了落差和冲击。每个人的心灵深处，都有一个压缩包，用以寄放带着滤镜的往昔。与其说我恋恋不忘几十前的那幅乡村油画，不如说我是怀念那幅三代同堂、其乐融融的全家福。

腊月初八，是村庄非同寻常的日子。散落在各家菜园地的祖先集体迁徙新居。村子修建了思亲园，思亲园建在小溪边上，褐红色瓷砖门楼，大理石墓碑，松柏苍翠。前面麦苗青青，瓜果飘香。我那为家族殚精竭虑终日双眉紧蹙的父亲，这下可踏踏实实地安息了——二叔、三叔最终还是回来了，紧挨父亲旁边安息。四叔的一对儿女争气、孝顺，他终于在花甲之年结束了一生动荡的职场生涯，在家颐养天年，时不时来思亲园和泉下的父母兄弟唠嗑。

我一直觉得父亲他们依然生活在这个世界，不过是以另外一种形式存在而已。每一次回村路上，我都能听到自己与父亲的对话——

爸，您叶落归根，那“根”不就是风筝线吗？时常把我们牵回村庄。

说对了一半。不是我想牵回你们，是村庄牵回了我。

那么，您觉得村庄还是村庄吗？

闺女，村庄当然还是村庄。

作者简介：

王　娅　女，湖北黄梅人，湖北省作协会员。小说及散文发表于《中国文化报》《长江文艺》《长江丛刊》等报刊以及中国作家网等网络平台。出版个人散文集《戏乡屐痕》，与他人合著出版散文集《大地的旅痕》，曾获“我与母亲”全国征文比赛（散文组）优秀作品奖、“紫云山杯”全国散文比赛“良驹奖”等。

那年，我忘了抱它

赵 挺

我从没想过一棵树的一生都会经历什么。在它所有的经历中，或者快意地生长，或者被有意无意地摧残，对这一切只能保持沉默的它们心中会起怎样的波澜。

那棵椿树羞涩地绽出第一片叶子的时候与我们家无关，终于自信满满地以娇弱的身躯傲然挺立于地面之上，并试图与一地嫩绿共享阳光，展示生命的顽强的时候也与我们家无关，那时，那儿还是一片田野。

我们与它相逢的时候，它已经蜕了娇弱，像一个春风得意的少年开始俯瞰脚下的绿草葱茏了。

我是那个经过长辈一年的辛苦努力方才变成最终样子的院落中的一员，其实确切地说那时的“我们”还不能包括我，当我出生的时候院落就已经是那个样子，那棵椿树早已被圈于高大的围墙之中，成了我们家不可或缺的一分子。

祖父母决定将新家安在那儿，没绘制图纸，也没开什么誓师大会，也许只是吃饭时一次随意的谈话便决定了动工日期，四男两女六个孩子跟随着他们用镰刀与锄头一天或许更短的时间就毁了那一地绿，那时他们正身强力壮，都有一身使不完的劲儿。却唯独留下了那棵椿树。草自然成了家畜们数日的食粮，收割得正是时候；而树则不然，它可以打家具，制农具，当然也可以用来建造房屋，但这需要等待，需要等到它长到足够大时方才可以实现它的价值。椿树在刀把形的院落中占据了几乎可以称得上“中心”的位置。

祖父在众人的号子声中看着一堵堵院墙拔地而起之前，他的心里就已经有了对新院落布局的规划安排，早就计划好了哪儿盖房子，哪儿垒猪圈，哪儿给羊一个家，哪儿撑起一根木棍，帮那自由行走的鸡寻一个安身之所。

祖父在选择那块地的时候，也可能早就注意到椿树的存在。他蹲在它的旁边，咬着旱烟管，看着蓬勃向上的生命，忽然就受了感动，将正在燃烧的烟末吸出了一个绚烂的红，而后在脚下的土坷垃上磕掉残烬，背起双手，迈出了一个潇洒的步子。他做了一个重大的决定——收留那棵椿树，甚至对自己又一次的果断得意地笑了，他占了自然一个大便宜。

椿树没碍着祖父计划中的任何一个关节点，不在任何一个关键之处，它在崭新的，当然那时还只能称作光秃秃的院子正中。它几乎处于将建起的祖父母、三爸、四爸以及我父母房间的交叉点上，它最终撑开的那一树荫凉也真的同时给了这院落中所有的人。

我开始记事时，椿树已经相当高大，得两个我才可以勉强将其抵指环抱。它茁壮地成长是因为生命力的顽强，我们给它的仅仅只是让其免受来自于动物的伤害，让它能够安然地在这个世界上活着。但这安然却并非绝对，它有时间限制，在某一日椿树总会死于非命。一个无法掌握自己命运的生命只不过是被几堵高大的围墙改变了生命的主宰罢了。

祖父留它的目的是自私的，他在等待它成材的那一日，好让其物尽所用。但也并没因此而对其百般呵护，甚至一个用来浇水的坑也没有，对于一个本来就耐旱的树种大人们自然认为那是多此一举。它粗大的根部上端执拗地耸出地面，周围是坚硬的泛白的土地，日日被好干净的祖母打扫得扬不起一点灰尘，且一直延伸到院子的角角落落。

前院的羊、狗以及墙角的猪、鸡的粪肥都给了庄稼外，还要从一年的收入中匀出一些来购置化肥，粮食是这个大家庭生存与发展的首要。即使偶有盈余或者祖父忽然想起了那些树，前院的果树也许会分得一点，至于院内的椿树，冲着院门的皂角，院门之外的笨槐、白杨都是没有的。

椿树没有怨言，它不会说话，无声无息地凭借着自身的力量按着它自己的想法生长。但总有东西看不惯它的沉默，偶有喜鹊就落于枝头，一声声地叫着。祖母却说这是要来客人了。或许真的来了，又或许没来。小时候的我很忙，可能会忽然兴起去逗一只躲在墙角独自沉思的蛐蛐，可能去观赏一朵无名的小花在某个僻静的角落奋力绽开，也可能会为鸡与猫莫名的战争去做一个不太公正的裁判，总之转过身我可能就忘记了刚才发生的一切。我不知道树顶的喜鹊它到底说了些什么，也没有立马爬上去一问究竟的本事。当然可以仰着头将双手拢成一个喇叭，用我人生最初几年里积攒下来的所有力气喊出一个巨大的声音，可喜鹊不一定听得懂，也不一定顾得上去听。

或许那些忙碌的蚂蚁和穿着漂亮衣裙的花大姐也有过与我一样的疑问，我看到过它们急匆匆地向上，又急匆匆地爬了下来，纤小的腿脚疾步如飞，它们或许就是在以自己最快的速度传递着某种信息。是否真是如此，我不得而知，也可能只是为了寻觅一口生存的食粮吧！我从没仔细地、认真地观察过它们中的某一只，所以也并不知道它们是否爬到过树的顶端，是否去刻意地倾听或者与喜鹊融洽地交谈过。我也没有耐心守在一个地方等待它们爬上顶端，它们小小的步子若真要爬到树的顶端需要很长时间的，那时那只喜鹊是否还在？

家中的客人倒是很多，有来找长辈们聊天的朋友，也有专为寻祖母正骨的伤者，当然也有找我玩的堂弟及其他小伙伴们。他们来之前，喜鹊也不一定每次都在，每次都能及时地向我们这一家人报告。就算它真能预知，它也有自己的事，也有忙不过来的时候，或者它还要去与我们家仅隔着一条公路的另一个独门独户的院落，去告诉他们的访客将要到了，这也是有可能的事儿。

在树冠的笼罩下，我无论站在哪所房间门前的台阶上，正午的骄阳都只能从叶子的缝隙中偷窥，它刺眼的光芒经过一层层的过滤变得柔和可亲，且将一树绿叶的影子投在地上，若放大了的羽毛般纵横交错，悠然地跳动，我相信它们是有生命的，沉默不语并不能否认其内心的不安生。它们有着使人无法抗拒的力量，我不用走到椿树脚下，就已经彻彻底底地成了那一堆影子的俘虏，它们轻拥我入怀，无声地且又无私地将爱护一股脑地给了树下的我。

三爸门前的台阶嵌着一块青石板，平整光滑，不是很大，却也足够躺得下儿时的我。夏日午休自然是在那儿了，它比房间里要舒适得多。房间是人类为自己谋求一个安全所在的同时不经意间造出的一个相对封闭的牢。夏日它也将闷热囚禁于内，然后让其与人类浴血搏杀，你我额头、背脊的汗水不正说明了一场一场奋力拼杀的残酷与辛苦吗？

我躺在青石板上，闭着眼睛，叶子的影儿还在眼帘上跳着，太阳只能在高高的树顶上撒泼。我惬意地跷着二郎腿，一晃一晃，很是舒适，就这么进入了梦乡。有鸡踱步走来，走得很随意，它们没有心事儿，不像人类总被烦恼困扰，整日里想这想那总会想起些不开心的事儿；有猫走过，白天它们无事可干，到处溜达，累了就找一个地方，比如我的脚旁，然后闭着眼睛开始嘟嘟囔囔，也不知道说些什么；有一两只蝴蝶越过墙头飞入院子，在我的头顶盘旋之后，发现选错了目标，然后毫不迟疑地向着前院开花的果树飞去……这些都可能走入我的梦中，我的梦是多彩的、灵动的，它自然是美丽的。

椿树长得特别快，那所院落在我出生时实际上也只有十年左右的历史，它是年轻的，它所圈起来的土地也更接近于田野，很适合一棵树的生长，况且椿树还那么顽强。其他树种同样也长势喜人，甚至在这个院落最末的几年里越发茁壮。它们是否感知到了噩运的降临？以一树的生机勃勃来证明什么，说明什么？试图改变什么？抑或想强留住什么？

最后才加入其中的我也长得特别快，从咿呀学语到戴着红领巾哼着一支快乐的歌推开黑漆木门仰头看着那棵粗大的椿树，仿佛只是转眼间的事情。我那时的成长肯定还要快过那棵椿树，在我们不得不放弃那所院子时，若还想抱它，就算还需要两个我，那也不是抵指环抱而是十指交叉了，或许指尖还可摸到另一只的手腕呢！可那年，我竟然忘了去抱它。

春回大地，万物复苏，椿树也发出了深红色的嫩叶，起初还羞涩地收拢在一起，某个清晨忽然就勇敢地绽放开来，并渐渐地换了颜色，融入千百片绿叶之中，遇风而舞，逢雨青翠欲滴。四五月间还要开出淡绿的花来渲染它的蓬勃生机，那是它们在新的一年隆重地向世界展示说明自己强韧生命力的季节。

前院的几棵果树也开了花，红的、粉的、白的，或者各色相互洇染，使人无法准确地说出它们具体的颜色，每日可见但每日经过都忍不住要抬头去看看。椿树的花开在一二十米的高空，虽然淡绿色很容易让人产生好奇之心，却无法近身观赏，又小得可怜。至于其后的果实与那些果儿相比就更加逊色了，它不能吃，无法唤醒味蕾，又生得古怪，若一个胖嘟嘟的小子伸开两只翅膀，却又被讨厌的把儿拽着，不能飞翔。

事过多年，我已无法更细致地描述出曾经需要我仰视才能得见的那些花儿与果实的具体形状，以及它们到底是怎样努力地证明自己的与众不同的。

一个生命在其成长与壮大的过程中难免会遇到各种的坎坷与磨难，那所院落以及所有归属于院落的树木都没能幸免。它们经历过地震的摇晃，安然无恙；经历过狂风暴雨的肆虐，安然无恙。却忽然就迎来了灭顶之灾。

辘轳转不了几个圈，一桶水就漾着波纹呈现在眼前，这还不算，那一年邻村有几户人家竟可以用瓢直接从井中取水了，他们宅院的地势比其他人家其实也低不了多少；伯父家南边的石灰窑里忽然冒出水来，而且还凭空多了笨拙的小鱼，随手一掬就可将其捧在掌心，吸引了无数的小伙伴；村东的土壕也被水淹没，碧波荡漾，俨然成了一个不小的池塘，有了水鸭子，有了随风俯仰的芦苇……世界忽然间就变了个样子。

取水是轻松方便了，小孩子们也有了更多的乐趣可寻，但房屋的安全却受到了威胁，地势过低的人家的墙基已开始返潮。对于一个几乎都是土坯房的村庄，重新规划已是迫在眉睫了。

当时的搬迁留给我的记忆，早已被更多的精彩或者无奈撕扯得支离破碎。但总有一些场面被反复刷新而不能忘记。一棵棵树的生命被迫终止，剥皮，被切割成或薄或厚的木板垒放在新家的某个台阶上；一片片小瓦无奈地抱怨着，沿着两根并在一起的木椽从老宅的房顶滑下，又被泥瓦匠们一摞摞地甩上新家的房顶，在一个陌生的地方重新开始为村人遮蔽风雨；一堵堵围墙在众人的号子声中轰然倒塌，腾起了一波波土雾，而后被一锨锨挥洒于田间……那是一场野蛮的伤害与毁灭，当然也是村子里的人们新生活的开始。

椿树虽然粗壮高大也敌不过一下一下拉动着的钢锯的耐心，残忍的，同时又莫名地使人兴奋的刺啦声响彻了整个院落，终于它也若一堵土墙般颓然倒下。树身也被切割成了一块块木板。

所有的木板又被公平地分为四份，四个儿子一家一份。它们的枝条也被装在伯父的牛车上拉至新建起的村子，在弟兄四人的家中都垒起了一个不小的柴垛。赶车的鞭子声在新村与老宅之间响了好几天。

只有小点的树，还略为完整，但也只剩一个光秃秃的树身。曾经的一棵杏儿便靠在我们家新院子的土墙上，第二年还努力地生了一些碧绿的叶子。它在迫于无奈的情况下承受了那场灾难，虽然不能说话，但作为一个生命，它总会有一些感慨需要抒发，那新生的叶子是否就是对无法改变的命运最后一次无声的呐喊?

椿树如盖的树冠自然有无数根枝条，粗壮些的因为砍起来太累，况且大人们还有许多其他的事情需要去做，便被随手扔在了墙角或者斜靠在某堵墙上，第二年也像那棵杏树一样在该发芽时又一次发了芽，它们忘记了自己已经是一个无根的生命，可又能坚持多久?

搬至新村之后，许多新东西开始大放光彩，而以往的那个院落中的一些从此开始沉寂，无声无息，并渐渐地被家人们淡忘。

椿树巨大的根曾被扔在伯父家的门前，扔了一年，两年，还是三年?也可能更久一些，但终于显得多余了，没有存在的必要了，也被劈成了柴火，也被扔在了柴火堆里，没过多长时间，一根根就被送入了烈火熊熊的灶膛，在风箱啪嗒啪嗒兴奋的歌声中化为灰烬。

那歌声掩盖了一个生命的根在彻彻底底要离开这个世界时所发出的痛苦的呻吟与不甘心。

作者简介：

赵　挺　笔名叩心弦。陕西省散文学会会员、陕西省青年文学协会会员、咸阳市作家协会会员，有文见刊。

虎跃南涧

一　苇

虎是南涧的精神，跳菜是南涧的姿势，茶是南涧的底色，樱是南涧的花边。

——题记

虎街：古道上的一块碑

认识南涧，要从一只母老虎开始。

我的眼前，浮现出一个月圆之夜。狂风卷过十万大山，一声虎啸，在无量山中回荡。母虎，强健的母虎，生命中的母虎，她穿越丛林，蹲踞于高岗之上。

村庄里的人们奔走相告，母虎神降临了！

在村庄的中央，燃起了熊熊篝火，人们披发跣足，跳起了“十二兽神舞”……

遥远的虎街，躲在大山的褶皱里。一条细细的街子，像一枚小小的核桃。几步之遥，就将街子走通。但其实如果真要这样想，那就错了。作为茶马古道上一个不起眼的驿站，初看之下，似乎和别的小镇没有分别：一样的石板街，一样的老店铺，一样的古树、古井，还有安闲的人。但是，站在“母虎日历碑”前的那一刻，我的耳畔仿佛敲响着来自古老部落的鼓点声声。这种久远的历法，昭示着彝族先民的聪慧与坚韧。

母虎日历碑，我早就读过刘尧汉先生的文章，听过吴家良先生的介绍，对于虎街的神往，大抵缘于此。

一到虎街，我就缠着当地人问，那块碑呢？在一座神庙前，我见到了母虎日历碑的复制品，还有十二兽神的石雕。原碑不能看到，激动之余，仍是有几分落寞。

追问母虎日历碑的踪迹，有人告诉我在楚雄州博物馆，有人说已流落民间，没有一个准确的说法。这块碑在我心中，依然披着神秘的面纱。

这是一块极其珍贵的碑，据说它是彝族文化的源头之一，与《太阳历》有着千丝万缕的联系。然而，只有看到原碑，那种历史的苍茫与厚重，那种岁月的古韵才能扑面而来。复制品永远只能停留在表象，难以深入其里。这是一个历史文化的追寻者共同的感受。就如当初我站在南诏德化碑前，还没看到斑驳的字迹，就先被那种“生命中不能承受之重”逼得喘不过气来。

西南少数民族常将龙、虎、凤、鸡等当作图腾。尚白的白族和纳西族崇拜白虎，尚黑的彝族崇拜黑虎。“阿罗”是彝家对小女孩的爱称，其实也有“小老虎”之意，足见彝人对虎的喜爱。在南涧，有一种几十年前就享誉四方的名茶，叫“罗伯克”，翻译成汉语即是“猛虎出没的地方”，以“虎”冠茶名，全国可能也仅此一家吧！

提到“罗”，我发现彝族语“虎”发音和白族竟然完全一样，而“罗薄”在彝语中是“公虎”之意，“罗摩”是“母虎”之意，与白族也是完全一致的。由此可知，“虎”应当是彝、白族共同的图腾。

然而，对于“母虎”的崇拜，除了虎街，我没有听说哪里还有。

我继续追问崇拜“母虎”的缘由，答曰：源于母系氏族社会的遗存。对这样的回答我并不太满意。母系氏族社会，那是太遥远的事情，整个人类都经历过，唯有虎街保留遗风？那么整个南涧都应当是崇拜母虎的吧？也许是部落纷争中需要快速扩张人口，也许是在物资匮乏的年代养活子女不易，崇尚母性，敬畏母性，自然也就成了虎街的传统。

这是一个丽日洒金的白昼，天蓝得没有一丝杂质，像一块覆盖大地的丝绸。白云，如一朵朵随风四溢的蒲公英，在村庄上面悠悠飘过。一株直插天穹的滇朴矗立在街心，挺拔的树干如粗壮的彝家汉子。小巷里，一个五六岁光景的小孩见了我，当即蹲下身子扎马步，张开两手，吐出尖细的舌头，面对着我的镜头。我猜他是模仿母虎的动作。我问他叫什么名字，另一个小孩说他叫“杨义”，我有些意外，呵呵，名字居然和我相差一字。和他们聊了几句后，我又朝前走，杨义跑到我前边，再一次蹲下身子面对着我吐出舌头。我笑了。这个如小老虎般调皮的男孩，给古街平添了几多生气，也让我对虎街人有了好印象。

那株滇朴下，一名老者正给小男孩剃头，已经不再是传统的剃刀，而是电推剪了。冬天的阳光暖洋洋的，推剪在孩子的头部“嗞嗞”游走。旁边一个搪瓷盆里盛着半盆清水，一张旧毛巾随意地搭在盆边上，就这么简单。老人凝神注目，小孩闭目享受，几只芦花鸡在他们脚下随意走动。面对这样幸福的场景，我想起了童年，想起了爷爷给我理发的时光，那一把老式推剪常把我的头皮揪得生疼，可那疼痛里有幸福。如今再想他老人家粗粝的指尖在我头顶摩挲，已经再也不可能了。

继续往前，一个大婶在水龙头下洗着肥嫩的青白小菜，她说这自来水是山箐里引来的，水质好。看着清冽的泉水哗哗流淌，干燥的喉头也觉得清凉润泽了。想来那村头饮马的井水，随着现代交通的便捷已弃置一旁。抬头间，见临街的铺面上，贴了电脑打印的售房启事，心里不禁怦然一动，买这样一栋老屋，来此远离尘嚣的小街居住，清静地过小日子，也是一种很好的活法呀！只是随着旅游开发的进程，“清静”恐怕也只能想想罢了。

母虎客栈也是虎街的民俗博物馆，从这座四合院可见主人当年的殷实。如今人去楼空，但仍高悬着标识主人地位的匾牌。人们在此搜集陈列了一些老古董，有大户人家的雕花牙床和桌凳几案，有马具和农具，也有虎街上的一些旧物。看着这些，似乎可以听到茶马古道上的马铃悠悠，似乎看见山地上闪亮的犁铧翻起血一样的红土。有一座小楼，名曰“卧虎楼”，令人想起诸葛卧龙隐居隆中，蓄势待发。想来这位自比“卧虎”的主人定是满腹经纶、意气风发，怀有“致君尧舜上，再使风俗淳”之心的一方大员。

如今精致的雕栏依旧，曲折回廊上的“美人靠”，正沐浴着朝阳，只是物是人非，坐在太师椅上被人拍照的美丽女子，在老宅的映衬下那么明艳照人。不知她是否想过，这把椅子，见证了太多朱颜渐颓？

出门，蓝天依旧，村庄沐浴在暖洋洋的冬日阳光中，粉墙上巨大的墨绘虎头也显得气定神闲。新立的牌坊，刻上了楹联：古有彝祖创造母虎文化绵延古道千里；今具慧眼穿透历史尘埃力现蒙乐古韵。

挥挥手，虎街依旧静卧于大山深处，蓝天下，白云边，古道越千年。

还会再来，等待那个神秘的月圆之夜，在母虎神降临的那一刻，十二兽神舞动。

那时的虎街，定是虎虎生风了。

跳菜：“食”是一种信仰

原来，他们是跳着上菜。

初到南涧的关正平如是说，他一直以为“跳菜”是一道菜名。

认识“跳菜”，缘于报刊的文字和图片。“跳菜”，是一种粗犷剽悍的民族舞蹈：十几条精壮的汉子，在大理州文联一楼大厅里每日排练，他们在广东参加由中国民间文艺家协会举办的民族舞大赛，一举夺得“山花奖”。事实上，在这以前，南涧跳菜就已声名鹊起了。

此次去南涧，见到的却是原汁原味的“跳着上菜”。在樱花谷，唢呐、芦笙齐奏，一群老虎般壮实的汉子和马樱花般艳丽的女子，以自己的方式将欢乐的菜肴捧到大家面前。彝族唢呐和汉族、白族不同，唢呐的柄特长，唢呐的口宽大，因此吹出的声音就显得浑厚雄壮，山鸣谷应。吹芦笙的汉子，则是边吹边跳，自由灵活，调式简单，但要和舞蹈节奏应和，也颇有难度，还要考验吹奏者的体力。而其他的几人，跨着豪迈的舞步，闪展腾挪，单手托盘。托盘为木质，长方形，里面盛满“八大碗”，尽数送到八仙桌前，这在常人看来难度极大的动作对跳菜汉子而言已是最简单的方式。另有蓄着络腮胡的矮胖汉子，头顶一大托盘，嘴咬两把长柄圆形铝饭勺，呈一字形，勺上各置一碗菜。手中再举两碗，就显得相当悬了。如果单纯只是舞台上的表演艺术，盘和碗中的菜都是道具，那就没有压力，也没多少重量。但是这样满满当当的十几碗菜，做到连汤汁都不溢出分毫，这可是硬功夫。还有更险的一招，吹芦笙的汉子边吹边迈动舞步，另一名汉子坐在吹笙者肩上，头顶一托盘的菜，吹、舞、坐、顶，稳稳当当，挺悬。最后出场的是一名力量型的选手，他直接用嘴咬住八仙桌的一只脚，将整整一桌菜送到客人面前，令人瞠目结舌。牙齿上的劲力十足，像一只精神抖擞的猛虎叼着猎物。

同一般少数民族的原生态舞蹈不同，“跳菜”不是以舞蹈为主，“跳”的目的是尽快上菜，“跳菜”只是将这个过程显得艺术化、娱乐化，体现得更多的还是实用性。而在整个“跳菜”过程中，男子起着主导作用，像马樱花一般艳丽的姑娘只是陪衬，使场面更加热闹。原生态的“跳菜”既有实用性，也有观赏性和娱乐性，堪称南涧一绝。舞蹈家杨丽萍多次到南涧采风，也从“跳菜”中汲取创作的灵感。

当然，夺得“山花奖”的“跳菜”已与原生态相距甚远，那是一群剃着光头、披着黑羊皮、敞着胸膛的彝家汉子，托盘只是他们手中的道具而已。伴着唢呐和芦笙，他们以铿锵的舞步、大幅度的摇摆、浑厚的歌唱酣畅淋漓地诠释着高原汉子热情奔放的生命，彰显着雄性文化的魅力。

如今的南涧，几乎村村寨寨都“跳菜”，都有“跳菜”传承人，像阿本枝、杨一忠这样的“跳菜大师”为数不少。

无量山高，哀牢山雄，唯有“南涧跳菜”走向了世界。为什么“跳菜”只在南涧盛行，而其他的彝族聚居区却鲜有见闻？“南涧跳菜”的起源在哪里？当唢呐高奏、芦笙吹响、“跳菜”上桌，叫好声此起彼伏的时刻，相机、手机的闪光灯频频闪动之际，我却刨根究底，不明所以。

对一个地方，一种文化，如果只是走马观花、人云亦云、饱览秀色、大快朵颐，恐怕也只是一个普通旅游者的层次。

在我有限的认知中，“跳菜”是先民们对于食物的顶礼膜拜，是对饮食的欢欣与敬重。“民以食为天”，面对食物，我们怎能不欣喜若狂？比之现代都市人一边对食物挥霍无度，一边食不甘味，南涧人跳着、舞着、吃喝着，那是非常幸福了。

这是一种“得大自在”的境界。

相传，“南涧跳菜”起源于原始母系氏族社会，又说“南涧跳菜”是古时彝人敬奉帝王在宫中表演的一种舞蹈艺术。这两种说法都很难显得真实可信，因为没有有力的证据可以说明。还有一种说法，传说“南涧跳菜”起源于古老战争中的庆功仪式，也说“跳菜”起源于将猎获的食物敬奉给母亲的场景。从《九隆神话》中的“哀牢夷沙壹母”可知，哀牢山一带确实经历过漫长的母系社会，南涧即属这一区域，从“以猎为命，以食为天”的生存状态可以了解到“跳菜”起源时期的生产以狩猎为主，这与南涧地处山区、半山区的地理位置相吻合。

不管怎么说，“南涧跳菜”诞生于远古，传承至今，这是不争的事实。“南涧跳菜”频频获奖，已经成为南涧县、大理州乃至云南省的一道“招牌菜”，连往返于城乡的公交车上，都刷上“跳菜之乡”的公益广告。

用一种粗犷豪放的方式对食物顶礼膜拜，用一种质朴洒脱的歌舞诠释对生命的热爱，用一种欢快热烈的方式款待客人，用一种人神共娱的方式表达对大自然的真诚敬畏，“跳菜”文化可谓内涵丰厚。

也许在南涧之外的某个区域，也曾经一样“跳着上菜”，唯有南涧人将之保存得如此完整，如此纯粹，如此声名远扬，“跳菜”有福矣！

芦笙奏起来，唢呐吹起来，“跳菜”汉子舞起来。八大碗捧上来，大碗酒端起来，无量山，笑起来！

茶与樱：两棵树的相遇

茶是南涧的底色，樱是南涧的花边。

或者换言之，茶是南涧的男人，樱是南涧的女子。

这样说也不矫情，“罗伯克”就是南涧茶的代表，“罗伯克”，彝族的意思是“猛虎出没的地方”，这么一个雄性的名字，理当属于男人。何况南涧茶的味道是馥郁的、浓烈的、醇厚的，甚至是芳香中透出苦涩，这种高山大叶种茶的味道，就像山地民族一般淳朴厚道，颇有长者之风。

绿茶中，我喝过龙井茶、崂山茶，还有四川、湖北等地的记不得名字的茶，比如竹叶青、毛尖、碧螺春等种类。以龙井为代表，那种清新、淡雅、芬芳，如江南女子一般婉约，“罗伯克”与之相比，真是如高原汉子一般豪放了。

更何况洱海流域、澜沧江流域一带，有喝“雷响茶”的习俗，就是将绿茶放入瓦罐中，在栗炭火中烤焙，直到茶叶发黄变脆，香气扑鼻，便将沸水倾入瓦罐中，此时水与茶在温度极高的空间里相遇，“刺啦”一声，茶香四溢、水沫翻滚，这便是久负盛名的“雷响茶”。在我的老家，上了岁数的老人是喜欢喝“雷响茶”的，生泡太寒，老人耐不住，香味也不够。

每天早上起来，先在火塘边烤一罐“雷响茶”，一天的惬意便由此开始了。

记得二十年前，我到南涧开教学研讨会，会议免费提供茶叶。抓一小撮置于玻璃杯中，茶叶泡开后，根根直立如森林，茶汤碧绿可爱，中间透出一点微黄。喝到口中，一缕茶香直入肺腑，这是第一次喝“罗伯克”。同行的老师们都说，这是大理的名茶，果然是好茶。时隔二十年，我终于来到无量山中的一处茶山，听说这里并非罗伯克茶场，但所处的地域、纬度、海拔大致相同，人们称之为“樱花谷”。

樱花谷实际是茶山，却以樱闻名。这里的台地茶规整有序，打理得就像一排排列队的士兵。穿行田垄间，满眼皆绿，绿得舒服，绿得心旷神怡。而就在这漫野的绿中，一树树樱花尽情绽放，明艳夺目，如一树树火炬，照亮了山谷。在绿的映衬下，一树树挺拔而立的樱花盛气凌人，纵情狂欢，开得酣畅淋漓。因了这一垄垄茶园的绿，这里的樱花就具有了无比独特的魅力。

不必说到日本，大理的樱花也是极为生动的。以前我所居住的洱源小城，就以冬樱为行道树。我曾经写过一篇《小城樱花》的千字文，这种经过人工驯化的冬樱为寒冷的小城添了几许暖意。而在大理古城，一树树樱花使古老的城池顿时鲜活起来。大理学院的樱花，成片成林地盛开，为本就浪漫的校园再添锦绣。但真正使大理樱花名扬四方的，却是南涧的“樱花谷”。虽是无心之作，却也浑然天成。那么一片茶山，那么一片冬樱，都是精心种植的。据说来自台湾的谢先生当年栽下这些樱花时，本为茶树遮阴，无意间竟成了无量山中一道绝美的风景，就连对面葱郁的山岭都显得无比生动。

樱花谷美，美得像一个童话世界。很多摄影师拍的照片，就像是 PS 的。这几年，樱花谷炒得越来越热，很多游人不远千里来看樱花，使得人潮涌动。冬樱花期短，赶花潮的人们一拨又一拨，堵车竟绵延十多公里之外，也是叹为观止了。

冬樱的热烈、奔放，像极了南涧的女子，不羞涩、不矫情、不掩饰，酒碗端起就干，嗓门一亮就唱，芦笙一响就跳，说话也如竹筒倒豆子般噼里啪啦的，声音洪亮。遇到自己喜欢的男人，也直言不讳地表达。这种山地女子特有的直爽性情，就如冬天里的火苗，温暖着这片莽莽苍苍的土地。

“茶”是南涧的传统产业，绿意盎然地支撑着南涧人的衣食。“樱花谷”则是近年来人工培植的自然景观。万绿丛中点缀着一簇簇鹤立鸡群般的红，红得让人心碎，恍若置身于一个我们从未抵达的远方。而这个“仙境”却是那么自然，就好像千百年来就是这样，从未改变。

当初开发茶山的人肯定没想到，为了给茶树遮阴而种植的冬樱竟成了“樱花谷”，连茶场的名字都被淹没了，这真是一个意外。可很多美好的事物，不正是一次又一次意外的产物吗?

茶与樱，两棵树的相遇，如此欢喜。

作者简介：

杨义龙　笔名一苇，白族，中国作协会员。有小说、诗歌、散文、评论若干发表在《人民文学》《民族文学》《边疆文学》《滇池》《云南日报》《北京日报》等报刊，出版长篇小说《遥远的部落》《桃李春风一杯酒》《喜鹊窝的秋天》等，有作品获得 2015 年度中国少数民族文学重点作品扶持及若干奖项。

村庄的树

欧阳杏蓬

香花树

香花树就是书上的桂花树。

村里人一直叫它香花树。

香花树在村子后面的悬崖上挂着，身子向半空中扑出去。悬崖下的几间瓦房都在它的笼罩下。瓦片上一年四季落着叶片枯枝，积聚时日，也长出一片青来，狗尾草一丛一丛，与头上香花树呼应，几乎成了一个小生态。

香花树有多大？

脚盆大——跟城里人用的浴盆差不多，只是不完整，向山的一面已经掉皮、腐朽。靠向着村子的半边有皮护着的部分活着。真是树活一张皮！香花树有多高？看得到东干脚，就能看到这一棵香花树，无论多远。

秋风乍起，原野的风中弥漫着的沁人心脾、令人追逐的香，就是香花树的香。

香花树开花，含着两个意思，一个是中秋要到了，月要圆了；一个是秋风乍凉，一阵紧过一阵，早晚要添衣了。

在村子前面，仰头，就能看到香花树绿叶里糊成一片的金黄。

胆子大的孩子领了一帮胆子小的孩子爬上后山，猫一样地爬上去，掰一枝扔一枝。每个人手头都有一枝了，才用嘴衔着一枝，缓慢退下来，小脸煞白。问他，回说：整个东干脚都在脚下面，我跟小鸟一样，可我没翅膀啊。

小女孩把星星般的小花凑到鼻尖底下深呼吸，嘟着嘴，眯紧着眼，一副陶醉的样子。

男孩子举着香花枝，蹦蹦跳跳，全然是得了战利品的样子。

回到家，家里什么应节的礼物都没有，中秋节还远呢。

把花插在门缝里，该放牛的放牛，该打猪草的打猪草。

月还未满，一场大雨，一声巨响——像雷公的爪子薅过屋顶，一阵冷风扑进巷子，村里所有的灯一下子都熄了。

香花树倒了。

在悬崖上站了两百年的香花树，腐烂的躯干承不住雨水和风的压力，倒了。

倒下来的香花树，香了整整一个秋天。

人们留下了崖上巨大的香花树树兜，期待它萌芽、重生、长大、传递信息。

三十年过去了，香花树兜把不见了。

黑色的崖，被风雨漂白了。

没有天空的呼唤，它的梦熄灭了。

人们也并没有觉得东干脚缺少了一点什么，林子里，高高矮矮的香花树多着呢！秋天还是那么香！

橙子树

香花树倒下对所有的大树都是一个警讯。

比它年轻一点的橙子树不以为意，像梦一样缀在村中央。

春天，指头儿大的花铃挂满枝头，在巴掌大的叶子的护佑下，晶莹娇脆，不肯随风下红尘。春风不解，一阵暖过一阵，催熟了它的孕育，或扰醒了它的梦，纷纷从枝头跌落，那阵花雨，人见犹怜。落在地上，张着嘴吐着黄蕊儿，还是不甘的样子。

橙花的香，亦沁人心脾，还带着丝甜味儿。

你看，蜜蜂、土蜂、鬼头蜂都来了。

蝴蝶飞不上枝头，在底下趴在落地的花瓣上，停在那，掀动着小翅膀，一副迷醉的样子。

橙花落，雀鸟来。

橙子树，又成了鸟的天堂。

鸟是优质的裁判，哪颗小铃铛行不行，稳不稳，它拍动一下翅膀就知道。羸弱的橙果在鸟翅膀的检验下，纷纷坠落直下。地上，花已成泥，铃铛冷落得像一个一个弃儿般凄凉。

橙子树用影子护着它们。

它们缓慢地由青转黄，由黄转褐，由褐转化成泥土，也没有一双手来拯救它们。

它们的味道不讨喜。

然而，树上巴掌大的连叶子都遮不住的橙子，在风里自鸣得意摇晃着、享受着，却不知道被无数双眼睛盯上了。那些孩子算着日子，再吹几阵大风，中秋节就到了，这些橙子，就可以敲下来应节了。

风大风小，月圆月缺，橙子树无所畏惧。

它自然生长，也顺应自然，居高临下看着这一大片黑瓦老屋——在它的梦里，它亦是一座大屋，跟这些屋子一起，才是一个完整的梦。

主人不在乎这些，它在门口挡事，就被主人在心里拔除了。鲤鱼锯左右游移，把它锯倒在地，惊动了四周屋檐，黑瓦纷纷跌落，如同一场壮观的送别。

它倒在地上才发出一声长叹：跟人类太近了！

橙子树没有了，人们居然很快就没有了它的记忆。

哦，橙子树应该恨薄情的人类吧。

乌 桕

比起香花树和橙子树，乌桕是后来者，那个时候，它还不存在。

风——我相信是秋风，吹来一颗乌桕种子，落进了井边崖上石路边的石头隘股里。隘股里有一些积尘，时久成土。春雨浇湿了土，也浇醒了这颗种子。它钻出来一看，四周都是石头！苦不苦，不怨父母。自然命运安排了绝境，那就认命。

起初看到石缝里的小苗——春天，山上很多石板上的积垢里都冒出各种芽苗——乌桕的，枫树的，柞木的，雨水一收，几轮日照，就蔫了吧唧，没有了后续。这棵乌桕没有审时度势的机会，也没有救援。

它长在那里，生死由它自己做主。

这是一个很残酷的安排。

乌桕有点慌张，长出来，叶子就稀稀拉拉。

路过的人——很多情的人，看见了它，也不会搭把手帮它。真所谓生死有命，富贵在天。它不会呼号，也不会哀求，痛着，自己痛，死了，命该如此。

乌桕不认命，它不长身子，先长根。把根插下石缝，把根探进大地母亲的怀里，死不死，由大地做主。这是一个聪明的选择，人都做不到。它做到了，做得轰轰烈烈，超出了人的毅力、韧劲和坚强，硬生生地把一块簸箕大的石头从中间裂开——新的裂痕，也证明它获得了新生。这种舍命拼斗，最终获得胜利的，乌桕是唯一。

成功了，赞叹也就来了。路过的人，都要侧目看它一眼，也开始维护它，不许伤它，还赞扬它。

一年两年不起眼，三年四年，一鸣惊人！

乌桕如一腾云驾雾的仙人，姿态飘逸，把整个石头踩在了脚下，凌空而出。

秋风起，叶转黄，柔雅的凄凉。

秋风烈，黄叶转红，在岩上兀立如旗。

北风来，散尽钱财，一树本色——簇在一起的乌桕籽，颗颗如珠凝在枝头，仿佛在暗示：跟在你身后的冰雪，也不过如此。

苍天下，最美的景致，莫过于乌桕的生命四季。春天柔绿的花，沉潜不争春色；夏天碧绿的叶，与香花树、蜡叶树搅在一起，抗暑御热；秋风好个凉，那就给秋风一份颜色……

乌桕，植物界的哲人、诗人、战士。

看见崖上乌桕，就不得不抬起头来。

是景仰，是致敬。

无论走多远，崖上的乌桕，是心里的故乡。

枣　树

路边有棵枣树，拇指大的枣，一摞一摞的，坠得枝丫都塌了腰。

在早晨的阳光里，还有露的痕迹，晶莹如玉。

在中午的阳光里，枣树有些疲累，指甲大的叶片，不是跟随风跑掉，就是在枝头垂头丧气。枝头的枣，也有些焦躁，黄着皮，让人有了食欲。

在我的记忆中，这个地方是没有枣树的。

这个地方原本是没有一棵树的。

井边那棵枣是谁家的呀？枣子好多。

是你爹种下的。

我爹种下的?

不只那棵枣树，枣树后面的那一片，柿子树、李树、两棵吊柏，都是你爹种的。

爹为什么把树种在路边?

我也不知道你爹是怎么想的。

我爹已经早过了滑油山，开始了我们不知道的征程。

既然是我爹种的——我爹还有多少事没有告诉我?在枣树下，看着枝头悬挂着的枣，我不客气了，我爹的就是我的。伸手抓住一根枝条下拉，拣大的摘。不过，我只摘四五颗。握在手里，踱到井头边的洗衣埠头，在河水里清洗。一回头，看到井边的“东干脚古井”几个字——这几个字是不是我爹手写的?井，是爹生前和一众兄弟修的。那字——不像我爹的字，潦草，没有丝毫章法，就是捡了根树枝随手画的。我爹的字，也没有章法，但每一笔都有力道，不轻浮。那井边上的柏树，是不是我爹种的?有可能，也没有可能。但我爹是爱种树的，尤其是病了之后，出不了村，得了树苗，在村前村后找个空地就种起来。村里人也学这样，地没人种了，怕荒，就种上树。一晃眼，四处都是树。他们在无言中，就把东干脚搞得绿水青山了。

拈着枣子送进嘴里，不苦，不甜，不涩，更没有满口汁液。

蜜枣是人做出来的。

真正的枣，没什么滋味，但可以入药。

我猜不透爹的心思。

爹的心思，孩子们哪有那么容易懂得?懂了，孩子都老了。当完爹，能剩点什么?一个人，活完了，能剩点什么?这问题既宏大又深邃，我解不了。

每走到枣树下，我就感觉有一双眼睛在盯着我。

父亲留下了一棵枣树，让我不劳而获。

我打了个激灵，天还是那么高，人却换了无数茬。

我不也是父亲遗留的一颗枣子？

作者简介：

欧阳杏蓬　1970年生于湖南宁远，现居广州，文化民工。曾任《大周末》杂志主编、《电影评介》杂志主编，2014年创立广州媒略策划有限公司。已出版文集《以孤独的名义》《缤纷湘南》《广州读本》《一生两半》《现实之境》《我们东干脚》六部，其中《深圳一条大路上的海阔天空》《橙子树》《旁边的人》被选入《深圳读本》《向生命鞠躬》《国学·人文教程》等。

百年马家沟

李兴民

1

这山沟里的夜晚非常安静，听得见张家川庄浪秦安的犬吠鸡鸣。土炕烧得很热，一上房的人嗑着瓜子喝着罐罐茶，南里北里地扯着闲谟。

2

三爷说，我这次回来啊，不想再上新疆了，库尔勒，远得很，九十来岁的人了，没明没夜坐几天车，吃力得很哪。老家里这么好，一回来就舍不得出去了。我们都劝三爷，还是随叔叔一家上新疆去，待在马家沟没人照顾。

说归说，其实三爷把上新疆的一切准备都准备好了，倒也没有啥准备的，本来是从新疆下来的嘛。这样说着，只不过是表达一下恋土情结罢了。三爷已经在新疆生活了整整十年，但却在马家沟生活了七八十年。老了却成离乡人了。也没有办法，十年前三奶去世，三爷失去生活照应，只能跟着早年上新疆打工并已经在库尔勒扎下根的叔叔一家。在新疆，一大家子在库尔勒街面上开了一家蒸馍店，生意颇为红火。和我平辈分的弟弟、妹妹也在新疆成家立业，已经成了地道的新疆人了。这次三爷一大家子回来，是在老家给三奶上个坟，也给在马家沟睡土的辈辈先人上个坟。三爷说，后辈们走到哪里，都不能忘了自己的根。

马家沟三爷的院子，上新疆后十年来一直空着没人住，一周前三爷从新疆下来的时候，才收拾整理，临时住上十来天。再过上三五天，一家子又上新疆了，院子又会空了。

我们也是远路上来的宁夏亲戚。我和妈妈、弟弟从固原赶来。我的两个姑姑也都七八十岁了，从老远的西吉赶来。还有三爷打电话叫的我不认识的张家川当地的一些亲戚。三爷是我爷爷辈唯一健在的老人了。由于大家也都多年没有见面，因此显得格外亲热。也因为大家从四面八方赶到马家沟来见个面，随后又将各自回去，几个老人还眼泪汪汪的。

3

三爷从新疆回来的几天，恰逢着农历的春节假期。我也就把这个节假日在马家沟度过了。这是张家川梁山乡高营村的一个小山沟，地理位置特殊得很，是个张家川、秦安、庄浪三县交连地畔的地方。常听老人们讲，这个小山沟这几十年来庄稼收成挺好的，简直就是一个“小徽县”。我不知道徽县的物产多么富饶，但是老人们为生存在马家沟油然生出一种自豪感。

大概是在三十年前，在我十岁左右的时候，父亲带着我到马家沟三爷家，我记得那是我上小学的一个寒假期间，其时父亲和马家沟的亲房党家子们经常从张家川、庄浪一带贩运山货和二毛羊羔皮子到西吉等地。大人们谈大人们的事情，我住在三爷家，三爷喜欢玩信鸽，经常带我去周边的龙山镇、朱店镇、莲花城等放信鸽，乐此不倦。三爷还带我到莲花城的一处民间古迹，三爷说埋在这里的这个老古斯人名震陇东南，德高望重，学贯中西，清朝末年我们李家的老先人曾在门下受益学问，砥砺竹笔。

三十年后的一个春节期间，我又在马家沟住了几天。其实甘肃的农村比其他地方更有农村的味道。这个山沟也是近年来国家实施精准扶贫的地方，一些农户家门口标识着“建档立卡户”等字样，一些老房子也标识着“该户已实施危房改造”等字样。

4

我们家门里在这个山沟里只有堂哥李德昌一家人还留守着。即便这一家人，还过着半城半乡的生活。

堂哥李德昌已经五十多岁的人了，天南地北闯荡了半辈子社会，早些年依托附近有龙山这个西北最大皮毛市场的优势，上新疆、跑宁夏、下温州，做一些皮毛生意，有了一些积蓄，在城里购置了房产，举家都在城里生活，供养小辈们读书。德昌老哥觉得城里拥挤，空气不好，在城里住得颇烦的时候，才跑回马家沟住上一阵子。德昌老哥在马家沟的房子，大约是三十年前盖的，门窗椽檩全部为纯手工，颇具西北农村民居典型。加上德昌老哥酷爱字画文玩，眼光独特，几十年收藏积攒，使得这个农村大上房弥漫散逸着浓厚的文化气息，非常符合德昌老哥回商儒商气质。

这几天在马家沟，没有少麻烦德昌老哥一家。由于从外地来的亲戚多，三爷家里住不下，德昌老哥就把自家的三间房收拾干净，烧热土炕，架旺火炉子，摆好炕桌，端上盛满瓜子花生核桃等干果的几个碟子，熬着酽酽的罐罐茶。嫂子的茶饭好，这几天农家土鸡、烤洋芋煮洋芋、莜面玉米面馓饭等荤素搭配，轮番上桌。“华夏历史五千年，一半文明在陇塬”，老盐官人招待人，客人只管吃好喝好，三请三进，主人续茶倒水、端汤上菜，立地边站，礼节十分到位。

三爷是地道的马家沟人，三爷却又成了新疆人，三爷从新疆回到马家沟了，加上我们四面八方的亲戚也到马家沟了，正月初四中午，德昌老哥把所有亲戚都请到家里，用浆水长面招待。因为这几天大家肉食油食吃得多，浆水长面地道、劲道，大家抢着吃，吃得酣畅淋漓。三爷和几个老人们一边吃浆水长面，还一边念叨起一首古老的民谣《冒冒烟》：

烟筒眼烟，冒冒烟，牛拉犁，扯地边。
麦子黄，收上场，连枷打，簸箕扬。
一扬扬了七八装，磨子“咯载”，箩儿八筛。
擀杖上案，切刀走马。
走了两把线，下着锅里莲花转，捞着碗里赛牡丹。
客人吃，客人看，客人吃了八碗半。

一顿浆水长面，彻底吃出了马家沟味道。“知感！知感啊！现在社会真是好了！”吃完浆水长面，三爷在上炕里捋着胡子感叹。“知感”是当地口头禅。而三爷头顶的正墙上，挂着一幅写有“知感”二字署名“陇右山人”颇具功力的书法作品。

5

三爷接着给我们讲了一个故事。

大约二十世纪三四十年代，家门里我二爷为人豪爽，古道热肠，虽然自己穷得揭不开锅，但总是喜欢接济更穷苦的人，那时候人们穷，讨饭的多，二爷经常就倾其所有把自己家里的东西给要饭的了。有一天，二爷门口来了一个衣衫褴褛快要饿倒的乞丐，二爷赶忙把乞丐扶到窑洞里的炕上，给乞丐嘴里灌了一碗水，让乞丐躺着，因为自己已经什么食物都没有了，二爷就拿着一个空碗，借遍了马家沟的人家，大家都绝粮了。二爷回去把那个乞丐打发了，二爷一声哭腔“马家沟的人啊”瘫软在地。

故事的结尾更加凄惨。三爷说，不知道那个要饭吃的后来活着吗，你二爷后来因为饥荒饥饿，年纪轻轻的没有活下来，马家沟一带的人那时候有很多人都饿着无常了。

6

在马家沟，三爷、德昌老哥带着我，给我指看我爷爷迁居到西吉前的老住址，爷爷的老土窑依稀可见，也成了百年遗迹。

在马家沟，三爷、德昌老哥还带着我去到老坟上点香上坟，也给我远远近近地讲一些家史。

我的爷爷大约在民国十八年（1929）大饥荒前后移居到西吉。

而更早的时候，我的爷爷的太爷大约在同治九年（1870）清政府安置“南八营”中的“盐官营”前后从盐官一带移居到张家川马家沟一带。如果按照中国传统的“生己者为父母，父之父为祖，祖父之父为曾祖，曾祖之父为高祖，高祖之父为天祖”辈分称呼里，就是在清朝同治年间，我的天祖一辈的家族成员集中迁居到张家川一带。此后的漫长历史中，家族成员又以张家川为出发点，先后移居到徽县、通渭、陕西、宁夏、新疆等西北各地，后代大都失联了。只有返乡到盐官一带的李氏后代，偶有信息。再上溯到更早的清朝同治及以前，在盐官一带尚未迁徙的我的远祖们，已无从考究了。

相传，我的天祖是一名民间知识分子，继承了较为丰厚的宗教家学，因为兵荒马乱，告别冷兵器时代千百年来有着中国历代王朝军马交易中心辉煌名号的盐官川故里，颠沛流离，带着家眷到马家沟刀耕火种。

相传，我的高祖是一名民间知识分子、农民、小商业者，经常从华亭、安口一带采购一些坛坛罐罐，贩运到梁山、龙山、朱店、莲花一带，家底还是较为殷实，还在马家沟置下大片田地。

我的曾祖，就是老人们常说的我的马家沟太爷。马家沟太爷算是离后辈年代较近，一些事情在家族中知道得多一些。后辈们连忌日（农历十一月初七、另记成初九）都记着呢，我的父母每年到马家沟太爷的忌日都点香炸油香宰牲纪念。马家沟太爷是清末和民国年间一名在盐官、张家川、西吉一带有名的职业宗教者和民间知识分子。到现在，在西吉一带的老年阿林还能记起太爷，不知道为什么，老人口中都会说，有名的“李阿林”。先后在西吉的高同、大岔、泉尔湾、卜鸽泉、大狼窝等地执坊开学，口碑非常好。也由于太爷在西吉生活过的原因，加上当年为躲避张家川一带的大饥荒，后来爷爷就直接移居到了西吉。

从爷爷开始，我们这一脉就由张家川马家沟人变成了西吉鸦儿湾人了。听父母讲，爷爷也曾经有过回马家沟的念头和举动，但因很多现实原因最终没有回去，或者说是根本回不去了。

我的父亲在他的最后日子里，也带着我到马家沟上祖坟，还带我去盐官追宗问祖，告诫我不要忘了根本。

人其实在历史的长河里是很渺小的。

譬如我的家族口传史中，能记下的人与事也只有寥寥数笔。

7

家为最小国，国为最大家。

一个家族的命运，总是与国家和时代紧密相连，国家安则百姓安居乐业，国家动荡则百姓漂泊。在马家沟，我读出了一个平民家族与国家时代同呼吸同命运的百年近现代史。当年清朝末年西北战乱，祖先在世居的西北历史名镇陇南盐官川无立锥之地，衣衫褴褛被流放安置张家川当年鬼哭狼嚎的大山里，在偏僻隐秘无人问津的马家沟，祖先避过战乱和灾祸，顽强生存。当年民国西北闹大饥荒到人食人的地步，马家沟及张家川一带的族人又四散逃难，历经生生死死，幸存者及后代现在又在西北各地繁衍生息。当我们的祖国从站起来到富起来到强起来，社会安定了，在新时代的环境中，这些亲人都安居乐业，很多人都过上了自己想要的生活。譬如我的三爷，这名快要百岁的老人，不论是在马家沟还是在新疆生活，不同的年龄阶段和时代，经历着不同人事和风云，现在三爷的户口还在马家沟，国家的很多惠民政策，如一些农业方面的补贴、最低生活保障、高龄津贴，还有我说不上的一些福利，等等，三爷该享受的都享受着。

三爷笑着对小辈们说，我年轻的时候受尽了穷苦罪，现在是越来越老了，社会越来越好了。我们都说，您老人家现在就要活过百岁，好好当一当百岁老人，好好享一享好社会的福。

8

亲人之间的聚会，的确是一种幸福，但何尝没有带着恓惶。

从西吉赶到马家沟来看从新疆回来三爷的我的两个已经七八十岁的老姑姑，还有从固原来的我们母子，还有本地及周边的宗亲，以及还有马家沟留守的一些左邻右舍，几天的时间，三爷家举念宰倒的一头牛就吃光了。远处的亲戚也陆续返回了。

三爷家十年没有住过人的老院，这几天聚集了千百里路上赶来的亲戚，热闹了几天，很快，将又是一个空空的院落了。

我返回的时候，三爷拉着我的手，我们爷孙久久沉默不语。

三爷说，娃娃，咱们爷孙怕是再见不上面了。

我说，三爷，固原到新疆近着哩，现在交通方便，有时间我上新疆来看您，闲了咱还可以打视频。

9

当我们的车子从马家沟的梁顶上驶离的时候，从后视镜里回望，这个西北陇东南的极为平凡的小山沟，在正月里显得苍苍莽莽。

作者简介：

李兴民　回族，宁夏西吉人，宁夏作家协会会员，宁夏诗歌学会理事，固原作家协会副主席。作品散见于多家报刊，并入选《新时期中国少数民族文学作品选》《中国年度诗歌》《宁夏诗歌选》；出版诗集《放歌西海固》《洋芋花儿开》；曾获《诗探索年选》全国优秀诗歌，第27届“东丽杯”全国孙犁散文奖，《朔方》征文一等奖，固原市首届“新锐作家”奖，第二届六盘山文学奖等。

诗歌卷

与命辞

黎 落

1——之衰败

父母垂垂老矣，现出朽木之象
风吹不进去。我继续在
虚拟处修补花台，枯叶蝶满庭园飞
少女意乱情迷。她有张老妇的脸
我们狭路相逢，像老朋友，陈述之后分开

日光灯投下隐喻，前来收回落花的影子
我骑一匹纸马，追刻舟求剑的人

2——之草木

空中有风言风语，草木都会学舌。我跟在群鸭身后
等变身。风想搬走我，仿佛我是件旧衣
黑葳蕤，常将我裹置其中

夏有冰雪之欢，流浪僧侣从雪山下来

集齐月色，碎石，蝴蝶的翅膀。脱掉裹腹的袍子
直到细密的肢体生出彩色的糖果
直到秋高过我们

3——之辽阔

秋天有细腰之美，瘦下来的山川现出寂寥的诗意
长江咳出第九枚圆月，贴补另一半
而一株临水照镜的芦苇，面对滚滚而去的江水
在沉默中与岁月和解

这一刻，我放开怀里的马蹄和栈道
让自由以裸体退回子宫

4——之复生

白雪露出空相，飘落就显得饱满
世界是一所旧房子，住着说方言的散客
树木，街巷，沟渠拒绝背井离乡
当万物潜入自己，庞大就成为负担。我需强暴阳光

抄剪刀手，杀神杀鬼。遇夕阳藏匿梁山
我们就一起落草，大碗喝酒，吃肉
待所有皮相归于空寂，会有刀刃的胚芽落入泥胎

作者简介：

黎　落　中国诗歌学会会员，爱好写诗十数年。

尊重玉米（组诗）

野　兰

尊重玉米

一些词语让人生
一些词语让人死
玉米继续沉默
它知道土地的秘密
知道镰刀在谁手上
你不是玉米，你不知道
阳光如何布下阴影
雨水落进谁的胸膛
排队等待秋天的它们
需要刀刃的光芒，谷仓的平等
和透明的价格
为了给你们留一个故乡
它们倒下去，又站起来
替黄土里面的祖先，伸长脖子
看看这个世界，要变成什么模样

玉米，玉米

玉米正在排队
等待公平的阳光
温顺而沉默的它们
需要有思想的词语
和想象的甜美
在忽明忽暗的底层
一个星空般的谷仓
被秋天藏进浓雾
但玉米仍站在大地上
玉米比我们坚强
我们坐在天井里
说时间的辽阔
而玉米已经从南美洲
走到了黄土高坡

秋天的玉米

经过了风吹日晒
它把牙齿露了出来
褐色的思想纷披下来
缠住我们的手足
该说的话，它一句也没有说
摘完自己的玉米
我们会发现
泪水跟语言并排在一起

人生的真相
在一条裂缝
跟另一条裂缝之间

玉米站在山岗上

回到宫崎骏的夏天
回到鸟鸣的清凉
去看整齐的玉米
装在套子里的玉米

把草帽丢下悬崖
走进风中，翻开过去
像翻开自己，从一场雨
到另一场雨，我们把影子连根拔起

成为他人。没有人看见爱情
没有人成为自己
玉米沉默地站着，仿佛迷路的孩子
挥手时，命运跟了过来

作者简介：

野　兰　原名彭云霞，浙江人，客居广东，学涂鸦，写小诗小文。诗作散发于《诗刊》《诗歌周刊》《长江诗歌》等。

春天的魔笛

红精灵

1

取不出火，那就取出绿。春天的鸟鸣
盖不住体内的火，身体里的毒素
一大堆事物排列开来，有的弯腰，有的低头
有的从肺部伸出，巴掌大小的桃花源
嗯。它会呼吸，会吹奏乐曲
会吐出爱，会在最辉煌的时候
俯下身，看我们如何在困境中出走
且风调雨顺，年年有余

2

看不住春天，那就接住夏季
那就从枝头跳下来
那就把爱，从心底拿出
昨夜喝醉的那人，倚在树下喃喃自语

他说爱，说很爱很爱
说他很爱的那个女子是个小狐狸
她聪明狡黠，多情睿智
她长长的发尾，盘着蝴蝶，缀着小星星
她笔下的诗句，总是不忍提起
她噘起嘴巴，一如此时
偷跑出来的你

3

那时候我们还小，总是以为你是树妈妈
抛弃的孩子，总是欺负你弱小，胆怯
总想攀上去打你，我们在你的脚下
出剪刀，石头，布，我们轮番用诡计得逞
有的扔出瓦片，有的扔出碎石，有的干脆取下你的头盔
折断你臂膀，任凭我们如何凌辱
你不哭泣，不反抗，甚至不看我们嚣张的眼神
只是一阵风吹来，你点一下头，摇一下头
如同再次重新梳洗

4

挂满风声的云朵，稀落的星辰都被你接住
被你接住的还有雨水，跌落的鸟鸣
它们争先恐后，有的住你的心里，有的住你梦里
有的干脆抓着你的手，想要隐匿所有踪迹
我所不知道的是，你所属科目是不是可以孕育子嗣

是不是能把一个人藏进果核，是不是
消失的时候，带着写满泪痕的白纸
我可不可以把时光藏起来，想你的时候
把黑夜拿出来，一遍遍擦洗

作者简介：

杜　洁　笔名红精灵，网名红精灵。河南省南阳市新野县人，现居郑州。文学爱好者，偶有作品发表。

礼物（外四首）

指尖流年

礼　物

1

十月，我全部的收获，用一只箱子就带走了
风，叶子，和秋雨的绵长，
像我攥着父亲弥留之际的手
一点一点凉下去
他枯干的手臂像叶子落尽的枝条，
又像在向我展示他的风骨

2

这样的清晨，空得只要我敲击
就能听见它“咚咚”的响声
像母亲在听鸡蛋里的小鸡
它在叫，黑暗里鸣叫
弱弱之声，像宇宙的原初形式
涉世不深，爱也未被开启
美丽新世界，一切，皆在等待之中

等待那蛋壳破碎的一天

3

显而易见，十月我在打点行装
漫长的冬天是一截只有雪花陪伴的旅程
一个转身，一个背影，是我留给你的仅有的礼物

天　鹅

总要有些梦，总有些悲伤需要折叠
揣在胸口的口袋，
以备冬天和不时之需
总要尝试写一首诗，或者出去散散步
无论你遇到谁，都是缘
目光呆滞，擦肩而过的陌生人
是你前世被掏空的影子
天鹅，执着于美学
飞蛾则老尝试扑向火
而鼹鼠致力于马列维奇的黑方块艺术
一只灰麻雀的快乐是小小的

跳房子

生命里，什么是变得无关紧要的
可有可无，一定是有的，

比如我。也不是我，也一定是我，
我像山一样轻，像一片雪之重

我不知道别人是否在意过我
我都为自己跳一支舞

轻轻和自己说话，呼喊，沉默，
叫自己“亲爱的”，悄悄说：

北方男子其实也很温柔……
下雨了，你就跳起来吧，跳房子，

跳过小小雨街，
云是内省的，海鸥总是富于浪漫气质

你的书卷江山，我的梦东流似水
像炫彩的泡沫一个个都碎掉

没什么可惋惜，没有什么
是一成不变的，一切，都有尽头

瞧，一转身，你就遗落了四月

紫　藤

余晖最后一抹，你给我戴上王冠
我给你戴上花环，山上小屋
是我们的宫殿
哦，世界，今夜你可不复存在，愿去干吗干吗
牵牛花和野草莓，你们相爱吧！

铁篱笆最好不要老是死站着，墙上的
壁虎也不要一动不动，
都出去走走吧
世界之大，
外面的世界很精彩
就是你，不听话，说你呢，紫藤花，
总是爬上窗子来听我们悄悄说话

无所不能的早上

早上的雨也无所不能，弯曲地下着，即使
他猫腰躲在门洞里，也能淋湿他的头发，
燕子在做抛物线的飞行，蓝乌鸫落在台阶上
的喜悦召唤木槿花的花瓣落下来。
博物馆的红墙和玻璃罩住的陈列品无不
提示我们历史的厚重和悠久
时间经过它们时如我们一样年轻
有人为生计和身体里秘密的潮水而烦恼时，
我赞美我们一杯清茶的友谊和雪花
簌簌落的她，如我们的爱意，心照不宣

作者简介：

指尖流年　又名“有雪”，黑龙江勃利县人。作品发表在《山东文学》、中国诗歌网等。

内心的铁（十首）

熊林清

小顽疾

它在我体内小心地痛着
像一只蚂蚁，只用它的触角
在肋骨上偶尔轻触，想要寻找到
黑暗的出口

可我的身体那么辽阔，里面交错着
荒芜的戈壁、险峻的山岭、汹涌的暗河
有着一只蚂蚁无法想象的疆域
除非它繁衍成御风而行的大火

小小的顽疾，我允许它在体内
不时提醒我：按时服药、体检、运动
谨慎地行走在寄居的土地，像一只蚂蚁
寻找自身的出口，努力不去
触痛这个陌生的世界

远　方

我们坐在江北的长堤上，有些落寞
看着下午有些泛白的江水

“起风了。”你说
我看到风正从你眼角细细地吹过
雨透过树枝飘在我们的肩上

起风了，有人从江堤上匆匆走过
把身影斜进了缠绵的水波里

想起过往的那些船只，它们总有奔赴不尽的远方
带走我们适可而止的一些眺望
现在，我们还在江边，与那些远方若即若离

回家吧？已经等不来今天的夕阳
空阔的江上，唯有秋风还在一遍遍翻检
浪花从远方捎给我们的信笺

饥饿的树

该如何缓解
一棵树中年的饥饿

渴了尚好，可上饮清露
下饮黄泉。有时还可

牛饮一通暴雨

热了，给自己撑一把伞
冷了，就让一把雪擦活
年轮里沉默的原浆

饿了怎么办？清风不能果腹
鸟语不能充饥，剩下的那枚酸果
还得留给春天作种子

一队蚂蚁在焦急地向树洞里
运送半只蝉蜕

登山者

找不到一片合适的土地
那么多的雪挤在天空中不肯降落

风在原野上奔波了一整天，直到子夜
仍没有找到可以容留它的那道门缝

今天，无所皈依者太多了，就像河水
它们川流不息地穿过我的视野

并不是为着那个辽阔而深邃的远方
只是还没有一个干净的空谷可以托付

但槭树叶却是真真切切地落下了

从山尖到山腰一路落下去，无所顾忌

一层又一层，铺满了登山者明天的路

夜行客

路过黑夜，有人怀揣闪电轰轰烈烈越岭而去
抛下一坡枫林兀自立在九月的残月里
激动得面如泼血

有人怀揣长河顺着山谷如怨如诉
那些曲折坎坷的旅途都飘落在了身后
余下的是一马平川毫无挂碍的天涯

多少个暗夜，读厌了流星的手语
仍读不清阴云里包裹着多少下坠的疼痛
谁能回答那只火中的鸟今夜飞向了何方

命运在一声声长叹里变得平缓凝滞
每一步都充满了犹疑，每一步
都在思索着如何放下屠刀立地成佛

西风里，一丛菊卧在篱下静静燃烧
如果遇不着那个以菊取暖的人，它将一直开往深秋
而多少菊就这样错过了自己的青春

我也只是路过，空着双手

借着一缕菊香路过这冰凉的秋夜

秋　声

坐在一地蟋蟀声里，感觉时间越来越凉
月光越来越苍老

满天星斗早已向西流去
剩下的这些山，这些树，这些石头
全都无事可做。只得
在河水的诵经声里坐禅，忏悔

总有人醒来，在子夜一点
从深山里的犬吠中，抬起他倦怠的头颅
咳嗽，叹息
然后翻转身子，假寐

活得太久了，他已不愿说话
越来越多的人见证了他的哑默
但没有人肯为他说出
灵魂从假寐中逃逸的方向

雨中漫步

从去年起，也许更早
我一直在雨中漫步
怀着疼痛，从左侧出门
右侧回家，兜着重复的圈子

雨一直都被身体忽略，它下在
眼前，也下在天边
我只惊异于身前有人，身后也有人
天高地旷，我并不孤单

朝云暮雨，落花流水
万物都有各自长远的去处。而我只能散步到
窗口的目光所能到达的地方
就得反身折回
影子甚至比我多走了三两步

一生都被窗口看护与捆绑的人
只能趁着雨幕的掩护
在漫步的途中，短暂地
让灵魂从疼痛里出窍。

同室的蟋蟀

我不知道它守在哪个墙角
不停振动透明的羽翼
能否抵挡这秋夜沁入骨髓的凉

荒废的夜晚，只有它还在低吟
闪闪烁烁的诗句，像云层里跳跃的孤星
从《诗经》里出来，敲打着灯下昏沉的我

夜色多么辽阔，想着就要虚度的一生
我已不敢轻易赞美，守着灯光
可它还在砥砺自己的身躯，恍若金石有声

裹紧衣衫，我也不过是一块玄铁
没有人敲打就拒绝闪烁内心的火焰
十月，幸好与子同室，让我还能在这静夜
聆听到另一小块铁不停传递的热量

磨刀石

为了将铁削成闪电
它毫不怜惜自己

怀着仇恨，与深山决裂
蛰伏在市场边上
谁都看不出它的内心藏了一把好铁
厚重而锐利，闪着寒光

以清水养伤，装聋作哑，这些年
把所有的话都交给了铁
可多少铁怀揣它精心打磨的闪电
一转身就拐进了厨房

它仍有十万吨清水来饲养耐心
等待生命中的那把好铁
替它喊出复仇的誓言

直到委身为泥，它内心那把好铁
依然如闪电般崭新
容不得半星锈迹

我把我的诗写完了

每一段文字写完，都带出
一声叹息：
再也不会有这样的语句了

那些被挤出的痛已不再是痛
落在笔画间的残骸
还带有新鲜的血气和心跳
那些被喊出的爱再也不像是爱
像是沙漠的稿纸无声吸纳了呼吸和呐喊

一个人怀抱空城，琴弦断尽
仍不见想象中的敌人兵临城下
天空中弥漫着寂寞的颤音
那绝唱，从来都没有敌手的倾听

所以爱与痛都只是一个人的战争
在血里埋伏了刀刃，在言辞里
闪烁着火苗。我知道，一定有
一匹断腿的马在星空下沙场上嘶鸣

每一段文字写完，就意味着那些笔画
又一次经历了马革裹尸
被深深安葬在一页页苍白的纸上

作者简介：

熊林清　乡下教书匠，重庆市作协会员，诗作散见《诗刊》《诗潮》《青年作家》《红岩》《重庆文学》等刊物，入选《中国当代诗歌导读（2011—2012卷）》《中国年度诗典》《中国2016年度诗歌精选》等各类选本。诗观：过简单的生活，写心灵的诗歌。

悬在人间的彩虹（组诗）

梦　兮

逆行者

用背影说话的人，教人们重新认识
怎么样的胸怀才算辽阔
野草见证，苗木见证，溪水有了倒流的决心
身背阳光，就是背着万物的希望
在清晨醒来的人
像一滴露珠，为能重新滋润万枚叶子动人的脉络
重返天空，成为那黑幕中
最闪亮的星星，成为深眸中二十四切面的钻石
用背影说话的人，身背锋刃
剔除一切光明的对立者，与黑暗的同谋

2020.1.28

白衣辞

身着白衣，就是披上了铠甲

维护肌体平衡，就是
维护阴阳平和，就是维护一个阔大的国
用生命擦亮城市的容颜
其实是擦亮人心，与人心上的镜子，一个有序有致
平和安谐的祖国
重新焕发青春，光彩像取下来的阳光
散播在每一个黑暗的角落
危险从来都是未知数。已知的
是身着白衣的人，愿意用生命驱散天空的雾霾

2020.1.28

告别书

不知道这是否最后一吻：
亲爱的，这之后
不管未来的路多么凶险，请相信光明
请相信，光明一直都在来路上
只有迎着黑暗
撕开黑色的礼帽，阳光会像金子一样洒进
期盼者的眼眸中
每一颗都是珍珠，逢春发芽，作为回馈的礼物
不会忘记，你额头上的香味
像妈妈不会忘记长江的甜、汉水的甘一样

2020.1.28

星星的愿望

像天使，或天使的指派
在祖国的怀抱里，每一根草木都以双手合十为站姿
迎着风站起来就是母亲的骄傲
怀揣黄河与长江
那么长的祈祷词念了五千年，每一声
都那么洪亮
每一声都能让光明升高一寸，黑暗降下一尺
在没有硝烟的战斗中
请相信，有一些声音响彻大江南北
请相信，夜空中满布的星星，每一颗都是一个人的心愿

2020.1.28

生死签

白纸，黑字，红手印。
人世间，再没有比这更沉重的签名了，摁下去
就是一生
当生命的真正意义在于价值
当勇气挥舞旗帜
当人民在水深火热中呼喊救命，当祖国母亲召唤
当召唤是生命在呐喊
当眼眸中燃起火焰，泪早就流干了。
“若有战，召必回。”

“不计报酬，不论生死。”

2020.1.28

角　色

阳光打照下来
需要从一个男人开始新的一天，拖地，早餐
然后才是诗人
但我不写诗，我只积攒阳光
满屋子都是
等到夜晚，把阳光取出来，整个屋子里都是春天
此时，我是一位父亲
让花草长出来
把最美好的那一部分，给我的孩子
告诉他们
庚子年，你们扮演了春天的所有，和整个春天

2020.2.8

草木的喜悦

雪花的爱情
突然降临在草木头上，沙漠中的渴盼
美不可言
大地正在收拢黑暗
光明正在破土
万物正在准备睁开眼睛

月光的白
被重新摁进雪花体内
春天摇着橹
晨阳落在枯枝上

2020.2.9

作者简介：

梦　兮　原名王喜，甘肃会宁人，业余习诗四年，有诗发于《飞天》《星星》《诗选刊》《散文诗》《延河》等刊物，曾获首届艾青微诗歌奖、第七届李白诗歌奖等。现为中国诗歌学会会员、甘肃省作协会员。出版诗集《在人间：给文森特·威廉·梵·高》。

关于一些鸟的沉思（组诗）

殷朋超

一只乌鸦的感想

一只落在公交站牌上的乌鸦
对这黑色的城市充满好奇和猜测
盯着行人车辆，瞪大了双眼
带有城市标签的人，多不怀好意
冲着站牌上的乌鸦指指点点
习惯在蔚蓝色的天空下飞翔
对于这一栋栋遮挡视线的高楼大厦
显得尤为讨厌和憎恨
浑浊的空气里夹杂着许多无名的小颗粒
善于表达的乌鸦变得沉默寡言
好像一根鱼刺，刺疼了心病

麻　雀

冬日的乡下光秃秃一片
风也变得吵吵闹闹

时急，时缓，追着赶着
一棵老态龙钟的古树显得失落孤独
顽强的麦苗和油菜干巴巴地
躲在雪窝里，羞于和农人谈说
枝头几颗未凋落的柿子
惹来一群麻雀叽叽喳喳
我知道，它是在替我陪故乡的亲人搭话

一只渴望在石头之间藏身的鸟

无处藏身是最痛苦的事
渴望拥有一块石头，丑石也罢
遮风挡雨也算得上安乐窝
二十多年来，露宿的次数多了
对家有了更深的情结

累了，靠着石头熟睡
聆听一块石头的心事
尽可能装出一副大自在的样来
铁石也会变得有温度

灰雀与影子

这大地的行吟者，开始尝试逃离
逃离这生活了半辈子的热土
每一次振翅，都在和影子做搏斗
丈量天与地之间的距离
丈量一棵树的高度

丈量人心间的亲密度
多想逃出自己的影子。形影不离
这是多么深奥的难题
学会在矛盾中生活，这大地的宠儿
使故乡多了几分活力
在诗行，多想惹来几只灰雀
那喋喋不休的嘴，使故乡不寂寞

故乡的秘密

戴上安全帽
紧握榔头
有节奏地敲打
一块块冰冷的瓷砖
累了，猛吸两口劣质烟
减少与人交流
我怕，那带有泥土味的方言
暴露了我的故乡

墓志铭

石头是二爷生前在河滩自己打磨的
很劣质的一块。图案是亲手刻的
一辈子与石头为伴
一双手到处留有伤疤
唯有去世的时间至今还是一个问号
人如草木，寿命由天不由人
那把凿石头的刀

被交到了三叔手里
传承成了一个难题

大写的福字

从圣教序中集出各种福字
在深夜。泡茶、读帖、试笔
神仙又能过怎样的生活?
那遒劲老辣的线条让人痴迷
印刷体与碑文是有些许差距
放大镜下的点画残破、模糊
摊开一页红纸，对折再对折
饱蘸徽墨，对着帖。一笔一画
体会结构，揣摩书家的心事
秃笔下的福字，更显功力

作者简介：

殷朋超　笔名殷果，1994 年生于陕西乾县。陕西省青年文学协会会员，咸阳市作家协会会员。画画兼写诗，有书画、诗文见《星星》《诗潮》《延河》《辽河》《散文诗》《散文诗世界》《中国诗歌》《中国教师报》《羊城晚报》《西安日报》等报刊及选本。

十二月（组诗）

予 衣

1. 冬天，从身体里掏出我的利器

冬天只是一个意象
我腐烂的身体里
积满六月的雪
这世间白得可爱，牙齿
唯一的利器，必须每天坚持
在骨骼上雕刻一朵火焰
春暖也不会再有花开
记住一个人的名字
冬天再白
也不会再那么柔软地悲伤

2. 亲近一朵雪花

来自异域的花朵
身体里藏着诡异和诱惑
“我的身世冰冷

需要一团盛开的火焰”
命运的掌心摊开
我们如此近，又那么远
怎么也抓不住。甚至来不及用力
奔涌的河流便淹没了
浅浅的峡谷，淹没了
天地，隔世的白

3. 最后一片雪花

透明的晶体隐藏刀锋
在骨骼里雕刻姓氏
小小的黑，是白茫茫的白里
唯一存活的底色
前世摊开的掌心
是天空盛开的最后一朵
雪花

4. 十二月

中转站。浅薄的比喻太白
天空太大，空有一副皮囊
装不下一寸多余的时间
那么多脚尖踮起来，又沉下去
那么多幸福来不及坐下来
风里藏着无辜的隐喻
开始或者结束
我们都不得不转身

不得不把悬念
继续留在奔忙的终点

5. 雪花，是大地的羽毛

人人都渴望飞翔
渴望一尘不染的远方
一切都是幻境
白色的托词背后藏着风
即使拔光大地
这么多的羽毛飞起来
也托不起一丝不挂的肉身
天空沉沦，颠倒的白
将最后的人间草草掩埋

6. 掉在地上的梦想

比天空更高的
不是翅膀
浮云，戴着面具的风
隐藏金属的锋芒
是谁，半声干咳
抖落漫天风雨
一地青色

作者简介：

予　衣　原名全进，男，贵州务川人。遵义市作家协会会员，《未名诗人》微刊主编。

并非所有的路都通向未知（组诗节选）

姜　华

夜行者

走夜路的人，被自己的替身追赶
口里吐出毒药。一生的亏心事
经过一片坟地时，被一只树上的乌鸦
悉数说出。头上的辫子
让一只无形的手，紧紧抓住
身陷江湖的人，怀揣着一瓶酒
走黑道。把阴谋和脚印隐藏起来
侧身躲过仇家的追杀。萤火虫
也在夜间赶路，它身上发出
磷光，让夜行者恐惧
坐在灵崖寺山门前，我愿意
放弃所有的欲望，求佛祖为自己
开光。一条道走到黑的人应该
在这个时候，选择回头
半个月亮从空山升起
它只照耀它该照亮的他方

路过玉米地

初秋，玉米地弥漫着孕妇乳香
那些长出牙齿的玉米，开始从母亲
怀里挺直身子。它同我们兄弟
一样，老大永远站在低处，肩上
依次扛着老二、老三甚至老四
这些很早就写在了家训上
那些怀崽的玉米，都在努力向上
托举。负重的双脚，深深陷进
泥土里。甚至把土地撑开，露出筋脉
风雨过来的时候，它们相互搀扶
让自己站稳。我见过许多母亲塑像
身体冰凉。唯有玉米，让我温暖
其实，我对玉米的依赖，和爱
缘于它与母亲同样的气味和
我年少时那些饥饿。在秋天午后
一个人经过故乡玉米地，那些玉米
结实、饱满、健康，脸上涂满油彩
像久别的家人和乡亲
后来，母亲住进了玉米地里
变成了一棵玉米，让人无法辨认

夜　钓

在江边，我也是鱼饵，在水中摇晃
可是黄昏后的鱼，迟迟不肯咬钩

鱼通常会在两种情况下，落入
陷阱。一是因饥饿而不择食
如四十年前的我。二是老眼昏花
被欲望引诱，主动为执竿者献身
我这一生都在钓鱼，鱼也在钓我
在城市、在乡村、在商场里
在同学、亲人和情人之间，在
有人的地方。直到过了五十岁后
直到我学会了钓鱼，直到江水
布下漩涡，让我自投罗网
星星和月亮，看清了一切，上帝
也看到了，他不说话。一只猫头鹰
坐在江边柳树上，背诵《道德经》
河水不管这些，它只管摇晃

江　边

初夏一个黄昏，我和几个朋友
把闷热和高楼甩在身后，沿着江边
石阶，暂时下到人生的低处
长江裸露着，一位卖茶水大爷和
他的十几把椅子，也在裸露着
一条江的修辞语焉不详
大爷爽朗的笑声，像桂花树上
跳跃的星光。他说他一生都守着
这条江，他说他曾救过五十多位投江者
还登过报纸。他说他徒弟现在是
明珠号江轮上大副，说到老伴

他的表情黯淡下来。他说她
已瘫痪多年，他们是青梅竹马的恋人
眼前这位与我同龄的男人，他
语言里的风，让我身上泛起凉意
死亡，同样需要智慧和勇气
这个夏夜，一个男人在异乡失眠
江边上的遭遇，让他身上
已钙化的骨头，又柔软了几分

夜宿长寿湖

就像前世约定，长寿湖仍在老地方
等着我。多么熟悉的表情，如我
初恋情人，有一丝矜持，有些
妩，还有一些媚。今夜在川南长寿镇
我与一座湖，相拥而眠
晚餐很丰富。主人搬出一湖水产
招待我，我却有些走神。出门在外
久了，想起了老家汉江，想起
母亲五十岁那年，在一个动词前
止步。远处，仿佛有水鸟哭声传来
一根鱼刺卡在我的喉咙
夜晚水声如蚊，咬破了我的乡愁
让初夏第一次失眠。异乡的水
有些不解风情，她试图用荡漾声
把我耳朵堵住。一遍，又一遍
在人间。长寿只是一个动词
有时坚硬，有时却柔软

卖金鱼的马二花

卖金鱼的马二花，住在南正街
45 号。年迈的三轮车和她住在一起
几缸锦鲤，曲里拐弯的巷子
蜿蜒着她的坎坷。在三轮车的喘息声中
两个年幼的孩子在后面喊饿
不需要闹钟，或听鸡鸣
也不需要看到阳光。乘着夜色
老鼠一样出没，那辆三轮车用疼痛
控制着生活节奏。
卖金鱼的马二花，也卖花草和良心
那些狮子头、墨龙、鹤顶红
那些月季、吊金钟、牡丹
经常把黑夜吵醒。在南关东巷子
我经常看到，一个蹬三轮车的女人
从晨曦里出来，像一幅素描

紫　柏

冬天越来越怕冷。坟前的树木
挤在一起取暖，叶子仍在枝上练习摇风
时光后撤。我骑在五十年前父亲的肩头
去正月十五看灯
下河街的风长着毛刺，扎疼了
我的眼睛。当年玩社火的人正在穿越
正午在父母坟前，我把一盏纸灯

挂在紫柏树上。风的喉咙有些哽咽
我拉着儿子，给父母叩罢了头
静静地站在一旁。我望着紫柏树
紫柏树也望着我，仿佛一瞬间
我们都老了。什么时候
儿子唇上长出了胡须

作者简介：

姜　华　笔名江南雨。中国作家协会会员，中国诗歌学会会员，陕西省作家协会会员，旬阳县作家协会主席。曾获首届“十佳网络诗人”、陕西省首届年度文学奖、“五个一工程奖”、中国天津诗歌节头奖等。诗歌散见于《人民日报》《诗刊》《解放军文艺》《十月》等报刊。出版有诗集《生命密码》等七部。

下午（组诗）

闻小泾

老人和晚年

一棵树下他站了很久，看太阳从树梢出来
将他的眉睫照亮
嗡嗡的光线使他想起失散的日子
这个世界为什么总有
那么多的行人来往匆匆融入苍茫呢？

他想他在这荒野上
也许寻找不到什么了，而凌厉的西北风
会把他变成一座雕像；所有的渴求
将被封闭在眼孔里
一道清泉从掌心流出，再也泛滥不成一个世界

他默默地转回头，一声尖厉的呼叫
使他猝然倒地
而那棵树仍挺立着，阴影爬过来
覆盖了蕴藏思想的前额

头上的乱发突然青翠，像草一般地
缘着天空

下　午

阳光在割过茬的田野上发绿
拾穗的孩子
向村庄的另一个方向去了
牛羊的哞叫声贩给了天空
葡萄藤勾画的云朵
在家家门前放置的水缸上抒情
空气使人梦回十八世纪的法国
织网袋的妇女从门槛上
起身向一棵棵柳荫里的鸭子
鹅卵石间嬉逐着丈夫的秘密
青草园里涂了白垩灰的土墙
因了阳光把心事扩散成一圈圈池影

太姥山

最令人动心的是那气势
伟人般逝去了的气势
从天空直抵心灵
使我们好一段日子说不出话来

自从一场雨后
很难见到高昂的头颅以及原始的生命了

蓬勃之初，只是源于
血液的不再沸腾，不再馊变，不再平伏

见一次就足够让一生
海啸般隆起而凝固为天底下最壮观的风景
太姥山，你何必佛一般趺坐
自有烟岚从山下来从天上去
阐释着人类的命运

深山古祠

说是为了怀念一个古人
一个面孔已被风雨蛀成空洞的古人
这座古祠隐落于深山里
底下是流向远天的潺流的小溪
人峭立于溪上作猿猴一般啼啸
当然唤不回几个世纪前的某场意境
荷锄以及挑着粪桶的农夫
从祠前走过
并不向倾圮的墙垣多关注几眼
许多的传说都已被水漂走
漂成海边若隐若现的一座座小岛
墙上壁画和题诗依旧
依旧以无声的语言响彻空山滴雨
只是每次夜来时梦的泛滥
都有木筏从天庭咿呀而出
若远古的方舟
载满青山绿水间的全部消息

夜宿山庄

匆匆而来的一路尘埃，卸了下来
在清粼粼的水里，
恢复原来的肉身；夜里，只搂着
一滴水入眠，水里有我
前尘的斑斓

第二天，留一山坳的阳光，与
葳蕤的树木，细细交谈。我只携着岩罅下
涓涓而出的泉流，上路
你会听见，它们在我的骨子里，
欢腾地荡漾

祝　福

夕阳，在两座山峰之间被
缓慢锤击
喷溅的火星，落在天幕上
灼出黑黝黝的洞
洞里泻出的光，布满了整个空间
让人以为，是上帝的作品
我从屋檐下抬头，只领略了
一缕，我已心满意足
更多的火星，让渡给你们——这些同样
仰望着苍穹的小草，你们的闪耀
或者飞翔，也是我

祝福的事情

黄　昏

黄昏在一片雨雾中来临。它的淋湿的翅膀
在半空中闪耀。
它带来了新的秩序：那些高耸的事物
瞬间低矮了下来；
而那些匍匐的人
却在大街上拖出长长的影子。它告诉人们
只有低伏着地面，才是最坚实的。
如果有尖锐的耳朵
你会听见一阵音乐声自黄昏的翅膀下降临——那是它
带给人们的橘色的祈祷。
直到第二天凌晨
它被垃圾车推走，大多数的人
仅完成了一个并不完整的梦。

青山祭

寻找一处青山，小小的一抔土壤，把
自己放进去，这是父亲生前
一直努力的事

如今，他躲在里面，久久地不出来，我不知道
里面有怎样的欢愉，让他迷恋
以至于此

从前是一方的水田，如今是几亩的桃花
有三株，还剩下一些花瓣
垂落在薄光里

远处，还是无情的青山，罩着一层蒙蒙的雾
似乎人间的衰老、疼痛
与它完全无关——

但它却敞开一个小小的口：
要么进去，要么出来，只给一秒钟

想做一回村长

想做一回村长
手下有各种颜色的村民
他们种蔬菜
集雨水
吊一只桶在深井里　一直没有拉回
他们把生活　腐殖为
一堆堆的颜料
眨眼之间　又变幻出一粒粒的葡萄
和花蕾。他们不知道
省长是谁　只记得
我的咳嗽。在一碗酒里
他们把乡情酿得
很浓　小小的胸腔
注满自己的欢乐。
死要死在村里，因为你

会带走一大片的唢呐声，和
一堆云朵。
炊烟之下，移动的
都是我的村民

溪　中

门前的一溪水！一只鱼在
水里，把自己游得
越来越透明。有时她漂向水面
啜饮一口天空，又紧张地
潜入水底。水底的那一块石头，像老僧似的
淡定，任鱼儿在浑身爬上爬下，但一缕战栗
却通过水面，漾起了一圈圈的波纹。

作者简介：

闻小泾　原名刘少辉，福建福安人，中国作协会员。自二十世纪八十年代以来，陆续有诗歌、小说、散文等在《诗刊》《诗选刊》《中国诗歌》《诗潮》《福建日报》《福建文学》等报刊发表，多次获《福建日报》征文奖、福建省优秀文学作品奖等，作品入选国内多种选本及中国诗歌网每日好诗榜，已出版诗集《听蝉》《空网蝉》等。

忆乡辞（组诗）

赵华奎

忆

记忆被水盘活
以一种回流模式向低处撤退，在地里彷徨
我默念的远方是故乡
粗茶和淡饭，是每个平凡日子的主题
二两老酒灌杯
提出了香气，浮动着父母长相厮守的光景
他们越来越苍老
脸上的皱纹尤显多余
我多想，一把摁住岁月见风起澜的部分

秋收之后

谷粒进仓之后，秋天就慢慢静下来
和父亲一样陷入沉思
落叶纷纷，从他的肩头滑过，坠入土里

辽阔的天空有雁群过境
被田间稻草人，用眼里最明亮的部分贮存
南行的路上
走着一群放下了镰刀的人
背倚着秋光，父亲的身影弯曲而单薄
树下的牛影却很厚实
它在反刍着那些田间地头留下的蹄印
当风将落叶一次次吹远
这一年，又入了旧历书中，毫无起伏

再记老屋

炊烟被风移走了
村庄的轮廓更加清晰。雀啼是一支晨曲
两三声鸡鸣犬吠，跳跃其间
唱醒了村后一池水
老屋坐于晨光中
旧门环寂寥了许久，也没有生人叩响过
一只只手印叠于桐油门扉
那是父母，揭开每个日子时遗留的痕迹
屋中的家什，都和父母一样年长
每一件都是弃不掉的记忆，被时间磨光
堂前画已破，祈福的寄语
一如既往站在左右，宣读生活的篇章
那时，我还不会提笔作诗

燕子飞来飞去，替我流转心底的眷意

2020.03.05

作者简介：

赵华奎　安徽合肥人，现居东莞。1995年开始发表作品，闲散式习文至2007年，2016年拾笔。诗文散见于《椰城》《大别山诗刊》《世界日报》《中华文学》《诗歌周刊》《作家天地》《北京诗人》《华东文学》《战士文艺》《战士报》《解放军文艺》《解放军报》等刊物，有部分作品入选诗歌集，与他人合著出版诗集《南岛军魂》。

我还没有爱上这个春天（组诗）

李传英

玻　璃

有着和你一样的眼睛纯粹透明
炼制的过程简单
穿越一个城市的草木建筑
语气柔软
可以流淌成春天的河流
和陶瓷一样的质地存着庄稼的泥土敏感
多情
没有谁比泥土更洁净更单纯
敞开时间的大门
热烈和冰冷同时赋予这个没有阴谋的早晨
在空白的注释里
看到裂纹渗出来的莫不是眼泪
不管时间怎样永恒
还是在低垂的落日里埋上伏笔

清平词

那些名字都还安静
穿越城市的心脏血脉
准点打开
走进来前朝的绣鞋裙摆
妖娆而至的还有宽大的风袖
笑不露齿轻移莲步
叫不出你的名字
只把数不清的词牌一一收进
这个陈旧的城市
京腔儿浓郁
可以填补可以修改可以迁移
所有身外之物都空洞无望
就在原地的那段
身后大段留白

我还没有爱上这个春天

还没有放弃对冷的畏惧
对雪花的依恋
还没有经过融化解冻
勤快的节气还没有经过安静的内心
所做的只是在重复昨天的一切
穿衣吃饭算账
上班的路径从来没有改变些许
出差的火车一直向东延伸到十年前的自己

还没有学会喋喋不休倒出幸福和苦难
还没有学会栽一棵垂柳
裁剪一件单衣
所有的奔跑都没有渗进粉嫩的词牌
所有的停留都没有打开一声鸟鸣
原谅我还在原地空对着一树振飞的玉兰
说出雪花甚至墓碑
我不会索要更多
只在此刻的城市爱着原来的灰烬

作者简介：

李传英　笔名青青，山东省潍坊市人，会计。有诗歌在《山东青年报》等刊物发表。

略有悔（组诗）

顾　念

略有悔

给你一个拥抱就像风吹在寂静的竹林里
给你一个拥抱我就在白白的月光下睡去
我就在梦里
想想远方的罗马，还有姑娘
六月天太热了，我已经丢很多东西了
我在梦里
看到了我的罗马，我的姑娘
我的车子太旧了
我在路边停了下来
来时的路空空
我的双手空空

寂静的河

有时候爱会从多年后回来
比如阔别许久却恰好返乡的村庄

月光落了下来
你就在那儿歌唱，你说隔壁家的院子花开得真美啊
你说多年前的那根短笛
一直响着思念的调子，你说起当年的盟约
你问我还记得你吗
我说这么多年你就住在我的心里你说你也是啊
我说举杯望明月
你说我们都是虚构的，是窗外寂静的河

六月的瘾

一个人在夜里坐着。连同他的虚伪
你写一首诗
写出经年里的纠葛和风雨
浪花在你的眼睛里起落。他看见荒凉
飞蛾扑火的疼和被遗忘的坚持
他一个人坐着
看你写诗。写邻家的姑娘，人见人爱
写他的新娘
六月的夜里，苍冷的月亮

大雪压境

大雪才是我所拥有的，而六月
阳光凶狠地落下
一个人从纸上对我发起侵略。森林
迷途的房子，目光低垂的人
无法表态。林间的鹿有跳脱的样子

大雪带不走一切，大雪只落在骨头里
覆盖那些低烧中的错觉，病
以及杂念滋生的梦境

低音部

有一天我写下爱情我就被神囚禁
我忘掉了
记忆里的你是什么样子。我随遇而安
无所谓的笑，不努力也不挣扎
就这样继续走着
重复的路，钟摆没有停顿
嘀嗒嘀嗒响着
像歌谣里的低音部。像我少年时代里
短笛里缺失的部分，岁月的长河里
孤独的，被囚禁的部分
我热血之外的部分，我被压抑着的
激烈的死浓重的黑，有别于
我抱着你的时候颤抖着想哭的部分

过把瘾就再活一回

给我雨夜的晚安吧。请给我
泡沫，给我你纯洁的、肉欲的目光
给我激荡的
热爱，给我吧，给我
再见雨夜！再见，那些不幸死于爱情的人

再见，羽毛，六月的月光，竹林风
光芒多么孤独，乌云染黑波光粼粼的江面
你带着我的目光向远处奔去
你知道这让我心动但也让我疼痛，不抱希望地
期盼你占据，这活着的日子

过云雨

此刻的暴雨来自南方
水花急促，敲击铁皮的简易房顶，土地腾起黄色的浪花
我眺望远方云雾中微微泛青的关卡
隔着世界和六月燥热的沉梦。星星点点
散落三角梅花瓣的长街，慵懒、迷蒙和少女的香
在云收雨歇的下午，蓝天倒映我乡下的院子和土地
就是在倒映着我的梦境，就是
我在拥抱你

晃　动

生一场病。低烧的温度
就是你为我设置的虚妄之念，我们轻微碰撞的躯体
我不畏惧这人间的苦难。
一条路来自不可知的六月，来自梦中的少女与江南
林深时黝黑的雨林和晃动的鸟鸣
那么多悬浮的露水
多么清亮、纯粹和透明
都是你为我敞开的，雨水般清凉的身子

还有什么值得

六月的野望附着于竹林里散落的月光里
六月我写一首情诗
无限的，黑色丝绸般的长空。写一次陷落
清晰地勾勒一条最短的道路来抵达你的身旁
如果你挥一挥手雨水落下来
还有什么值得

怀里的江河

吃晚饭的时候，餐桌前面我独自一人
我饮酒，与虚空干杯
夏日来临，而多雨的季节一直未能出现
于低垂的夜幕，层层叠叠的
俯压下来的闪电与雷鸣。纯粹的夜色
吸收了泥土的炙热
中午的时候，我就开始想念一条河流。在堤岸上
我和你提起村庄。雨水泛滥，江水发白

夜的钥匙

我不能习惯北方
北方的河流昏黄而天空低垂
北方夜夜风沙
是时间苍茫的灰烬。我看落日，怀念，并与远山饮酒
你说，先生。你说还有江面弱不禁风的蒲柳

你说一座山，一重院落
江南的雨水与城市。我们每日都在遇见
在客厅的沙发上挤着
看同一个剧场。我们是看童话和《西游记》的孩子
有着同样的欢喜

屋　顶

那些渐渐淡下去的花香是你的
雨水不管不顾地落下
夜雨中的花朵有神秘动人的预言和不真实的梦境
我的夜晚与你不同。
我的屋顶有忐忑且蠢蠢欲动的星星。
这恰如其分的纯粹的黑，我天明前的告白
星光落满的屋顶
用掉了多少羞赧和热烈的勇气

作者简介：

顾　念　本名汪浩，商洛人，现居西安。陕西省青年文学协会会员，诗歌编辑。有作品发于《诗刊》《延河》《陕西诗歌》等刊物，获第七届陕西省青年诗人奖等奖项。

六月的河流（外三首）

耿　兵

大地吐出冰冷的月色

在一堆麦秸旁
那些麻雀似乎嗅到了
午后的花盏
金色的田野一眼望不到边
站立
在这个烟波浩渺的骆马湖
我看到了这里也曾有过的沧桑

深灰色的水鸟不再发出清脆的呼叫
没有人会在这个黎明刚刚升起的阳光里走动
我看见一些匆匆赶路的人
同样沉默不语

阡陌那枝不起眼的野玫瑰静静地站立
努力地在春天
开出火一般的颜色

那些沉默已久的话题
你不必打开
就像父亲珍藏多年的蓝色经典
或许他的庄稼和他的人一样
朴实纯真谦卑

我已忘了
该给他上一炷香了
现在他还是静静地躺在这里
那金黄的谷粒有着同他的皮肤一样的色彩
偶尔有一只鸟停顿在他的坟前
低低地啁啾
如同他生前放声歌唱

灰色的土地
我只轻轻地走过
无心踩疼脚下的每一朵野花
我或许只能学着父亲一样
将暮色中的雨塞进
空荡荡的胸腔
在月光温柔的怀抱里
聆听岁月的回声
水流的声音如此完美
轻轻地
我踩着这松软的土地
有如用心去感知父亲的体温

当一只乌鸦从天飞过
原野上那些流浪的花朵
又开始聚集
就像小时候父亲
给我们分糖

在每一份苦难之上
我看见我的糖
还有着父亲的叮咛
在那个苦难的岁月
静静地感知父亲遍布老茧的手上
每一寸艰辛

如果今夜我的城市车水马龙
极尽繁华
我只是轻轻地叩开我的锁匙
倒上一杯浊酒
或许父亲不曾走远

我看见大地
以及大地口中吐出冰冷的月色
像父亲轻轻地低唤
我的乳名

六月的河流

静静地站立
不知过了多久

我站在白云以外
看一条河流怎样地从夜色里渐渐逼近我的体腔

那只飞翔的蝴蝶只是无言地停顿在一截小小的枯木上
再没有人在意
风雨中深夜归来的人
或许他们正背负着一把火一样的吉他
在宿命里歌唱

麦子早已锋芒毕露
或者它的美丽
已在盛夏的夜开出一束罂粟
在金黄的河流里
用毕生的真爱
描绘着斜阳里忧伤的往事

风醒着
像黑色的睫毛
泛过美丽的心脏
红色的血液啊
像暗流越过命运的雨滴
一滴一滴
踩着腰间坚硬的肋骨

没有人告诉我
黑色的夜我一手高举着玫瑰
一只手伸向远方的峡谷
峭岩山出没不定的豺狼

已衔走我流浪的脚步

法　器

所有的鸟鸣停顿在一块石头上
没有人举着昏灯
我离开三千年后还是在黑暗中
读出你留在诗典里
令春天为之一震的语句

像一位不舍的诗人锤炼出一盏深蓝的悲哀
我不知道这个夜晚那么多星星
哪一颗值得托付
哪一颗已被苦难浸泡

或许多情的文字会嗑开某段
坚石般的叙述
就像某个落雨的夜
我听见的木棉
开出的火焰

所有的退路被风卷起
只有那只忘情的蜘蛛
在梦的一角缓缓行走

大地上沐浴着金色的阳光
那是爱情行走的轻音
沦落在这个多雨的盛夏

长 夜

多么需要用一个干净的词语
来抚慰我受伤的心灵
那些离乱　流浪　逃亡
正顺着阳光射来的方向
逃遁

关于黄昏的描述
我只能用璀璨来形容
在漫长的雨水中
焦灼　失望　惆怅
像星空布下的迷宫
我彻夜不眠地等待
今夜身披嫁衣的你
从雨水中经过
我的世界

酒
是晾在时光里的孤独
静静地躺在玫瑰的花蕊
等待着有人将它
一口喝干

轻轻地等待
久久地徘徊
或许那个深埋于内心的火焰

会将这些文字
付之一炬
随之而来的月光呵
绝不等同于寒鸦的嘶鸣
我站立在月光里
任一片片悬浮的云朵
靠近你发烫的额头
我虔诚地跪拜
在一尊菩提前隐忍
生长于忘川河畔的花朵

雨水
我又看见那阡陌的雨水
正举步维艰地向我走近
这是我无法承载的渴念
在那株合欢树下夭亡

作者简介：

耿　兵　男，生于1973年，写诗，作品散见于《作家报》《诗刊》《人民文学》等。1995年开始发表作品，至今已发表作品六百余（首）篇，著有诗集《永远不再忧伤》。

耳边听到呼啸的旅行

边　瑾

追寻旧日的一抹晨雾

不同的表达，呼喊一声就泪流满面
声声入耳，随意把简历
张贴一组静物，躲进酸疼的鼻腔
用眼睛红肿往事，悄悄在心里
默默流淌河流和乡愁，诗意的栖息

都在讲述，比邻家的燕子
还清新洒脱，不要求沉重的语调
就说，前浪与后浪的从容
然后用歌声的小手，紧紧握住
不能忽略的情节，等候

故乡的每一寸角落，都有岁月的印痕
车辙碾压，纵横人世间
沧桑的年代，各自远行的背影
一片森林，呵护以往的时光

始终守望冷冷的秋天，叠加的落叶

秋雨有时不讲道理

一场风是一场风的背井离乡
还想安静地谈论，面对面
感受了眼神和呼吸，语言与手势
表达的敬畏和谦卑，高雅的谈吐
让所有的纸张，翻阅厚重

悲悯大地，倒伏一片青涩
抚摸心跳的失常，眼看
米粒困扰，平淡的一捧星光
发出雨打谷叶的脆弱，雨滴
一行行报告，风中的粉色眼泪

离开与分手，本身就是放任天堂
静音模式，水滴敲打的石头
掩饰层层涟漪，述说一段忐忑
听雨与叶子对话，小声浅谈
并绘声绘色，一句句，多加保重

重回燕山想到一本诗集

约定了与你们的见面，翻山越岭
还要闯过夜与人生的迷茫
行囊在背，轻飘飘如一缕思绪
空灵的生命，容不得迟疑

还有很多的淡定，评点春秋

赶在落叶的时候寻觅花开
听风吹过大地的声音
引领，回到一座山下的小路
车马不见踪影，天空的鸟
还很活跃，中秋也不远
落雪跟在后面，覆盖叹息

一个人与一群人，赶潮
都想面向波涛与花瓣
自己柔弱脚板踩乱了节拍
依然故我，依然故我，细雨中
看彩虹搭起虚幻的挥手

想想谷子呼吸的味道

种花和种粮，我不做更多的评判
荒蛮之后，可以每天都去烧烤
让火焰用原始的方式温暖
歌舞升平，这也是人间的风景
享乐的情绪，远离土地和高粱的淳朴

很多人
忘记了贫穷和苦难，只为自己
便醉生梦死
天下和人间，都亏空着自己
谁为谁，笑话，为什么谁为谁

来自泥土，不会追逐奢华的张扬
唯有清新洒脱，十分接近地气
连空中的鸟鸣，都叫得勤劳可爱
这里的音乐是野生的，画页是原始的
诗歌，也会因酿造丰富，格外醇香

作者简介：

边　瑾　男，汉族，1963年1月9日生于黑龙江省德都县。祖籍辽宁沈阳。1980年开始从事诗歌创作，作品散见《诗刊》《星星》《飞天》《北方文学》等报刊，并入选多种文集，著有诗集《棒槌鸟》《苍茫》《雪韵凝香》《阳光落雪》，数次获省级大奖。中国作家协会会员，黑龙江省优秀民族民间文艺带头人。

聚会：女生素描（外四首）

潘云妹

聚会：女生素描（节选）

之　三

提到你，让人想到另一种辽阔
天空亘古的湛蓝，被诸神诵读过的草原
以光明作为标识的女人
注定有挺拔的站姿和爽朗的态度
不会在夜间把过往和黑暗缝补在一起
不会再精心构建一处寺庙
日月祈祷，那些白昼里的倒伏
蘸着夜色慢慢起身，迎接彩霞满天
你的羽翼永远流淌着喜悦
我想：能够收走你的汪洋与肆意
或者是雏燕呢喃，或者是嗒嗒的马蹄

之　八

走过你的歌声，仿佛穿过一树桂香
那些高于季节的吟咏

云端洒落的音符是一生修为
你把自己变成一只候鸟
无数次振翅于高纬度和低纬度之间
南方有忍冬花，有大片浓稠的绿
有呼唤你乳名的亲人
有年少的村落和青春的脚步
北方有雪花，有更深的寒意刻入
有剔透的雾凇、守候的灯光
有黑土地上蓬勃生长的无边谷物

之 九

原谅我，一个被无限放大的间隔号
一直嵌在春天缤纷的名词里
你深藏在暗色里的紫，让我想起
首饰盒里一串紫色玛瑙手链和一个吊坠
我喜欢翡翠原石中的雪花棉
带着淡淡的春，朦胧、恬淡、浪漫
一种毫不张扬的奢华与饱满
那些隐藏在晶体中的蝶翅
一定有薰衣草花海跳跃的阳光
捂住六月的心跳，我们停泊的烟渚
有梅花开放和彼此馈赠的霜雪

立 夏

借一场夜雨，摘下枝头最后的火焰
悲怆高到天际，那些被闪电撕裂的块垒
有的再度弥合，有的倾泻而下
预演无数，依然走不出伤逝的煞尾

生命中绽放的姹紫嫣红
轰然坠地后归于尘土，拥抱根须
风中一树婆娑是夏的最美，从春天出发
我倾向一株木棉，以更高的枝节
触摸天空，触摸信仰

宿　雨

大地喘气，天空喘气，蒸笼里的
人们大口喘气。一种热在升腾，升到天空
最后变成无边的黑直落下来
闷热持续。风凌厉却没有方向
疾驰的足音落在故乡山谷
跟着落下的有老屋玉兰花瓣
有苦楝落叶，浑浊溪流，豌豆雨滴
有楠竹的鸟鸣和满山的地皮菜
闷热持续，烦躁却随着雨线一点点瓦解
那些被阳光击中，又被雷声摇曳的
水草，深深低伏，露出叶背
我清癯的骨节紧紧握住故乡土地

傍　晚

夕阳的坠落富于仪式感，它把羽毛
洒满天空。一朵云追逐着一朵云
缓缓由南向北，暮色安静
同是上帝子民，稠密的翠绿处
鸟儿的羽翼轻捷、从容，它们总是先于
人类归巢，结束一天的忙碌
上弦月高挂空中，太阳收回最后一抹霞光

所有的云隐去性别和姿态
连成一片，变成灰白，提炼出泪的纯度
静静噬咬无数阔叶的新绿
一场无心的轻扰，更多无意的游离
比如三角梅一年四季的花开
比如邻居逆时的狗吠与鸡鸣
比如雨层云上飞机划过的弧线

天　问

你死于诽谤和陷害
一个吟诵香草美人的大夫
以毁灭的方式写下悬而未决的一笔
多少年来，挂在眉心的艾叶
驱除世间多少邪恶
泡在雄黄酒里的一段热肠
哪日是糊涂哪月是清醒
那些从汨罗江纷纷上岸的人
谁能在茫茫的暗夜
砍下九指，用仅剩的一指
蘸上星火写下九章

作者简介：

潘云妹　壮族，从事中学语文教学，现居南宁。中国诗歌学会会员，曾任新婉约诗社社长，《太阳诗刊》总编，有诗作发表在《中国诗词月刊》《诗歌周刊》《山东诗歌》《槐荫文学》等期刊，作品入选《中国网络诗歌年鉴》，组诗《于无声处》入选自治区抗疫作品大展。

小说卷

马事

卢仁强

一

我们又翻过了一个山隘口。

我们停了下来。可能他累了，也可能就要到家了。山下面是一片田坝，一条小河蜿蜒其间。在那山的转角处，已有几间房子现了出来。他坐在灰白的大石头上，掏出了一个白瓶子，咕噜咕噜喝了几口。那瓶子里的液体像是味道不好，他伸长着脖子，喉咙里着了火似的上下翻滚，眼睛闭了又睁，睁了又闭，脸上皱纹才舒展开来，又蜷缩着。那一定不是水，我有发达的味觉，嗅得出水的味道。可是我不能准确地说出那是什么，我也记不清这是他第几次掏出瓶子来了。

初冬的太阳站在天顶上，柔和的阳光把我们拢缩成一个点，如墨汁泼洒在地上。大地一片荒芜，远山连绵不断，曲曲折折漫成波浪般灰白，搁浅在天际。近山还未衰老，绿的，黄的，白的，红的，灌木老树，遍山绚烂。

这该是正午吧，大家正吃着午饭，山野静得像是死去了一样。我早就饿了。他在路上掏出白瓶子的时候，我就伸长脖子，张开嘴巴去啃路边的草。“唰唰”的动静有些大，他使劲拉手中的绳子，勒得我的嘴好痛啊。他看都不看一眼，自个儿往前走。我嚼着满嘴的疼痛，悄悄跟在后面。我也没埋怨，他还不错，至少没有让我驮着走路。也可能他不是怜惜，他是有些害怕，毕竟我们认识不久，不熟悉习性。若是我撂几个屁踢，假装发起马疯把他撂倒在地，骨头都摔断了。我可以脱开他手中的缰绳跑了，自由自在没有束缚。但是我又能去哪里呢？我与妈妈分别后，每当冬天来临时，我总是害怕他们把我卖掉。我只是他们手中的一个商品，他们总是把我卖来卖去。现在，我也只能依靠他了。

他还是信任我的，他把缰绳搭在我的背上，不怕我迈开腿跑掉。我为他的信任激动得喘了几大口气，连连点头道谢。山隘口上，石头窝窝里伸出一些草，一簇簇枯黄得快要死了，它们终于等到了我的“镰刀”。秋草们应该感谢我，不然它们还会拖着衰老的躯壳，在漫漫的冬天受冷挨饿。那些老得快要死了的草，一点都不好吃，似还未燃尽的一团火，我锋利的牙齿把它们割进嘴里，烫得我的口腔辣乎乎的。

我们走下山隘，田坝一下子广阔起来。沿着小路转过左边的土丘，一个村庄展现在眼前。那村子依偎在一座板凳似的大山之下，山上林木葱葱，五彩斑斓。蜿蜒而来的小河环绕村子，流向板凳山后去。他眯起眼睛看一看村庄右边角落，那里就是在隘口上能够看到的几间房子，现在还清楚地看到了一棵树，挂着一些红红的圆点。他脸上掠过一丝微笑，那里应该就是家了。我晓得这地方就是自己未来的家园，虽然不知道能住多久，但是，我已走入了一个不可预知的历程。“我应该是高兴，还是忧伤？”我埋头闻一闻路上的泥土，像是呛着了，不停地大口出气，吹散讨厌的尘埃。可恨的蚊虫在冬阳里又重新活爬起来，嗡嗡叫着飞来飞去，吵得让人烦躁起来。我加快甩打尾巴，一只前蹄刨起泥土，烦躁有些不能遏抑。他像是明白了什么，用手狠狠地拉住缰绳，不停地收紧又放松，如唐僧一样念起紧箍咒。我急忙昂起头，像悟空一样求饶。他说：“我过的桥比你走的路多，你才翘屁股，我就晓得你会拉出什么样的屎尿。”

他的话如一盆冷水泼来，我慢慢安静了，乖乖地跟着走进他的世界。

我们走到了一座桥边，石头拱起的桥洞又大又圆，空空的。河水碧净，穿过桥洞没有声响。我看见一匹骒马走过桥来，我们在桥上相遇了。他很老到，一手紧紧地把缰绳收到我嘴边，一手把我的脑袋抱进怀里，衣袖蒙住了我的一只眼睛，眼前仿佛就是昼夜交替的边界，一边亮堂，一边黑暗。我没有看见骒马的样子，但是冬风吹来骒马优雅和美丽的气息。我已无法抑制内心的躁动，两只前脚突然腾空起来，发出亢奋的欢叫。他平静得很，天塌下来仍是岿然不动，即使被我高高抬起来，还是保持着先前的姿势不动摇。

骒马听到了我的声音，在石拱桥上停了下来，大声回应。我已经按捺不住了，正要使劲挣脱，忽然听到他大声呵斥起来。“张老者，你家是要故意挑逗不是，等老子发起性来，怕你家遭不住。”张老者急忙收紧缰绳，拉起骒马灰溜溜走过桥去。我又绝望地咆哮着跳起来，依然无法挣脱。

他的三间石瓦房，石头的房子石头的墙，高高的石坎伸进了屋去，宽敞的院坝铺满石板，被冬阳晒得灰白灰白的。院角有一棵高大的柿子树，红红的柿子像一个个灯笼。我一眼就认出了柿子树上的那个铁爪，没有锈迹，还很铮亮。我一下子激动起来，这是似曾相识的家。他没有急于把我送进房间里去，而是把缰绳拴在柿子树的铁爪上，送来了一些草料。

他从屋里出来的时候，我还在吃草料。他抬了一张杀猪的桌子摆在柿子树下，双手抱起一个大箱子搁在桌面，说：“这是我的刑具箱，专门用来对付马。”他一件一件地拿出来摆起，有鞭子、棍子、狼牙棒、铁锤、红缨枪、刀子、锉子……每拿一件，都要凑到我眼前扬一扬，然后放在我身体上去擦拭。“你就好好吃好好做活路，不要想那骒马……”他的话呼啦啦地被风吹走了。他抡起皮鞭打我，左一鞭，右一鞭。起初我感觉有些痛，屁股扭来扭去；后来麻木了，也许他只是轻轻打，鞭子落在身上宛若搔痒，我忍不住哗啦啦笑起来。“这是给你的见面礼，你要记住，别想歪了。”他停下抽打，一本正经地把皮鞭放到我眼前晃来晃去。

二

那天，他说要把我卖掉。

我止住悲伤，跑到妈妈身旁。妈妈被拴在院角的大柿子树上。红透的柿子没有人要，寂寞地燃断拉扯它的枝条，快速落下来，啪的一声摔碎，宛若没有油尽灯枯的灯火，微弱的火焰还在燃烧。我看见刚掉到地上的柿子，好奇地跑过去，想把它吃掉，但火焰灼伤了我，一股股难言的苦涩糊住舌头，我在妈妈的身上擦拭了好久，才恢复原有的味觉。我还小，没有被套上马笼头，可以在院子里自由玩耍。他很放心，我不会跑丢掉，即便是丢了，也会认得路回来。这是生我养我的地方，还有最亲爱的妈妈，我怎么会舍得丢下妈妈呢？有时，我跑到门口，伸出头去看，妈妈着急地喘着气呼唤，让我快回来，生怕我跑出去受到伤害。我自是不敢跨出门去，倏然间跑到妈妈身边，吓得院子里鸡飞狗跳。

我爱躺在妈妈身边。自从来到这个世界，站累了，我就躺在妈妈身边。有时，我睡着了，吃饭时间到了，妈妈就用舌头把我喊醒来。我从未见过妈妈躺下来休息一下，妈妈总是站着。我问过妈妈，妈妈笑一笑说：“傻孩子，你长大就知道了。”我喜欢钻进妈妈的怀抱，那里有哺育我长大的乳汁，还有驱走寒冷的温暖。我总是禁不住去亲吻妈妈的脸庞，我亲一下妈妈，妈妈就会亲一下我，我多么希望时间能够停下来，让我永远和妈妈在一起。但是，我还没有长大，都还在吃着妈妈的奶水，他为何要把我卖掉呢？

我没有憎恨。留给我一天的时间，让我能够与妈妈告别。我轻靠着妈妈的肩膀，左一遍右一遍地温习往日的时光。我不知道会去到哪里，只晓得自己将不再回来，成为一个四处漂泊的流浪儿。

那天早晨，他打开圈门，我和妈妈最后的诀别到来了。我走出圈门，不让妈妈看出我的悲伤。妈妈也像是明白了，没有跟出来。原来，他生怕妈妈舍不得放我走，晚上把妈妈拴在了柱头上。我走出圈门站在院子里，他急得给我套上马笼头却忘了关掉圈门。妈妈急切地喘着气呼喊，但是他听不懂，我却不敢回答。

我没有回头去看妈妈一眼，幼小的心灵一下子坚硬起来，如柿子树上拴拉着妈妈的那根铁爪。妈妈的呼喊越来越微弱，听不见了，我停下来，他用劲拉缰绳，我把头昂得高高的就是不走。他说："你妈妈怀孕了，你吃不到妈妈的奶水了。"我转回头去望一望，柿子树下空空，没有妈妈的身影，只望见一阵又一阵冬风吹落鲜红的柿子。

我被卖到一个山旮旯里。茫茫的大山一片苍白，深谷洼地，全都由不了自己，任那高山拉扯撕裂，孤寂地深陷岁月重围。我忍不住抬头望天，大声嘶鸣。妈妈，大山里一点都不好。走在窄小陡峭的山路上，稍不注意就会滑倒。我已经滑倒了很多次，每一次全靠着两只前脚的膝盖，磕破了又好。不过，妈妈您放心吧，我前脚的双膝已生出厚厚的老茧，现在就算倒下去膝盖也不会磕破了。

他们刚把我买来的那个冬天，一家人耐心地喂养着我，不让我干活。冬天过去后，我一下子长大，个子高却年纪小，像十六七岁的孩子，骨头还嫩得很。可是他们管不了，他们在我背上驮了两个大竹箩，春天驮粪草，又脏又臭的粪水如身上的汗滴，落到地上一线线。秋天我驮苞谷，累得一瘸一拐走不动了，他们不仅没有推我屁股帮衬一下，还抱着孩子爬到竹箩上坐起，压得我喘不过气来。他们坐在我身上，不仅没有丝丝怜悯，有时还会吼唱几首山歌，惹得大山都愤怒了。我竭尽全力干活，他们一点都不感激，还嫌弃我劲道小。俗语说："赶马三年知马性。"难道他们不懂马吗？可他们动不动就打我的头，稍不高兴就扇我大耳刮子。我是越挨主人打，就越亲近主人。但我是有尊严的。"人呀，千万不要打马的脸，那是对马最大的侮辱。"我受够了，把大竹箩撂到地上，有几次又把他们撂倒在苞谷地里。他们说："等我们把庄稼收了，就拉你到场上去卖了，卖给马贩子去赚钱，卖给宰马的人把你杀吃了。"我一点都不害怕，宁愿死了，也不给他们干活。

我帮他们收完那季庄稼，他们真的把我卖了，但我很快忘记了那些伤心事。在新的家里，我开始有了新的念想。我的脑海里总会奇妙地浮现骒马，那种说不出的羞答，烈火般烤得我热烘烘的受不了，我已经不能静下心来干活。"你不晓得交配过后的公马会成为什么样？若是你干了那事，犁田不跟犁路走，拉车时见了岔路就往岔路跑，跑着跑着还会莫名其妙地双脚腾空大声喊叫，你还以为自己是匹战马。哈哈……"他们一声哈哈两声笑。"你的劳力会越来越小，像那超了年限的汽车，报废了送去废品回收站卖掉。"

我不安心做活路，他们就把我卖掉。我记不清自己被卖了多少次。有一天，我又来到三间房的牛马市场上，这里人来人往。牛马们目光呆滞，不时几声喊叫，淹没在人的吵闹声里。他在马群中左瞧右看，转了好长时间才来到我身边。他提起我的右腿看了大半天，久久没有放下来，他像是看到了什么，把我买回了家里。

三

我孤零零站在柿子树下，忍不住伤心起来，吃了几口草料，还未来得及嚼碎吞下肚去，泪水就要流出来。我东瞧瞧，西看看，怎么这样熟悉，又这样陌生。天底下的似是而非，那么近，又那么远。我受了多少苦累、屈辱，难道又绕回来了？我想起了自己离开家时回头看到的柿子树下，"妈妈呀，您在哪儿！"

我的心情糟糕透了，吃了几口草料又抬起头来。我多想挣脱缰绳到院子里转一转，像在妈妈身边的那些日子一样做个鬼扯精，吓得满院子鸡鸣狗吠，我一定能够听出这里到底是不是我的故乡。他一路上那么豁达，不怕我跑了。现在到了家里，他却紧张起来，把我拴在柿子树上不松开，可能看到了我见到骒马的猴急样子。我想起桥上遇着的骒马，立即忘掉了惆怅。若是没了缰绳，也许我还会跑出院门到处去寻觅。

天黑了，我还站在柿子树下没进屋。村庄睡着了，有些人家还在想心事，稀稀疏疏的灯火在漆黑的冬夜里闪烁。一阵阵冷风扑面而来，我打了几个喷嚏。他像是听到了感冒的前奏曲，才记起树下还有匹马儿站着。他提着个马灯，摇摇晃晃从那石坎子上走下来，好半天才走到我面前。他带着一股刺鼻的风过来，呛得我又接着打了好几个喷嚏。也许我的唾液也很刺鼻，他放下马灯后，一大脚踢过来，还没踢着我时，自个儿却倒在了地上。好不容易爬起来，他愤怒地扬手打向我的脸，还未打着时又突然停住。旋即一把抱住我的头，哈哈大笑起来。笑完他轻轻拍一拍我的脖子，嬉皮笑脸，半天说不清一个字：“我们两个认识。”山里人说，马有马的痛苦，人有人的哀乐。有时候，人比牲口也好不了多少。

他蹑手蹑脚解下缰绳，偏偏荡荡带我进圈。他轻轻地掩上圈门，一团团黑雾把我裹挟起来。马儿从来就不怕夜的黑，我的眼睛穿透黑夜，看见屋里还算宽敞干净，东西齐全。新鲜稻草做成的床铺，还散发着初冬阳光的味道。圈角有一个石头马槽，堆满草料。与妈妈分别后，我习惯了站着——站着吃饭，站着干活，站着睡觉。他想得细致周到，只是我有些孤独，不停地咀嚼马槽里的草料，嚼碎黑夜的寂寥。

第二天，我一大早就出了圈门。他从家又抱出一个箱子，里面装着修理装扮马儿的工具，他要为我梳装，他用细密的木梳刮去我身上的污垢，把马毛捋顺光滑，像春草一样嫩幽幽的。他抬起我右腿，没急于打理，而是低下头挨近去看。我不知道右腿上有些什么，让他如此有兴致。直到我不停地扭动身子，他才记起可能抬久了，用小刀削去蹄子的厚茧，给我安上崭新的马掌。他还弄来了一朵大红花，戴在我的头上。

我被打扮得漂漂亮亮，高兴极了。他带着我出了院门，沿着弯弯的小河走到一块宽阔的坝子。这里是村子的放马场，坝子里茅草矮趴趴的，马的脚印显眼，深一个，浅一个，全都是我熟悉的，密密麻麻地烙满坝子。我们来到南边的一个土包包前，他说土包包里埋着一匹难产死了的母马，还有一匹才来到这个世界就死了的小马驹。他看起来很伤感，可是我听不懂那些话，土包包上的茅草比隘口上石窝窝里的还嫩绿。我伸长脖子去吃土包包上的草，他一下子拉紧了缰绳，对着我的胸口踢了几大脚。

空闲的时候，我经常到放马场去吃草。他用一根长长的绊马绳，一头拴着马桩，另一头拴着我右腿，我可以满坝子去，但总是离那土包包有一步之遥。土包包上的草比坝子上的好，我多次挣扎着想吃土包包上的草，我恼怒地抬起头嘶叫，有时，他就坐在土包包旁看着，像是没听见，自个儿喝着那白瓶子里的液体；有时，他不知去了哪儿，影子都没有。

张老者和骒马也常到放马场来，我一遇见骒马就烦躁起来。他经常跟张老者争吵。“张老者，老子花钱买来的马，要为我家干活，不能当你家上门女婿。”张老者骂道：“你这个疯子，讲的全是疯话。放马场是大家的，你埋了两匹马在这里，还想再埋第三匹。”他们的对骂，我一句也没听进去。我六神无主，魂魄早被骒马勾了去，伴着骒马的气息消散在风里。

歌谣又唱着：“人心难改呀，天变一时。”我怎么会忘记骒马呢？漫漫的思念如黑夜一般裹挟过来，我看见了黑乎乎的影子，遥不可及。

四

他家繁重的活路压得我喘不过气来，我只有把思念藏起来，在寂静的夜里掏出来看一看。

秋天，泛黄的柿子叶飘满院子，有些飘落在我身上，拉扯着马毛甩也甩不掉。一天，太阳早早地升起来，蓝蓝的天如大海一样空得连只小船都没有。他扛起犁铧，我们来到了大田坝的长田。刚打完谷子不久，还没有让秋阳晒死的稻草垛，像人一样站成一排排一片片。田埂上不时跳出一只青蛙和几只蚂蚱，它们像是落伍了，找不到回家的方向。我被套驾上犁铧，他拿出了两个装满液体的白瓶子，分别放在长田的两边。他抛响鞭子，我使出平生劲力往前拉，新鲜的秋泥从田里翻起身来，散发着稻谷的清香。我一心一意干活，他却有些心不在焉。犁到这边田角的时候，他停下来捡起瓶子咕噜一大口。犁到那边田角的时候，他又咕噜一大口，日子就这样在来来往往中消损殆尽。一个早上下来，田没犁多少，那瓶子里的液体越来越少。我发达的嗅觉依然判定不了那液体究竟是什么，但是对于他来说，那比饭菜还重要。记得有一次在细丫口犁地，他老婆送中午饭到地里来吃，忘记带那液体了。他大发雷霆，大吵大闹，朝他老婆的屁股上踢几大脚，踢得他老婆像我一样爬起跑。他把自己吃的饭菜倒进我的碗里，自个儿坐在地坎上生气，说没那东西就不吃饭。他老婆没办法，一边回家重新送，一边大声骂："刀砍你疯子，剁二头你疯子。这世你疯，来世你还要疯，疯你几世几代不会死。"

他明显地放慢了速度，走起路来歪歪斜斜，我似乎闻到了一股刺鼻的气味。他犁到田角，又去找瓶子。这一次，他像是忘记了瓶子放在哪里，转过去找，转过来找，一边找一边骂："看来我真的是疯了，才刚放下去，马上就忘记搁哪儿了。"他找来找去也没找到，还被翻起身来的秋泥绊倒好几次。他很执着，倒下去爬起来又接着找。他找到别人家田里的稻草垛里去，一个一个地把那稻草垛翻了一遍。我静静地站在太阳地里，犁铧早已摔倒在田里，躺着睡大觉。他从稻草垛里走了回来，骂骂咧咧踢田埂几大脚，鞋都踢飞了。他顺势倒在田埂上，如犁铧一样睡觉。我站着空闲了，藏起的思念又冒出来。

这时，一阵熟悉的气息扑面而来，驱走了困倦。我抬头四望，骒马站在田坝那边，我摇摇头睁大眼睛再仔细看，骒马好像也在抬头张望，到处找我。我烦躁地对着长空嘶叫，骒马急切地回应一声，令我无比欢悦。他像是做了噩梦一下子立起身来，看了看我，又望向那声音的方向。我已无法自拔，若是他跑过来，我就没机会了。我双脚向前腾空，一声吼叫，奋不顾身跑向骒马的方向。犁铧从土地里跳起来，做起了鹞子翻身，一会儿腾在空中，一会儿又落到地上。几次翻滚，犁铧如割破喉咙的大红公鸡，蹦跶了几下就断了气，瘫倒在田里。他如梦初醒，跑来追我。但我们已拉开了距离，我心中暗自庆幸。骒马被我的夸张惊吓到，跑向远方。我自是不会放弃，继续跟了上去。骒马缓过神来，放慢脚步，不时回头张望，向我暗示我们要去一个隐秘的地方。

他紧紧追在我的后面，一会儿喊："前面的人呀，请帮我逮住一下。"一会儿又骂："张老者，要管住你的马呀。"田坝里没人帮忙，有的幸灾乐祸地骂："全都是疯子，人疯了不算，连马也跟着疯了。"张老者不知从哪个洞里钻出来，他大声回应："疯子，你管不了你家疯爹，还来责怪我。"

我终于追上骒马了，热烈拥抱，喁喁私语。他比张老者提前赶到，几大步跳到我身边捡起缰绳，一面念起了"咒语"，一面双脚如雨点般砸在我的身上。我根本感觉不到痛，那个拥抱的甜蜜还在心里荡漾。

五

犁铧在拖拉中被打碎了，散落在田坝上。即使找到了一些碎片，已合不拢原来的样子。他把我拉回家里，拴在柿子树下。他赶走家里人，关上院门。我一点也不怕，看都没看他一眼，心死了，还不如早死早投胎，或许会投了一个好人家。他抱出"刑具箱"放在杀猪桌上，一件一件地摆出来，掏出瓶子，咕噜咕噜喝完里面的液体。

他扛起青杠树做成的大门闩捶在我身上，我仿佛是犁铧散了架，两条后腿一时间没稳住，双膝跪在了石板上。我稳住身子，又撑着站起来。他再一次把大门闩捶来，像要把我捶扁成一张纸，好在我身上画画。他真的把我的身体捶成了一幅“画”，皮开肉绽，血肉模糊。虽然我的腿一直在颤抖，好几次站不稳，但是我不再屈膝。他像是打累了，自己抬了条椅子坐靠起，又拿一个瓶子出来喝几口。我身上多如马毛的伤痕，鲜血凝固了，幸好骨头坚硬，扛过了他的疯打。可怜树上还未成熟的柿子，被摇落了一大片，砸在地上青一块红一块。

我不愤恨，独自站在秋风里。他似乎很难受，从椅子上站起来来回踱步。他凑近我的身体望了一望，说：“你来我家的第一天，你就看到过我的刑具箱，可是你不懂事。张老者那人，全村人都不敢惹，你惹张老者，迟早要被火烧死。”我倔强地大口大口向他吐着气。他爬上坎子，从屋里抱出一个我从未见过的箱子，箱子里面装着一些药品。他拿出一块药棉擦拭我的伤口，疼痛令我不由自主颤抖起来。我斜斜看他一眼。谚语唱：“老天从来都是一个怪，自个儿打湿了自个儿晒干哟。”

他又推门进来，我昏昏欲睡。可能是失血多了，身体有些虚弱。他给我加了许多苞谷米，硬硬的，好多都咬不破，铁鼓鼓的吞不下去，只能吐出来。那股刺鼻的味道，被推门的风带进来，熏得我清醒了一点。他坐在圈门的石坎子上，说话有些口吃。“有一天，我一觉醒来，他们说我是一个疯子。我像一个瘟神，走到哪儿都没人理解。”他停顿了一下，嗫嚅半天，好像脑筋短路，突然忘记要说什么，过了一会儿才想起来，“以前，我在这个寨子里也算是个人物，兄弟也有十几个……”一阵激情演说后，他像个娃娃一样哇哇地哭起来。他的举动令我有些无所适从，不知该作何反应，只能呼呼出几口大气。

不一会儿，他脑袋一偏，靠在圈门上，不再言语。今晚他没有拴缰绳，我可以在圈里自由地伸长脚躺一下。可我一旦躺下就如同倒窝，离死不远了。我走到门边，听见他均匀的呼吸，他睡着了。

深秋的晚风有些冰凉，圈里的温度逐渐下降。他依然睡得那样沉，一点动静都没有，可能梦见了开心事，舍不得醒来。我睡不着，继续嚼着苞谷米抵御秋寒。夜深了，圈里和圈外一样冷，他还是醒不过来。我嚼着嚼着，眼泪就淌出来了。他睡在圈门边这么久了，竟没有一个人来望一望。

六

他已经离不开我，经常独自一人到圈里来聊天，他说话，我大口出气。

春天，房前屋后的桃花红李花白，遍野的油菜花黄澄澄的金子般灿烂。院子里那棵柿子树也冒出鹅黄的嫩芽来。放马场上的茅草青青的一大片，远远看着绿茵茵的。星期四，他把我拴在放马场的马桩上后，自己到三间房去了。张老者像个幽灵，我常看见张老者在油菜花里转来转去。晌午时候，张老者来到我身边，解开了我右腿的绊马绳后就走了。我在放马场无所羁绊，终于吃到了土包包上的草。张老者再次出现时，带来了骒马。我跃起双腿追向骒马，骒马向着油菜花地里跑去。傍晚的时候，他回到河坝上，只看见马桩上长长的绊马绳，还有光秃秃的土包包。

第二天，他的一匹马丢失的消息，如他变成了疯子的传言，风一般吹遍村野。

秋天来的时候，骒马的肚子鼓胀起来。

作者简介：

卢仁强　笔名贵耕，出生于1978年2月，贵州普定人，贵州省作协会员。有文章见于《散文选刊·下半月》《微型小说选刊》《贵州作家》《岁月》《辽河》《天池》等文学期刊；有散文入选《散文中国（壹）》，小小说入选《2008中国微型小说精选》《一条鱼的狂奔》。

春逝

刘雪韬

1

春天，这样缓慢深沉地流淌而去。她闭上眼睛，微仰着头靠在一把古老的椅子上，然后用一块鹅黄色的布轻轻地擦拭着眼睛。“她愿意沉浸在这样无声的世界中吗？”我突然这样想道。我看见她流泪了，我问道：“您哭了吗？”可她却说：“眼泪对于老年人来说，是一种奢侈的东西啊……”我只好不再说话了，迅速地拿起抹布开始擦拭起她的家具，那些陈年的木柜子、花瓶，以及一架古老的钟。

“时间迅速至此，相对于今天，一年的四分之一又已经过去了。”她说道。

“是吗？听说时间只对于幸福的人来说才会觉得流逝得快哪。”我回答时，并没有停下正在抹着时钟的手。

“啊哦，我在地上拾到了一片落叶，那落叶是从您的盆栽里落下来的，这是一种阔叶乔木。就像我刚好看见它掉落下来似的，它以一种轻飘飘的姿态降落，所以不像是死去一般，而只是离开了树去作短暂的旅行。”我说着将叶片拾捡了起来，向她的椅子所在的窗台走去，想把树叶递给她。

2

在我把乔木的树叶递给她之前，我走过去将窗帘拉开得更宽一些，我喜欢有屋外的光亮透进来。很多天以前，第一次登上七弯八拐的楼梯，到达她家门前，她是坐在轮椅上来给我开的门。她看上去大概七十多一点的样子，一个人生活，不太爱说话，耳朵也不大好使了，轻微的声音已无法引起她的注意，所以我时常以为她沉浸在无声的世界中。她从我的手中接过树叶，并仔细地端详了起来，看起来像是在欣赏一幅精美的画，她许久不说话，我只好又开始重复着我手中的活路。我用抹布轻轻地擦着一个差不多有一米来高的花瓶，我之所以轻轻地抹，是因为瓷器在我的心中像所有易碎的东西一样，得小心翼翼地对待。

“在我们的自身之内，一定还住着一个完整的自我，不被各种角色分割的自我，那个完整的自我，有一双自己的眼睛和一颗只属于它的心灵。你说呢？”如若不是加上了最后的那句“你说呢”，我会以为她又在开始自言自语。既然别人向我提问，我就应当回答。但我想了好久都不知道应该怎样说，因为这不是一个我能够容易地想到答案的问题。本来我想说：“今天春分，天气真好。”诸如此类的话，但这种答非所问的回答是不诚恳的，我宁愿说我不知道。

“春分，意味着离春逝渐近，是一个伤感的节气呢。”她又开始说话了。我小心翼翼地听着，生怕她又向我提问，好在她说着这话的时候，是看着窗外那些被风吹得落在地上、草坪上的花瓣说的。但我却持不同的观点，春天，万物复苏，是生机勃勃的世界，虽然那些花已经在谢了，但总有花还在盛开着，或者是将要盛开，也总有人看见的是那些还在盛开着或是将要盛开的花。不是每个人的心中都充斥着悲观、枯萎与凋谢。

3

我正在为了准备晚饭而忙碌着的时候，我是说在那样的时候我总是很忙，我要把葱一棵一棵地拣洗干净，要把刚从菜市场买回来的玉米放入锅中，要给已经涨起来的豆浆浇上糖水，我在厨房中忙碌着的时候只需时不时走到外面看看她是否安好，或者会不会有什么要吩咐我做的。当我第三次从厨房走出来的时候，她手里多了一本厚厚的书，她端详着那书的封面，过了好一会儿才说："真是奇怪啊，那明明是一本我从前曾读过的书，可现在我竟然连情节都想不起来了，就像一本未知的书一样。"

"是吗，是时间太久的缘故吧，既然记忆无法记住全部，就只能选择去遗漏一些可能不太重要的。"我小心地说道，以免因为过度的语言又引起了毫无理由的悲哀。

"哈……"她突然地笑了起来，这还是第一次，而且这笑中带着一种轻微的嘲弄和辛酸，可能她觉得我是那样可笑，仿佛我是一块什么都无法知觉的木头，是一个不值得与她的灵魂平等对话的人。于是，我突然想起，在许多年前的一个黄昏，我站立在湖岸上，被湖的冷风吹拂时所体验到的那种感觉。那是一个静立于高原上的湖，我站在湖边，等待着夕阳最后一抹光辉黯淡了下去。湖水拍岸，带来了哗哗的轻响，我感觉到自己正在以一种无声的方式与春天告别。除此之外，能够感觉到的，仍旧是匆匆流去的时间，像枳一样苦涩。湖岸上有一种树，结满着紫色的果实，画眉成群地飞来停在了树上，叽叽啾啾地啄食着那些果实，又把无法下咽的果核抛撒在树下。于是，我想起一些事情来。比如小的时候，舅舅们会在雪地放些玉米粒，玉米粒上放一个用木棍支撑着的竹箩，来捕捉那些到竹箩下面啄食玉米粒的画眉。有一年，大概是捕到了两三只，喂养了一些时间，又放归了山林。现在回想起那个白茫茫的世界，真是无比纯净和安宁。

“年轻的时候，我们只希望记住幸福，可我现在觉得这是有失偏颇的。我们应当在记住幸福的时刻不要忘记悲伤，因为所有这些构成了我们的全部。我多希望在你年轻的时候，能够有人对你说：孩子，去试着喜爱那些平常的事物吧，婉转的鸟鸣，堆在天空的云，蓝蓝的天，从石板下生长出来的小花和人间温暖而又呛人的烟火。”她又说道。

4

她可真是一个喜怒无常，又时常被自己的衰老折磨着的女人啊。有时候她可以一天不说一句话，就算我把饭盛在碗中，带着保姆的谦卑与温柔把饭递过去，她仍旧可以不看我一眼，仿佛我是一个不存在的或者不需要被看见的人。但有的时候她又不让我去忙碌别的事情，只让我坐在角落里听她说话。她问我最喜爱哪个季节，我想都没想就告诉她了：“当然是春天咯。”但我没来得及告诉她，春天在我的心中是一个短暂的季节。她便说道：“我认为把时间分为一年又一年，是没有意义的。在我还没有变成这样的时候，我其实像你一样热爱春天。我是说我的腿，还能自如地走到外面的时候。有一回冬天，下着雪粒，因为气温还不够低，雪粒一落到地上就融化了，恰好把路面打湿。我走在路上，不知道为什么，那个场景突然就在我的心中引起了愁绪，后来，雪粒越来越大，越来越大，使我想到雪不再给人以飘逸纯净之感，而像是一种浓得化不开的愁绪。后来每次想到那样下着雪粒的场景，我的心就会异常难过。”

“可能是因为不喜欢在下着雪粒的冬天走在路上吧。而且在春天的时候想起冬天的事情来，多令人难受啊。时过境迁，气温啦，窗外的环境啦，这些都已经变得不一样了。”我说。

“不是那样的。”

“那是因为什么呢？”

“我也说不好。但如果是尽力都说不好的东西，那能有什么办法呢，对吧？”

“是啊，所以有时候我不喜欢说话。语言是毫无意义的嘛。我想我现在该去做晚饭了，您看，我已经闲下来这么长时间了。”

“但是，你再跟我说说你眼中的春天好吗？就像那些用语言描绘自然的人，他们只需把眼睛所见的事物讲出来，便可以在听着的人心中，描绘出景物。”

“好吧。田野在阳光下呈现绿色……”虽然这一切极其平常，但对于一个只想看到某种属于过去的景色的人来说，已经足够了。大河平静而缓慢地朝北流去，河岸上的垂柳已经泛出了鲜亮的翠绿，有时候太阳隐到了云层的背后，整个田野就会变得灰暗，像那些快要下雨的黄昏，到处都弥漫着一种潮湿的只属于河岸的气息。

5

“如果能够将一切东西都一分为二的话，那么人人都可以摆脱那愚蠢的完整概念的束缚了，你虽然失去了你自己和世界的一半，但是那留下的这一半将是千倍深刻和珍贵。你也将愿意将一切东西都如你所想象的那样变成半个，因为美好、智慧、正义只存在于被破坏之后……”午饭后开始，我便不厌其烦地给她朗诵着《树上的男爵》，我虽然对书里讲述的故事及其意义不甚了解，但从她那平静的、沉思着的样子中看出，这一定是本好书。

有时候我不得不停下来喝水，她便在我停顿的时候投来探寻的目光，我知道这样我就还得继续念下去。虽然那是一本并不太厚的书，但是念起来时间就显得漫长。因为文字要转化为我们熟知的语言，再通过声音显现出来，这其中的难处当然只有经历着的自我才能够明白。

我只有在看到翻到左边的书页越来越厚，而留剩在右边的书页越来越薄时，心里才会觉得好受一些。我想是因为在阳光十分明媚的晴天，蜗居在一间并不属于自己的屋子里，念一本无法理解的书，本身就是一件不痛快的事。不过，这显然比无休无止地用抹布去擦拭着那些并不存在的尘埃要好。对我来说，一天只可以分为清晨、白天、傍晚三个阶段。很大一部分的时间里，我都将自己奉献给家务。虽然准备早饭、晚饭对我来说是简单的事情，但所做的准备就很耗费时间。在清晨，为了能买到新鲜的蔬菜，我得早早就出门向菜市场赶去，就像她说的那样："你尽量去得早些，才能买到好的蔬菜。蔬菜越带着泥土的味儿越好，那样让人在屋子中都可以感觉到大自然的气息。"

6

我现在能讲述的也就是一些片段，而这些片段是由于回忆的不完整、时间的断裂造成的。所以现在回想起来，除了外表看起来的沉默、生硬和孤僻而外，她似乎还酷爱音乐。她时常聆听一首叫《圣祭》的曲子，听起来很有新世纪音乐的韵味。但我一听到那曲子，心里就开始难受了。以至于我时常将棉花塞在耳朵里，以躲避声音的侵扰。除非她要对我讲话的时候我才把棉花拿出来，因为她热爱着我不喜欢的东西。

但是那天，她一直没有让我打开音乐，屋子自始至终处于寂静当中。在我大声地给她念完《树上的男爵》之后，我起身把书放回书柜，当我又折回来时，她已经不再半靠在轮椅上，她身子朝前倾着，仿佛是在努力着看远处的某样东西。

"你是在看什么东西吗？"我问她。

"那棵树。"她说。

"树吗？"我重复道，可还是拿不准她指的是哪一棵，因为从这个角度看去茂盛的树实在是太多了，再说它们并不是突然地冒出来的，而是长在那里很久了。

“你看它盛开的那些花，简直像飘浮在空气中一样。”

“是因为繁茂和看不见枝条的缘故吗？”我这才注意到她说的是在院子当中最远的一栋楼前盛开着花的树，太阳光恰好被楼遮挡住，使它就盛开在楼前的荫凉中。

“真是繁茂而又寂静啊。”

7

那天清晨，很早的时候她便用便笺写下了吩咐我要做的事，这意味着她这一天都不会再对我讲半句话。在她懒得开口说话的时候，总会用写字来代替，并且这样的沉默总能持续上一整天。当她开始吩咐我给她读一些很不容易理解的书时，我就已经想过，好在我认识的字不算太少。她写着：“去买几只夜莺回来，我们就可以在清晨便听见婉转的鸟鸣，像置身于大自然中一样。”我在厨房里轻声地准备着早餐，之后才揣着这个吩咐出门，但我回来的时候并没有带来她的希望。因为我无法寻找到可以购买夜莺的地方，或许她只是捉弄我，因为我空手而回，她并未提起与这个吩咐关联的任何话题。好像这件事就这样过去了。

但吃过午饭之后，她又突然说起话来：“有时候是音乐加深了我们对此刻的印象，但许多年后，这一天将不再是这一天。”我并不懂得什么叫作这一天不再是这一天，或者她想表达的是：当某一个时刻成为了过去，便不再具有原本的面目。说完她便将两只手平摊在餐桌上，头向一边轻轻歪了歪，如若不是那满脸的皱纹以及白发，看起来倒像一个调皮的小孩。

“喏，我今天心情不错，是因为你早上煮的百合粥吧，很符合这春天的胃口。你知道人上了年纪，总会有这样那样的一些古怪脾气，有时候并不是要故意难为你，而是心境实在——，既不是忧愁也不是不快乐，我一直找不到一个合适的词来形容这种心境。但有时候我在想，这可能是一种恐惧，对漆黑和衰老的恐惧。总之，这是我个人的，与你无关。”她这样轻松地说着话的时候，整个人看起来都变得愉悦。可惜的是，她愉悦的样子只保持了不到一刻钟的时间，因为她又突然地不知道因为什么，将头扭向了窗外。她先是叹息着，后来便沉默着，好像每天都在以这种无声无息的方式与春天告别。

我只好劝慰她：“你看，窗外是阳光明媚的春天呀，只要时间还在，就很有意义，颜色也是多彩的。”

8

“当我开着车从停车场里驶出来时，沉浸于眼前朦胧的世界，我以为是下了一场茫茫的大雪，其实不是，只是远处起了雾罢了。唉，你看，虽然是在春天，可记忆却总是在向我推送冬天哪。”然后，在寂寥之中，她摊开双手放在眼前，仿佛是在端详手心里的细纹。

“那是你还很年轻的时候吗？”我问道，因为在她说着这些的时候，我无法将她与现在七十多岁的样子联系起来，但人总是很快就衰老了去的。所以我觉得老去，就是这样一种快速滑落的感觉。

“我曾不止一次地在同一条路上，从后视镜中看见快要落下去的夕阳。许多年过去了，现在回想起来夕阳的余晖映照在路上的样子是那么纯粹。可惜我不能再想起更多了，人老了总这样，容易遗忘。你呢，说说看，你现在脑海里的画面是什么？”她说道。

“我嘛，刚才是你说着的你，我是说年轻时候的你。至于现在，得让我想想。对了，那是一个晴朗的春天，柳树正在发着嫩芽，本来我是站在树下，但现在回想起来我却像是完全地脱离了回忆的场景。我，连同全部，变成了一双可以穿透回忆的眼睛，只专门地看着，注视着清晨的阳光洒在柳树上的光辉。”

“这很有趣。反正每个人都要经历这样的时刻，当有一天不经意地回想到从前，其实自己已经不属于当时了，只可以作为一个无声的旁观者。”

9

在没有太阳的阴天，我们逐渐地回忆起更多的过去来，有的甚至是不常被回忆所触及的平常琐事。我记得，我们总是谈到的无非天气、窗外的景色、过去的春天，以及等等的一切。可能正因为这样，才使得时间有一种从身边缓慢流淌而去的错觉。她会停顿着说道:“时间流逝得如此缓慢、温和，好像使人忘却了忧愁。”可我觉得，是因为她那么惜时，那么笃信，才使得时间在她的心中有了不一样的感受。

“一本需要从结尾开始写的书和一个得从最后一页开始记录的笔记本一样，总让你忘记了顺序。但我认为，顺序，不是重要的东西。”她常常这样有头无尾地说着话，跳跃的思维，使我根本无法接上话头，所以我只好选择沉默地倾听。可有的时候她又不说一句话，那沉默着的侧影上便会显现出一种老年人特有的平静的哀伤。

有时候她会问我:“你叫什么名字？”我如实告诉了她。可过不了几天，说不定她还会再问一次。因为像我的名字啦年龄啦，这些是微不足道的、不足以让她去记住的事情。对她来说，漫长的前半生、年轻时的自己、攀登过的山、茫茫的大雪、山谷里的阳光，这些才是需要记住的。

“有时候我在想，当一个人平静地抵达衰老的彼岸，就像独自走了一条非常漫长的路，在这条路上一定累积着许许多多的像尘埃一样的东西，或者还有提出来却没有得到解答的疑问。那么，被我们摒弃的，到底是什么？”她问我，可我还没有回答，眼泪便从她那布满皱纹的脸上流了下来。

10

她是突然地从一扇半开着的窗口，看见了院子里那像橘子一样的路灯。夜幕正好降临下来，所有路灯被一起点亮，那挂在灯柱上的圆圆的灯像一个个结在树上的橘子，同时闪耀着光芒。她突然地说着："虽然每天都会天黑，可并不是每一个人都会在每一个夜晚、在不经意地抬起头的瞬间，突然地看见街灯同时亮了起来。但我相信这样的瞬间，并不一定包含着高兴或快乐。因为这些突然地亮起来的街灯，使我们更加清楚意识到，一天很快就过去了。这被忽略的时间当中，应当还有一种沮丧，使人的心像被什么击中了，会轻轻地痛着。"

由于我已经更加难以理解她的心境，所以一时找不到合适的话语来安慰她，我只好说："我给你读一会儿书吧。"但她摆了摆手，并告诉我不用了，然后便把头歪靠在轮椅上。为了不使眼泪那么轻易地流淌下来，她紧紧地闭着眼睛。我知道她已经越来越随意地在我面前展示那无时无刻不存在的脆弱。但我相信，她已经哭了。我递了一张纸巾给她，起身又去卧室拿来披肩搭在她身上，然后便沉默着坐在她身旁，仿佛只有这样，才可以和她一起承受时间的流逝。后来，夜色越来越浓，我们不知道这样沉默着坐了多久，她才又重新开始说话："天黑下来之前，你看到了没有，夕阳把周围的云都染成了金黄，但我却无法用准确的语言去形容，壮丽广阔的天空，那包容的美。"

"啊，我当然也看到了。所以你应该更坚强才是啊，当你的眼睛还能够看见美好的时候，你为什么要让心灵沉浸在悲哀里呢，虽然相对于年轻的孩子，你的确已经承受了那么多的时间，显得那么衰老，但一个人的灵魂，是没有年纪的啊。"

11

天晴着，她开始自己看书，她说这样温和的天气常常能给人带来好的心绪，我也有同感。所以，今天，在这样一种好的心绪中拉开了序幕。我早早地起床，做了一个圆圆的鸡蛋煎饼，可当我把煎饼端到她面前时，她只吃了其中一半，然后便告诉我，以后不要再做这样油腻和高胆固醇的早餐了。好在她说着的时候并不算严厉，让我的自责得以减轻。如果时间能够倒退，到黎明降临时，我宁愿再多花费一些时间，将切碎的胡萝卜放到洗净的米中，熬成米糊给她。可惜时间是无法倒退的。

我趁着她看书的时候，又把屋子仔细地打扫了一遍，除了做饭，保持整洁便是我的主要工作内容。我并不是要说自己是一个合格的保姆，但谨记职责是我对自己的要求。当我擦拭窗台的玻璃时——也许是往天没太注意——第一次发现了屋外的樱花盛开，或者是这些樱花的确是今天才竞相盛放。

风大的时候，樱花的花瓣会扬起又落下、扬起又落下……我出神地望着这个情景，深深地明白，屋外的春天正在逐渐离我们远去。我出神地站了好一会儿才转过身来，于是便看到她将书页轻轻合上，再把书规整地放在了双腿上。那是一双失去了活力与生机的腿，我突然地可怜起她的样子来，仿佛这并不是衰老所致，而是被一种看不见的悲伤撞击后的结果。虽然她曾告诉我，是一种严重的家族遗传的风湿把她变成了这样，虽然这种风湿只会在衰老之后袭来。我问她还疼吗，她说如果疼痛每天都伴随着一个人，那么总有一天，它也会变成一种就像空气一样的东西，几乎察觉不到它的存在。

我有时候在想，她的话总是那么拗口，是上了年纪的缘故吗？衰老真的可以把一个人变得这样吗？还是在经历了漫长的人生后，时间的刀，已经无法把一副完整的精神保存成完整的模样。我转过身来看她，也许她是想问我因为看到了什么而如此地出神，但她沉吟了片刻之后说道：“奥斯卡·王尔德出生于爱尔兰都柏林，是十九世纪英国，哦，准确来讲应该是爱尔兰最伟大的作家与艺术家之一，以其剧作、诗歌、童话和小说闻名，是唯美主义的代表人物。”

“但我并不知道你所说的唯美主义。”我说。

“我知道。”她知道的当然是指我不知道唯美主义这件事情，她的神情突然淡漠了下来，不再和我谈论那个我并不认识的王尔德以及他的唯美主义了。

12

“花开花落——花开花落——花开又花落……”傍晚，当我端着一盘炒好的菜，从厨房走向餐厅，她还保持着先前的样子半靠在椅子上，屋里太安静了。也许是因为天快要黑了，使得她的声音听起来比平时更加凄怆和沧桑。

我差点走过去对她说，其实根本没有必要为了花谢花开而难过，在我家乡的那些大山之中，一年四季都有各种各样的花此消彼长，即便是最严寒的冬天也会有顽强的植物盛开着。城市因为土地的稀缺，当然不会需要那些平常的草木，城市会更倾向于选择樱花、玉兰、紫薇这些繁茂热烈的花树，虽然花期极为短暂，但却能代表一座城市的春天。所以居住在城中的人，没有必要因为景观树的花开花落而变化了心绪，因为这并不是整个春天的凋落。

但后来我改变了主意，因为当一个人孤独地置身于悲伤中，是很难接受别人的观点的。于是，我把饭菜都布置好了，才过去推着轮椅和她一起走进餐厅。吃饭的时候她看起来好了很多，吃了少许白饭和一些青菜的薹，又喝了一碗汤，虽然她从来不在晚饭时吃肉，但总要有些肉片做的汤，晚饭才能令她满意。吃完之后，她仔细地用纸巾擦手，又把纸巾放在餐桌的一角。我还在继续吃着饭，她才说道："我差点流泪了，因为我的眼睛这样酸涩。你看那些花，落在地上的花瓣，真叫人心惊，倒不是可惜或怎么，只是觉得时间就这样不知不觉地流逝掉了，唉……这种滋味可真不好受哇。"说完，她又轻微地笑了一下。

"你这真是老年人的担忧，虽然我还没有到你这个年纪，但我从来不这样，我得从从容容地老着。"因为我的嘴巴里还吃着饭，所以含混着说不清楚，但她一定是听得格外清楚了。她笑了起来，我希望她能够理解衰老对于生命的含义，并非只是消亡。

13

那天天气很冷，有些秋末的味道，但毕竟不是现实，因为现在是蓬勃的春天呢，从林里传来了热闹的叽叽啾啾的鸟鸣，在我们所不了解的动物界中，这算得上是一个欢快的世界吧。但在人赖以生存的世界中，却有人悲泣着。所有的颜色都变成了黑白，因为哀思。

那天，她比平时起得早些，在我还没有出门买菜的时候便醒来了，她极少会在清晨需要我的帮助。她会自己体面地从卧室中滑动轮椅来到客厅，甚至都不让我瞧见她坐在轮椅上洗漱时的样子。有时候我想，这是一个训练有素的、能够自己承担痛苦并对自己负责的人。

她除了吩咐我按照她的意思准备食物，或者是在她倦怠的时候，用我的眼睛替她去读书以外，从来不用雇主似的刻薄对待我。这是一种难得的尊重，所以我理应对这样的尊重心怀感激。我看见她一个人枯坐在窗边，甚至连书也懒得看了，我把它理解为是闷在屋子里太久了的缘故。于是，我说道："你为什么不走出去看看呢，当然不是让你站起来，自己迈出门槛去。只要你愿意走出这间屋子，接受阳光的照沐，就一定可以找到办法的。我可以用轮椅推着你出去，这是最简单的一个办法了。但要是你发自内心地不想走出去，就像一个人不愿走出自己内心的小屋，那别人是没有办法可以帮助她的。何必要用屋子把自己关起来呢，外面有喧闹的人世，有川流不息的人海，有亮了整夜的街灯，这所有的一切，难道都敌不过枯坐吗？来，接受别人的帮助，用你的心，想象着完好的双腿，用它们走过来。走过来，我们去看看今天的晨光。”

如果你以为她和我想的一样，那你就错了。因为她是这样回答我的：“好像你的想象对于一个老年人来说，是很容易的事似的。想象是年轻人的不智慧的消遣，我不需要这个。一个人只有在年轻的时候才会把衰老当成一个普通的名词，而不把它与皱纹、孤独、骨质疏松、失眠、没有味道的食物、脱落的牙齿等等这些具体的事物联系在一起。等你到了我现在的年纪，你才会明白，衰老实际上是一系列令人难堪的动词，它把一切原本好的变得不好，把一头乌黑的长发变成了银丝的——动词。明白吗？正是这样的一个动词，一点一点地改变着人，改变了人的样子、思想和意志。人和所有的东西一样，经不起时间的销蚀。如果一个人把自己放在时间之中，等到后来，连自己都能清晰地感觉到那变化。孤独的衰老，会把一个人彻底地改变了，变成了一种偏执的——我不得不承认，这是一种偏执的病态。”

14

现在看来，那一整个上午我们都在等雨中度过，因为雨总是降不下来，而天色看上去又像是雨快要来的样子。所以，为了不被雨淋湿，我把外出买菜的计划一再延迟。其实我也可以带把伞的，但我一点都不喜欢在下雨的时候走进菜市场。那顶着雨伞的卖菜人会用一张张白色的薄膜把菜盖住，如果我要选菜的话总得麻烦他们把薄膜拉起来，这是一件相当恼人的事情，因为要是万一恰好没看上的话，又得麻烦他们盖回去，而我在往下一个菜摊走去的时候总不免带着些歉疚的心情。所以，我是那么不喜欢在雨天去买菜。

我来来回回走到窗边看了很多次，雨还是没有降下来，天色也是之前的样子。她让我递了一杯水给她，我照做之后她却并不急着喝水，而是握住杯子仔细地看着，之后又将杯子拿得远些，仿佛这样才可以将印在杯上的图案看得清楚。

“是因为拿不准天气到底会不会下雨，才让你这样走来走去的吗？”她头也不抬地问道。我愣了一下，不知道该怎样回答，因为我无法准确地将雨天走进菜市场的心情，清楚地传达给我之外的另一个人。

“我想等雨停了再出去，这糟糕的天气！但毕竟是春天的第一场雨，我又希望它降下来。”我说着又走到了窗边去，天色比之前更加灰暗了。

“我在你这个年纪的时候，每次从外面回来，尤其是出门超过十个小时以后，进屋的第一件事情总是要从扫地、拖地开始，从逐渐的劳动中，找回刚走出家门时那种熟悉的、温馨依恋的感觉。如果是在雨天，这样的心情会更加明显，有一种说不出来的力量会拖住人的脚步，总之就是不想离开家门。”她说着，可我却不知道她为什么要说这个。也许是因为想要嘲笑，年轻就是容易为“下不下雨”而操心的年纪，或者是她突然想到，在许多年前的一个阴天，她也曾像我一样来来回回地走着。谁知道呢？

然后为了打发时间，她又问了我许多问题，比如：你的家乡在哪里，你结婚了没有，有孩子没，之前曾做什么工作之类的问题。我又一一地重复了一遍，这些问题在我的印象中我已经回答过不下三次了。不知道是我的记忆出错还是她的记忆出错了。我觉得，衰老并不能成为要别人一味体谅的理由。为什么总是要重复地询问一些无用的问题呢？如果我告诉她，我并没有要长长远远地当一个保姆的打算，那她会怎样觉得呢？或许我不该过多地考虑这些，当有一天我的职责结束了，我可以问心无愧地从她的手中接过她付给我的工钱，然后带着我的行囊，继续上路去跋涉。

于是，我突然想到，在我家乡的这个时节，会有大片的紫色苜蓿花盛开在田野上，当苜蓿花谢去后，会结出小小的豆荚。

15

才不过几天，原来繁茂的花树已经变成了像一把华盖似的绿伞，她坐在窗边沉思，想必也看到了这变幻着的春天色彩。因为她突然说："要怎样才能证明，你此时此刻看见的景色，是独一无二的呢？"她明明知道这无从证明，所以才问我，竟使我无言以对，我只好低下头去继续为一块刚做成的垫子缝上花边。

"每一天都是独特的，都不会重来。有时候我这样想着，但却无法用语言传递过来。我沉默着的时候，你能想到我在思索什么吗？"她又问我。

"这当然是不能了。"我微笑着回答她，因为我从她的语言中感到，她像一个暂时面临语言障碍的人那样，无法准确地把内心想到的东西表达出来。但一个人要将自己的内心剖开，的确很艰难。就像我的心一样，大部分时候都是尚未去掉刺壳的板栗那样的东西，坚硬的果核、坚硬的外壳，再加上坚硬的刺壳。但文字只能描述现象，并不能代表事物本身。

她又沉默良久，或者是因为我沉浸在缝花边的乐趣中，所以才误以为时间又过去了很久。她又问我："当你坐久了时，会不会觉得肩膀酸疼？"

"当然会了，我又不是机器。不过，我想起来了，我小的时候因为够不到灶台，站在板凳上就开始学着做饭炒菜了。"我说着。

"这很难得，大概是因为我自己不常想到小时候。你看，每个人思考一件事情的时候总是先从自身的角度进行剖析。不过，我还是希望能时常想起一些小时候的事情来，这样至少可以觉得，虽然老去了但离开童年的时光也并不算遥远。其实，不管你到了多大的年纪，童年始终是我们自身的自身啊。”

“我们自身的自身吗？”我重复着她的话。

16

夕暮来临，之前白云点点的天空反而不见一片云彩，天空呈现出一派清澈的碧蓝，一只洁白的水鸟从笔直的街道上起飞，将那飞翔着的姿影嵌入了天之幕。可她却浑然不觉时间的变化，津津有味地翻看着一本画册，画册上是许多盛开着的樱花。繁花之树，印入画中成为静物，便可免去片片飞花落地成泥，在寂静之中成就一种永恒的美。

“这作画之人，在感受自然与欣赏自然的同时，必是体察到了在自然的大美之中隐匿着一种哀愁和虚无的底蕴，这也包含着无常的哀感。”她说道。

“你是在看画吗？”我问她。

“是的。我已经有好多年没有看过樱花了。你过来看看，这像你在街道上看见的樱花吗？”我只好走了过去从她的手中接过画册，我承认的确是有些不像。

“你觉得它们有什么不同吗，还是当樱花作为了一种图案的时候，的确比街道上的樱花更加美了？”

“怎么会，街道上的樱花已经凋谢了，可你画册上的樱花永远都不会凋谢呢。如果你仅只是从图上看，你都无法理解清晨的街道上，风吹雨拂时那落英缤纷的景象，而且，我敢说越是繁茂的花凋谢之时一点都不比花开时逊色。”

“哦。”她说道，“那么花开花谢，都是一种徒劳的美。”

“反正无论你走到哪里，春天总是这样的景象，花开了又谢了，它们如此短暂地不在了，但我们仍旧沐浴着春天清澈的阳光，只要你愿意相信，那所有的意义就还会逐渐地浮现出来。”

17

那天一大早，她便来到了客厅，她说天气逐渐晴朗了起来，是时候恢复让我给她在清晨朗读故事的习惯了。好像这是一个得长期坚持的好习惯似的。但我并没有反对，因为我的性格中最缺乏的便是反驳的勇气。虽然我觉得，朗读一些我并不理解的故事的最佳时间，应该是在黄昏，但我还是照做了。

需要说明的是，她喜欢的故事与我喜欢的故事相距甚远，使得我在朗读着她指定的故事时，不能完全地走进书的世界中。我反而更愿意与她谈论我见过的大大小小的湖。我想告诉她，假如我们走近去了解湖底的世界，便可以知道，它并不是天空的全部倒影，从那些摇曳着的水草、被冲上岸的田螺中仍可以看出，除了湖面倒映出的天空，在那倒影之下还有一个更加深邃的世界。现在我更加清晰地想起来了，在一座城市的郊外有一个不大不小的湖。我记得在晴天，湖是蔚蓝色的。但在阴天里，湖便呈现出一种灰暗的颜色。有很多次，我站在隔着湖岸一段距离的小山坡上，逐渐地体会出——或者说是认识到——与其说那是一个有生命的湖泊，不如说它只是天空一隅的倒影。

于是，我就一边朗读着故事，一边沉浸在自己的思绪中，想着应该在什么时候与她谈论那些大大小小的湖。

“就这样上课了，我哥哥骑在榆树的一条枝上，晃荡着两条腿，而神父在树下的草地上，坐在小凳子上面，一起同声诵读着六音步诗，我在近处玩耍。我走远了一点就看不见他们，当我回来时，神父也上树了，使劲用他穿着黑袜子的又长又细的腿蹬上一枝树杈，柯西莫拉住他的一只胳臂帮着他往上爬……”为了让她听见我的声音，我比平常更加大声地朗读着。

“你觉得柯西莫会从树上下来吗？”她打断了我。

“不知道咯，好像柯西莫觉得，离开地面才是一个崭新的世界。”

18

“她走到小溪边去舀水，瓶口太小，水落进去时发出了汩汩的声音，她认为这声音是如此悦耳。她将在这悦耳的声音中一一地回想起生命中的诸多细节，覆满草地的露珠、被风吹得低伏了下去的草、在细雨中绽放的山茶、穿过密竹林的羊群、才冒出泥土的笋尖，等等，这诸多的一切，她都将铭记着它们。无论是壮阔的、磅礴的、缥缈的、空灵的，还是虚无的……她用意识的手去推开一层层帷幕，她将从那层层的帷幕后面了解到生命的景象。”

我在清晨中继续给她朗读故事，可我刚读到这，她就不再听了，而是像从前也出现过的那样，沉浸在一种混混沌沌的状态中。她紧闭着眼睛的样子，使我不禁想到，人的生命走到某些时刻，灵魂就会逐渐地从躯体中消失而去。但是人能感觉到灵魂从自身躯体内逐渐地消失的过程吗？这些未知和从来不曾意识到的东西，又让我的心充满着深深的惋惜。我静默着，想等待她告诉我，我现在应该做些什么。其实，我要么继续朗读故事，要么去准备一顿早餐。但我宁愿不自己做出选择，让别人将选择的结果给我，尤其是在清晨。

我一直坐在她身旁的小椅子上，直到太阳一下子就漫过了窗台，在地上投下一道栅栏似的影子，那是栏杆的缘故。后来，我想到一个梦，于是我又给她讲起我的梦来。

“我们穿越艰难的海洋，来到一块漂浮着的陆地上，可仍旧像是坐船一样，陆地上修筑着像船舱那样的门对着门的小房子。如果以为在梦里就看不见太阳，那是错误的判断，因为我看到太阳像一个爬山的老婆婆那样，缓慢地越过山巅，终于来到了屋檐下，但我却拿不准它到底是从东边，还是从西边升起来的。”

19

天黑之后，气温突然降低了。我将厨房收拾停当后才回到客厅，太阳已经落下去了好大一会儿，可西面的天空上仍是有忽明忽暗的天光，我回过头看她，她如此地微笑着，像是一个拥有着自身所有的时间和完整的人。我将一杯放了些许菊花的清水放在她手中，她低下头去看那沉沉浮浮的花瓣，她自是比别人更敏感些。然后她又告诉我："我的眼都花了，是衰老和久坐的缘故吗？"

"那需要我扶你站起来活动活动吗？"我问她，可她摇了摇头。

窗外的那些樱花树已经完全地凋谢了，绿色的树叶也比前些天更长大了一些，尚未被风卷走的花瓣还安静地躺在树脚。这使我们更深地体会到时间流逝的迅速，好在看着她一天比一天地康复起来，我也被一种愉悦的心绪所感染，好像我也终于能够控制住悲伤的情绪，而完全地沉浸在当下的愉快中了。

"你看那些草地，好像干旱更加严重了。"她又突然地叹息道，就像她是一个拥有着数百亩绵延田地的庄稼人那样，久而不降的雨是如此使人忧心。这反反复复地交替出现的悲伤与快乐，使她孤独地衰老着。我看着她的样子，心中充满了莫名的难过，悄声问自己："我们是相同的人吗？孤独造就了我们，又让我们来泣饮孤独。"我再转身看向她的时候，她又恢复了老样子，像一尊安静的雕像似的半靠在轮椅上，虽然她曾半带玩笑半带训诫地告诉我，不要让时间冷硬了我们的心肠，可此刻，我多想做一个那样的人啊。

20

"柯西莫就这样逝去了，没有让我们看见他的遗体返回地面，家族的墓地上竖起一块纪念他的墓碑，上面写着：柯西莫·皮奥瓦斯科·迪·隆多——生活在树上——始终热爱大地——升入天空。"当我读到这里的时候，天已经黑定了，这是书的最后一页，我为自己终于完成这个任务而感到轻松，想到今后将再不可能在这样一个飘着雾雪的黄昏，为她朗读一本我并不懂得的书，我就感到了无限的自由。

之后，我将书页轻轻地合上，告诉她这个故事已经结束了。她看起来那样淡漠，正遥望着窗外遥不可及的远处，可不一会儿她的眼里突然就噙满了泪水，像是刹那间就从眼里升腾起雾气一样。我差点也哭了起来。可我并不是为柯西莫的逝去哭泣，而是从她的眼泪中感到了一种认同的心情，那当中也包含了同情、惋惜和赞赏的心绪。

望月，这是望月之夜，但雪还在下着，一直下着……

于是，我只好告诉她，在一个美丽的高原上，大地有很多种颜色，它会根据生长在它之上的植物而呈现出不同的色块。在很多年、很多年前的一天，我从地上拾起来的麦穗中剥出了一颗麦粒，小鸟儿在我周围叽叽啾啾地欢叫着，一种快速扇动着双翅的蝴蝶像鸟儿一样飞翔，一种白色的马刺生长在地埂上，那些匍匐在大地上的繁花像紫色的星星一样地盛开着，一种披着一层轻纱的果实像一个个小小的灯笼，粗粝的石块铺成了向天边延伸的小道。在那高原上，到处都弥漫着大自然的气息，那是青草、谷物、鲜花、露水在阳光下生长的味道。清晨，万千的鸟鸣将人和羊群从沉睡中唤醒，广袤的大地是如此令人心安。迈着阔步的公鸡走到了矮树林中去觅食，牧羊人也揉着惺忪的睡眼赶着羊群走向云雾深处，天气晴朗的中午，他们会斜躺在草地上看云朵翻腾。日出而作、日落而息的生活方式，到处充满着对自然的崇敬。

可她还是一言不发，只默默地听我倾吐着，一个用回忆呈现的遥远而又模糊的高原。

作者简介：

刘雪韬　笔名秋叶子，云南省昭通市昭阳区人，昭通市作家协会会员，作品散见于《昭通文学》《昭通创作》《昭通日报》《中国文学》等。

单桅船

子　尘

1

避风坞，一块块礁石，一丛丛礁林，一处处礁滩，都有名。名大多是老鱼头给取的，蘑菇似呈放射线的礁滩，他叫它海星、乌贼或章鱼；高高耸起的礁石，他叫它海马、海参或海胆；屋脊般卧着的，花样多了，他叫它海猪、海豹、海象……像啥叫啥。他常常点着指头挨个喊，亲热得似跟家族宗亲打招呼。

这时辰，朝海滩一波一波涌来的潮水，渐渐平息了，但天际那边，波涛依旧在汹涌，如一匹匹海狼，伸出一条条长舌，争先恐后舔着黑暗的天空。天空由黛黑色褪去深紫，变浅蓝，过一会儿，日头会像一顶大红帽，从海面一弹一跳升起。

老鱼头坐着的礁石，他叫它鲸鱼，如大纺锤，涨潮时，只露出漆黑乌亮的背，尾儿一半陷入泥滩，另一半高高翘起，鱼头看不见，潜到海水里。他坐姿如老和尚打禅，这功夫，老鱼头不是修行出来的，船上生活几十年，早就走出罗圈腿，坐在哪儿不想盘腿都不行。

天放亮，老鱼头孤单的轮廓从堆塑般礁石群中剥离出来。他左手捏着海柳大烟斗，往唇边送，吸两口，又搁身边。

他钓鱼很娴熟，不看浮漂，仅凭手感就知道是否有鱼儿来咬钩。时不时，他右手紧握的鱼竿，迅速地挑起，一尾尾肥肥艳艳的红眼鱼、叶子鱼、金线鱼、老虎鱼……被鱼钩穿唇，悬在鱼线上，摇摇晃晃落到他跟前。他把鱼儿取下钩，丢到鱼篓里，再从罐头盒捡出一条海蚯蚓，挂好后，“唰”一声，鱼竿划出优美的弧线，鱼钩又一次悄无声息没入海水中。

避风坞，两旁小山脉“S”形相对列，再大的台风，蹿到避风坞，都要狠狠打个大折扣。几百年前，这里是大明王朝水师的营盘，郑成功收复台湾后，营盘变成渔民避风坞。久而久之，他们在岸上晒鱼、补渔网，也有人在废墟和潮水涨不到的地方，搭起遮风避雨棚。到清末，形成杂乱无章的大棚区，散漫着浓浓鱼腥味，外人捂着鼻子来，捂着鼻子走。

这些原住民却习惯了，船从这里出发，又在这里靠岸。若说大海是他们人生的全部、是不可舍弃的疆土，大棚区就是他们无法放下的心结，有老人、孩子，还有牵肠挂肚的女人。

随着渔船越造越大，政府在其他地方选址造出新海港，避风坞年复一年海泥淤积没人清理，水域愈变愈窄，只能停泊几十条不大不小的船只。

老鱼头身后，原是一片烂滩涂，他不知道政府怎么想，非要花那么大人力和物力，从外地拉来一车一车沙，把它变成了沙滩。

拆迁大棚区，政府明摆着吃亏，几十户渔民不仅要补偿，还要盖楼房安置。老鱼头虽然想不通但理解。接下来，政府又出台新政策，给六十岁以上老人补办了低保，青年人由街道介绍到工厂单位去上班，避风坞船只由政府统一收购了。船主们都乐呵呵点了头。这些年，鱼越捕越少，他们船小，没几个敢冒险到更远的洋面乘风破浪讨生活。老鱼头这回变成钉子户，始终不签字，像枚浑身带刺的海胆，谁也碰不得。

如今，避风坞水面上，只剩下老鱼头身旁那艘单桅船，拴在鲸鱼礁石的石桩上。

“老鱼头，傍晚我提酒来。”说话的老者，高挑个，显清瘦，戴副金丝边框近视镜，满头银发，文绉绉的。他左边腋下挟着画板，伸出细长的右手，翻翻鱼篓。他住附近大学城，是教授，退休了，跟老鱼头一样，几乎每天也出现在避风坞，找处礁石坐下后，画他的海，画他的天空，画他的朝霞，画他的太阳。他俩认识几十年，谁也不问对方叫啥喊啥来，你叫我“老鱼头”，我喊你“老眼镜”。

“渔家炊烟不见了，滩上也不见有人挖文蛤，撬海蛎，还真不习惯。”教授见老鱼头不接茬，不以为意，他知道，自从政府把避风坞改造成海边观景台，拆除大棚区，收购了渔船，老鱼头心事重，越来越孤僻。其实教授看着眼前的新世界，那些熟悉几十年的物件，一样一样地消失，心里也有失落感：“唉，好几天不见霞姑了。”

老鱼头听到教授后面一句话，手一抖，鱼竿差点落下来，仰起头，眼睛瞪圆，满脸醋意，不客气道：“见不见她跟你啥相关？”

教授话出口，情不自禁掩住嘴，知道犯了老鱼头忌，分辩道：“我说她，跟你想她，不是一回事。”

2

老鱼头爬上单桅船，他钓鱼不喜欢有人打岔岔。他常说，钓鱼的饵不是鱼钩上挂着的海蚯蚓，而是一颗沉淀到海水里平静的心。只要有人在旁边唠叨，他准收竿，回到单桅船，躺在甲板上，懒洋洋摊开身体，对天写“大”字，好好睡个回笼觉。

老鱼头赤裸着上身，双手枕在后脑壳，快七十岁的老人，古铜色的胸肌，如涂上老茶油般油亮。额上皱纹刀刻似的，绷得紧紧的，一点不松弛。秃顶下额头上，浓眉似两把铁刷，一双不大不小的眼睛，大海般深沉。只是脸上略显疲倦，神情很颓然，眉宇间堆着浓浓的心事，这些日子回笼觉，他没一天睡踏实。

老鱼头怎么也合不上眼。原来拥挤的避风坞，只剩下孤孤单单一条船，像仰望的天空一般空旷，显得特别寂寞，特别失落。他干脆爬起来，抄起抹布来，跪在甲板上，以膝代步，他仿佛想要唤醒什么，又像捡拾散落满船的记忆。就这样，他在单桅船上转来转去，抚摸一遍又一遍，如一块抹布，透出手心的温度，熨烫了船上边边和角角。

船陪伴老鱼头几十个年头，甲板两旁的舷沿，在长年海风、海水侵蚀下，剩下坚硬的木骨，如两旁山腰上崎岖不平的山径，坑坑洼洼的，留下岁月的印迹。

这条单桅船是几十年前海岛守备部队首长送他的。那年，首长刚从其他省份调到了海岛，第一件事就是忙着找到老鱼头。首长见了老鱼头，激动地把他搂在怀里，还试图举起他身体，没如愿，只好松手，舒展双臂比画着，无限感叹道："岁月不饶人，当初抱你从海上游回来，你就这么一截长。"

老鱼头猜出首长跟自己父母肯定有渊源，听上代人说，刚解放，他家分到一条小舢板，金门战役时，老鱼头父母是大棚区民兵，为报答共产党恩泽，坚决要求去支前。那时，老鱼头出生才几个月，夫妻俩舍不得把孩子丢在家，背在襁褓上，一趟一趟送大军渡过小海峡。最后一次离开避风坞，再也没有回来。

过了好长时间，老鱼头神奇地被部队送回大棚区，交到公家的手上，只说他是烈士的遗孤，也没交代个所以然。

首长告诉他："渡海作战，我们连队指挥员上了你家船。小舢板划到半途中，对方弹片划伤我的腿。眼瞅炮火越来越密集，你父亲霸道地叫战士把我捆绑在跳板上，又让你母亲解下襁褓，紧紧缠在我怀里，送到大海里。"

没多久有人把这条单桅船交到他手中，留下首长一句话——这是部队退役的供给船，一定要收下。首长说，战争，我们欠人民太多了。

拥有一条船，那是大棚区每个人的愿望。老鱼头对父母虽然没有丝毫的印象，但在船上，他还是感觉到父母的温暖。每当摊开身体躺在甲板上，肆意活动着手脚，就有一种在母亲襁褓里撒野的感觉。

当年老鱼头觉悟还没那么高，明白不了首长那句话的道理，以为公家只是还给他家一条船，到后来渐渐悟出了，心里想，这江山还是你们打下的，若说欠，人民和国家就生分了。

海上跳出的日头，炫耀一会儿，又不见，空中灰蒙蒙的，与大海上灰蒙蒙的氤氲搅作一团，海天成一色。沙滩上，晨练和散步的人，越来越少。都立秋了，吹来的海风依旧挟着南部洋面的潮热，这不正常，大家在等待一场对流雨，出门格外注意观天象。

老鱼头看着被他擦得油光发亮的船，一尘不染，理不出什么情绪，无聊了。把抹布搭在舷边，忍不住转过身，一直在刻意逃避的目光，投向山脚下妈祖庙，一动不动，痴痴望。

妈祖庙外围土墙爬满三角梅枝蔓，花叶相间，姹紫嫣红，几棵相思树开着淡黄色小花，一簇簇，风吹下，像凤凰甩动小尾巴。门口大鼎插满香，紫烟袅袅。来上香的人家虽然不再以捕鱼为生，但对妈祖的虔诚依旧不肯改。

老鱼头凝视妈祖庙，再次说服自己，那个身影今天又不会出现了。这些日子，他心里有股不祥的预兆，但不死心，期盼着，望得眼睛都生疼。

3

一首耳熟的渔家人咸水歌，飘到船上，锉着老鱼头的心。

秀月手提一袋米，一桶菜籽油，站在船舷边，探头望，寻找老鱼头："阿伯，油和米，是国庆节居委会分给居民的福利。"

老鱼头转过身，绕过舱室，口里嘟囔道："这政府，钱多没处使，刚刚报了医社保，又送东西来。"

他嘴里说不要，还是接过秀月递过的表格和笔，歪歪扭扭写下“布海生”，把上行空格占去一大半。

老鱼头姓布，是满族人，当年康熙爷攻打台湾时，先祖被编入水师，几代人一直屯守在海边，清朝灭亡后，他们回不去，沦落为渔民。老鱼头这绰号，避风坞人叫惯了，再也改不了口。当然，不是他头像鱼头，是他性格太倔强，越是难，越像条大鱼，拼个大鱼头，也非得往前闯。

秀月笑着说：“这是政策，社区里上了六十岁的老人都有，阿伯别客气。”

秀月去年高中才毕业，本来打算跟小伙伴到外省去打工，但舍不得丢下爷爷和奶奶，大棚区拆迁后，新组建的居委会需要人，街道看她有文化，招她做了办事员。

“阿伯，还赌气。”秀月理理被海风吹乱散落在胸前的乌发，从口袋掏出一串钥匙，递给老鱼头。

老鱼头小孩似的，把手藏到后背，这串钥匙他退还公家好几回，警觉道：“我不要，我有船。”

“区长说了，船可以留避风坞。”昨天街道陪区长到居委会检查工作，居委会主任把大棚区改造的进展向区长作汇报，区长表态，这枚钉子不拔了，他前阵子注意到，好多到避风坞的人都喜欢在沙滩，拿手机、相机跟船、礁石、妈祖庙摆弄造型来合影，留下，也是一道风景线。

秀月把钥匙放在甲板上：“区长还说，若有台风，您还得上岸，要不，船不留在避风坞。”

老鱼头将信将疑，没回答，从舵室一角提起小鱼篓，让秀月接着。秀月探头看：“哇，今天又钓这么多，还有小乌贼。”

秀月叹口气，唉，奶奶生病了，卧床上，她和爷爷煮不出那种吃了还黏嘴的酱油水鱼味道来。

船留下，老鱼头算是卸下一桩心事，但另一番心事，却搁在心里越来越沉重。压得他烦躁不安，揪得他心疼。几十年，妈祖庙门口那大香炉前每天出现的身影，有好长日子不见了。

每次听到秀月哼着咸水歌来，又哼着咸水歌离去的背影，老鱼头就要怔怔发呆大半晌。

"咚咚锵，咚咚锵，咚咚锵锵，锵锵锵"，秀月走后，老鱼头趴在甲板上，耳边的海浪声，听出锣鼓敲。他仿佛看到一位年轻的女子，高挑的个儿，划着旱船，唱起渔家咸水歌，向他走来。

方圆渔村，分布着不少妈祖庙，神像都是从避风坞这座庙里开光后请去的。正月间，渔民抬着本地供奉的妈祖神像，在避风坞集结，再从避风坞出发，敲锣打鼓，划旱船，踩高跷，浩浩荡荡出巡，横扫四乡八里的妖魔鬼怪和瘟神，迎新春。

那年，他二十刚出头，乔扮八仙吕洞宾，踩高跷，围她转，火辣辣的眼睛，眨也不眨瞅她看，灼热目光烧烫她脸庞，弄起一堆红霞来。

很快，老鱼头知道她有个好听的名字，开始叫她霞姑了。

霞姑的渔村离避风坞有几十里海路，他们先祖更早些就上了岸，女人在家照顾公婆，生儿育女带娃娃，男人都有一手打石头的精湛手艺，走村串户，帮人家造房屋、刻石碑，很少有人在海上讨生活。传说他们才是这一带沿海最古老的渔民，风俗习惯和乔装打扮，跟周边渔村都有差异。

老鱼头打听到，霞姑命苦，十六岁时，说给邻村十五岁的娃做媳妇。

他们的习俗，定了亲，女孩到婆家与丈夫圆房三四天，再回娘家。若怀孕，婆家搭台子，唱大戏，摆宴席，风风光光把女孩迎过门。若没怀上，第二年，再去婆家住几天，三次没结果，婆家就不让女孩来，不需找借口。

这些女孩，命比鱼胆还要苦，要么嫁给残疾人，要么说给那些死了老婆的男人做填房。也有从此孤寡一生的，她们脸上打着羞耻的烙印，见人抬不起头。

霞姑也是这些不幸人群中的一个，前几年，几个女孩约她去投海，她去了，那几个姐妹情况跟她一样，有的比她还小。为在黄泉路上好结伴，她们把头发绞到了一起。也许命不该绝，大海把霞姑从她们中间分离出来，海水又把她冲到了海滩。

老鱼头真心喜欢她，不计较她嫁过，也不介意她会不会生娃，妈祖出巡结束那天，他大胆向她表明了心迹。

没多久，老鱼头开着他的船，领着迎亲的队伍，敲锣打鼓把霞姑迎回大棚区，成了单桅船的女主人。

4

单桅船在避风坞留下了，政府还请人刷上亮铮铮的桐漆，停在海面上，每个人看了感受都不一般，或孤独，或沧桑，或倔强。

老鱼头像做错事似的，见到公家人浑身不自在，坚持要退回政府安排给他的安居房，说：“这条船，也是共产党分给我的家。”

政府没答应，他越发不好意思，赎罪似的，天麻麻亮，拖着竹筐在沙滩来回走。避风坞烂滩涂成沙滩，海水变得澄蓝色。大棚区拆除后，鱼腥味也没了，来玩的越来越多，天南海北，什么人都有，礁岩、海水、单桅船，都会让他们拿起手机、相机、摄影机，兴奋大半天。沙滩上，免不了留下废纸、烟屁股。老鱼头有时还发动单桅船，在避风坞海面上打转转，打捞水上漂着的饮料瓶、塑料袋。

海面上酝酿近一个月的对流雨，还在酝酿中，就像跟人们捉迷藏，晴几天，又发作，待到人们才上心，它又烟消云散了。这几日，港监局和居委会已经找过老鱼头好几趟，让他搬到岸上住，告诉他，南边洋面在作怪，可能是一场百年一遇的大台风。

老鱼头不以为意，一阵风，一片云，天空一块黑，身上皮肤干燥还是黏，他都能算出老天爷这几日想干吗。大家也知道他是避风坞的“活气象”，但每次临走时还是忘不了叮咛他，别轻心，万一台风深更半夜来，涨潮了，想下船都难。

秀月满头披肩的长发，编成又黑又粗的马尾辫，盘到了头顶，扎着白棉布条，在海风吹拂下，哀哀地飘动。她跪在礁石上抽泣，冲着单桅船哽哽咽咽道：“阿伯，奶奶昨夜走了。”

秀月是给老鱼头报丧来，渔家忌讳多，戴孝人上不得船，只能跪在船边报消息。老鱼头提着的皮桶，“砰”一声，落到了甲板，双肩像被重锤打到似的，无力地垂下，腿也软了，一屁股瘫在那汪泼出的水渍上。

秀月打懂事起，就明白他们家跟老鱼头关系不一般。逢年过节奶奶总是让她给老鱼头送吃的，老鱼头每次讨小海回来，打的鱼都是半卖半送给爷爷，让他挑到集市做生意。后来，秀月也知道奶奶曾是老鱼头的女人，有一次，问爷爷：“有人说我长相像老鱼头，是他孙女。”

爷爷淡淡告诉她：“老鱼头是孤儿，没一岁，渔社就把他送到家里来寄养。爷爷比他大几天，吃的都是太奶奶的奶水，像他不奇怪。”

秀月从口袋摸出荷包袋，上面绣棵三角梅，曲曲折折的枝干，点缀着茂密拥挤的叶子。她小心把荷包袋摆在舷沿上，很伤感：“阿伯，这是奶奶给您打的烟袋，花没绣好人走了。”

老鱼头颤颤巍巍爬到舷沿前，双手捧起荷包袋，捂住脸，眼泪从指缝渗出来，滴到甲板上，他耸动双肩，哭没哭出声。

秀月见到老鱼头这般，好难受，又想起爷爷在家悲恸欲绝的模样，说：“阿伯，我先回，爷爷一个人在家呢。”

半晌，老鱼头才松开捂紧脸的双手，爬回船舱边，倚着舱板坐起来，刹那间，苍老了许多。老鱼头抚摸烟袋好一阵，目光投向山脚下的妈祖庙，老泪纵横道：“霞姑，当初把你迎到大棚区，我们在妈祖前面许过愿，不求一起来，但求一起走。你说话不算数呀。”

老鱼头想起几十年前一个夜，霞姑一张滚烫的脸贴在他胸口，告诉他，这个月，月事还没来，老想吃酸，可能怀上他骨肉，老鱼头听了，兴奋得一宿都没睡。三更天，他悄悄下了床，轻轻地把霞姑贪凉、白藕似的手臂塞到被子里捂住，下了船，去换岗。老鱼头是大棚区民兵，晚上要轮流到避风坞外海边蹲哨，对面小屿，就是敌占区。

那年头，沿海展开大练兵、大比武，部队常常潜入敌占区，抓舌头、捕俘虏。敌军不甘心士兵一个个失踪，组织反潜伏小组。老鱼头值勤那天，敌方摸我军暗哨不成，眼见快天亮，撤退时，看到抱着枪打盹的老鱼头，顺手当作战利品带走了。

三年后，老鱼头套上废弃轮胎，从敌占区军事工地山崖跳下海，游回来。回到避风坞，单桅船空空荡荡在海面上摇晃，霞姑成了别人的媳妇。

老鱼头失踪后，霞姑每天早上都要去妈祖庙前上香，他回来，上香更是虔诚了。只要不出海，老鱼头也是悄悄趴在甲板上，丢魂失魄盯着妈祖庙。他知道，霞姑这炷香是为了谁。

5

清晨，潮水弄碎洒满大海的朝霞，单桅船漂荡在波光水影中。

老鱼头察觉到身边多了一份与大海不一样的呼吸，扭头看，秀月已经上了单桅船，两只眼睛红红的。秀月端望老鱼头良久，一头扎到老鱼头怀里，哭诉道："爷爷，您怎么不早说，奶奶不能跟您在一起，我可以呀，我会伺候您老一辈子。"

秀月命苦，小时候，父亲在一次台风中，永远消失在大海里，母亲也改了嫁。她从小跟奶奶和家里的爷爷长大，知道什么叫孤独。

昨夜，爷爷拉着她的手，说："我活不了多久了，我也想走，怕走晚了，赶不上你奶奶。有件大事该告诉你，老鱼头才是你亲爷爷，你一定要孝顺，为他养老送终。"

老鱼头眼泪不争气地落在秀月身上，什么也说不出。

“爷爷的药还没吃，我要回去了。”良久，秀月从老鱼头怀里站起，她心里想，奶奶不在了，这世间，两位老人都是她亲人。“爷爷，明早秀月来接您，天气预报说，台风就这明后几天登陆。”

到晌午，那云朵，在天空没规没则地撕扯，避风坞浪也掀高了。

教授手提几盒凉拌菜，还有两瓶老杜康，腋下挟着画，晃晃悠悠爬上船。他不客气，像到自家似的，从船舱找出茶瓯来，摆在甲板上。

教授经常上船找老鱼头喝酒，他跟他，既没生死之交，也算不上知音。人一老，开始学会自己跟自己说话，不再介意旁人听不听。

教授是西北人，从小住窑洞，在黄土山坡上爬滚大。大学时，被文人笔下的海弄得神魂颠倒。毕业后，坚决要求到这里来工作。那时的海岛，只是海边普通小城镇，从围海造田，到修筑海堤与大陆连一体，他成了特区历史见证人。他给老鱼头茶瓯斟上满满一杯酒：“那时，哪需要人造沙滩，四周都是银圈似的带子，贝壳琳琅满目，一片斑斓，只要登高望，到处是风景。”

每当回头望眼前这座高楼林立的现代化城市，教授就有说不出的感叹。

听教授说以前，老鱼头茶瓯举到半空中停下，目光朝妈祖庙投去，喃喃道：“是我教会霞姑捡蚬壳，铲海蛎，挖沙虫。”

那时候，避风坞海滩上，常听到她风铃碰撞般清脆的笑声。

教授把画卷展开，老鱼头又看到霞姑了。

“画不是被我毁了吗？”老鱼头瞄一眼油画，有些激动。

教授教油画，大学停课闹革命那阵子，他被下放到渔社，老鱼头迎娶霞姑时，他也挤上船凑了数。老鱼头还记得，当霞姑上船来，他那双躲在镜片下的眼睛都瞧直了，专拣霞姑身上不该瞅的地方瞅。回来后，教授有事没事就跑到单桅船上找老鱼头献殷勤，只要霞姑在，目光贼似的，往她身上瞟着看。没多久，有人告诉老鱼头，教授躲在渔社他睡的仓库里偷偷画霞姑。老鱼头曾听渔社干部讲，教授犯的就是乱搞男女关系罪，才到渔社接受监督再教育。

有一天，教授拿着画布上船来，展开给老鱼头跟霞姑看，问他们像不像。画布上，那起伏的波浪，被他染成淡淡的金黄色，似微微在泛动，也不知是朝霞还是晚霞。单桅船，鲸鱼礁，两旁蛇一般走着的小山，却是浅紫色，无论从哪处看，若隐若现的。只有礁石上站着的女人，那么明显，那样突出，她头戴一顶小竹笠，垂帘似面纱下，分明是霞姑一张鹅蛋式姣好的面庞。她身穿一套淡翠色高腰裳，黑色裤头扎在胯骨上，把胸部和下身部位裹得浑圆的。衣裳和裤头间露出一截雪白的肚皮，玲珑剔透的肚脐眼，如同山间一朵浅放的小白菊。难怪霞姑一看就红脸，躲到船舱不出来。

教授喋喋不休说："这是印象派写实手法，用的是冷色调。"

老鱼头一看就来气，画的什么呀，这流氓。他夺过教授的画布，撕成布条条，若不是霞姑冲出来拦住他，真想把教授随着画布扔到大海去。教授惊慌失措下船后，霞姑第一次责备他，净说教授的好话，闹得老鱼头老了还吃醋。

"这是后来画的，还是原来那幅好。"教授酒量浅，沾酒他就醉，想起被老鱼头毁去的画心就疼，"她是你老婆，哪敢往邪处想。谁不喜欢美，何况我是画画的。"

老鱼头说："霞姑也喜欢这张画。"

"真的？还是霞姑懂艺术。"教授有些激动，举起茶瓯，对着油画抿一口，脸上抽搐了几下，接下道，"我也有女人，她不叫霞姑，叫海妹。"

几十年人生，谁没秘密，一碰也许就是一生的感叹或疼痛，老鱼头很少听教授讲自己。

教授将故事说给老鱼头听，他的初恋情人叫海妹。海妹父母亲都是国民党军官，新中国成立前夕随军撤离了大陆。海妹在美国读书毕业后，回到大陆，在教授这所大学教外语。后来她遭受冲击，每天挂着十几斤重牌子，站在学校礼堂上挨批斗。再后来失踪了，有人说她畏罪自杀，也有人说她下海去了对面。

老鱼头第一次心平气和安抚教授：“等两岸统一了，我开单桅船，带你去寻她。”

6

“老鱼头，你好狠，霞姑在家等你整整七天了。”天越发黑得早了，城市灯火亮起一片来，天空滚动一团橘红色，避风坞变模糊，海风在“呼啦啦”地扯。

“海旺哥，我……”听到气喘吁吁的喊声，老鱼头从甲板爬起来，走到船舷边，伸出手，扶他从舷梯爬上来，不知如何回应他。

海旺先天有脚疾，走路一边高，一边低，从小挑副鱼筐，走街串巷地吆喝。老鱼头跟他在一张床上爬滚大，后来有了单桅船，这对异姓兄弟才分家。

老鱼头失踪后，海旺把霞姑接回家，默默承担起照顾霞姑的义务。老鱼头从敌占区逃回来，海旺曾让霞姑回他身边，霞姑没犹豫，坚定说：“别逼我，这是命。”

海旺几番找老鱼头想说明原委，老鱼头都避开。他不听也明白，若不是海旺收留霞姑，那三年，霞姑怀着孩子、带着孩子，怎么熬得过。

“七天超度做完了，早晚诵佛一天没落下，没有委屈她。霞姑走时说，她想母亲，当初是你把她接来的，还要麻烦你把她送回去，按家乡习俗海葬了。”海旺坐在甲板舒缓一口气，指着摆在身前的鱼筐道。筐里装着骨灰盒，还有鞭炮、香烛和祭品。以前海葬不复杂，人死了，把人绑在一块木板上，退潮时，放到海里，让潮水送他们想要去的地方。后来政府不允许，火化后为超度亡灵，做满七佛事，必须把骨灰撒到大海中，否则魂魄无归处。

“老鱼头，当初我们陪你把她迎到避风坞，现在也陪你一起把她送回去。”教授在旁边沉默半晌开了口，取出骨灰盒，拿油画，把它裹得规规矩矩的，顺手抄起酒瓶来，仰起头，剩下的酒一口气灌到肚子里，又醉了。

老鱼头看看天，听听风，摸摸脸，若往常，别说他不出海，还会让别人在这样天气好好猫在避风坞。

“霞姑，我送你回去。”老鱼头喃喃道。跪下来，俯身冲着骨灰盒拜了拜，站起来，仿佛年轻了几十岁，跳上鲸鱼礁，解开缆绳。上船后，扬起船帆，点燃汽灯挂在桅杆上。发动机响了，老鱼头喜欢马达声，一听就让人来精神。

单桅船驶出避风坞葫芦口，钻到黑沉沉的大海中。海风越刮越起劲，下起暴雨来，老鱼头明白，台风在不远处形成了，明日傍晚准登陆。

豆粒大的雨点，抽打在教授的脸上，眼镜一片模糊，他真醉了，兴奋地喊：“老鱼头，开快点，太阳升起了，海妹也在前方等我呢。”

船在黑暗海面上打转转，望着吹落的汽灯，洒在桅杆上的汽油，火苗往上蹿，点燃了船帆。老鱼头暗叫不妙，这匹发动机马力不够大，船在风浪里行驶，还得借助帆的力。

“霞姑，我们很快就见面。”海旺把骨灰盒紧紧搂怀里，喃喃道，“带我走，秀月明天还要接老鱼头回家。”

老鱼头狠狠瞪海旺一眼，船舱备有一张帆，他要把它升起来。老鱼头一手拽过兴奋得手舞足蹈的教授：“别发癫，抱紧舵，刚才也应允了你，还要陪你到那边找海妹。现在，送霞姑回家。”

作者简介：

子　尘　男，现居住福建省厦门市，从小爱好文学，闲时也学习写些小说。

乌鸦伊塔洛

春　申

诗人给乌鸦伊塔洛起了无数个名字：旅行乌鸦、夜幕使者、逐月之鸟……但伊塔洛想的，不过是把月亮衔回自己的鸟窝。

1

乌鸦当然不是候鸟，它们不会随季节改变跨越纬度向远方迁徙，它们是留鸟，用汽车轱辘碾碎坚果，顶多再贪恋一点发光的金属纽扣。伊塔洛原本也是这样，直到伊塔洛决定将那颗夜幕上的亮扣子，放回他的巢穴，他开始了昼伏夜出的远行。

老猎人曾经见过伊塔洛，夜幕降临时，猎人坐在树桩上，低垂着脑袋，一边叹气一边吸烟。

“伊塔洛，我今天什么也没有打到。我的孩子在屋里等着我，就在山的那边，冬天就快要到了，我感觉肩膀已经生出积雪了，可我今天什么也没有打到。”老猎人对伊塔洛倾诉道。

伊塔洛正站在老猎人肩膀上整理羽毛，他准备在夜幕来临时继续他的旅途。

“伊塔洛，我老得太快了，我如今跟不上一只鹿的步伐，我追不上，也瞄不准，我的手哆嗦，我的呼吸不畅，我的力量萎缩，可我的孩子还不够强壮，伊塔洛，我老得太快了。”老猎人继续喃喃道。

伊塔洛正舒展他的翅膀，一双漆黑漂亮的翅膀。

“伊塔洛，我多怀念年轻的时候，我步履轻盈，一天能翻过好几个山头，我打倒饿狼，吓退黑熊，我就像山林的国王一样。伊塔洛，我现在连一只兔子都抓不住，可我的孩子，他还不够强壮。”

“我见过你的孩子。”伊塔洛说，“我见过你的孩子，他棱角像大理石一般硬朗，目光如炬，臂膀结实得像天神。我看见他劈柴，看见他打水，看见他用长矛刺穿豺狼的心脏。”

伊塔洛展开双翼，飞了起来。夜幕已经降临了，旅者启程的时刻到了。伊塔洛在夜色里继续向着月亮奔袭，猎人依旧呆呆地坐在原地。

“不不，伊塔洛，你没见过我的孩子，他并不像你所说的那样，你没见过他，他的手掌才刚刚能握紧我的小指呢。伊塔洛，可我老得太快了。”

2

凌晨，一个孩子在海边张开双臂，对着天空呼唤。

“这里，伊塔洛，这里！现在是早晨，你快下来到我身边歇息吧。”

伊塔洛照办了，现在月亮已经隐去，他没有追逐的目标。伊塔洛落在孩子的肩头。

“我认识你，伊塔洛，没有人不认识你。”孩子说，“你是最神秘的乌鸦，从来没有乌鸦飞这么远，从来没有乌鸦留下这么多故事。诗人为你诵读的篇章已经传阅到这里，牧师说你正回到上帝的肩上。但现在，我很幸运代替他借给你肩膀。”

伊塔洛没有纠正小孩的话，他认为这并不重要，世人对他的赞赏比不上一阵顺风来得畅快，对他的诋毁也不会比一场夜雨伤害得更深。伊塔洛不在乎这些，他只在乎早一点飞到月亮旁，再把她衔回去。

“伊塔洛，我在等我的父亲。他前天出海捕鱼去了，他是这海边最好的渔夫。他带回来的金枪鱼比树还要高大，我就坐在这里等他，因为我昨天晚上做梦了，我梦见他今天回来，带着满满一舱彩色的鲱鱼。每到我父亲出海，我都会做这样的梦，所以我每天都在这儿等。”孩子在沙滩上，向伊塔洛比画金枪鱼的模样。

“伊塔洛，我在期待我十二岁的生日。父亲答应在我十二岁后，就带我一起出海，我要成为一名优秀的渔夫。伊塔洛，你现在就叫我小渔夫吧，反正我迟早也会像我父亲一样征服海洋，不，我要捕到比我父亲捕到的大鱼加起来还要大的鱼。你能告诉我那是什么鱼吗？”小渔夫兴奋地在沙里画一条大鱼模样。

“我不知道，小渔夫。我飞过很多森林、山丘，也见过无数溪河、湖泊。可我从来没见过这么大的湖，也没见过你说的那样大的鱼。”

“不对，伊塔洛，这不是湖，这是海，那样大的鱼也一定有的，海里什么都有，只是我没有见过，你也没有，但我会第一个捕到它。或许我的父亲会捕到它，但我总会捕到更大的。”

小渔夫孜孜不倦地向伊塔洛讲述海边的故事和他想象中的海上传奇。

渐渐地，日薄西山，天空又披上了他暮色的外套。

“小渔夫，我得走了，很遗憾你没能等到你的父亲。”伊塔洛今天过得很愉快，却不住地为他的小朋友感到难过。

“不，伊塔洛，我并不是没有等到我的父亲，我只是还在等他。我明天早上会继续来这里，好吧再见了，我会把你的故事讲给别人听的。”

伊塔洛飞向夜幕下的海面，身后小渔夫正在呼唤。

“你要是找月亮的话，就去海的尽头吧，她天天都从那里落下！”小渔夫在海边向他挥手告别。

3

伊塔洛总算见到了小渔夫想象中的巨鱼。伊塔洛整个身子，就算是张开双翼，却连这巨鱼的一只眼睛都比不上。

伊塔洛正趴在这巨鱼背上歇息，以前他在夜晚是从不休息的，但今夜伊塔洛实在太累了。他还不习惯海风，而他飞得也太久了，以至于双翼早不如从前那样漂亮。

“你好，小小的漆黑的先知。”巨鱼说。

“我是伊塔洛，乌鸦伊塔洛，我不知道你说的先知是什么。”伊塔洛贴在巨鱼背上，巨鱼的皮肤滑滑的，很清凉。

“你就是先知，这是鲸鱼独有的智慧。我见过所有的海鸟，没有一个像你这样漆黑如墨，没有一个鸟喙如此尖锐，没有一个像你一样声音嘶哑，也没有一个像你这样笔直向前，从不盘旋。亲爱的先知，你和所有海鸟都不一样，你是新的知识。”鲸鱼自说自话。

鲸鱼的话伊塔洛听不明白，伊塔洛张开嘴打了个小小的哈欠，在鲸鱼面前，伊塔洛的一切都是小小的。

“我也并不是天生这样的，亲爱的先知，我从前只是小小的一只，可随着时间慢慢流逝，我从岁月里汲取阅历，阅历转化成知识，知识引发了思考，思考又不断带来疑惑，疑惑使我永不能停止思考。慢慢地，越来越多的疑惑填满我的身体，无数的、复杂的、巨大的疑惑。亲爱的先知，思考是鲸的天性，是给予每一条鲸的枷锁、诅咒、礼物，就像先知你会追逐月亮一样，每条鲸也都会一直思考哥德巴赫猜想，这是一条看不见尽头的路。亲爱的先知，月亮多美啊，就像真理一样，但是得到疑惑比得到知识容易太多了，当你得到一粒细沙大的知识时，你也必须接受一座海岛一样大的疑惑。”

伊塔洛太困了，伊塔洛迷迷糊糊地搭腔，谁也不能听清楚他说的是什么，或许只是几句梦呓。

但鲸鱼没在乎，鲸鱼沉闷太久了，这些日子里攒着的话一股脑倾吐了出来：“亲爱的先知，漆黑的小小的先知，遇见你使我得到了新的知识，我是多么的幸运啊，我距离真理又近了一步，可我又是多么不幸，你有太多秘密让我不得其解，使我又多了多少困惑！我这条不幸的鲸，或许最终会被巨大的身躯压垮，掉进冰冷的海床上，那里比您的羽毛更黑，比夜晚更寒冷，就在那样的地方，我将得到思考的解脱。又或许有一天，我会幸运地抵达思考的终点，我将得到全部智慧，我的身躯将比沙丁鱼还小，我的智慧却比现在更巨大，我将多么快活！可我见过多少越来越大的鱼，却还没看见谁越来越小。请您听我说，亲爱的先知……”

伊塔洛确实是睡着了，月亮就挂在他头顶。伊塔洛发出细细的鼻息，静谧的海上浮着一条喋喋不休的鲸鱼。

伊塔洛醒来已经是第二天的夜晚了，不过伊塔洛还没发现这点。伊塔洛只觉得身体多么轻盈，羽毛也变得容光焕发，好像自己睡了一整天一样。

“……就是这样，咒术也同样遵循量子定则，会引发多个咒术纠缠……”鲸鱼滔滔不绝说着伊塔洛不明白的话。

半晌，鲸鱼兴奋地感谢伊塔洛：“我多久没有这样尽兴聊过理学、文学、哲学、天文、神秘学……我太尽兴了，亲爱的先知！可惜夜晚又来临了，我不能自私地留您太久，您还有自己的天性需要追逐呢，我多么舍不得您这个好朋友。亲爱的先知，请允许我这个卑微的真诚的朋友为您分担一丝忧虑，尽上一份绵薄之力吧。亲爱的先知，请您向前一点点，站到我的气孔上来吧，这样我才能帮助到您。”

伊塔洛照办了，一股巨大的水流把他抛到天上，伊塔洛飞到了比云还高的地方。伊塔洛从来没到过这么高的地方，从这里看，月亮好像只有一步之遥。

“亲爱的先知，下次见面，我一定小得像只磷虾一样！”遥远的海面传来鲸鱼的呼唤，从这里望下去，鲸鱼已经小得快看不见了。

伊塔洛展开翅膀，在夜晚的乌云之上，向着月亮而去。

4

在云中穿行的日子非常畅快，这是个安静的世界，云朵很沉默，也很柔软。太阳升起后，伊塔洛就躺在云里面休息，这张温柔的床就是一个舒适的鸟巢，洗涤伊塔洛整夜的疲惫，而夜里寒雨也够不到这里。伊塔洛还是和从前一样，每天夜里都朝着月色奔袭。

伊塔洛有时候也会望一望下面，他已经飞到这样高的地方了，却还是看不见海的边界，小渔夫所说的尽头在哪里呢？伊塔洛没有思考这个问题，他只是自顾自地追逐。

可在一个夜晚，乌云又悄悄酝酿他的阴谋，雷电在他的体内滚动。可怜的小鸟伊塔洛显然没有注意到这一点，他穿过一朵又一朵乌云，眼里只盯着近在咫尺的月亮的倒影。风传来了危险的讯息，一场雷暴，一场雷暴正抬起他的脚步，像一个巨人，要震慑天地。你知道诗人怎么形容爱情吗，他们会说爱情迅猛得像一道闪电，但他们从不去形容闪电，没有什么追得过闪电的步伐，就算一切的汹涌的情感加起来都追不上闪电的尾巴。

这道闪电盯上了伊塔洛，劈中了伊塔洛，就在一瞬之间。天空上，伊塔洛的翅膀蜷缩起来，羽毛四处飘散，可怜的伊塔洛就这样向下坠落，月亮离他越来越远。

伊塔洛掉进海洋，月亮也在海面沉没。

5

“欢迎你，伊塔洛，我的朋友。你终于来了，你出发那一天，我的视线就和你一起旅行。你飞过的每一座俊朗的山峰，都留着我的目光；你经历一切险情时，我都在为你祈祷；你遇见的所有生灵，我都仿佛和他们交心，我把这些都写在纸上了。现在，我的朋友，你终于到了我的身边，请你就在我的手心舒缓旅途的疲惫，洗涤路上的风尘吧。”一个戴着礼帽的男人手捧着伊塔洛，坐在一个台阶上，这四周像是黑夜，每一处却都散发着温柔的光亮。

伊塔洛轻轻地抬起头，伊塔洛依稀记得自己从天空掉到了海里。他到处张望，寻找她的方向，月亮，这里能看见月亮吗？

“请你再休息一会儿吧，伊塔洛，我会为你介绍这里的。这里是大海的背面，也是日出月隐时，每轮月亮最终归宿之处。让我想想，我该怎么形容这样一个地方呢？就让我借用其他概念，把这里称为月亮冢吧。欢迎你，伊塔洛，欢迎来到月亮冢，我是这里孤独的守墓人。这里沉睡着从生命还未诞生之前到今天的所有月亮，她们温柔一个夜晚，然后在这里得到永恒的歇息。至于我，我守护她们的每一轮，为她们驱散噩梦，掐死虱子，也做好每轮月亮所属的独一无二的坟……啊不，歇息之所。我就是她们谦卑、荣幸的仆人。”男人站起身来，用单手怀抱伊塔洛，脱下礼帽行了个礼。

“你很累了吧，伊塔洛，我知道你一直在等待歇息的时刻。”男人指向一个枝头，一个鸟巢挂在那里，而一轮圆月正在里面发着微弱的光。

“伊塔洛，这是你的名字，也是她的名字。她叫伊塔洛，月亮伊塔洛，请你瞧瞧她的光芒，她是否就是你旅途开始时所着迷的月亮？这段旅途里，你一直愿望把她衔回自己的窝里，现在，你知道吗，她一直就在窝里等着你。她在大海尽头落下后一直不肯真正地歇息，因为她也看见你了，看见一只鸟儿还在追逐她，只有你来了，她才能真正地安睡。伊塔洛，快去吧，伊塔洛，快回到你的枝头去吧。”

乌鸦伊塔洛用尽最后的力量，最后一次飞了起来，飞向了近在咫尺的枝头。鸟巢中，乌鸦伊塔洛在这一边，月亮伊塔洛在那一边。乌鸦伊塔洛闭上了双眼，陷入了解脱后无尽的舒服的疲惫中，就像沉没在一池湿答答的软泥里，身体的每一处都在舒缓疲劳。

就这样，伊塔洛进入了最深最深的梦里。而男人起身戴好了他的礼帽，起身为下一个月亮雕刻姓名。

作者简介：

春　申　1999年生人，喜欢文学，因为既能消磨时间，又看起来没有不务正业。写过一些诗歌，发布在QQ空间和新浪微博。

斑光

阮文女

1

苏桥越来越确信，是 Hana 杀了丽莎。

在灯下，她一点一点地做着一只铂金手镯的雪花密镶工作。比手指更忙乱的是心思。

一个红色的物体，忽然如失重般向下滑落，沉闷而迅速的“砰”的一声。轮椅滑道上的红色物体……

工作室的门忽然被推开，声响惊得苏桥猛打一颤，尖尖的镊子扎到手指。Hana 进来，开保险柜拿了东西，“当当”的高跟鞋敲击地面的声音又伴随她远去。

她没有看苏桥一眼，苏桥也是。但她一直看着她。

盯着自己手上扎的白印，苏桥感觉自己的胃往肚子下面沉。她不敢相信自己如今所相信的事实：Hana 是个凶手，谋杀了这家珠宝设计工作室老板的凶手。

Hana 的大名，苏桥在大学学珠宝设计专业时就已经如雷贯耳：“天光”珠宝设计工作室独当一面、屡出新意的钻石首饰设计师，同时也是一个气场强大又优雅精致的三十五岁女人的综合体。苏桥觉得，她是来自和自己完全相反的世界的偶像。

每日光鲜亮丽，妆容精致，口中讲的，全是与世界顶级品牌商的合作与客户的订件；听到她的高跟鞋敲击在珠宝新品展示会空旷的大厅里，闻到她淡紫色的香烟散发出中药一般的气味，到工作室快十年了，苏桥仍然像大学刚毕业、初来乍到的菜鸟实习生一样，对 Hana 既憧憬，又羡慕。

如今苏桥细想，可能还有那么一点畏惧。

畏惧的感觉，应该从苏桥在丽莎的“天光”工作室实习、初次见到 Hana 的时刻，就产生了。

作为客座教授，丽莎到学校教了一年的珠宝鉴赏课，在那里遇到大学四年级、工作还完全没有着落的苏桥。直到今天，她都不讳言，讨好丽莎，是别有目的的—— 一个毫无背景的学生，想进入这种旁人看来浮华无比的行当，没有丽莎这样的人物提携，简直想都不要想。

接近知天命之年，行事做派却依然像个十五岁的少女的丽莎，毫无外心地迎接了这个学生。亮红色 BOB 头，圆脸，穿得永远像个波西米亚人的丽莎，无论走到哪儿——学院、美术馆、业界会议、珠宝商的公司、热闹喧嚣的 party 和展示会场……都能以大嗓门的欢笑集中周遭人们的注意焦点。

她的设计一如她的个性，彩色宝石和金属的首饰设计，绚烂、欢闹，有着五十岁的，怎么说呢，破罐破摔的洒脱，和十五岁少女的新奇与柔软，那会让所有人看到她的作品，都忍不住莞尔。

“我不喜欢了无生气的石头，宝石要带来个性、色彩和欢乐。”丽莎曾在课堂上这样说；她的话也曾被时尚珠宝杂志当作大标题，放在封面上，甚是扎眼。

苏桥至今还留着那期特别报道了丽莎的杂志，但杂志报道的人已经死了。

也正是通过丽莎，苏桥得以到她的工作室“天光”实习和工作。

虽然同属于“天光”，虽然是丽莎带出来的徒弟，Hana 却和丽莎完全不同——铂金、白银、珐琅、钻石、钛合金，这才是Hana的领域，她这个人也像这些白色的金属材质，冷淡、高傲。

沉默寡言，或者说，不苟言笑地，苏桥作为行政助理，度过了她在“天光”的第一年。擦洗地板、清点材料、整理文件、打扫厕所，甚至，在新品发布会上为宾客切水果和更换餐盘，在不引人注意的时机擦掉那些看到硕大珠宝而大呼小叫的女宾留在展示柜上的指纹……比她更有经验和更有背景的同学，一致感慨工作室的助理等同于保姆和清洁工，完全不是正经工作，于是忙着找其他营生了。当然，也有零经验直接被包装成新锐设计师的，那是准名媛。

苏桥铁定当不成名媛。既然什么都没有，只能做助理。她脑子不活泛，不知道自己离开了这里还能去哪儿。于是，时间过去，每天穿着工作围裙的苏桥开始变成“天光”里不可或缺的那个存在。起初，在丽莎和Hana的工作室，从设计、做蜡模、熔金，到选材、镶嵌、抛光打磨，她们必须全程参与；但逐渐，有了苏桥这样一批金匠，她们的时间被划分得更为简单——在设计本或者电脑软件里涂涂画画，和在聚会上洽谈社交。如今设计师早已不是在工作间里冥思苦想的人了，他们是party宴会上的交际明星。

脱离设计纸、去往party的时刻，苏桥和其他金匠们，就得替老板和知名设计师“冥思苦想”和加工制作——眼下这只手镯的钻石雪花镶嵌，在苏桥手中已经“把玩”了三四个月，每天在灯下，将一粒粒碎钻小心地镶到手镯上，这种谨小慎微和枯燥单调的工作，在如今的她看来，才是“珠宝设计”工作的本质。

当苏桥颇有些抱怨和不满地把“感悟”告诉丽莎，丽莎却没有感到其中的“酸味”，反而极度夸张地冲到苏桥面前用力抱住她：“啊哈，小苏苏终于入门啦！你说得没错！对了，周末来我家吧，我给你看我的最新设计——这次年度设计师的奖项，有它肯定没问题的！看完我们一起吃火锅！”

火锅还没吃上，丽莎就死了。

Hana 的高跟鞋声早已不能听闻；苏桥盯着小小的钻石。肯定，Hana 跟这件事脱不了干系。

那光芒，就如阳光下的雪。

三个月前，Hana 把苏桥叫进她的办公室，给了她这只手镯的设计图："一个客户的定制，预计工时在一千小时左右。"不得不说 Hana 不愧是行家，如今三个月过去，手镯上雪花密镶的钻石装饰带也初具"规模"了。

说是"规模"，苏桥更愿意把它视作一个浩大的工程——筛选 0.5 毫米至 1.6 毫米的碎钻，将它们如雪花般密镶在手镯上，这种操作上的随机性和不确定性，让苏桥沉浸其中；感觉到微凉，想起身披件衣服时才惊觉已是傍晚时分了，"阳光下的雪"的光芒与窗外漆黑天色的反差，刺得苏桥眯起眼睛。

由于丽莎偏好的"接地气"口味，她把工作室选在艺术家和设计师聚集的工业厂房的老旧办公楼中。厚实陈旧的地砖、斑驳的墙面和有些"包浆"的工作台、灯罩，让苏桥很有些自己做的不是浮华的珠宝行业，而是某些安稳而不用动脑子的工作。

确实，不用怎么动脑子。这让她在工作时可以更加肆无忌惮地胡思乱想——不是曾有人写过，那些一年一年在舞台上的话剧演员，上了台可以一边想着早上老婆无理取闹真想一锤敲碎她的脑袋而一边激情澎湃"生存还是毁灭"吗？

"钻石中蕴含着数亿年的故事。"丽莎曾这样说。可如今，苏桥不觉得——至少镊子夹着的这些碳的集合物有没有那么多故事，对她而言毫无意义——她费尽生命中的一千小时制成的这件"作品"，并不会刻上她的名字，也不会让她佩戴，它会在盛世中璀璨夺目或者战乱中流离失所，都跟苏桥一点关系也没有——这么推论下去，苏桥很容易得出自己的工作与生活毫无价值，这似乎是每个女人都呐喊过的可悲论调。

回想一年前，苏桥并没有觉得这些论调有多么可悲，至少当时她充满干劲，甚至不用欣赏和完成丽莎设计的那些以紫晶和摩根石为主石、玫瑰式切割和镶钻工艺突出的彩色宝石首饰，就能填补内心需要平衡的边角——因为，比色彩更抚慰人心的，是寻。

“苏桥，这是寻，摄影师。丽莎的圣诞系列这次由他负责拍照……”Hana 安排工作的声音还没落下，苏桥就被一个充满男子气息、混合着肌肉力量与淡淡香皂气味的结实拥抱提得差点踮起脚来。

“……你快点准备一下。”说完，Hana 踩着高跟鞋“当当”地走出去了，只剩眼前的男子，三十多岁，运动员一般健康的肤色和高而匀称的身材，眼神勾人，一笑起来更是有点颠倒众生——起码女生——的意味，唇形鲜明而美好。

这让她有点恍神。

更在恍神之后，让她几年来第一次由衷憎恨自己的邋遢和不修边幅——从进入工作室，她就觉得素面朝天、不必想今天怎么搭配衣服而只需穿上工作围裙、脚蹬气垫运动鞋的“通勤装束”实在太适合自己了，以至于在遇到如此有魅力的摄影师的早上，她怕迟到而根本连头发都没梳，直接扎了西门吹雪发型就“登场”了。

苏桥心里这个悔呀，但寻仍然对自己频繁放电：“来，我们快把老太太的‘大作’拿出来，随便咔嚓两下就收工。”他向她眨眨眼睛。

仿佛不期而遇的一份礼物，快乐又欣喜的心情贯穿那次拍摄的始终。虽然寻表面上油嘴滑舌，但一打棚光，架上相机，他就变身十足专业的静物摄影师了。那一套丽莎的作品，在寻的照片中凸现浮雕一般的立体感，那些苏桥他们用高温加热到紫色的钛花瓣，更显现出璀璨的蓝紫色调。

真是愉悦又迷人——当苏桥看到这组照片时这样想；当工作结束的午后，寻很突然地邀请她到咖啡馆小坐，望着对面的男人品尝布朗尼蛋糕时，苏桥更是有种难以置信的惊喜。

想起如同一道天光、透过工作室的窗户直插进心中的寻，苏桥不禁有点燥热起来。已经两天了，自从自己偷偷去机场送寻到东京出差。两天没有他的音信，苏桥本想高傲地等他追问自己这两天都干了什么，到头来，还是自己先绷不住了。——似乎总是这样。

寻和丽莎的事，苏桥隐约是知道的。

能和寻频繁约会让她欣喜不已，但有时候去寻家里，总能发现一些莫名其妙的女人的东西——唇膏、纸巾、耳环、丝袜，某些女人遗忘在那里的衣服。

听工作室的“八卦中转站”小慈说，丽莎和寻曾经是一对儿。最开始是丽莎发掘了寻。

这也太夸张了。

寻很突然地，证实了中转站恶毒流言的真实性——他勾勾画画，做起了戒指的设计，还询问苏桥的意见。

她不明就里，也不愿往令人惊喜的方向去想太多，生怕再想下去，原本可能发生的惊喜就会如肥皂泡般倏忽破裂、消失。她只是按照自己的口味，对设计加以修改——铂金底座，戒圈中间有些微的整体下沉，中间镶了一颗小小的钻石。苏桥很喜欢这样的款式——如果每天被细碎的小钻闪到，也会幸福感满满吧。

每一只戒指，都有它的故事。但苏桥参与了故事的戒指，却都与她毫不相关。她把自己的小心思放在寻“设计”的首饰里；后来这只在她看来在全世界最为闪耀的戒指，很讽刺地戴在了丽莎的手上。丽莎用那只手端起咖啡杯，在电脑上画图，指导苏桥调整设计工作。

苏桥不想和寻撕破脸皮来说这些事，她只希望拥有他。

寻后来解释，那是给丽莎的生日礼物。

当然，这无可厚非；毕竟，每一个人都热爱丽莎。

即便如此，苏桥也想拥有寻，拥有他的，哪怕一小块碎片也好。

苏桥绷不住，她想听寻的声音，在这样荒凉寂寥的傍晚。

电话关机。

坐回桌前，她打开电脑开始噼里啪啦写邮件。

“嘿。你在忙什么呢？这两天在东京可愉快？”

每每面对寻，苏桥就觉得自己像小学生。

“丽莎老师刚去世，你又出差，我越发觉得工作室里冷清了。对了，关于老师的死，你有没有觉得怪怪的？”苏桥停止敲击键盘，本想删掉这句话，又想“引诱”寻快点回复邮件，就嘱咐他注意身体，署了名字，点击“发送”。

刚想关掉网页，“咻”一声提示她有新邮件——果不其然。寻就是个好奇宝宝。

“为什么怪怪的，何以见得？”

没头没尾，直接就发来这么一句话，寻的不吝和他的外貌一样迷人。但苏桥还是关上电脑，穿上大衣准备回家。她想吊吊寻的胃口。

怎么能不奇怪？

那场景鲜明地印刻在苏桥的脑海中，每一想起就历历在目。她怀疑再回想下去，自己就会得创伤后遗症了。

从大门出来，肩上挂着塞满了火锅底料、食材，还有各种零食的购物袋，苏桥屏住呼吸，一步一步稳重地向外走去。

翻检垃圾车试图找到点好东西的清扫大妈，停了好久才想起来转过身去看响声的来源。她慢慢向那里靠过去，然后停下了：“啊……来人啊……有人……跳楼了！”

苏桥试图不去听她张牙舞爪的呐喊，也不去看那个红色的物体，她还在坚定地往前走，只是脊背发紧。大妈喊得如此凄厉，但苏桥听不见——充斥耳膜的只是自己爆裂的心跳声。

附近闲晃的三两个保安听到大妈的狂吼，冲着苏桥跑过来；她想，她必须回头去看，才能在这样的场景下显得是个正常的路人。这个念头瞬间填充她的大脑，让她无暇再顾及心脏的警告。

红色及膝晚装已经凌乱，火红色的短发盖住了她的脸，黑色高跟鞋掉落一旁，涂了红色指甲油的手无力垂下，还有一股红色，从戴着夸张黑曜石耳环的耳后流出……

死亡会发生在任何人身上，它是人生的一部分，它总在那里。

但，丽莎不可能自杀，她根本没有自杀的理由。

“苏桥，Hana 老师叫你去讨论新的设计。”小慈喊她。

苏桥慢吞吞地移动身子，她不想在大早上看见最为精致的 Hana；当然，更不想在自己偷偷猜测各种事件时直面心目中的“犯罪嫌疑人”。

刚准备敲门，Hana 的办公室却一下打开了。两个便装的男人走出来，是警察——他们无从遁形，并不是因为眼神锐利之类小说里才见到的不切实际的臆想，而是因为他们身边还跟着个穿制服的协警呢。

“那我们先告辞了，有进一步的情况还需要你的协助。”几个警察和苏桥擦肩而过，她突然有点冲动，想叫住他们……

“苏桥，进来，把门带上。”

“他们……是警察？还来找你干什么？”话刚一出口，苏桥就觉出问得有点冒失。

“没什么。丽莎的事，问点情况。”Hana 淡淡回应，递给她一沓资料。

作品设计草图本，和一些照片。苏桥一摸就知道，她太习以为常了——Hana 的特殊习惯，或者说，强势，让她在业界有着两极分化的口碑——她不像丽莎，喜欢与客户交流，喜欢在设计本上涂涂画画；她却尽量对客户避而不见，让旁人给他们拍照，透过自己的眼睛，和电脑上的绘图工具，告诉他们应该拥有怎样的珠宝——有些人说她过于冷漠和独断，但也有的客户因为 Hana 出人意料的设计而爱上她。

如今这位，在一个月之后拿到设计图稿会有怎样的反馈，苏桥有点好奇。她拿起那些照片开始看。“这是个法国演员，我在时装周上见过她一面，说是要为接下来的颁奖季准备一套首饰。项链、耳环、手镯和戒指，还有一个发饰。你提点意见。”

看她的照片，典型法国演员的文艺清新范儿。不知Hana要怎么用珠宝展示她的慵懒气质——苏桥翻开草图本，不由得大吃一惊——本子上彩色水笔勾画出华丽繁复的线条，高贵深邃的祖母绿，轻如鸟羽的蓝绿色珍珠如瀑布流泻，神秘变幻的幽蓝宝石交相辉映，丝带状的戒指、手镯上，蓝、绿宝石在密镶钻石的衬托中变幻莫测；尤其是那个发饰，中间有一个热气球状的红色碧玺吊坠，钻石组成的热气球饰带上，红色、橙色、蓝色、绿色、紫色的宝石掩映其间，下面坠有一颗饱满热烈、色泽醇如美酒的水滴形碧玺；那样的炫目璀璨，不像是可以戴在头上招摇过市的，反而像是“天光”新主人继位昭告天下的硬广告……

一个念头腾地闪现在苏桥的脑海——难道这是……丽莎和自己说过的……

“这个系列叫‘冬宫舞会’。我想强调这个蓝色的部分，你可以试试把铂金镀黑来加强一下效果……”Hana开始给她讲制作的要点。

“为什么……为什么要叫‘冬宫舞会’，她不是法国演员吗？”

“这是我的想法。”Hana把嘴抿成一条直线。

“为什么要用这么多彩色宝石?！”苏桥的第二个问题脱口而出。

“……”Hana在仔细地，用眼神研究她。

“这个系列……是不是受了丽莎老师的影响？”苏桥有时反省自己，当她觉得有些话需要用一股勇气才能顶出去的时候，真的说出了口，才会发觉那是一股傻气。

带着鲁莽傻气的问题让Hana挺直脊背，继续盯着她，从手边烟盒里抽出一支淡紫色的香烟。熟悉的中药气味让苏桥有些后悔，也让Hana一直盯着她的眼睛眯了起来。

“回去看一下，给点意见。”淡紫色的香烟，像一支口红。Hana沉默良久才回苏桥。

苏桥很肯定，这就是丽莎跟她提过的那个系列。

“老师，你晚上有空吗，我去你家给你做大餐吧？”苏桥传信息给丽莎。

好多次了，在丽莎或者Hana的办公室里传出两人激烈的争执声，苏桥路过，只当作背景噪声，甚至竟还有点能置身事外的愉悦感。

小慈趴在门口听了听，赶快一脸神秘地拽了苏桥在她工作台边坐定。

“怎么样，听见她们在吵什么？”小慈真不愧是中转站，苏桥满心佩服。

“不知道啊，无非是工作上的事呗。”苏桥知道，使用平淡的语气更容易让小慈大爆猛料。

“怎么可能——那都是表面现象！”小慈意味深长地望了望Hana办公室的门，“她们已经势同水火了，据说，Hana想离开‘天光’了呢。”她压低声音，“这下可有好戏看了。”

苏桥定定神，这流言让她有些承受不住。怔忡间，她看到丽莎超级快的回复：“好！我要红烧排骨、松鼠桂鱼、油爆虾，还要藕饼，甜点要杨枝甘露！”

“Cheers……”酒过三巡，丽莎伪装的好心情开始一点点瓦解。

“今天你跟Hana老师吵架了？”苏桥不像小慈那么稳准狠，但也能适时得到自己想要的八卦信息。

“苏苏，以你的观察……Hana怎么样？”丽莎晃荡着酒杯，但仍然挺清醒。

“她，她挺有才华，能力也强。”丽莎听着点头，“我有点怕她。”丽莎微微一笑，挑了下眉毛。

“因为Hana不像您一样总是笑啊。”苏桥还是知道如何讨丽莎的欢心，这点她还有些自信。

“Hana就是外表看起来很冷酷，其实她不错。”丽莎若有所思。苏桥觉得那是言不由衷。

“那你们为什么总在争执，我觉得，其实，你们的设计风格完全不同，是两个路数的，其实没有必要……”

丽莎眯起眼睛：“你觉得完全不同？”

“是啊，主要的设计方向不同，工作方式也不同……”

丽莎将杯中红酒一饮而尽，呵呵地笑：“苏苏长这么大，其实还是小孩子。”

苏桥刚要反驳，丽莎起身去书房，抱回一堆资料让她看。

设计草图。优美流畅的线条，清晰的材料标注，丰富翔实的客户需求介绍……显然，一切都出自丽莎的手笔。

但那些绘出的铂金、白银、珐琅、钻石组成的系列，苏桥再熟悉不过——“冰晶”系列的冰晶三垂戒指，以转瞬融化的晨霜为灵感，运用了最为繁杂特殊的高难度切割工艺，曾让苏桥头痛不已；“贝加尔湖”系列，钻石的一部分被嵌在精工打造的微型工艺戒冠的凹槽中，隐匿了金属镶座，让钻石在璀璨星光中浮现，当初，Hana 为了让金属与钻石达到最佳契合效果，“勒令”苏桥手工抛光每一个凹槽，曾令苏桥叫苦不迭，如今却广受客户的追捧，成了“天光”品牌的畅销系列……

苏桥一页一页翻过去，这几年 Hana 设计、苏桥经手的系列一一在列，以丽莎的手绘图稿呈现在她的眼睛里，让她觉得有些刺目。

“老师，这是怎么回事？”

“显而易见。”

苏桥沉默了半天没有说话。“为什么？您会那么容忍这种……抄袭？可以去告她啊！”苏桥气愤地拍着设计本。

丽莎放下酒杯。“她是我一手带出来的设计师，已经有自己的口碑，但如今就是没有灵感了，你说怎么办？她哭着求我，我也不能落井下石。”她摇摇头，搂住苏桥，“况且我得顾及‘天光’的品牌。如果工作室爆出抄袭的丑闻，整个牌子就完了。”

苏桥第一次觉得丽莎如此沉重。

“有什么我可以帮您的？怎么能保护住设计稿，不让她再得手？”丽莎缓缓地摇头：“跟谁都不要说，只有你知我知，就可以了。”她的语气少有地温柔、低沉，“不过真的要小心 Hana。”

苏桥任由丽莎抱住她，仿佛看到 Hana 的阴影在她面前越长越大，最终完全将她们吞没。

用色、设计手法、标注的镶嵌要点……苏桥越看越觉得“冬宫舞会”就是丽莎说的那个新系列。难不成 Hana 真的为了夺走丽莎的设计成果而杀了她？这样又可以把“天光”收入囊中，一箭双雕。

苏桥为这个越来越明确的事实心惊不已。为了佐证已知的事实，女人通常都会向旁人倾诉，苏桥也不例外。

那天，她站在丽莎家门前，拎着沉重的购物袋，艰难地按下那个“著名”的门铃——由于电池快没电了，门铃的叫声总像懒洋洋不想上工的哀鸣——丽莎有一次说，这是她内心的写照。可奇异的是，她总能让门铃保持这样的状态而不至于完全寂静无声。

门铃挣扎着嘶鸣的声音刚刚停歇，丽莎就兴冲冲打开房门，看到背着食品的苏桥，她才有点恍然大悟的表情，又有那么一丝失望。“啊，苏苏，你……进来吧。”她显得有些局促，这一点都不像她。

丽莎穿着那身红色的晚装，正在整理头发。“我今天有个宴会，和约你的时间冲突了。不好意思啊，我给忘了！”

“拜托！老师！”苏桥哀叹着，“由此可见我在您心中的地位！”苏桥故意抱怨。

“菜嘛，你先放冰箱里，我们明天吃好不好？”丽莎开始戴黑曜石耳环。

“只好这样咯……”她走进厨房开始忙碌。

那门铃声又响起，苏桥从厨房的门缝里看到丽莎蹬上高跟鞋，又跑去开门。

“老师我和你提过的那件事，你考虑得怎么样了？”进到丽莎家，还没站定，Hana 就问，很急切地。

“别急，慢慢来。”丽莎在穿衣镜前检查仪容，“那个，我看了，很不错。”她扭头看向 Hana，耳环叮当作响。

“真的，我看到 Hana 看丽莎老师的眼神，真让我不寒而栗！”苏桥趁人不备偷偷打着邮件，向寻倾吐长久以来她在对 Hana 仰慕、崇拜的情感之下，那隐藏的恐惧。

“要不要趁她不在的时候，去她办公室里找找，如果设计是她做的，肯定有点笔记资料什么的留下来才对，如果根本没有那些东西，说不定真的是从老太太那里偷来的呢。”寻这次出差有点反常，没有主动联系自己，邮件倒是回复得很快。苏桥刚刚倾吐了她对新系列的怀疑，寻的邮件就传过来，吓得她连忙关掉网页。

就这么办。说干就干。

是的，美貌和才能兼具，Hana 若是没有个狠毒的心肠，那简直是天理不容了。

尽管电话不通，但寻的回复也让苏桥很暖心。

很少有这样的情况了。经过短暂的热情之后，寻开始对她不以为意——并不怎么主动联系她，对约会的内容也不上心。苏桥有时候想，干脆就这么冷淡下去，断了关系也好；但每次看到寻的魅力迷住了别的小女生，她又有些不甘心——继续维持着隐秘的关系，起码对自己的生活是个交代。

而自从小慈大爆了寻和丽莎的八卦，自从看到丽莎耀目的“生日礼物”，和寻在一起，无论逛街、吃饭、压马路，苏桥总有种在偷情的恐慌感。她更愿意在远离人群的地方和寻见面——当然，寻对她的提议，又是不以为意。

下班之后，苏桥以手镯还要赶工为理由，拒绝了小慈他们去吃烧烤的邀约，一直耗到工作室所有的人都离开。

天已经安静地黑下来，但苏桥却越来越紧张，她慢慢关上工作台的灯，世界陷入黑暗之中。

她试着去回想寻的脸，好让自己平静下来——寻怔怔望向天空的脸。

那是他的东京之行前苏桥最后一次看到他。寻说想去远郊的名人故居，说有银杏落叶缤纷，他要去拍照片。在假日里，苏桥自然乐得奉陪。

时候尚早，落叶不多，树上还很茂盛。寻稍微有点失落。阳光从树叶间飘洒下来；他们穿行其间，踩得落叶沙沙作响。

“寻，你是怎么认识丽莎老师的？”她拉着他的手，始终有点介怀。

“老太太工作室招摄影师，我正好家里蹲两年多了吧……就这么来了。”寻说得轻描淡写。

“不过能起用一个这么年轻的摄影师，老师也是很有魄力呢。”苏桥不知道自己的旁敲侧击管不管用。

“这主要说明，这位年轻摄影师太有才华了！”寻抽回手，插在自己兜里。他站定，怔怔望向天空。

“很美啊。”苏桥跟着他，看着阳光透过树叶，穿插着落到地面，形成明暗交错的光影。

“这叫斑光，”寻漫不经心地回答，“差不多我们就回去吧。”

寻就是自己的斑光。没有他，苏桥的世界如工作室一样万籁俱寂。

她很迟缓地拎着手电，挪到Hana办公室的门口，推了推门，很奇怪，一向严谨的Hana居然忘记锁门。

苏桥不敢打开灯，只是在办公桌和工作台上一通翻找，文件夹里充斥着很多草图设计本，有的经过她的雕琢，如今在那些女演员、名流和富家女的手腕、颈间闪动着炫丽的光辉——现在可不是回味自己华丽而枯燥的工作内容的时候！苏桥提醒自己，得找到这些设计的底图……

她趴在文件柜的最底层翻找，一沓资料中忽然掉落一张黑白照片。好似一家店面，幽暗惨白的灯光下，一个人躺在床上，一个白衣女人，波西米亚风格的着装，似乎。另一个黑衣女人站在床尾，拿着一支烟。

照片的气氛有点诡异。苏桥站了起来，仔细端详。翻看一下背面，寻的笔迹，铅笔标注了一行小字：跨年夜在香港，Hana和丽莎。

黑白影像里，那香烟应该是紫色的吧……Hana想对丽莎做什么呢……难不成那时候，Hana就已经对丽莎动了杀机，而寻只是偶然拍下了这个场景？

这张照片为什么会在Hana手里？寻为什么给她这张照片？或者，她怎么“拿”到了这张照片？苏桥越来越觉得这次Hana给寻突然安排的出差有点诡异，是不是背后有什么不可告人的目的……血腥的恐惧感油然而生。她有点眩晕。

更让她眩晕的，是办公室的灯突然亮起。

Hana站在门口，凝望着她，眼睛里读不出情绪。

苏桥仍然傻不拉叽地举着照片和手电，她没有任何防备，也没有任何隐藏动作。

“你把材料收拾好，可以回去了。”Hana看看翻得满地都是的画册和纸张，干巴巴的没有语气。

苏桥木然地依言行事。之后，她机械地往外走，她听不见自己的心跳，尽管那心跳响得似乎已经盖住了身后Hana的说话声：

“把照片放在桌子上。”

苏桥感觉自己已经失去意识，被Hana一把拉住。她定住，看向Hana精致的脸，和红唇。

“关上手电。”

“真的真的，我确定，就是Hana杀了丽莎老师！！！我亲眼看到的！当时我在厨房里，她们为了一个什么系列吵个不休，Hana拿着那个设计本，一下子就把落地窗全打开了，她威胁老师说要把本子扔下去，两个人就打起来，然后丽莎就掉下去了！

“我晚上去Hana办公室去找证据了，结果被她抓个正着！天啊！怎么办！

“对了，我看到一张照片，是你在香港拍的 Hana 和丽莎。那照片特别诡异……怎么会在 Hana 手里？话说，你现在怎么样？我特别担心你！万一 Hana 要对你不利……”

在向电脑倾吐了一堆失去理智的情绪垃圾之后，苏桥连滚带爬地跑回家，锁上门窗拉上窗帘，又把椅子堆到门口，寻求安慰的电话始终无法接通，这让苏桥的情绪更为失控。

“咻”。安慰从远在两千公里之外传来。苏桥吓了一跳，急忙点开来看。

她全身的血液在倒流。

“回复你邮件的，其实是我。

明早办公室见。

Hana。”

2

Hana 始终也想不明白，她推了丽莎一下，丽莎居然就掉下楼去了。

她并没有杀她。Hana 很确信这一点。

为了稳定心神，她决定自己动手，给一个项链做局部的颜色熏染。

走到金匠们的办公室，开了保险柜拿出氰酸钾的瓶子，回到自己办公室里，才发现里面的液体比瓶身标注得少了些许。

使用危险药品要清晰标注用量啊。Hana 心烦意乱，决定以后要对他们更加严格一些。

她得一直看着他们。

严格。Hana 一边做着手工，一边暗自好笑。在工作室里，大家都知道她最不好惹。因为自己的外表，自己的才能，和自己的“冷酷”。她和喜欢欢闹的老板丽莎完全不同。

但 Hana 知道，她的冷酷是塑造出来的；她也知道，如今是谁在支撑着“天光”这个品牌。

那真是十几年前的事了。丽莎的珠宝设计事业刚刚起步，Hana 就被招进工作室，从丽莎的学徒做起，到今天屡获设计奖项的“天光”招牌，Hana 有时候觉得，那只是一瞬间的事。

一瞬间，Hana 从没有背景、小城出身的“白纸”一般的女孩成长为可以指定客户要戴什么珠宝的形象强硬的明星设计师，她必须得装，装成冷酷优雅，装成自小生长在大城市上流阶层，装成与时尚和名利场天然亲近，装成喜欢抽那种淡紫色的烟——当然，她现在确实很喜欢，她也确实有点想不起自己出身的那个小城。

工作会慢慢改变一个人内心的强度。

淡紫色的烟，成了她的标志，白色的珠宝和金属，外界看来也是她的标志。她可以不见自己不喜欢的客户，可以在 party 上谈笑自如，可以安排下属工作时准确说出什么工序需要多少工时。这是精致、亮丽，和冷酷的表现。

她那么冷若冰霜，“天光”工作室，当然，几乎整个珠宝业界，都有点怕她——甚至丽莎也对自己忌惮三分。

只有那么一个人不怕她。

不知道丽莎从哪里找来的摄影师，拍工作室新出的系列。有点小混混的做派，但男子气息十足，又让人着迷。眼神有点迷离，嘴唇很美好。

Hana 只当他是临时工，尽管他恭维她“女人目中无人才显得漂亮”，她也只是扯出一抹笑容回应；没想到后来寻成了工作室的签约摄影师，整日在工作室和一帮女孩厮混，调侃丽莎。寻的行事不太靠谱，但并不招人厌烦；时间久了，Hana 也觉得他在工作室是个欢乐的调剂，让她的冷冰冰不至于装得那么辛苦。

直到寻给她看了那本在摄影业界十分非主流的小众杂志，Hana 才知道寻还有意往人像摄影的方向走。

在油嘴滑舌的表象下，他仍在偷偷地拍，而且显现了相当的才华——他“偷拍”镜头中的Hana，魅力迫人。寻用自己的镜头，生猛地捕捉到了Hana给人的印象——那种让人惊恐的美。

在照片的下面，Hana发现一行作者自述：求你容我得见你的容貌，得听你的声音，因为你的声音柔和，你的容貌秀美。

Hana觉得，自己就是从那一刻爱上了寻。

尽管也是从那时起，Hana就知道，寻和丽莎的关系确实微妙。

其实，她自己和丽莎的关系，也开始变得微妙。

似乎Hana在业界崭露头角的时候，丽莎就拿来她自己的设计图，让Hana尝试做些修整。时间久了，丽莎借助自己恩师的身份，又耍赖，又哀求，不得已，Hana担负了两个人的设计工作。从轻盈冷淡的白色珠宝设计，到绚丽夺目的彩色宝石搭配，Hana要在其中游走和分裂——或许，这也是工作室的人觉得她越来越“凶巴巴”的原因之一。

Hana，不，是丽莎，最受欢迎的设计，“玫瑰园”系列，是她和寻一起看了荷兰画家的油画展之后创作的——红宝石黄金耳环、彩宝玫瑰项链、玫瑰形金手镯、玫瑰之舞黄钻戒指……各种材质欢叫着，演绎出玫瑰的芬芳——凝聚了她的心血、热情和脑细胞，她却眼看着它署上丽莎的名字，夺得了那年的设计大奖。

她的名利心被残忍啮噬，她也逐渐明白一个事实：丽莎不是在请她帮忙，而是自己江郎才尽。尽管她待Hana不薄——每季新品推出，丽莎总会努力把Hana的作品放在最打眼的位置，设计费和工作室分红，也让Hana拿上上份，以至于自己至今还住在极其普通的公寓楼——但Hana还是决定，是时候离开丽莎了。

在工作台前，Hana一边默默做着熏染，同时也想起去年在香港的跨年夜，寻计划和自己一起欢乐，没想到丽莎也非要挤上同一趟航班。

“我拜托你，别再缠着我了！我们之间没有任何关系！”寻的声音恶狠狠。

“哼哼……就算你抛弃我，我们之间仍然有关系——我永远是你的伯乐！”喝醉酒的丽莎声音甜腻，“我不会从你眼前消失的！放心吧！别忘了是谁把你从那么阴冷肮脏的地下室二层拯救出来，还让你出道的！”她抚摸他肩膀的力道在加强。

“为了出道，我付出了多少！”寻在闹市街头大吼，Hana 不动声色地拉开他们，但心中吓得不轻。她把丽莎往小路上拉。

“别把自己看轻贱了，你以为自己是什么？”丽莎欢快的声音里有一种特别的嘲讽，带着一点邪恶，在安静的小路上格外刺耳。

“你知道吗，我有时候会幻想，可能我们过了五十年，这五十年我都没有见过你……但五十年之后，一开门，你还站在门口，还是现在这个样子。”丽莎笑起来，脚步踉跄。

“你活不到五十年后！”丽莎伸手要抓寻，“滚开，你让我恶心。”

“这有钟点房，要不先让丽莎歇一会儿再回去。”Hana 提议；她拖着争吵不休的两个人，已经筋疲力尽。

“你想把我们之间的关系清理得一干二净……OK 啊！”躺在直冲街面的房间里，Hana 和寻合力把丽莎扔上床，她还兀自纠缠不休，寻已经烦得跑出去了。

“你要离开我，但你离不开‘天光’，想也别想……”丽莎嗫嚅着陷入昏睡。Hana 呆立在她身旁，突然“啪”的白光一闪，吓得 Hana 回头望去——寻站在门口，拍下了这个极其无聊的瞬间。

也就在那个瞬间，Hana 下定决心，带上寻，离开丽莎和她的“天光”。

不离开，他和她永远都不得安宁。

如今，寻在东京做什么呢？他可有安宁的心境？

点开邮件，苏桥的名字映入眼帘。Hana 呆了一呆。

“关于老师的死，你有没有觉得怪怪的？”看到这句话，Hana 心中一紧。

“何以见得？”她只写了这四个字，就颓然点击了“发送”。她知道这个每天穿着工作围裙的平凡金匠迷上了寻，她很想找个机会和她说说真相，但又觉得不知如何挑起话头，实在过于棘手。

现今，她记挂的不应是寻，她更该担心这个女人，她好像发现了什么。

有关那天的“真相”？

透露了要离开的意向，丽莎表面装得不置可否。但 Hana 已经决定，用一个精彩绝伦的系列——“冬宫舞会”，来结束十多年的合作，和三个人乱七八糟的关系。

让金属如丝带一样柔软，让各种绚丽的宝石自然流泻——Hana 拼尽全力，画出繁复夺目的线条，和让人感觉石破天惊的色彩配搭，她画得如此快乐，以至于交给丽莎用以交换自由时，她感到内心巨大的失落空洞。

“老师，我和你提过的那件事，你考虑得怎么样了？”Hana 很急切，她要两个人的自由，然后立刻离开。寻此刻就在楼下等她。

“别急，慢慢来。”丽莎慢悠悠地戴耳环，“我要去参加晚宴。等我忙过这几天再商量也不迟。那个……你带来了吗？”

“那就以这个系列为结束，我们的‘合作’关系。”Hana 木然地把设计本交给丽莎。

“我是特别不想让你离开——不过，你执意要这样，其实，我们以后还可以继续合作的嘛。”丽莎看着按她的要求绘制的设计手稿，满心愉悦。

“什么合作？我的作品，老师署上名字，继续蒙骗世人吗？”

丽莎翻本子的手停在半空中。“说话太难听，就不像一个塑造出来的‘优雅’的珠宝设计师了。”

“这么多年，我们这种合作也够了，你不觉得良心不安吗？！”Hana 的语气有些厌恶。

“也对。你走吧，自立门户。但客户和整个珠宝界若是只认‘天光'的牌子，我也只能为你遗憾咯。"她又开始翻设计本。离开"天光"，意味着丽莎可以凭借在业界的影响力，把 Hana 打得毫无立足之地。这一事实，Hana 和丽莎都洞若观火。

"我们可以帮你把这个系列完成，然后就离开。"Hana 语气平淡，又有一点厌倦。

"你们？谁？"

"我和寻。"

"他必须留在'天光'。"丽莎又低头去看。"否则，我就把他再踢回那个地下室去——像他那样的人，也就配待在那里。"

"我和寻，一起走。"

"你只能一个人走，滚蛋。"丽莎露出她的招牌笑容，但这笑容充满邪恶。

"你抢走我的设计，你现在已经想不出东西来了，你还逼我给你做枪手，太贪心了！"Hana 的情绪已在失控的边缘。含着长久的怨恨，Hana 直勾勾地瞪向丽莎。

"啪！"她脸上挨了丽莎一掌，这让两个人都镇定下来。"我抢你的设计，你抢我的人——这些系列，不是我默许你勾搭寻换来的吗——这很公平。"丽莎的语气飘忽，笑容更加灿烂。

"把设计本还给我！"Hana 起身去夺。

"做梦！"丽莎第一次露出凶狠狰狞的神态。

争抢中，Hana 猛推了丽莎一把，丽莎连人带设计本，一下子从敞开的落地窗口消失了。

"寻，救我，救命！"Hana 一边狂按着电梯下行按钮一边冲电话小声求救。她已经完全蒙了。

"我推了她一下……她……她就掉到下面一层空调架上了！我拽不上来……"在地下停车场，Hana 死命抱住寻的胳膊。

"我上去看看！你把车开到路面，等我！"寻扔下这句话和 Hana，直接冲上了楼。

Hana 颤抖着把车开上路面，度过她生命中——也许——最为难熬的几分钟。

一个红色的物体，忽然如失重般向下滑落，“嘭”的一声。

一个清洁大妈开始狂叫。

Hana 的颤抖停止了，她周身的血液在凝固。

她呆坐着，直到寻呼哧带喘地开了门，一屁股坐到副驾驶席上。

他递给她设计本。“给你的。”寻摊开手，Hana 看到一只戒指，戒圈中间有些下沉，中间镶了一颗小小的钻石。“我一直想给你。”寻替 Hana 戴上戒指，这让她镇定下来。

大妈、保安和路人已经开始聚集，喧闹。“我们得快点离开这里！”Hana 深吸了口气，猛地发动了车子。

Hana 不想怀疑寻，但还是不得不怀疑。

“在丽莎家，到底发生了什么？”驶离丽莎住的小区，两个人都平静下来，Hana 还是忍不住发问。

“我去的时候，丽莎已经掉下去了！空调架上只有设计本，我就拿了本子赶紧跑出来——后来我又想到得把我以前给她的戒指拿回来……”

Hana 一语未发。这时间，算上拿设计本和戒指，也太长了……她尽量不往更坏的地方想。

“我突然想起来，东京 KIMOTO 设计公司川原先生有个系列想和我们合作，你先去做些前期的拍摄工作吧——明天就出发！”

寻盯着她的侧脸，有些惊愕的表情。“把你的手机给我，还有邮箱的密码！”

“拜托！你怀疑我？！我只是拿了设计本……我没杀她！”寻开始大吼，“如果是我，我肯定用绳子勒死她，或者一枪崩了她，这种方法才爷们儿——推人下楼？这也太娘娘腔了吧！”

Hana 笑了：“寻，我就喜欢你这种横劲儿。”红灯亮了，Hana 一个急刹车。侧过身，她向寻伸出了手。

Hana给自己打气——她必须保护自己和寻。这是攸关生命与前途的考验。

“穿着华丽的服装暴毙，原因讳莫如深。”丽莎的死讯在网络世界荡漾开来，冲击不少珠宝业界人的八卦之心，但激起的关于“天光”未来的猜测，远比对她的回忆与悲痛要多得多。

似乎正因如此，业界其他公司与“天光”合作的征询电话陡然多了起来；又正赶上出事后，警察不断要求Hana配合调查，她感觉自己的脊背二十四小时紧绷着。

好在警察们只想尽快结案——据他们说，丽莎的楼层监控坏掉了，当天的情况没有被记录——Hana高兴得简直想大叫！

但她面孔上仍是一副冷若冰霜的模样。警察引导她想：丽莎最近有什么烦恼？当然，Hana顺势告诉他们想听的——丽莎的创作江郎才尽，她设计不出东西来了，她特别苦恼……Hana一边说，一边观察点头如同鸡啄米的警察。

“有进一步的情况还需要你的协助。”Hana闯关成功。

似乎，比警察更要麻烦一些的是那个不起眼的苏桥。她似乎对自己的眼神印象深刻。

“要不要趁她不在的时候，去她办公室里找找……”很令人吃惊，Hana和丽莎大吵的场景，苏桥居然一清二楚，那就让她来翻，找到“证据”，再将事实向她和盘托出；让Hana稍感安慰的是，苏桥似乎并不知道这件事还有寻的参与……

真的是太遗憾了——这个女人为了“寻”的一句话，真的会干出这样的傻事，可是寻并不在意她。Hana盯着对面苏桥吓得傻呆的脸，心中不免感慨。

一听见苏桥说今天要加班，Hana就在等待。她在工作室外等了好久，等苏桥提了手电筒去自己的办公室，等她翻箱倒柜。

她突然打开办公室的灯，没想到苏桥手里捏着的居然是连Hana自己都快淡忘的照片。

苏桥……真的不该掺和到自己和寻与丽莎的种种纠葛之中——在这出戏里，没人在乎她，她只是个龙套演员，而她却为了自己的臆想，浪费生命和精力。Hana看着她狼狈地收拾自己的办公室，看着她写的“就是Hana杀了丽莎老师”的邮件，一直有点替苏桥不值。

这些事根本和她无关啊……她为什么笃定寻和她有关系，于是就参与到这些事里，还猜测是自己杀了丽莎呢。人们总觉得美人有才华，就肯定得有点什么不可告人的秘密，其实，哪里。——Hana觉得打碎她的幻想有点残忍，但还是不得不做——“冬宫舞会”的制作马上就要开始了，她能不能把心思用在制作上！

“明早办公室见。

Hana。”

打下这一行字，Hana产生些许快意，她下意识地摸摸戒指上那颗钻石。

3

那颗钻石，那么小，却刺伤了苏桥的眼睛。

“那张照片很简单：元旦我们在香港过。过了子夜，我们都有些醉，寻和丽莎又争吵起来。我拉着他们转到小路上，把丽莎拖进钟点房里，她倒在垫子上，我一边抽烟一边想什么时候能把丽莎弄回宾馆——一个喝醉的场景，寻用黑白胶片，就让你联想到谋杀的犯罪现场。就这么简单。”

可是苏桥听不见。她盯着Hana的手。

在昨夜的邮件惊吓之后，盘算了一夜Hana究竟对寻做了什么，Hana会怎么“处理”她，苏桥清晨心慌意乱地如约而至，一眼看到经过她的手制作、寻送给丽莎的戒指戴在Hana手上，她什么都忘了。

“寻……他确实喜欢，拈花惹草，抱歉我得这么说，但是……”Hana 晃晃戴戒指的手，“他认真的，只有我。”那些微的光亮刺痛苏桥的眼睛。

“寻用自己和丽莎交换出道的机会，之后丽莎一直黏着他，迫使他成为她的情人；但寻很想跟丽莎分手。而我，你还不知道吧，不是我抄袭丽莎，而是丽莎命令我做她的枪手——我用电脑做完设计，再在设计本上原样画一遍，署上她的名字。”Hana 成功把苏桥的注意力唤回。

“你肯定以为是我为了抢丽莎的设计而杀了她吧——也不知丽莎跟你胡说了些什么。”Hana 叹了口气。“我做了‘冬宫舞会’这个系列，下定决心最后一次给她做枪手，之后，我就和寻离开‘天光’。”

“没想到丽莎一听这个，她想杀我！真的，我们扭打在一起时，她一下子被窗框绊住，自己掉下去了！我真的没有杀她。”Hana 的语气平静而坚定，“所以，你看，一会儿警察还要来工作室，再询问一下你们这些工作人员对丽莎的看法……既然你当时在场，你看，就跟警察这么说，怎么样？”Hana 向苏桥笑了一下，真是一抹惊艳的笑。

你别骗人了。苏桥看到那笑容里的欺骗。她觉得很悲伤。

心如死灰。

至今，她以为她对所有事了如指掌，结果只有她一个人被蒙在鼓里——真的，寻和苏桥的“恋爱”，真的就如 Hana 所看见的，逢场作戏——一个大有前途又外貌俊美的年轻摄影师，和西门吹雪式的围裙金匠……想想就不搭，还是光鲜靓丽的珠宝设计师更衬他。

Hana 盗用丽莎的设计——当丽莎这么告诉她，苏桥只是觉得气闷；但转念一想：你活该。

谁让丽莎对寻纠缠不休，那么大年纪了还不知自重！看着日益烦恼而疏远自己的寻，苏桥坚定地认为：都是丽莎造成的！

只要丽莎消失了，寻肯定又会回到自己身边的！

她心中已经没有对丽莎的感恩，有的只是不断接近她，伺机，下手。

在多次去丽莎家玩的过程中，她已侦察好地形——丽莎的“接地气”让她习惯于住这种老旧的高层小区，也让苏桥撑着伞弄坏丽莎楼层的监控易如反掌。

丽莎说周末要吃火锅，好机会。工作中苏桥一点一点偷偷带出了氰酸钾。想到丽莎会看着她，然后死去，苏桥有点胆战心惊的快意。至于之后的事，她会不会被怀疑，没有了丽莎“天光”怎么办，苏桥都不愿去想。

——只要有寻就好了。

那种女人之间的厮打，真的没啥看头。Hana 推了丽莎一把，她在窗口绊住，一下摔了下去!

这有点让苏桥吃惊。

Hana 试图拉丽莎上来，试了很久都没有成功，她惊慌失措地跑出房门。

这样的 Hana，还真很少见呢。

一个念头忽然跑进苏桥的脑海……

她冲出厨房……

“苏苏，救我！”丽莎在哀求了。她抬起上半身，伸出手……

苏桥把住窗框，向丽莎当胸一脚……

她甚至没来得及叫喊，就消失了……

苏桥望向天空，长出一口气——这比在食物里下毒干净利落多了。还可以把罪名推给 Hana——谁让她推了丽莎一把呢，谁让她总是那么高高在上……

清洁指纹，收回厨房里的食物，她拎着沉重的购物袋冲下楼梯，一面想着她即将看到的场景：红色的物体失重般向下滑落，沉闷而迅速的“砰”的一声……路人的叫喊……众声的喧哗……她得尽快离开。

"怎么样？"Hana的眼神有些期待，这让苏桥立刻回神。

她不置可否，只是笑笑。"我还有手镯的工作要做。"她给Hana点了一支烟，紫色的，如同口红一般的烟。"我们还要熬好长时间呢。"

Hana抬起手，每一个钻石的切割面都在闪耀。

窗外有车子停下，警察的车。Hana坐在桌子边上缓缓地抽烟，扭头向窗外看去；苏桥站在桌旁，手撑住桌子。

一束清晨的光线穿过楼宇。

那是"斑光"。但苏桥的斑光早已消失殆尽，只留下满目疮痍的现实。

警察进得办公室里来。寒暄完毕，Hana看看苏桥，刚要说话，苏桥开口："我知道是谁杀了丽莎。"

阳光很安静，风吹过，好像人的低语。

作者简介：

阮文女　供职于北京某报社。长期观察视觉艺术界，撰写当代美术创作与展览、美术史品评文字及文化地理类文章，作品散见于《人民政协报》《南方周末》《世界知识画报》《艺术品》《VISION青年视觉》等。

田园杂兴

羊　毛

1

马丰收最大的特点，就是爱与人抬杠。力河洼村三组农民马丰收，他的身份证上明明写的是“马永北”，然而，按照马丰收的哲学，他的真正名字应叫“马丰收”。不管别人怎么喊，反正他是这么认为。

力河是名不见经传的小支流。力河岸边，有个叫力河洼的村庄，马丰收就生活在力河洼。马丰收本来姓邹，叫邹学北，“丰收”是他小时候父母给他起的乳名。翻过年，马丰收六十岁。三十五年前，他是大马庄小队马木匠的倒插门女婿。进了马家的门，依照辈分，他改名叫马永北。现实中，他脾气倔强，力河洼全村人则喜欢叫他“犟驴”。待他稍微上了年纪，村里爱给别人起外号的跛腿姬玉开始喊他“老驴”。

改名很是费了马木匠一番周折。为此，村会计“老豁牙”前后上门不下五次，喝光了马木匠珍藏多年的七瓶双溪大曲。这事经过村里喜好传播消息的力广播一传播，后来弄得全村人人皆知。“老豁牙”发誓以后再也不给木匠家多事，他说木匠比寡妇家的是非还多，自己只是抹不开面子喝上几杯酒，就落得别人到处败兴。

马丰收是“出嫁”的上门女婿，让他感觉他就是男人中的女人。他认为上门女婿处处受气，他的内心，只有木匠夫妇真正对他好，除了这对好人，他和一庄姓马的人家都处不来。那是马家的一户人家做喜事，马丰收和其他族人一起搭手帮忙。喜事收尾，帮忙的人在一起喝闲酒，一个叫“大疙瘩”的本家兄弟与他打赌。“大疙瘩”长得很结实，像个铁塔一样，可一顿饭他只能喝五瓶啤酒，他不相信马丰收能喝下十八瓶。规则是马丰收如果喝一瓶啤酒，他吃三块肥肉。那时，村里喜欢传播消息的力广播正好前来凑热闹，双方一致推举他为裁判。结果，庄上小卖部里的十六瓶啤酒被马丰收喝得精光，而负责吃肥肉的“大疙瘩”被肥肉腻得躺在地上直翻白眼。

力广播和几个拉场的族人对马丰收劝说，让他给“大疙瘩”留点面子主动认输。马丰收的犟脾气来了，怎么也不答应，不仅与马姓人叫劲，而且责怪力广播判决不公，结果就惹恼了众人。众人趁着酒劲，起哄把马丰收绑在大树上，直到马木匠前来为他松绑，这才把昂着头叫驴似的马丰收带回家。这件事经力广播绘声绘色地传播，导致力河洼从那以后没有一个人敢跟马丰收拼酒。

木匠夫妇不久相继病逝。马丰收很难过，唯一给他安慰的是马木匠临终说给他的那句话：“哭干啥，哪个不死？这人就像庄稼，一茬茬长一茬茬灭。”马丰收和马姓的人处不来，他喜欢与姬庄、力庄的人相处，甚至特别热衷与未成年的孩子相处。经他手雕刻出的木枪、木鱼，深受孩子们的喜爱。此外，他爱上了牛和狗。牛能给他犁地，狗能听他说话。他常常带着他的大花狗，兴高采烈地巡看他的庄稼。他会一边巡看，一边勒嗓子吼：“太阳出世来犁地，太阳死了去困觉。讨个女人好说话，床上还能种娃娃。”这也是他在田里干活时，最喜欢唱的歌谣。

不久，马丰收瞅中庄头的一块空地，花干多年的积蓄，盖了几间房屋，一家人从大马庄搬开。他离开了那个令他屈辱的村庄，他为那个属于自己，仅有一户人家的那排房屋命名“驴庄”。为什么叫

“驴庄”？不只是别人喊他“老驴”的缘故，而是在他的心里，实在不愿意看马庄人鄙夷他的脸色，随便给自己找个什么村庄都行，即便是“驴庄”。

马丰收在驴庄自立门户，有人劝他把自己的邹姓改回头，但他认为属于马木匠的东西不能丢。姓马是当初自己认下的，那是他对木匠夫妇永恒不变的承诺。但他认为大有必要的，是把自己的名字改回头。“丰收”是父母亲打小就叫的，所以他就在心里把自己叫作“马丰收”。村会计“老豁牙”已经离职，他的儿子马长安做了会计。马长安也是一嘴豁牙，只是豁的面积比其老子要小得多。马长安一张嘴，就会露出沾在牙缝里的菜。刚开始，马长安还费心用牙刷或者笤帚枝挑剔，时间一长，他索性懒得再去打理。这样，他每顿饭吃的啥，别人看他一张嘴，总能猜出个一二。

马丰收本想请马长安帮忙，把名字改一改，但他一想到“老豁牙”所喝上的几顿酒，再想想马长安牙缝中的韭菜，心中索性作罢。他到乡里粮管所交公粮，收购员问他叫什么，他说叫“马丰收”。结果，等到天黑，也没见人叫他上前称粮。他实在等得不耐烦，找收购员理论。收购员说:“底册上马庄的‘马永北’还没交，查不到‘马丰收’。”他这才知道，出了力河洼，人家只认户口簿。村头开小卖部的跛腿姬玉说，“‘犟驴’，现在改名字，自己到派出所就能办了，哪还需要去巴结会计！”但马丰收想的是，所谓名字只是供他人喊罢了，他在心中已把自己叫作“马丰收”，户口簿上的事情，以后注意就是了，其余时候，管他人怎么叫呢！

马丰收的家门前有旗杆。旗杆上飘扬的是一面主色调为金黄色的彩旗。因为升旗这件事，三十年前，村主任力广发的三爷力社会曾经出面制止，强行放倒了旗杆。力社会那时是村长，他是力广发的三叔，力河洼的人习惯叫叔为“爷”。力社会早饭后来到马丰收家，马丰收喜欢注视力社会的嘴。力社会话说得激动时，口水会顺着嘴角流下来。村里人说他在娘肚里时，看别人吃猪尾巴急的，必须要舔烧熟的猪尾巴才能治好。结果，力社会一辈子不知品尝过多少烧熟的猪尾巴，可还是好流口水。马丰收看着力社会，力社会流着口水说："操，一头驴没有，还'驴庄'！"马丰收竖着耳朵听力社会说话，力社会道："'犟驴'，你不知道？这旗不能随便升！"马丰收拉长了他那张"驴脸"，表示非常不解。力社会道："无知最是可怕，你这乱升旗，那就是违法哩。"马丰收被力社会的几句话吓蒙了。

升旗是马丰收儿时的记忆。他记得父母亲都是渔民，逃荒到力河对面那个叫响马邹的庄子前，喜欢在渔船上悬挂一面面彩旗。那时他感到，那一面面旗帜，既是向他人宣示自己的存在，同时也是一个个幸福的梦想。等到他建立"驴庄"自立门户，首先便是想到在房前立上一根旗杆，挂上一面彩旗。旗杆竖起彩旗一直在空中飘拂了两年，力社会才提出他违法的事。根由是他整理出的八亩拾边地。

马丰收有的是驴劲。他"嫁"到力河洼，除了别人的眼色，他看到的一切都令他欣喜。在他的眼里，沟沟坎坎都是宝贝。他独到的眼光，除了体现在传承马木匠造船修船的手艺，他还瞄上河滩那一片片黝黑的土地。他用钢锸一锸一锸挖，一锸挖起的土疙瘩比两个猪崽还重。他一边挖地，一边哼唱："太阳出世来犁地，太阳死了去困觉。讨个女人好说话，床上还能种娃娃。"每当他唱出这几句，他的身上就有使不完的劲。当马丰收双手磨出的血泡升格成老茧，乃至他付出了一根小脚趾的代价，僵硬垂老的土地变得年轻舒展，长出了绿油油的庄稼。马丰收一不小心，将钢锸戳到了小脚趾，当时他尚未在意，直到脚趾感染，医生说保不住了。他并不在意自己失去的小脚趾，他看不起的是像力广播那类聪明人，平时不侍弄土地，直到要播种，才匆匆犁地，然后猛施化肥。时间久了，土壤和化肥结成硬块，整个田地就变成懒婆娘，生不出好庄稼。

秋天，马丰收坐在田埂上，沉醉在丰收的喜悦中。他口中仍旧不忘唱："太阳出世来犁地，太阳死了去困觉。讨个女人好说话，床上还能种娃娃。"村里小学校的教书先生给马丰收的几句吼叫起名叫《击壤歌》。马丰收正在肆意唱歌，这时，蹲在马丰收身边的大花狗突然“汪汪”叫唤起来。村会计马长安露出塞着韭菜的牙缝，找他说话。马丰收故意嬉皮笑脸，糟蹋马长安道：“大会计，敢和我打赌，看能不能猜中你中午吃什么？”马长安道：“谁和你说笑？‘犟驴’，你这拾边地咋拾得这么大！一季的收成，都够你买一头大牯牛。这可是集体的地哟。”听了马长安的话，马丰收吃了一惊，他弯腰捡起几粒田埂上掉落的龙葵，放到嘴里，道：“我看到这地撂荒，像个丢弃的女人，怪可惜哩。”马长安看马丰收古铜色的脸兴奋得怕人，就笑笑道：“好，好，你可不要认为，你拾巧拾了个女人，它可有主！我好心提醒你。”马丰收拉长了脸，开始琢磨村会计马长安的话。

不久，村长力社会带着侄子力广发正式找马丰收谈话。力社会嘴角流着口水道：“‘犟驴’，你的手咋就这么长？”马丰收正在锯木头打柜子，他停下了手中的木工活，道：“村长，有话好好说。你这话什么意思，我偷了抢了？”力广发帮着当村长的叔父说：“‘犟驴’，你没偷没抢，可你吃独食。那八亩拾边地，村里要收回。”马丰收急了，一张古铜色的脸顷刻变成了驴脸。力社会狠狠用脚踢着大花狗，板着脸道：“‘犟驴’，你不要跟我拉你的驴脸。村里研究过了，那八亩地必须收回！”力广发听叔父说完，将上衣搂起来，露出身上结实的肌肉。

马丰收没有搭理力社会的话，倒不是他认为他的地不该交，而是他看不惯力社会的那张脸。力社会对他说话时，眼睛一直没有正眼瞧自己，还带着侄儿前来给他示威。等到力社会第二次找到马丰收，力社会没有提八亩拾边地，而是直接放倒了马丰收的旗杆。旗杆倒了几天，马丰收一口饭也吃不下去。他不是担心自己会坐牢，而是感觉自己的脸没了，念想也没了。

“犟驴”发犟，要起了驴脾气。他先是悄悄到村里的小学校，去拜访那位帮他起歌名的教书先生。先生是外地人，和他很熟络。

先生没有明确告诉他能不能升旗，只是说："永北，你挂的是什么旗？"马丰收说："我挂的是一面黄旗，就是麦子成熟时那种颜色的旗。"先生笑了。先生的笑声壮了马丰收的胆量，他开始四处上访，县里、乡里来的人专门到他家实地查看。不久，马丰收自我命名的驴庄上空，又倔强地升起了那面消失一个月的彩旗。彩旗升起来，马丰收蹲在墙根前，用手梳理着大花狗身上的狗毛，悠然地吸着烟，得意地笑了。

马丰收的地还是交了出去。那是力社会第三次来到马丰收的"驴庄"，怀里揣了两瓶酒，同时还带来了一个人。这人是刑满释放回来的力满意。力满意是"刀疤脸"，因偷窃脸上被人破过相。他个子很高，在监狱里生了一场大病后，身体瘦得像大蜀黍（玉米）的秸秆。

力社会嘴角流着口水，向马丰收笑着说："丰收，旗子又升起来了，这面旗好艳！"马丰收喜欢别人叫他"丰收"，但却很少有人礼貌地喊他"丰收"，力社会一声"丰收"，喊得他浑身起了鸡皮疙瘩。见力社会满脸堆笑和他打招呼，马丰收忙赔着笑脸说："是呀，旧的不去，新的不来嘛，早该换了。"力社会道："丰收，你家小娟呢？怎么还不烧饭？今晌就在你驴庄喝顿酒，还行不！"马丰收道："行，行！"三杯酒下肚，马丰收知道了力社会带来个没地的主儿，原来是讨地来了。不待力社会把话说破，马丰收主动道："村长，那力河边的八亩地，原本就是属于村里。现在满意需要，你看就由村里拿去分给他家。"力社会和力满意一齐说着感激的话，马丰收开心地笑了，道："话就这么说，说那么多干啥？我'犟驴'不过是出了一身驴劲。驴劲出过又来了，算什么？"

2

马丰收的屁股上有两个铜钱大的疤痕，那是他一辈子引为自豪的花朵。伤疤是草叉人身留下的印迹。

三十年前的马庄突然间新增八亩地，足以引起董庄人的眼红。那天，马丰收正倚在墙根，边吸着烟边听着广播里的评书《杨家将》。这时，他抬头一看，慌忙站了起来，空中的彩旗绕到旗杆上萎缩成一团。他正要将彩旗降下来重新调整再升起来，就听村庄里一片嘈杂声，一大群青壮年男女朝野外跑去。他逮住正在疾跑的力广播一问，方明白原来是董庄人抢地来了。

抢的地块正是马丰收整理出来的那八亩拾边地。马丰收夹杂在纷乱的人群中，看到眼前乱哄哄的现场，一场争执即将演变为武斗。“小瘪嘴”是董庄的带头大哥，唾沫横飞指挥董庄上一干男青年，用钢锸在挖地做地标。力满意看到了人群中的马丰收，高声喊道：“‘犟驴’，你来说说，这地究竟是谁的？”马丰收见双方剑拔弩张，瞪圆双眼对“小瘪嘴”说道：“这是干吗呢？有话好好说！”“小瘪嘴”嘲笑道：“‘犟驴’，你说说你算老几，你有资格评说？我在这块地上放牛时，你还不知在哪哩！”

马丰收道：“这地里，埋下我一个脚指头。”“小瘪嘴”不屑道：“那你说，地是属于哪庄的？”马丰收道：“不是力庄的，就是驴庄的，是我一锸一锸挖出来的。”“小瘪嘴”听到这里，哈哈大笑：“‘犟驴’，那你喊一声，看它是否答应？”说完将手中的棒棍向空中一竖。董庄的人得到信号，一起开始突然袭击。混战中，马丰收的屁股被一柄草叉扎了两个窟窿，鲜血染红了裤子，也染红了脚下的土地。这下，“犟驴”疯了，他不顾屁股上钉着草叉，和大花狗奋勇追击袭击他的人。直到他把那人举过头顶，然后再重重地摔到地上，踏上一只脚。双方争斗的人都被马丰收的举动惊呆，一齐停下械斗，观看他的壮举。经过乡里来人调停，最后董庄人一致认定，八亩有争议的地今后归属力庄。

马丰收对自己亲自开垦，流血捍卫来的八亩土地怀有深深的感情。每次途经地边，看到田里力满意和女人在干农活，总会停下来与他们打个招呼。

马丰收闲来无事时，喜欢与大白狗一起，眼瞅着旗杆上的彩旗。可他心爱的伙伴——那条大花狗，在械斗中被董庄的人打死了，他整整郁闷伤心了两年，直到从响马邹抱养回一条漂亮聪明的白狗，他的心情才得到几丝慰藉。看到彩旗正迎风招展，马丰收心中暗暗高兴。这时，白狗从地上蹿起来狂叫，力满意带着他病歪歪的老婆来找马丰收。马丰收将他们让进屋。力满意唉声叹气，拿眼望着老婆，老婆又拿眼望着他。马丰收道："你们这是咋回事？有话好好说！"力满意这才说出缘由。由于田地里土块板结，不出庄稼，乡长有次路过田边，用手指指点点讲了几句，新上任的村长力广发就找到力满意发火，准备让他退田。马丰收道："那你们这是什么意思？"力满意道："丰收哥，也没什么意思，只是感觉这田就好像牲口，怎么当初在你手里，那么听话哩！"马丰收听出了力满意话中的意思，也不管老婆马小娟在一边如何反对，竟主动提出要和力满意换地。

马丰收有的是驴劲，他又是一个真正捣鼓土地的高手。在他的侍弄下，八亩旱地也能变成水田。当然，在他侍弄土地时，少不了千百遍地吼叫："太阳出世来犁地，太阳死了去困觉。讨个女人好说话，床上还能种娃娃。"到了秋天，一地沉甸甸的金黄色的稻穗，很是让过往的路人羡慕。就连村长力广发也受到了乡长的口头表扬。

3

耕耘和播种蕴藏着马丰收幸福的憧憬，成熟和收获带给马丰收的是喜悦和满足。马丰收的稻田获得丰收，这次他为家里买来的不是大牯牛，而是一台手扶拖拉机。老婆马小娟说："'驴子'，咱们祖祖辈辈都是使唤牲口惯了，那个'铁牛'你怎么降得住？"马丰收道："给你说了多少遍，你还是不信，我在响马邹亲手就摸过这东西。要不，我们打个赌，你看我能不能从城里开回家！"马小娟犟不过马丰收，私下悄悄请村里的农机手董得喜到家里喝酒，马丰收才知道她的用意。可是第二天，马丰收丢下农机手董得喜，一个人早早坐车进城，竟自己把个崭新的“铁牛”开回了家。

马丰收很是开心。不是因为他买的“铁牛”是他驴庄的第一台，而是因为他是马庄第一个买“铁牛”的人。他知道很多姓马的人正在用羡慕的眼光，偷眼打量那台“铁牛”。为了庆贺，他请来了村里专门好给别人起外号的跛腿姬玉，和喜欢到处传播消息的力广播，到驴庄他的家中一起喝上两杯。姬玉外号叫“有才”，他首先提起话题道：“丰收，我看你这头‘铁牛’，犁地定能赶上十头大牯牛。”马丰收道：“你这话不对，铁牛好是好，可犁起地只能顶三头牛吧！”力广播道：“我看至少能顶六头牛。”马丰收道：“别的地方我不敢说，咱们力河洼的地实诚难耕，我说只能顶三头牛。不信咱们打个赌，剋过酒咱们赛一赛。”

力广播道：“怎么赛？”马丰收道：“请村里农机手得喜开我家的铁牛，我们三人分别驾牛，一起犁地。看看两支烟工夫，究竟谁犁下的地多。”姬玉见马丰收说得认真，笑道：“丰收，我给你总结，你这个人不光好较真，在咱们力河洼算是有三绝。”力广播道：“哪三绝？”姬玉编个顺口溜说道：“老驴老驴，升旗、抬杠、吃草鱼。”马丰收听到姬玉是赞他，吃鱼他最拿手。他禁不住得意地夹起一条草鱼，囫囵吞下肚，片刻工夫，就吐出完整的一条鱼骨架。鱼肉尽被他在口中剥食下肚，鱼骨架仿若乡里中学实验室的标本。姬玉和力广播啧啧称叹，马丰收的倔劲却上来了，笑道：“‘有才’你说得不对，我的木工手艺和叉鱼的本事，难道不能竖大拇指？”

马丰收尽情享受着路边的八亩承包田给他带来的快乐。可是没有几年，他的烦心事来了。一天，他正在地里给小麦除草，力广发骑着自行车在路边停下来。力广发笑嘻嘻地道：“丰收，干累了吧？赶快过来吃根烟歇歇。”马丰收听不得别人的客气话，看到力广发热情招呼，立马停下手中的活儿，来到田地边散了根烟给他。

力广发道："丰收，村里现在遇到个麻烦事哩。"马丰收道："村长，你整天为大伙忙得挺辛苦，说出来我听听。"力广发唉声叹气，只顾闷着头抽烟。马丰收道："村长，你要不说我就干活去了。"力广发道："罪过罪过，这事说出来就怕你帮不上。"马丰收道："话不是你这样说。只要是我能做到的，一定就帮你。不信，可以打个赌嘛！"力广发说了一句话，一下子就让马丰收把脸拉得跟驴脸似的。

力广发说："丰收，乡里让路边一律种油菜，你这麦子可得灭茬哩。"马丰收愣了半天，才缓过劲来，道："不行，村长，这话是谁说的？我找他去！"力广发道："怎么样，我早知你这态度，还不如不说。这是上面统一布置，你找谁去？你这一找，我这村长还不如现在就不干。"马丰收道："麦子长得好好的，为什么要这么作践？"力广发道："路边的庄稼地要观摩，种油菜能开花，这是上面研究决定的。"

马丰收怎么也想不通，油菜开花好看，那下年再种嘛！力广发告诉他，这事是不能等的，等来年，来年领导可能就提拔走了，那就是别人的事。马丰收收藏的两瓶酒，晚饭时被他和力广发喝光了。第二天，马丰收含着泪，驾驶着他的"铁牛"到麦地里灭茬。这次他没有唱他的歌谣，沉默的心在滴血。马丰收一连三天没有升旗，他心疼他那绿油油的麦子。

八亩地给马丰收带来的烦恼还在继续。一天，马丰收在田里给豌豆间苗。几年时间，一年一换，马丰收掰指头数过，这地里已经相继种植过小麦、油菜、水稻、花生、山芋、大棚蔬菜和豌豆。这时，会计马长安在路边停下来喊他："永北爷，你赶忙过来！"马丰收论辈分比马长安长一辈，马长安应该向他叫叔，力河洼的人把叔都叫"爷"。马长安咧开满是豁牙的一张嘴，一声"爷"把马丰收喊得浑身发酥。马丰收在心里道："我×你爷，你怎不叫我'犟驴'，喊我爷总又没什么好事！"但他经不住马长安的一声喊，赶忙笑着应道："来哩来哩，又要征收什么款项？"

马长安道：“永北爷，哪能找你就向你要钱，这次是给你送钱来哩。”马丰收乐了，一张驴脸刚笑开花，忽然花朵就僵硬地定格，继而枯萎凋谢。马长安道：“这个钱，是替你存银行里的。”马丰收很快听明白，马长安是来传达上面的指示，要马丰收在豌豆地里栽白杨树。马长安说，领导讲那白杨树就是“摇钱树”，就是银行，现在往大田地里一栽，十年后，树一成材，那就是一笔不少的收入。马丰收问道：“栽上树，庄稼咋种？”

马长安脸上的微笑消失了，道：“上面反正是这么安排，路边的田地一律要栽树，一个星期就要验收树洞。”马丰收本来还倔强地坚持说了一句自己的想法：“这个树，我不栽！”但经不住马长安操着哭腔道：“永北爷，那你就眼看着侄儿辞职吧，你这田块可是我挂的钩。”这一次，马丰收没有等马长安来自己的驴庄喝酒，就带着老婆马小娟到田里打起树洞。原因是马小娟早被马长安攻破了。马小娟要强又爱面子，凡是庄上人求到的，她总不会轻易驳了人家，何况是自己的家下侄儿？

4

马丰收买了“铁牛”，但依旧丢不下家里的两头大犏牛。他喜欢会喘气的牲口，和两头大犏牛感情很深。他的记忆中，永不能忘却丢失那头秃尾巴犏牛之痛。

一天，力庄的力广播来向他借牛。起因是力庄被列为养牛示范点，上面要来检查。为了给领导视察架势，乡里安排村里，要大幅度增加牛的数量。村长力广发犯愁了。马长安道：“村长，别人的法子，咱们就不能效仿？”于是，村里出台政策，让力庄的农户四处借牛，每借来一头牛，村里补助五十元。力广播想到了马丰收的两头大犏牛。马丰收对力广播道：“提什么钱？给补助你拿去！”力广播与马丰收的私交好，他会时常给马丰收说上一些新鲜事。

然而，检查活动结束，力广播却傻了眼，自己借来的五头牛中，马丰收的那头秃尾巴牯牛却跑不见了。马丰收和力广播找了三天三夜，始终没有找到牛的影踪。马丰收心疼得一天没吃饭，彩旗也懒得按时降下来再升上去。力广播要赔马丰收钱，马丰收道："要钱有什么用？不管多少钱，买不来我的'秃老大'。"他喜欢喊那条秃尾巴牯牛为"秃老大"。马丰收说："广播，凭什么找你？这事要找，应该找乡里，都是乡里搞的鬼，才惹下的祸根。"马丰收跑到乡里，找挂村的邸委员、找当家的骈书记。骈书记被他缠不过，安排派出所立案调查，又打电话将村长力广发狠狠训了一顿。力广发为此拎着三瓶酒又来到驴庄，这次还带上了力广播。马丰收经不住力广发和力广播的哀劝，这才同意不再找乡里麻烦。

大牯牛失踪了，马丰收宁愿相信自己的"秃老大"私奔到有钱人家，去过上好日子。然而突如其来的一则消息，却令他伤心欲绝。他的"秃老大"原来竟是被人谋杀了。这件事让力广发好一阵子后悔，原因是他没有把这件事捂住。原来，上面来人在视察力庄的牛群时，领导突然又发现一条秃尾巴牯牛，很是惊讶。他笑着对陪同的乡长道："这头牯牛，不会是昨天我们在响马邹村看到的那头吧！"事实上，他看到的这头秃尾巴牯牛，还就是他在响马邹看到的那头。因为马丰收原先邹姓一个堂兄找他借了一回牛。

检查组转身还未走远，乡长可不高兴了，对村长力广发狠狠瞪了一眼。力广发赔着笑脸，看检查组一行人走远，就憋不住响亮地骂一句："我×，真是千刀万剐的秃牛！"这句话被力满意清楚地听到了，他是力广发花了五十元雇来看牛的。力满意盯上了马丰收的"秃老大"。他悄悄将这头惹事的大牯牛转移到莲井村他一位亲戚家，合伙将"秃老大"杀掉，除了卖牛肉得了一笔钱，力满意还滋润地连续喝了几天牛肉汤。本来，力广发让派出所把这事交给村里处理就行了，可新来的所长想在乡长跟前立功，很快将这件案子破了。马丰收的驴脾气上来了，他找到力满意，双手将力满意举过头顶，像摔当年董庄争地时用草叉戳他屁股那人一样，将力满意重重地摔到地上，摔得他满嘴是灰土，半天爬不起来。

失牛的伤痛在马丰收的心头一直萦绕好长时间，还是土地又滋生了马丰收的愉悦和傲气。白杨树不断长高，严重影响了靠路的田块庄稼长势。马丰收有的是办法，他犁地时，故意用犁尖去碰白杨树的树根，这样就有不少白杨树长不大就夭折了。马丰收看着渐长渐高的白杨树，他想起马长安将领导把白杨树比作银行的话，他气不打一处来，他嘴里不住地骂着："×，什么银行？驴×的不吃粮食，就吃你的树好了！"

马丰收尽情地享受着痛骂干部的快乐，等麦子成熟收割后，他开始在芝麻地里套种冬瓜。看着满地的冬瓜，马丰收的心中乐滋滋的，他在心里想，整个力河洼，也只有他马丰收的地里，能长出块头四十多斤重的冬瓜。村里的姬玉和他争论。马丰收说，"最大的冬瓜斤重，绝对超过你家的三个猪崽。"姬玉不服气，马丰收就与他打赌。姬玉道："我输了给你两条香烟，你输了送我什么？"马丰收道："我输了，请你连续喝上三顿。"姬玉嘿嘿奸笑道："我不喝你的酒，你输了，将你旗杆上的旗子给我。"马丰收犹豫了，不想打这个赌。毕竟自己也还有输掉的风险，但旗子可是自己的脸。姬玉笑得更加尖刻，把自己的两条香烟加码到四条。马丰收热血沸腾，终于豁出去了。结果，姬玉输给了他四条香烟。胜利后的马丰收，更加自信自己从土地里侍弄出的东西。

为了弥补白杨树影响带来的损失，马丰收开始在林间饲养草鸡。无论是鸡蛋，还是烧出的鸡肉，都比一般的蛋和鸡好吃。看到城里的小贩主动上门收购，马丰收的头昂得高高的，一张古铜色的脸荡漾着忘形的得意之色。当然，他忘不了口中吼叫几句："太阳出世来犁地，太阳死了去困觉。讨个女人好说话，床上还能种娃娃。"

庄上的劳力都纷纷出去打工。马丰收舍不得土地，不想背井离乡，但挨不过老婆马小娟的训斥。马小娟道："怪不得人家说你'犟驴’，一辈子只会侍弄土地，没本事打工。你还能耳朵里塞驴毛了吗？”马丰收终于踏上打工的道路。马丰收有的是木工手艺，在外面很快找到工作，收入也很是可观。但一到农忙季节，马丰收的心里就焦急得像驴踢。他一年总要回家四五趟，庄稼收种时要回，除草打药要回，水稻上水时要回。他担心老婆马小娟服侍不好田地。力广播给马丰收算过一笔账，他每年扔在路上的盘缠钱，抵得上一季庄稼的收入。老板讥笑他其实是舍不得家里的女人，他呵呵傻笑着，他认为老板的话很对，他最心疼的女人除了老婆，还有田地。

5

土地给马丰收带来的快乐是无边无际的，但折磨和伤痛总是挥之不去。马丰收被乡里的派出所留置了，把老婆马小娟吓了一跳。她先是找了本家的侄儿会计马长安，马长安的老婆说马长安酒喝高了，像死猪样没睡醒。马小娟就开始找力庄的村主任力广发。这时候，力广发已经从村长改叫村主任。她哀求力广发，请他帮忙说情放人。起因是马丰收在自己家的田地里放了一把火烧茬口。

马小娟按照力广发的吩咐，很快准备好了三千元钱。半夜时分，马丰收发着高烧，从派出所出来了。马丰收只以为是派出所服软，看到马小娟来接她，冲着派出所干警高声发火道：“放我干吗？我还不想走哩，不是说要使劲关我吗？”马小娟本想告诉他交了三千元罚款的事，害怕马丰收驴脾气犯起来，话到嘴边没有说出口。

马丰收回家后烧就退了，第二天马上到田地里干活。力广发从田边路过，马丰收喊住他，与力广发理论：“你说这禁烧禁烧，难道让这些秸秆堆起来搁九年？”力广发道：“先堆起来再说，反正不能着火，火一冒就是三千块。”马丰收看到上季庄稼留下的秸秆，在水沟里被沤得发臭，还想与力广发争论，见他根本不愿理睬自己，只得作罢。他的心里想的是，算了吧，只要别人能做到的，自己就一定能做到，不给烧就不烧。

第二年，马丰收还是在烧秸秆上吃了一番苦头。老婆马小娟到女儿家帮忙插秧。夜晚，马丰收忙了一天，正一个人躺在属于他的驴庄的木床上，这时，传来几下急促的拍门声。马丰收嘴里呢喃着把门打开，看到马长安带着两个乡里的巡防队员站在门口。矮个子的巡防队员道："你是马永北？"马丰收一愣，道："我叫马丰收，马永北也是我。"马丰收被两个巡防队员推搡着，带上了一辆面包车。

到了乡里，马丰收才知道，原来，自己路边的八亩地里又冒烟了。马丰收感到莫名其妙，坚决不承认火是自己放的。矮个子的巡防队员审问道："去年放火的是你吧？"马丰收道："这个不假。"那人继续审问道："着火的地块，刚才你看到了，也不是别人家的吧！"马丰收道："这个也不假。"那人继续审问道："不同意秸秆禁烧，说'让那些秸秆堆起来搁九年'这话可是你说的？"马丰收说："是我去年说的，也没错。"高个子的巡防队员这时发话道："那就通知家里，拿钱来吧，五千块。"马丰收莫名其妙地被捉到乡里，又莫名其妙地被罚款五千元，一股无名之火烧得他直叫唤。矮个子巡防队员奸腔奸调道："'点火之时，就是坐牢之日。人生道路长漫漫，焚烧麦茬找难看。谁烧罚谁，烧谁罚谁。'这些至理名言你总是知道吧！只要是你地里着的火，处罚你就没错！"

最后，还是马小娟捧着五千元钱，交到巡防队员手里，马丰收才被放了出来。半年后的一天下午，他从喝得醉醺醺的力满意的嘴里得知，原来，那天他田里的火种，竟是力满意酒后路过，丢下的烟头引起的。

6

马丰收最大的恐慌并不是放倒旗杆、丢牛和蹲派出所，他害怕的是失去自己那命根子的土地。十年前，在他四十九岁时，他害怕的事情没来由就发生了。

这天，马丰收带着他的黑狗“斗鸡眼”，和外孙女欢欢正在田地里除杂草。“斗鸡眼”是第六条陪伴马丰收的狗，嗅觉十分灵敏，深得马丰收的喜爱。马丰收除了养牛，就是爱狗。他常说：“狗好哩，有的人还不如狗。”马丰收往欢欢的嘴里丢了几粒龙葵，欢欢被酸得眼直眨，她一边品尝龙葵的味道，一边手指一株特别的“庄稼”问爷爷。马丰收道：“这叫车前草。”欢欢道：“那是专门放在车子前面的吗？咱们又没车。”马丰收笑笑，不知怎么回答。这时候，“斗鸡眼”就“汪汪”叫开了，原来是力广播从路边经过。力广播大声搭话道：“丫头，怎么没车？你驴爹马上就能买车了！”马丰收道：“广播，你又糟蹋我做啥？”力广播道：“我哪次糟蹋你啦？今个我告诉你个特大喜讯，我可是刚刚听到，就跑来告诉你的。”马丰收道：“广播，你真不愧是消息通，说给我听听。”

力广播道：“驴兄，恭喜你马上发大财！你这地哩，不要再出驴劲侍弄，要不了几天，乡里就来征收。”原来，一个搞水产品加工的外地老板，看上了马丰收邻路的八亩土地，他准备在那儿建一个厂子。马丰收道：“真的假的？”力广播道：“我广播说的，几回有假话？”马丰收哭丧着脸道：“这次我倒巴不得是假的。”

力广播的消息的确灵验。第三天，马丰收坐在地头的田埂上看天，天很蓝，天底下是青黄色七成熟的庄稼。这时，力广发到田地边找他。马丰收的行踪很有规律，不是在家，就是在庄稼地，要不就是挑着地笼在水沟边下，去逮水沟里的泥鳅黄鳝。力广发笑着道：“永驴！”他本想喊“老驴”，但忽然想到马丰收那吃软不吃硬的驴脾气，就想讨好地喊他“永北”，没想到一急竟喊成“永驴”。

力广发继续笑道：“哟，丰收哥，你真是有后眼哎！”马丰收道：“怎么说，村长？”力广发道：“还不是因为有人相中你的这块宝地，要出价钱买地建厂哩。当初你与满意换地，还有人说你是驴脑筋，这下可好，真正堵住了他们的嘴。说实话，原先我在心里就支持你。”马丰收道：“我不卖！”力广发道：“不是卖不卖，是政府高价征收。”马丰收道：“出多少钱我都不卖，地卖了我吃啥？”

晚饭时，马丰收坐到桌边。老婆马小娟训斥道：“谁欠你账了，驴脸拉得那么长？”马丰收道：“有人打上咱那八亩地的主意了。”马小娟还没说话，儿子马涛道：“爸，这不是好事吗，世上上哪儿去找的好事，如今让你捡到了。”马丰收道：“那土地没了，咱还算什么农民？今后怎么过活？”马小娟这时再也沉不住气了，道：“看你，真是个驴脑袋，没有地，咱有钱还买不来吃的！”马小娟天性疼孩子，她对儿女的话往往百依百顺。看到老婆孩子一齐向自己开炮，马丰收的驴劲有点蔫了，自己找个台阶道：“土地就是个金元宝。没有地，咱心里不踏实！”

马丰收的八亩地得了一笔可观的赔偿。但究竟赔了多少，马丰收可说不准。原因是马丰收只管签字，赔偿款都被儿子马涛直接掌控了。力广播看到马丰收问道：“驴兄，你那破手机赶快换了吧，得了那么多钱，还在装穷！”马丰收急得要与他打赌：“我真的连钱摸还没摸过哩！”力广播道：“那是，现在都是打在卡上。”马丰收哭笑不得。

没有土地的马丰收就像个没头的苍蝇。他整天除了下地笼倒地笼逮些泥鳅黄鳝，就是帮别人干农活。好在这种时光没有多长时间，马丰收就获得了几亩地侍弄。力满意决定将自己的承包田出租给马丰收，原因是他外出打工期间结识了一个带他发财的弟兄。他要跟那人一起到邻县拖石子卖做生意。这样，马丰收就像一个光棍汉又找到了老婆。

马丰收爱到自己原先的八亩地上转悠。他每转一次，就感到心被麦尖戳了一下。他先是看到一大片尚未成熟的庄稼被提前收割，继而看到那片酥软的田地被压土机夯成平地，再看到一排排房子和水泥地出现在眼前。他仿佛感到那个原本属于自己的女人，遭受到别人种种蹂躏。他的心痛得慌。

外地老板“郭大金牙”的冷冻厂开张了，上面来了好多人剪彩，闹得很是风光。但是冷冻厂好景不长，只红火了短短几个月就歇火了。马丰收路过那片之前属于他的土地，看到厂子里荒草横生，他再也憋不住了，他要在那里侍弄庄稼。

这次，马丰收动了脑筋。按照他应有的性格，他应该找看厂子的“黄脸”老头大声理论几句：“你们看，这抛荒多可惜，简直就是犯罪。”可是他没有那样做。自从被派出所“关”了两次后，他感到光有“驴劲”不行，还要有点泥鳅的油滑。他买了两包烟给“黄脸”老头，提出自己想在荒地上种点庄稼，收成对半分。直到充满石子、垃圾的荒地被他一锸锸复垦成良田，地里又神奇地长出大豆芝麻、青菜冬瓜，马丰收开心地笑了。这种开心一直延续了很长时间。他心爱的八亩地，终于又回到自己手中。马丰收的笑容里藏满甜蜜，尽管是在睡梦中。醒来后，他幸福的口水淌满一脸。

7

除了土地能给马丰收带来实实在在的快乐，马涛和马婧婧也给马丰收带来无尽的满足。马涛和马婧婧是马丰收的一对儿女。

“这人跟庄稼没什么两样，都是一茬一茬。”这是马丰收常常挂在嘴边的一句话。马丰收喜爱庄稼，因为它们是自己的儿女；马丰收喜爱他的儿女，因为他们也是自己的庄稼。只要有饭吃，这个世界最幸福的事情，也许并不是当皇帝，而是儿女绕膝。最让人悲催的是时间，转眼间，马丰收的一对儿女都长大成人。宝贝女儿马婧婧像她母亲马小娟，从小就爱看戏。虽然没有考上大学，但她一直挚爱唱歌，出嫁后与丈夫一起搞了个乡村乐队，整天除了唱歌演出，就是梦想上《星光大道》。儿子马涛上的是民营大学，大学刚上了一半就辍学了，原因是他爱上了大他五六岁的一个网吧女老板，他实在无心再继续读书，但最后到底又被女老板给甩了。

马丰收觉得，女儿就是水田，很少让自己烦心。而儿子马涛在他的心中，就是块十足的旱田，间苗、松地、除草，样样不能少，让人烦心而又没有太大的收成，纯粹是折本的买卖。

承包地的补偿款被马涛拿去“创业”了，具体就是他跟毛嘴村一个叫毛大千的小青年一起“放爪子”（放高利贷），做起了钱的生意。马涛给毛大千做助手，他们用二分、三分的利息从别人手中拿来，转手再以四分、五分乃至一毛的利息，放贷给急需要用钱的老板。

马丰收看到儿子马涛除了和一帮兄弟大吃二喝，就是数钱。刚开始时，马涛将成包成包的钱拿回家，马丰收还听从马小娟的话，与她一道帮着儿子数钱。可后来，儿子再将满满一蛇皮袋的钱拿回家，马丰收就害怕了，他从来没见过这么多钱，他的心中也不需要这么多钱。他劝导儿子：“庄稼长出来，那都是一滴滴汗水换来的。没出劲得来的钱，让人恐慌，消停不了几天。”马涛听了马丰收的话，不屑地笑了：“老爸，你是嫌钱多，把你数得手抽筋吧！你别看我玩钱玄乎，可比我姐做那个《星光大道》的美梦现实多了。”马小娟也在一边数落马丰收，骂他一辈子的驴脑袋，只配敲土疙瘩。

儿子脖子上套着手指粗的项链，马小娟对儿子金银满身很是高兴，认为自己几十年的憋屈被儿子帮着给出了。马丰收却从没正眼看过那些真金白银。一天，儿子将两枚金戒指往桌子上一扔，道：“这是孝敬老爸老妈的礼物。”马小娟笑嘻嘻地将戒指戴到手上，马丰收只顾喝着酒，好像没听见一样。马小娟道：“蠢驴，儿子挣钱了，孝敬你，你别不识好歹！”马丰收将戒指递给马小娟，道：“我这刨土疙瘩的手，戴上别扭，手就不会干活了。”儿子买轿车了，将新车开回家的时候，“噼噼啪啪”的鞭炮声把马丰收的耳朵都差点震聋了。马丰收躲进了牛圈里，那里拴着两头犍牛，那是他不会讲话的老伙伴。马丰收看到儿子的轿车，心里就恐慌，他只有用手摸着自己心爱的两头牲口，才能缓解心中的不安。

果不其然，儿子马涛没有风光多久，就被马丰收不幸言中。跟马涛一起“放爪子”的毛大千跑了，原因是拿他们钱的上线老板“红毛”先跑了。

那天晚上，马丰收正在跟马小娟一起看《星光大道》。马小娟说：“婧婧要能上《星光大道》就好喽！”马丰收信心十足地说：“咱们婧婧一定能上《星光大道》。”马小娟笑道：“反正做做梦，嘴上说说也不收税。”马丰收急了，就抬杠要与她打赌：“婧婧要真上了，你说怎么办？”正在这时候，很多人一起拥上门来，马丰收的驴庄顷刻变得热闹。屋里屋外，站满了人。马丰收和老婆慌忙赔着笑脸和大家打招呼。力满意发火道：“‘犟驴’，你还有闲情看《星光大道》？赶快将马涛交出来！”马丰收终于听清楚，众人听说马涛跑了，上门讨债来了。马丰收这才想起儿子两整天没有回家了，慌忙赔笑道：“大家莫急，大家莫急，等一会儿马涛回来就清楚了。反正是冤有头债有主。”

就这样，几十口人一直等到午夜，也没有等回来马涛。马小娟不停地打儿子的电话，一直是关机。马小娟和马丰收慌了，前来讨债的人也都慌了。力满意等得再也不耐烦，对马丰收夫妇道：“什么手机没电，敢情是和毛大千一样，撒腿跑路。‘犟驴’，我可告诉你，那可是我卖石子的血汗钱，明早不见你儿子的影儿，莫怪我对你们不客气！”

8

马涛真的是跑了。马丰收和马小娟得到这消息，是女儿马婧婧告诉他们的。马涛临走时，给姐姐打了最后一个电话，他说他要躲债去了，让姐姐带话给父母别担心，就当他去世界旅游了。

黑狗“斗鸡眼”凶猛的叫唤，丝毫阻止不了要账人的集体行动。马丰收看到有人将自家的电视机抱出门，有人将电动车骑走。当他看到力满意走进牛圈，准备将他家两头犍牛牵走时，他再也沉不住气，大叫着冲上前，攥着力满意牵牛的手。力满意当即不满意了，和马丰收顶起牛来。这次，马丰收没有将力满意举过头顶，而是被力满意轻巧地就撞倒了。马丰收看着力满意扬长而去，伤心地蹲在牛棚前，眼睛呆望着空中的彩旗。

儿子从别人手里拿钱，基本上都没有打条子。大多数人贪图利息高，都不在乎借款人是否打条子给他。但即便这样，凡是找上门要钱的，马丰收也都在本子上留上一笔。他相信真正的庄稼人不打诳语。家中凡是值几个钱能拿得动的东西，都被借款人一扫而空。马小娟开始对儿子恨得牙齿咬得咯吱响，她的恼恨中更多的是对儿子的牵挂，她气儿子哪能这么狠心抛开他们，招呼不打一声就走了。她常对马丰收发火："这个驴×的，我看他能跑多久，回家我非把他的头砸扁了。"马丰收道："当初你比谁都欢喜他玩钱，小孩也是被人坑害，不管怎么说，我还是希望他回家。"马小娟道："那你说，他拿人家那么多钱，这个家还怎么沾？"马丰收道："还用说？只要他少的钱，咱们来还。钱这东西，生不带来死不带去，要钱干什么？只要下拼劲，总会有还清的时候。"马小娟哭着说："那他要还是不回来呢？"马丰收道："这个驴种，跑了和尚跑不了庙。我是相信他一定能回来。"

马丰收又开始四处打工，拼命挣钱。在家除了下地笼逮泥鳅黄鳝卖，到废弃的厂子里拾地种，还租种村里外出打工人家的二十多亩地。每当在外领了工钱，或者庄稼收获完，他拿着庄稼换来的一张张花纸回家，他总是第一时间翻出记账本，主动将钱送到债主的门上。马小娟将儿子当初给她买下的戒指气得扔进了门前的草堆中，但是她在替儿子还账上，与马丰收却达成高度共识。她相信马丰收的话，儿子不就是被钱吓跑了吗？只要人不死还有口气，总会把账还清。总有一天，儿子也就会回来。可最让马丰收心头郁闷的，是他家的祸不单行。一天早晨，马丰收和老婆马小娟正在整理捡来的废品，力广发带着乡里蹲村的老吴上门，通知马丰收，说是搞新农村集中居住点建设，让每家每户做好拆迁的准备。马丰收呆呆地看着自己亲手垒起来的两排房子，听老吴初步给他算出的补偿款，心霎时凉了。乡里的补偿标准很低，那一星点的拆迁补偿，还不够一半的购房款。

马丰收心里烦恼时，就是到农田里干活。他会一边干着活，一边嘴里叨咕着那几句老掉牙的歌词："太阳出世来犁地，太阳死了去困觉。讨个女人好说话，床上还能种娃娃。"这天，他带着"斗鸡眼"正在田里给庄稼除草，力广播来找他。力广播道："驴兄，别唱你那破歌，赶快过来！"马丰收自从儿子失踪后，总是提不起精神，即使是从前令他兴奋的干农活忙庄稼。马丰收道："广播，你又给我送来什么坏事？"力广播道："恭喜你还来不及，这下你发大财了！"马丰收道："我能有什么财发，一辈子的穷命！"力广播道："驴兄，拆迁的事情，你知道了吧！没想到你是憨人有福命。"

马丰收道："拆迁拆迁，马上连个窝都没有了！"力广播接过马丰收递给他的一支烟又送回去，自己从口袋里掏出一包好烟，散一支给马丰收，道："剋（抽的意思）我这根好的，待几天，你发了大财，可得送我两包！"马丰收不解地望着力广播。力广播道："丰收，刚才我在会计豁牙家，县里和乡里来的人正在他家闲聊，他们说，省里要在咱们力河上架大桥。这个大桥真是长，从对面架过来长长几十里。引桥恰好经过你家那驴庄，这下，你的赔偿款跟庄上的人家就不一般了。"马丰收道："广播，你这话啥意思？"力广播道："你的补偿款，是省里的标准，比咱们乡里的拆迁，高不知有几倍哩。"力广播看到马丰收一脸迷惑，拍拍他的肩膀，道："走，晚上到你家剋酒，我慢慢说给你听。"

9

马丰收获得了一笔丰厚的补偿款，起因是他家的房屋拆迁，落实的是省里重点工程、力河洼大桥建设补偿的标准。马丰收一点都不高兴，他亲手建立的驴庄马上就要消失了。但马丰收有时心底又涌现一点点自豪，自己侍弄过的土地毕竟给国家作了贡献。

大桥的工期很紧，为了加快土地和房屋征收进度，力广发安排几个村干部过来，一起帮马丰收收拾零零碎碎。马小娟久违的微笑又挂上脸庞，她一边在心里算计着补偿款如何还账、儿子在账还清的某一天突然回来；一边与几个村干部说说笑笑。力广发道："丰收，你看还有什么落下？今后这驴庄可就在地球上消失了。"马小娟道："破破烂烂还要它干什么，将来住到城里的套房，都是累赘。"却见马丰收一声不响，忽然回头又向房子前走去。大家看他一直走到旗杆下，神情庄重地将空中的彩旗降下来，铺到地面上，认真地把它折叠整齐夹到腋下。

马丰收带着黑狗"斗鸡眼"进城了。原因是房屋征收时，政府给了他进城购房优惠政策。依照马丰收的意思，他就在乡里的安置小区随便买个房子将就安身。可马小娟不想浪费政府给予的购房补助政策，她羡慕城里人的生活。马小娟喜欢听戏，她进城没事，总会顺便到城南烈士陵园门前的公园打弯，那里聚着一帮酷爱唱"拉魂腔"的人。

马丰收在工业园区的厂子里找了个木工的活儿，这样，他就成了个真正城里人。不过，经过好长时间，他才适应城里的新生活。一开始，他不知道怎么安排他的伙伴黑狗"斗鸡眼"，他不习惯待在家不串门，也不习惯上厕所坐在马桶上。早晨，他早早起身，直到跑到很远的一处公园里，那儿的水冲厕是蹲坑。马丰收喜欢蹲着方便，这样他觉得才能使上劲过瘾。园区工厂里的保安看上了黑狗"斗鸡眼"，和马丰收说了一挑子好话，保证不让它受罪，马丰收才将"斗鸡眼"交给保安。

马丰收和保安谈心，感慨说："这个城里人生活，真是让人不习惯！狗不像狗，人不像人。你看那些宠物有什么用？看起门来，只有咱们的斗鸡眼管用。”他上班之余，用他的话说，就是闲得心慌。于是他就四处瞎逛。一次，他把装着“随身听”的提包在公园里弄丢了，里面还有刚领的三千元工资。提包是女儿马婧婧帮他买的，也算不上落后。他的心里已经没有丝毫指望，只是“有但无”（不抱希望）地回头去转一转，谁想到，提包还放在公园的花坛上，四周坐着几个中老年人指指戳戳议论说：“你一捡，他就来讹你。”“现在骗子的花招不新鲜了，我们来看看这个骗子露头，究竟长得什么样！”马丰收忐忑地上前拿回提包，一看里面的东西一样没少，心里不禁乐了。他琢磨不透，这城市真是有意思，老人跌倒没人敢扶，掉个包竟也没人敢捡。

马丰收游逛时，看到有人聚在广场上唱歌跳舞，有人在露天棋牌室下棋打麻将。可是那些他都不感兴趣，他想在农田里，一边砸土疙瘩，一边唱他的歌谣。马丰收终于有了自己美好的念头，他还是要种地。

一天，马丰收和马小娟正在客厅吃饭，这时，响起了敲门声。原来是物业找上门来。门一开，物业处的老王眼前一亮，终于找到了他要找的人。马丰收接到了一张五百元的罚单，并被责令迅速恢复楼下草坪原样。原因是他在楼下的草坪上开荒种菜。

马丰收受到处罚，很快就像变了个人似的。他倒不是因为心疼罚款，而是他感到很绝望，城里是彻底没地可种了。马丰收生病了，莫名其妙地在床上躺了好长时间，马小娟要送他到医院，被他驴脾气上来发了一通火。

马丰收躺在床上，满脑子是儿子和田地。现在，土地没了，儿子也没了，儿子还能回来吗？回来后到哪里去找家？马丰收觉得浑身软绵绵的没劲，他忽然想到自己可能快要死了，就像木匠夫妇，就要离开这个世界。他甚至让老婆找出搬家时收藏起的彩旗，他在想，如果自己死了，要叮嘱将那面旗子覆盖在自己身上。这天，女儿马婧婧的一个电话，激起了马丰收的斗志。女儿接到《星光大道》

栏目组的电话，让她到北京参加初选。马丰收在心里说，人怕的就是心死。他忽然心里敞亮起来，他决定回家。

马丰收一直不觉得城里是自己的家，他的心中，真正的家还在力河洼，还在驴庄。他精神抖擞地从床上爬起来，坐车赶回从前村庄所在的地方。村庄整体拆迁了，变成一望无垠的田野，被一个外地人承包，搞成万亩稻米基地。他很快找到自己的驴庄，找到了从前竖旗杆的地方。那儿已变成一个场面十分大的工地，工人们正在热火朝天地修桥，从前属于他的驴庄，有一半要被引桥从头上经过。他先是专注地研究工人们如何修桥，然后又坐到远处的田埂上。他想起了力广播，想起了力广发和马长安。村子拆迁后，他们有的在集镇上买了楼房，有的在村里的集中居住点置办了房子。马丰收足足吸了有半包烟才起身。他又找到建在自己八亩承包地上的厂子。厂子还在，只是变得更加荒凉。黄脸老头一眼认出了马丰收，热情地拉他进屋抽烟。

马丰收又提出要在厂里种地，黄脸老头满脸堆笑，道："好说，好说，这次你七成，我三成。"马丰收的回答令老头一头雾水。马丰收道："我一成也不要，我只希望你放我进来，有地种就中。"

10

马丰收每天总要带着"斗鸡眼"，坐公交车从城里回几十里外的力河洼老家。他已经逐渐还清了儿子的借款，他不再去园区的工厂上班，他不再对钱发生多大兴趣。

马丰收在城里好不容易碰见一个熟人。一天，他正在看一群人跳"钱竿舞"，有人过来拍拍他的肩膀。他看了好一会儿，才认出眼前的人，竟是马庄的本家"大疙瘩"。"大疙瘩"也一样地衰老了，浑身的肉疙瘩早已消失，而且人瘦得比"大黍秆"力满意胖不了多少。"大疙瘩"道："唉，自打拆迁后进城里，原先多少好邻好居，也不知都到哪儿去了。”马丰收心下道：“当初谁与你是好邻居了？”不过他很快就有了伤感，他的确很想念原先村里的人，即便是马庄那些曾经欺负过他的族人。马丰收道：“哎哟，老大，你怎么现在瘦成这样？”

“大疙瘩”对马丰收说，村庄拆迁后，他就生了一场大病，年上刚做的手术，正在恢复中。马丰收问他平时干啥，“大疙瘩”告诉马丰收，现在他认上了“敬耶稣”，他觉得教堂里的人说的话对他心路。“大疙瘩”认真地怂恿马丰收也去“敬耶稣”，至少还要动员马小娟去敬，只要“敬主”心诚，保不准哪天马涛就回来了。马丰收笑了，口上说他考虑考虑，其实他心里绝不相信“大疙瘩”讲的那一套，那不过是人走投无路时，抱到的一根救命稻草。

马丰收在黄脸老头的厂子里又刨起了地，空气里又响起一种像杀猪般的号叫：“太阳出世来犁地，太阳死了去困觉。讨个女人好说话，床上还能种娃娃。”马丰收将本来一片荒芜的土地，重新侍弄得平平整整、漂漂亮亮、一派生机。马丰收收起芝麻绿豆，接着就种青菜萝卜。忙完农活，他还喜欢到从前的老屋地点转悠。一天，他忽然产生一个奇妙的想法，他鼓足勇气，决定去找工地上的矮胖子经理谈一谈。

马丰收恳求矮胖子经理，容许他在原先的老屋那地块，竖上一根旗杆。矮胖子笑了，对他的话一脸惶惑，道：“为什么呢？”马丰收说：“不为什么，只是因为从前我在那儿升过旗。”矮胖子打量着马丰收，他认为遇到了一个神经不正常的老汉，自言自语道：“那儿又不在施工范围，我管你呢？”马丰收像是等到了矮胖子的批复，感激地说：“我儿子从那儿失踪，但原先的房子没了，如果他哪天回来，这样不就能找到家！”

在大桥一侧废弃的田野上，马丰收的彩旗又升起来了。矮胖子并不赞成马丰收升旗就能为儿子引路，而是马丰收说了一句话，他感到中听。马丰收说：“您瞧这颜色，多像那稻谷的色彩！有了这面旗，想不丰收都难哩。”因此，在施工的工友要求放倒旗杆时，矮胖子表示了坚决反对，他说：“大桥通车后，自然有人会来问事，我们只管修我们的桥。”

一天，矮胖子站在工地上看那面在风中飘拂的彩旗，像是想起了什么，向一旁正在看工人修桥的马丰收道：“哟，求你别唱了！差点忘了问，你叫什么名字？”马丰收听到矮胖子突然与自己说话，吃了一惊，唱到“讨个女人好说话”时，就停止他的哼唱。马丰收挠头想了想，笑着道：“你猜！”矮胖子感到好笑，道：“这让我怎么猜？”马丰收道：“你能猜出来的，你真要能猜出来怎么办？”

矮胖子被马丰收说得不着边际，又不好和他抬杠，就闭上嘴不再说话。马丰收道：“还没搬家前，你在开超市的‘姬有才’家喝酒，我陪过你。”矮胖子这才回想起来，道：“哦，对了，你是‘啤酒老王子’！”马丰收一张驴脸上满是光泽，兴奋地道：“对，对，你再想想，我，我叫马丰收。”听矮胖子嘴里不停地念叨着他的名字，马丰收继而补充道：“哦，对了，马丰收、马永北、邹学北、犟驴、老驴，都是我的名字，你可以随便叫哩！”

马丰收对儿子有朝一日回家，一直信心十足。“种瓜得瓜，种豆得豆。这土地待人实诚，它不会骗人，也需要人伺候哩。”马丰收注视着眼前一望无垠的田野，他时常把自己和儿子都想象成一株庄稼。

作者简介：

羊　毛　本名高学升，男，汉族，迄今发表各类文学作品五十余万字，多次获省级以上文学创作奖。作品散见于《太湖》《剑南文学》《金山》《天池》《微型小说选刊》《小小说月刊》《羊城晚报》《扬子晚报》等报刊以及中国作家网等网络平台。

大地耳

王小勃

如果可以，我希望它成为另一种可能。

——长毛隐语

1

长毛怎么也想不到，自己竟然会有如此的神力，可以听得懂百虫的低语。也许正是应了这个缘由，他才得以在伙伴中间确立起了新的威信。

据我所知，长毛在我们中间威信的崩塌源于一次“意外”。说是“意外”，更多人却看作是故意为之。长毛为此懊恼不已，他常常用“好事不出门，坏事传千里”来为自己做道德上的辩解。

每一次提起长毛，新娃总是学着从老师那里偷听来的评价对长毛加以指责。长毛背负了不小的压力，如果你知道他是如何处心积虑地“拉拢”我们，从而借此确立起自己的话语权，对于他的懊恼也就更能理解了。

我和长毛是堂兄弟，也就是同一个爷爷。我们俩同年同月同日生，都“带把”。据说出生那天在村子里制造了少见的轰动场面。我们一家人乐得合不拢嘴，平日里抠到家的爷爷竟然请来宝鸡的剧团搭台闹腾了好几天。两位产妇（母亲和婶婶）自然也得到了更多的关怀。父亲和叔叔激动得跑到祖爷爷坟头放了铳子。

同一家的弟兄俩同一天有了儿子，确实不多见。但是舆论的热度总会过去，当《下河东》最后一曲余音消逝，围坐在我家门前敞亮处的大人小孩们回到家，柳树巷重新变得静寂也就代表着整件事就此变成了回忆。只有当我或者长毛一两声婴儿特有的啼哭声透过窗棂传到外面，人们才会再一次对此议论一番。

更多时候，母亲和婶婶都是坐在自家炕上摇晃着我们，而并非人们说的那样由历练的婆照看我们，两个产妇就早早下地干活了。即便是这样相近的成长环境与遗传基因，却还是造就了我和长毛巨大的性格差异。承前所述，长毛是个爱出风头的家伙，我却恰恰相反。所以，也就造成了我们兄弟俩在很多事情上的迥异处境。

长毛和我不是一路人，这是大家都知道的，我们俩也对此不持任何异议。自小长毛就比较皮实，爱闹腾，惹是非，没有少挨叔叔婶婶的笤帚把。可他却从没有屈服，反而越发不服管教。白天，他领着一帮碎娃不是在城壕拾烂货，就是在土场耍土，要不然就在戏楼那里上蹿下跳地捉迷藏。其实，我有时也想跟着长毛出去耍。可是却受不了长毛开出的条件：让我喊他哥。我和他是同年同月同日的，时辰上也几乎没有差别，这是两家大人都分不清的事情。所以，我不会让他喊我哥，更不愿意喊他哥，我怎么能凭长毛一句话就信他呢？

不屈服的结果就是我只能和那些跟我年龄差不多的女娃打沙包、跳皮筋，这当然是大人们所乐见的，因为这样就会省事。每次逢年过节一大家子人在一起，谈起我们时父亲母亲脸上露出的得意笑容，我总是觉得不自在。长毛嘟囔着，不用说就知道他在心里早就骂了我好几遍了。

很多时候，大人们不恰当的教导总是会引起更大的抵抗。长毛不爱回家，已经成了全家人的心病。爷爷看到他来不及说话，先是忍不住手捂住胸口咳几声。等咳完，长毛却已经溜得没影了。

长毛不爱念书，总是从学校东面的土墙上翻出来，领着一帮还没念书的娃娃到处疯跑，村里角角落落都是他们的“根据地”。叔叔婶婶成了老师的“座上客”，他们赔不完的“不是”，道不尽的歉。学校勉强留下了长毛，却并没有让他跟着我们往上升。我升四年级了，他还在一年级当“娃娃头”。叔叔婶婶嫌丢人，好几次都不让念了，让回来跟着叔叔去打工。爷爷气得指着叔叔鼻尖骂，一则因为长毛还没年满十岁，二则这么顽劣的娃出了门会闯下更大的祸。没办法，只能让长毛继续留在家里。

长毛并没有因为念书不好就少了玩伴，反而因为“江湖经验”丰富，在柳树巷的碎娃中间建立起了不小的威信。长毛很乐意“当娃娃头”，他在多次“行动”中积攒下旺盛的人气，碎娃们都服他，即使他连自己的大名都老写错。他不喜欢别人叫他长毛，索性就让碎娃们喊他老大。

长毛的大名叫王万超，因为生下来时一头乌黑遮耳的长发，爷爷一句这娃娃跟长毛一样，就落了这么个小名。叔叔婶婶没念过几天书，也“长毛娃，长毛娃”跟着叫。所以，家里人都习惯喊他长毛娃，只有我喊他长毛。

2

说说长毛的那次“意外”吧。

据母亲说那是个暑假天，叔叔和婶婶早早起来，趁有露水去地里给玉米上肥料。死活叫不起来长毛，只好把他锁在屋里，两口子拉着肥料走进地里。

长毛不知道睡到啥时候，可能是叫尿憋醒了。眯着眼睛刚迈出房门，迈开腿就尿开了。谁知道，家里的公鸡卧在房门前晒暖暖哩。被这突如其来的“雨水”浇醒了，一下子“咯咯咯”地扑打着翅膀飞到了院子当中。长毛也被吓了一跳，一睁眼看到公鸡一副气急败坏的样子。顿时气不打一处来，就想教训一下这只公鸡。他抓起一根细棍子，追着公鸡满院子跑。公鸡跑了几步，飞到麦草垛上，他拿长竹竿赶下来，公鸡飞到树上，他就用胡基块打下来。长毛看见公鸡被他收拾得没处躲藏，心里乐开了花。公鸡趴在墙根，全身羽毛抖动着，灵冠处的红毛倒竖起来，嘴里发出“咯咯咯”的怒吼。

长毛还不解气，拿着细棍子走到公鸡跟前，迈开腿，掏出“牛牛”朝鸡头撒起了尿，他要把刚没撒完的尿全都浇到鸡身上。忍无可忍的公鸡对准他的“牛牛”猛啄一下，扑闪着翅膀飞到了墙头上。

长毛捂着“牛牛”号叫着，隔壁两邻的人不知道发生了啥事。想过来看看，头门紧锁着进不来。还是父亲有主意，端着梯子从墙上翻过来，抱着长毛又翻过去，朝卫生室飞奔而去。

情况不是很严重，用卫生室医生的话来说只是软组织受损。父亲揣着一包外敷药，抱着长毛回到了家里。

长毛娃你好好地听话，再“骚情”，小心“牛牛”烂了。长毛龇牙咧嘴地不让母亲给他抹药，父亲看不下去了，在一旁骂道。

长毛还是有些不情愿，扭捏着说他自己能行。

再甭犟了，长毛娃。大妈给你抹，大妈跟你妈一样。再扭捏，小心把病耽搁，以后娶不下媳妇可咋办呀？

长毛这才慢慢松开一直提着裤子的手。

柳树巷的碎娃们是从长毛蹩脚的走姿中发现异常的。卫生室的医生给长毛开了两个月的药，每天都要涂抹。为了不把药蹭掉，婶婶给他穿了一条叔叔早前的裤子。不到十岁的长毛穿了条大人的裤子，而且还要分开腿走，那种滑稽姿势让长毛成了整个柳树巷的笑柄。

自然，长毛的老大梦也就打了折扣。他的那些“小弟”对于他的命令不是王顾左右而言他就是背着他捂着嘴偷笑。这是我亲眼看见的：

长毛拖着两个宽大的裤腿，别扭地走在几个碎娃的前面。他们是要去城壕寻找“战利品”，他们刚刚摧毁了一处老鸹窝，急着跑过去要查看有没有摔碎的老鸹蛋。长毛一条腿踩在土堆上，左手插在腰间，右手搭在额头朝前望去。突然右手扬起来朝前一挥，他的弟兄们就冲出了“战壕”。他也吃力地爬上去，刚要跟着队伍往前跑，左脚踩在了右脚的裤腿上，来了个“狗吃屎”。随着他“哎哟”一声，弟兄们往后一瞧全都乐了。

长毛脸上有些挂不住，朝前面直摆手，意思是让大家别管他。这时却有好几个弟兄跑过来扶他了，扶就扶，偏偏有人不小心又踩到了他的裤腿，众人刚一使劲，长毛的裤子直接被抹了下来。

啊呀呀，咋么把老大的裤子给脱了？赶紧给提上！

长毛被几个弟兄围着，一时没法下手，脸憋得像个青茄子。

啊呀呀，老大的“牛牛”可咋么了？没人碰咋么成这么个了？一个小弟惊叫着。

长毛顺势两腿一夹，双手捂住了他的私处。他马上意识到不妙，赶紧辩解。

没咋么，没咋么，你都看花眼了。

哎呀，不是，老大。我看你的“牛牛”真出麻达了！那个小弟不依不饶，一副十分着急的样子。

我说没有就没有！长毛气急败坏地吼道，赶紧去看看前头有啥东西么，都围着我干啥？

弟兄们只得转过头继续往前跑，只是他看到有两个小弟一边跑，一边捂着嘴“咯咯咯”地笑。长毛顿时觉得像是受到了天大的侮辱一样，愣在了原地。

3

长毛头一次感受到他的威信的动摇，他绝不能任由事情这么发展下去。他需要更大的能耐来征服这群小弟，他努力在自己的身上搜寻着这样的本事。

从傍晚一直到临睡觉前，他一直在思量这件事。他不能把好不容易带出来的“队伍”让给别人，那还不如让他光着屁股出去跑呢。他的伤一时半刻也好不了，等到完全好了，就没人听他的指挥了。

长毛愁得睡不着，好几天都是从吃完晚饭就爬到炕上，眼睛睁得像个铜铃，透过玻璃盯着外面的天空出神。该想个啥办法呢？长毛翻来覆去地睡不着，窗外的景致在他看来实在是无味的调剂。柿子树上不时有老鸹飞来偷食，也有两只鸟争抢一颗柿子的时候。深夏时节的树叶也经不起这么折腾。两只鸟这么一争抢，周围树杈上的叶子纷纷飘落下来，有一片落在了窗台上。长毛顾不上鸟儿的嬉戏，他透过窗户的破洞伸出手将叶子捏在手里，两根手指头捏着转。他完全被这片新落的叶子吸引了，他眸子里的叶子不停地转，往左几圈，往右几圈，然后再往左几圈。这么重复着，长毛没有一点睡意，反而越发清醒。他把身体的温度传递给树叶，树叶就多了些灵气，似乎发出了“嗡嗡”的声响。他侧着耳朵仔细听，越来越明显。他感觉树叶在和他说话，不小心却被一只蚊子叮了一下。

臭蚊子，看我不抓住你，拔了你的腿！

长毛把树叶放在一边，光着尻子爬起来去追蚊子。蚊子并不着急逃命，而是在屋子里飞来飞去。飞得不高也不低，刚在长毛伸手就能够到的半空中。长毛来了气，死死追着蚊子不放。蚊子耐心地和他周旋，最后还是长毛先妥协了。他两只手扶在大腿面上喘着气，眼睛盯着停在木炕边上的蚊子。蚊子扇扇翅膀，歇一会儿，又扇扇翅膀，再歇一会儿。

这分明就是在嘲笑长毛追不上它。长毛恶狠狠地盯着蚊子，脑子里却在想着怎么才能抓住这只臭虫子。他的眼睛在炕上扫视着，蚊子不紧不慢地扇着翅膀，等着长毛下一步的行动。长毛看了半天没有任何收获，只能将注意力重新放回到蚊子身上。

寻不下东西收拾你，我就耗死你！长毛索性趴在炕边盯着蚊子，蚊子也一动不动地“盯着”长毛。

狗东西，你不就是嗜血的臭虫吗？你看你那㞞样子，还和我耍笑哩！

长毛刚把这句话嘀咕完，耳边就响起了同样的话。没错，有人把他的话重复了一遍。长毛一惊，身子不由得一抖。转身跳上炕边，伸长脖子透过窗户朝外面望，院子里空空如也。

哎？真是怪事，刚明明听见有人说话哩。

真是怪事。

他猛然间又听到一个声音，发出了这四个字。

长毛只觉得脊背透过一丝凉风，心里直发毛。赶紧站起来在脚地转了几圈，还是没有任何发现。

得是我耳朵出麻达了？长毛纳闷地用两只手捂捂耳朵，又垂下来。

耳朵出麻达了。

这个声音第三次响了，这一次他听得更加真切。没错，就是屋里头的声音。长毛一下子坐在地上，整个人都瘫了下去。难道是鬼?！他心里这么琢磨着。他想跑，腿上又像灌了铅一样，动弹不得。他闭上眼睛，感觉不祥的空气更加沉重了。还是睁开吧，睁开以后他看到蚊子还在那里没有动弹，他刚才那么大动静，蚊子竟然一直在看着他的“表演”。

这只蚊子是专门来看我笑话来了。一瞬间，愤怒压过恐惧在长毛脑子里占据了上风。他一挥手，想把蚊子拍死在炕边上，蚊子仍然没有动。

倒是长毛愣住了。这蚊子有问题：不是瓜了就是傻了，咋么不怕人哩？一下子，好奇心又驱使着他要好好看看这只蚊子。长毛又一次环视了周围，两只手交叉着在身上从上往下抹了几下。挪到近前，端详起了蚊子。

看啥哩？

蚊子说话了。

啊呀！声音原来是从蚊子身上发出的！长毛这一次终于找到了吓唬他的“元凶”，可是他却一点都不憎恨它。好奇心爆发出更大的力量使他不得不趴在蚊子跟前，端详起这个一抖翅膀就发出声音的小家伙。长毛用手拨一下蚊子，蚊子往后退两步，再拨一下，蚊子再退两步。他觉得很好玩，一直这么拨，蚊子却不耐烦了。

你在要笑我？

蚊子拖着细细的音调质问长毛。

你还会说我们的话？

我成天听你们说话，当然会说了。

你是神仙变的吗？

我不是神仙，是你有了能听懂我们说话的本事。

啊？是不？我怎么会有这样的本事哩？

蚊子不说话了，像直升机一样慢慢起飞，高过长毛头顶时，慢慢前进。长毛也站起来，跟着蚊子出了门。

4

盛夏时节，夜晚的空气中也会弥漫着湿凉之气，特别是到了后半夜。凉气就铺天盖地而来，重新占领了这个世界。露水逐渐凝结成水珠，挂在枝头叶尖。虫儿们顺着花花草草的枝蔓爬上去，吸吮水珠，浸润着脆弱的躯体。这些夜间的小精灵，喝得尽兴了就会不约而同地开一场赛歌会。

没有好嗓子的动物，也不觉得难为情。它们都会按照自己的爱好来选择乐器：啄木鸟寻找能发出响亮声音的枯树枝，这就是它们的鼓。它们那结实的嘴，就是顶好的鼓槌。天牛的脖子嘎吱嘎吱地响——这不是活像在拉一把小提琴吗？

蚱蜢用小爪子抓翅膀：它们的小爪子上有小钩子，翅膀上有锯齿。一种火红色的水鸟把长嘴伸到涝池里，使劲一吹，把水吹得扑噜扑噜直响，整个水里哄传起一阵喧嚣，好像牛叫似的。

蚊子们则成群结队地在水面上盘旋，长腿蚊子还能够站到水面上起舞，翅膀振动的声响就是最好的伴奏……

长毛跟着蚊子来到涝池边，被眼前的景象惊呆了。他听到了各种奇怪的声音，不只蚊子，还有其他见过的和没见过的虫子。它们创造了一个美妙的世界，他竟然听得懂它们的语言。

长毛惊奇地屏住呼吸，看着眼前的一切。这里仿佛是另一个世界，而他，反而成了异类。好在，百虫们并没有排斥他。换句话说，他的到来，并没有影响到它们的兴致。或尖细或粗犷或沧桑或清澈的嗓音里，发出的声音此起彼伏。长毛突然不知道该咋么办了，他不清楚这样的景象究竟始于何时，持续了多久。他一下子觉察到，原来在人类社会之外还有这么一个如此精彩的世界。是的，精彩！在长毛有限的词汇里他实在找不出其他更合适的字眼。这是他最直接的感受，他在这里变得渺小，该站在哪里，该做点啥，他很茫然，只觉得身躯庞大的自己反而迟钝了。

还是他的“向导”过来提醒他继续往前走。他才缓过神来，尾随着那只蚊子往前走去。他围着涝池走了一大圈，在一处几尺见方的小水潭边停了下来。他发现这原本是他们捉青蛙、抓蝌蚪时挖的“临时鱼缸”。那是刚立夏时候的事了，几个月过去了，“鱼缸”已经有些破败，周围的土变得松散，有一部分土已经掉落下来，在水里堆成小土丘，露出了头，蚊子们把它看作是天然的“训练场”，在上面练习水上降落。那只蚊子告诉他，这是它们生存的必备技能。只有在这里练习熟练了，才敢在更大的水面上玩。飞累了，可以在水草上临时休息。在这里练得马马虎虎，如果遇到蜻蜓和蝙蝠，那么就很有可能被追得筋疲力尽，看见水草也没办法躲藏进去了。

长毛提议给它们重新修理一下这个“训练场”，蚊子们却并不同意。

天然的就是最好的，不用去修理。

为啥？

在遇到危险的时候，根本来不及等修！我们利用这些东西本来的样子规避危险，对我们适应自然界也是有好处的。

长毛听出了蚊子们的心声。他发现原来这些小虫子也不容易，时时刻刻需要防范天敌的袭扰。所以，它们时时刻刻都在练习生存的本领，不敢有丝毫懈怠。

蚊子，蚊子。长毛找刚才的“向导”。

我在这里呢。

长毛转身一看，发现带他来这里的蚊子，正在与他齐头高的一根蒿草上。

蚊子，蚊子，要不我帮你抓蜻蜓吧，这样就没有谁能欺负你们了。

没用的，除了蜻蜓还有蜘蛛、青蛙、蝙蝠，我们还有很多天敌，你根本抓不尽的。

那怎么办呢？

没关系的，我们习惯在这样的环境中生存了，没有了天敌，我们反而会变得懒惰。

是啊，所有的动物都有天敌，哪怕是老虎、大象也有。

这时，枝头的一只老鸹说话了。

长毛一惊，他以为只能听懂蚊子说的话，原来老鸹的话也能听懂。

你可以听懂所有动物的话。蚊子在一旁提醒道。

长毛一下子兴奋得跳了起来。他在涝池边奔跑、蹦跳，夜幕下的一切在他看来都是那么可爱。一时间，他就像拥有了全世界一样变得富有与满足。月光下，他的影子倒映在草丛中、水面上，他的身边围绕着一大群鸟儿，脚下跟着更多的虫子。他忘记了疲惫，顾不上草丛里升腾起来的凉气，一股脑扑倒在上面。他把脸紧紧贴在草丛间，任由鸟儿掠过他的肩头，虫子从他的腰间爬过，青草轻抚着他的脸颊，夜风裹挟着温暖的爱。

他紧紧闭上眼睛，微笑着进入梦乡。

5

长毛醒来时，在自家的炕上，身边围坐了一大堆人。

醒了，长毛娃醒来了！我看到长毛微微睁开眼，用双手揉眼睛，第一个叫出了声。

我娃看没事吧，赶紧到卫生室叫老刘去。爷爷关切地吩咐道。

甭管他，我看该崽娃子就没啥事。黑了跑得不回来，叫这么多人到处寻哩。叔叔黑着脸骂道，你说昨个黑了跑涝池岸干啥去来，得是中邪了？

你胡说啥哩？婶婶一把把叔叔推开了。娃娃没事就好，有事你哭去都没眼泪。还有心劲吆喝哩。

叔叔不说话了。

长毛娃，你给伯伯说昨个黑了咋么跑涝池岸去了？涝池水那么深，跌下去可咋得了哩。父亲用一种温和的口气问长毛。

长毛看着父亲，嘴微微张了张，还是没说出口。

咋么了，我娃你说。伯伯跟你爷都在哩，你爸他不敢打你！

就是，你给你伯跟你爷说那么黑了跑涝池岸啥去来？

长毛看看这个，瞅瞅那个，始终是一副委屈的表情，就是没有开口说一句话。

大人们都摇摇头，一个个出去了，只剩下我还在脚地耍长毛的沙包。长毛坐在炕上没有耍他的玩具，而是朝我招手。

他招了好几下，我才注意到了。跑到炕边跟前，坐在小凳子上，看着他。

你想跟我出去耍不？

长毛看我过来，马上换上一副神秘的表情。说完这句话后，还刻意朝门外看了一下，像是怕别人听到我俩的机密一样。

我，想。你不是——

想就跟哥走!

你不是我哥!

想跟我去，就叫我哥!

这一次，我依了他。

他那宽大的裤脚粘在了布鞋底上，走几步就要往上提一提。不过这丝毫没有影响我俩的兴致，我们溜到戏楼跟前。长毛学了几腔猫头鹰的叫声，没多大会儿，从戏楼的四面跑过来七八个与我们年龄相仿或者还小一点的娃娃。队伍集合完毕，长毛朝我挤一下眼，开口说话了：

这几天我修炼成了一种神功，你们都想见识不?

啥神功?你“牛牛”好了吗?一个碎娃开始起哄。

少胡说!想见识的跟我走!

长毛这么一卖关子，大家全都跟着他来到了涝池岸边。

你们都老远看着，不要跟太紧。

我们远远站在一边，眼睛眨都不眨地看长毛要耍啥把戏。

只见长毛在草丛里又跑又跳，挥舞着手臂。不一会儿他的周围就围了一群蝴蝶，头顶还飞了几只老鸹和其他叫不上名字的小鸟。长毛挥舞着手臂，蝴蝶和小鸟们有节奏地围着他左转几圈、右转几圈，像是跳舞一样。长毛朝我们做鬼脸，我们全都惊得张大了嘴，注视着眼前发生的一切。长毛与这些大自然的精灵融为了一体，我们怎么都不敢相信几天前还在出洋相的长毛，竟然会在这么短时间内修炼成这么神奇的功夫。

我们拼命朝长毛挥手，也想过去一起耍。长毛看出了我们的心思，跑过来给我们叮咛了几句，就拉着我们过去了。起初，小动物们都还不敢过来，长毛远远跑过去朝着蝴蝶和鸟儿嘀咕了几句，它们竟然陆陆续续飞了过来，穿插在人群间随着我们起舞。

一连几天，我们在草丛中跑啊，跳啊，进入到一个只有快乐没有烦恼的世界。我们忘记了自己是人类，忘记了自己的庞大身躯，忘记了曾经还对它们投去厌恶的眼神。此刻，我们都是同类，是朋友，是风雨与共的亲密伙伴，没有什么能够将我们分开。

长毛大口呼吸着，我们也跟着张大嘴巴。长毛手捧着站在手心里的一只蝴蝶，高高举起来。我们也举起双手，一些调皮的飞虫落到了我们的掌心。我们开心地笑着，看着阳光把我们的脸庞照得光亮，连同我们的心房也被彻底打开……

新娃的胳膊上落满了各色的蝴蝶，他兴奋得在草地上飞奔，向我们炫耀他的胳膊变成了彩色花环。看着他，我们也把胳膊伸长。

突然，只听“扑通”一声。近处的伙伴朝我们喊，几只蝴蝶飞到长毛跟前。长毛一下子慌了神，往新娃这边跑。

新娃不会游泳，在涝池污浊的水里伸长胳膊拼命呼救。

顿时，笑声变成了哭叫声。有的伙伴大声呼救，小动物们也都围在新娃周围。长毛找来一根木棍，把一头伸向水中，新娃却慢慢沉了下去。

抓住啊，新娃！长毛大声喊。

新娃，赶紧抓住啊！

我们一起喊！

新娃的眼睛睁了一下，又闭上了，一股水猛地灌进了他张大的嘴里。看着他沾满污泥的指尖慢慢淹没在水中，我们没有一点办法。

新娃，新娃——长毛一下子瘫倒在岸边，嘴角一抽一抽地喊着新娃，眼睛里没有了往日的神采。

其他人都被吓哭了，有的人跑回了家。

不大一会儿，新娃他爸扛着锄头朝这边跑来。

新娃哩，新娃在哪哩？新娃他爸像一头狮子，失急慌忙地望着涝池大喊。

长毛趴在草地上捂着脸，扯开嗓子号哭。

长毛，我新娃哩？

长毛的哭声飘在涝池两岸。

我新娃哩，你把我新娃咋哩？新娃他爸几步跨到长毛跟前，一把提起长毛吼道。

叔，我——

新娃哎——新娃他妈一路号叫着，打着趔趄过来了。后面跟着长毛的爸妈，我的叔叔婶婶。

众人开始打捞，新娃他妈被几个女人搀到别处去了，新娃他爸木头一样，靠着涝池岸边的一棵老槐树瘫在一边。

新娃被捞上来，放在一张新草席上。安静地躺着，全然没有了往日的朝气。几个老年人开始给新娃擦脸，洗身子，换衣服。气氛死一样沉寂，围观的人全都低下头抹起了眼泪。

叫你不听话！叔叔不知从哪里抓起一根绳，绳子雨点一样落在长毛的脊背上，婶婶奋力与叔叔拉扯。

咱娃惹的祸，咱来抵偿。婶婶转过身就要往涝池跳，被几个女人死死拉住。

不知啥时候，已经有些疯癫的新娃他爸在涝池岸的蒿草中点了一把火，数不清的虫子与飞鸟腾空而起，黑压压的一片，跃过人们的头顶。浓烈的黑烟笼罩在涝池逐渐变暗的上空，水面变成了一道水幕，我们看见新娃飞奔在翠绿翠绿的草丛中。

长毛猛然间从地上爬起来，纵身跳进了涝池，我急忙张开双手扑过去拉，却只扯下他的少半截袖子和那只发绿、长毛的耳朵。

作者简介：

王小勃　系陕西省作协会员，陕西省青年文学协会会员，“文学陕军”八〇后作家培训班学员，陕西中青年作家培训班学员，著有小说集《虹》。

太阳鸟

苏景文

“我看见红色的鸟了……像火苗一样。”刘文俊后脑勺离开了担架，努力抬了起来，要往前探望，但是力气用完了，后脑勺又放回担架上。

“不可能。”跟在担架侧旁的女同学文敏说，“不可能，现在天气这么冷，哪里可能有什么鸟啊，都躲窝里了。文俊，你是不是发烧都烧糊涂了啊？”文敏的声音像玉在碰撞一样好听。她顺手拉了拉盖在刘文俊身上的被子，好让盖实点。

“真的，我不骗人。”刘文俊坚持说，“我听到了鸟的鸣叫……好听极了。”

文敏玉葱一样的手摸摸刘文俊的额头，说：“不是很烧了啊，已经退了很多，不至于说胡话呀。文俊，那你说说，鸟是什么样子的？”

“这么小。”刘文俊从被子里伸出手，抬手示意鸟的大小，可是已经没有了力气，手抬到一半，放弃了，继续用微弱的声音说：“……色彩很艳丽，像一团火苗在燃烧……它们站在花丛中，红色的花丛中……婉转啼鸣。不是一只啊，有好多！……哦，我想起来了……那是太阳鸟。”

“那可能真的是太阳鸟了。”在后首抬担架的谢润发接口说，“太阳鸟，雀形目、太阳鸟科、太阳鸟属鸟类的通称。体形纤细，嘴细长而下弯，嘴喙先端具细小的锯齿；雄鸟中央尾羽特别长；两性异色。世界共有14种，分布于亚洲南部、菲律宾群岛和印度尼西亚。中国有6种，被誉为‘东方的蜂鸟’。韶州地区可能出现的是蓝喉太阳鸟，雄性体长13—16厘米，雌鸟9—11厘米，雄鸟，色彩艳丽，颊、头侧、背、肩和翅上覆羽朱红色，耳羽后和喉紫蓝色，胸红色，腹部黄色，蓝色尾延长。太阳鸟喜欢在雨后天晴的红色花丛中唱歌跳跃，看起来像火苗在跳动。”

文敏转头，一双亮晶晶的眼睛，长长的睫毛扇了好几下，崇拜地注视着谢润发：“班长，你简直是我的偶像呀，咱们岭南大学的最优生。班长，我很想看见美丽的太阳鸟。”

抬担架前首的同学张志良回头看了文敏一眼，说：“我也想看见太阳鸟。”

“会看见的。”班长说。他的声音有些深沉，虽然年纪还只十七八岁，但个子已经很高了，他喜欢体育锻炼，身体结实，比大部分同学强壮，已经有了成年人般成熟的味道。担架的绳子紧勒在他肩脖上，他双手紧握着担架两根杆子。

天空传来刺耳的嗡嗡声。

“同学们！同学们！隐蔽！隐蔽！”国文老师张志炫回头大声喊，“日寇飞机！”

同学们慌慌张张地往路边的林子里钻。

抬前首的同学张志良赶忙往林子里走，走得急，路边又是坡地，不平，脚步有些跌跌撞撞。班长谢润发忙喊：“志良，小心，志良，小心，稳住稳住！”

话还没说完，张志良啪一声往前扑，跌倒了，担架也往前摔，一部分压在了他身上。还好，谢润发强壮，死命稳住，担架才没有侧翻。担架跌落的重力几乎把谢润发的手腕扯到脱臼。

旁边的同学赶紧过来，帮忙抬起压在张志良身上的担架，扶正刘文俊，和谢润发一起把担架抬进林子，另一些同学扶起张志良，踉踉跄跄地走进林子。

放好担架，谢润发过来问："志良，伤了没有？"志良伸手掌给班长看，手掌上有多条血痕，又卷起裤腿，膝盖上也有磕伤的痕迹。

张志良笑着说："还好，没伤到筋骨，班长，只是可能要换一个人来抬了。"

"大家趴下，同学们趴下。"国文老师张志炫，大声喊着跑过来，通知每一位同学。走得急了，飘荡的酒红色围巾被荆棘挂住，他急忙扯了一下，没扯下来，干脆不理了，继续边走边喊："同学们，趴下，隐蔽好，敌人的飞机！"

看到所有的同学都隐蔽好了，自己也找一个地方蹲下。

大部分人趴着，只有刘文俊仰躺着，目光顺着树叶的缝隙向上看，只能看见一小片天空，天空湛蓝湛蓝的，没有云彩。有几只鸟受到惊吓飞起，很快就不见了，但还有一只铁铸的"大鸟"，发出讨厌的刺耳的嗡嗡声，徘徊在这小片湛蓝的天空中，似乎在饥饿地寻找猎物。

刘文俊又想起了那只鸟，父亲养的那只太阳鸟。

一天放学回来，听到鸟叫，非常动听的鸟叫声。他看见父亲正在逗笼子里的一只鸟。

"爸，这是什么鸟？这么鲜艳，像火苗。"

"太阳鸟。"父亲回头看了看儿子，继续逗鸟。

"鸟好漂亮啊，叫声也好听。"

"你爸花了不少银子才弄回来的。"

"这鸟好可怜啊，被关在笼子里。"刘文俊推门进房时，忍不住回头说了句，"我想它会变成一束火苗，烧了你的笼子。"

"胡说，一只鸟怎么会变成火苗呢？"

晚上，刘文俊睡不着，那火一样的太阳鸟在他胸中燃烧，受不了了。他悄悄地来到父亲的房间。父亲正在呼呼大睡呢。刘文俊取下吊挂着的鸟笼，出来家门口，刚要打开鸟笼，突然背后一声轰鸣："你要干吗？"

刘文俊吃了一惊，回头看。父亲正瞪大双眼，气呼呼地说话。

“我……我……我，我这是要看看太阳鸟，遛遛鸟。”刘文俊有些结巴。

父亲一把夺过鸟笼，说：“唉，你这人啊，心眼太实在了，是好还是坏呢？看老天爷的意思吧。走，回去睡觉了。”

后来某一天，香港天空上飞来几只铁鸟，拉屎一般扔下不少炸弹，天崩地裂的巨响，刘文俊的家塌一边了。刘文俊找到父亲时，父亲正抱着那个鸟笼一动不动，像抱着一个婴儿睡着了。父亲全身都是灰，衣服、脸、头发都是灰，整个人都是灰色了，鸟笼布罩也是灰色的，看不见里面怎么样了。

料理父亲后事后，刘文俊想起那个鸟笼。掀开布罩，太阳鸟还活着，情形委顿，像即将要熄灭的火苗。

喂了水和食物后，太阳鸟慢慢恢复过来，开始蹦跳开始唱歌了。

刘文俊打开鸟笼，轻轻握着太阳鸟，往天空上抛，说：“回去吧回去吧，远方森林才是你家，那里空气清新，更合适你。”

太阳鸟鸣叫着，像一个火球，在灰烟废墟中冲上天空，盘旋了一阵，鸣叫着，向北方飞去了。

太平洋战争爆发，香港沦陷，岭南大学多方筹集资金，作为教员薪资之用，历经千辛万苦，召集齐了教员和学生，秘密搬迁至相对安全的“后方”韶州，同学们在分校长司徒卫和教员们的带领下，开始了长途跋涉。

开始，同学们的脚力还跟得上，等在野外过一个晚上，被寒森森的山风一吹，许多同学都病了，有些是小病，勉勉强强还能走，最严重的是刘文俊，发烧，说胡话，神志已经模糊。刘文俊本来身体就弱，平时都经常感冒生病，又受了父亲离世极大的打击。

这些都是预料之中的事，甚至比预料好些。教员和班长就商量，想法子弄了一个担架，抬着刘文俊走。

不少女同学的脚底起泡了，就由男同学互相搀扶着走，速度非常慢。好就好在班里女同学少，男同学多。

刘文俊一路都在说胡话，说些离奇古怪让人听不懂的话。很多人都担心，刘文俊可能不行了，挺不过来了，可是过了一晚，刘文俊的烧渐渐退了，人也清醒了许多，大家都嘘了口气，暗暗为他祝福祈祷。

“我又听到太阳鸟的叫声了。”刘文俊躺在担架上，眼睛望着一小片天空，喃喃地说，“班长，我听到太阳鸟的叫声了，在前方……铁鸟已经飞走了，太阳鸟叫了。”

班长谢润发刚要说什么，国文老师张志炫弯着腰，快速走过来，说：“润发，校长找各班骨干开会。你跟我来。”

谢润发跟在老师的背后，猫着腰，迅速向前走去。他看到一条酒红色围巾挂在荆棘上，被风吹得飘动。

“张老师，你的围巾。”

“算了，已经被钩住了，开完会再想办法扯下来吧。”

他感觉背后的学生一阵子没出声，回头看，谢润发已经迅速向挂着围巾的树林跑去，忍不住叹了口气。他也转向，猫腰迅速走向那里。

“老师，你的围巾。”谢润发把围巾递给老师，站在一旁，他在等待老师的批评。

张志炫本想严厉批评他，话到嘴边却变了：“以后要注意些，不要这样了。”声音是温暖的。老师看到了学生脸上的伤痕，手上也有几处血迹。看来学生为了取他的围巾，自己被荆棘刺了多处伤。

张志炫把围巾围上脖子，拉着谢润发的手，猫着腰，走向开会集合点。

在一棵巨大、伞形的树下，校长环视了一圈，说：“教员都到齐了，学生骨干也到齐了，现在开会了。”

校长把掉下来到前胸的蓝色围巾甩回脖子，继续说：“现在，我们遇到了问题。第一，咱们学生甚至部分教员一贯少锻炼，身体底子差，受不了这长途跋涉，寒风折腾，不少人都病了，给咱们行军增加了困难，所以各班级教员要组织好学生骨干，大家互相扶持互相帮助，克服一切困难，这点，相信大家都能做到。第二，是咱们的生活用品和补给，很快就会严重短缺，各班教员要计划好，尽量节约，要细水长流，坚持到咱们的新学校安置点。第三，这点非常重要，就是日寇的飞机天天都在上空徘徊，有消息说其他学校的学生已经被炸了，伤亡情况尚不清楚。看来咱们学校不能走大道了，必须走小路。但走小路，增添了行军的困难，希望大家做好准备。大家要有信心，能克服一切困难！”

谢润发抬头，眼光从树叶缝隙里穿过，望着天空。已经有了一些云，没有了飞机。大家齐声说：“一定能克服困难。”

校长说：“日寇飞机已经走了，大家马上行动。”

谢润发和国文教员张志炫回到班里，动员大家继续赶路。

张志炫说：“同学们，大家加把劲，希望就在前面，都站起来，跟着大部队，不要掉队了。大家互相照顾，男同学要照顾好女同学，身体强壮的要照顾好身体弱的！”

大家答应着，起身，开始跟上大部队，向林子深处出发。

“班长，是不是要改道了？”刘文俊问道，他的头尽量往后仰，希望眼睛看到班长的脸，但他只看到班长的方下巴，和下巴上吊坠着的亮晶晶的汗珠。

“是。”谢润发说。一颗汗珠坠落，砸在刘文俊的额头上炸裂开了，溅起了一朵小小的透明的花。

“林子深处应该有更多鸟了。”刘文俊喃喃地说，“可能有斑鸠……咕咕叫的斑鸠，还有白鹇，林中仙子一样的白鹇……美极了。最可能的是，可以看见好多太阳鸟……它们立在好多红花的枝头上，婉转啼鸣，美妙极了。班长，你喜欢太阳鸟吗？”

希望能看到，太阳鸟喜欢红花，喜欢在雨后天晴的时候飞舞。班长说：“我喜欢。”

旁边的文敏，满脸期待，说：“我也喜欢，我想看到白鹇，仙子一样的白鹇。但我更想看见成群的太阳鸟，在明媚的阳光下，在红色的花丛中跳舞唱歌。”文敏声音里充满希望和激情，说到这，文敏有些失落，说：“可是我从出生到现在，还没有见过太阳鸟呢。”

小路越来越难走了。抬担架的班长已经不太想说话了。有几个同学过来在旁边帮手抬担架，担架在沿着山脊缓慢上升。林中的鸟鸣也多了几声，可是大家哪里有心情欣赏啊。

走到一个山窝平地，校长通知大家休息，喝点水，吃点干粮。

文敏喂水给刘文俊喝。

文敏摇摇水壶，说：“没水了，喂，谁还有水？”

同学们摇摇自己的水壶，说：“没水了。”文敏失望了。这时，有个小个子的同学站起来，说：“我这里还有一点点，文敏，给你。”

文敏把水壶探到刘文俊的嘴边，让这点水流进他的嘴里。

“把大家的水壶给我，我去装水。”

大家都把水壶给了班长。班长一身挂满了水壶。却没有人说跟班长一起去，大家也都太累了。

“班长，我和你一起去。”文敏跳出来。

“文敏，你不累吗？累了就休息一下吧。”

“班长，没事的，这点苦我还受得了。”

文敏过来班长身边，伸手取班长身上的水壶。谢润发没让她取，自己拿几个，挂在文敏肩上，说：“可以了，你就挂这几个吧。走，取水去。”

“班长，你知道哪里有水吗？”文敏跟着走下坡，双眼问询地望着班长。

“我知道的，一路走我就一路观察，哪里有水源，哪里的地形怎么样，假如有敌情，咱们要怎么样有效躲避、防御。”谢润发站住，脸上笑意绽开了，说，“文敏，你听，前面不远就有流水声。”

文敏站住，凝神听，听了片刻，只听到风吹动树叶的声音，什么也听不到，说：“没有呀。”

谢润发笑了一下，说："走吧。"

走了大约几百米，再凝神静听，果然有溪流的淙淙声，文敏太佩服了。

两人找了个溪流的小水潭，谢润发说："文敏，这个岸磡比较高，你站在岸边，我来灌水，你来接。"文敏说："好。"

水潭清澈，潭底是一整块石头，几条小鱼突然发现了人影，咻地游到暗影里，但也有几条细长条白色的鱼，似乎没有惊慌，在悠闲地游动。谢润发脑子里跳出柳宗元的散文《小石潭记》的一句"皆若空游无所依"，他本想告诉文敏一下，让她也看看，但转念一想，还是算了。

谢润发灌满一个，就递给文敏一个，岸边地上摆满了水壶。

灌完了，爬上岸磡。谢润发把水壶一个一个地往身上挂。文敏想多挂几个在身上，班长不让，只拿了几个挂在她肩上，谢润发站在左边，拿着水壶带子，越过文敏的头，挂在文敏右肩，不小心手碰乱了文敏的头发，缩手回来时，谢润发轻轻地，顺手理了理文敏又黑又亮的头发，他看到了文敏蝴蝶形的红发夹，然后说："走吧。"

"班长！"文敏的声音有些惊喜，"班长，我好像看到了太阳鸟了。"

谢润发笑了："在哪里？"

文敏指指溪流上方一簇树木说："在那里，班长，你快看。"

谢润发往文敏指的地方看，除了一簇树木，和一大片红叶子，什么也没有，他低头看看文敏，文敏好像陶醉在欣赏太阳鸟的美景中，脸上洋溢着似乎孩童梦幻般的表情。谢润发胸中陡然生起一股情绪，一种兄长般的柔情在激荡，不忍拂她的心境，就说："哦，我也看到了，不少太阳鸟呢，它们在唱歌，婉转动听，它们穿梭在红色的花丛中，快乐地飞翔。"

谢润发停了一下说："走吧，回了。同学们等着咱们呢。"

文敏醒过神来，说："哦，回吧。"

两人刚走没多远，听到前面的脚步声，树枝摇摇晃晃，钻出两个同学，神情狼狈。两个同学见到谢润发和文敏，就叫："喂，同学，你们班派你俩来打水呀？我们找来找去都没有找到水源呀。"

文敏抢着说："就在前面。"文敏指指溪水的方向。

"谢谢同学谢谢同学！"同学们有些踉踉跄跄地向水源走去了。

回到歇息地，谢润发开始分发水壶。

文敏太累了，坐下，但她嘴里不停："同学们，你们知道吗？我看到了太阳鸟，像火一样的太阳鸟！"

有同学表示不信，说："你就吹呗。"

文敏不服气，找班长来证明："班长，你也看到了，是不是？这同学不信。"

谢润发笑笑，没点头也没有摇头。

文敏说："班长都没有否认，就是真的了。"

因为文敏搬出了班长，同学们都没出声了。

"太阳鸟……太阳鸟。"地上传来微弱的声音，是刘文俊在说话，"文敏，你看见太阳鸟了……太好了。"

"是，我看见太阳鸟了。"文敏说，"刘文俊，我看见好多太阳鸟了，和你说的一样。"

"文敏，和我说说当时的情景。"

"同学们！大家都准备好了吗？马上出发！"文敏刚要说时，国文教员张志炫从前面走过来，一边大声提醒同学们，"班长清点人数，不能落下一个人，不能少一样物品。十五分钟后出发！十五分钟后出发！"

十五分钟后，大部队还没有动。大家骚动起来了。

国文教员张志炫走过来说："大家暂时原地休息。别的班去找水的同学还没有回来，再等等。已经派人去找了。"说完就走向前头，找校长他们了解情况了。

大概过了十多分钟，国文教员张志炫回来，说："大家起身，打起精神，出发！”

有人说：“不等那两个人了？”

国文教员说：“他们已经回来了，他们走错了路，所以延误了归队时间，现在好了，都回来了。”

队伍继续爬山。天色越来越暗，大家彼此看起来都有些模糊。校长命令全体休息，生火做饭，为了防寒，通知同学们多生几堆火，注意保暖，轮流警戒。

天飘起来小雨，还好树林茂密，为同学们遮挡了不少雨水，即使淋湿一点，也很快就被烤干了。天亮之前，雨停了。

天亮后，大家继续出发，休息了一晚，体力恢复了不少。教员们鼓舞大家：“翻过这个山坳，很快就到了新学校。”大家精神大振，脚步加快了许多。

“哦——快看！快看！”大家欢呼后，脚步停下来，静了下来。

“太阳鸟！太阳鸟！”文敏惊呼，声音里全是喜悦。

刘文俊从担架上支起了身体，极目往前张望：前面一片平整的山窝，万道晨曦照耀着一片红梅花海，好多太阳鸟在花间唱歌跳跃，像无数火苗在燃烧。

刘文俊双眼放光，情绪激动地说：“班长，班长，太阳鸟，太阳鸟，好多太阳鸟！”

班长低沉的声音说：“是，太阳鸟，好多太阳鸟。”

刘文俊感觉身体内有了力气在激荡……

作者简介：

苏景文　广东韶关市始兴人，2018 年 8 月开始小说创作，已经在《南叶》《作品》发表小说作品，获第三届深圳红棉文学奖佳作奖（小说组），入选中国作家网 2019 年精品文选集《灯盏》，获第五届海峡两岸新媒体原创文学大赛奖（长篇小说）。

剃头匠

李罗斌

1

老周是踩着黄昏细碎的落阳回到院子里的。

一院子的木棉树下，一些上了年纪的老人正趁着落日暗淡了下来，聚在一起纳凉。他们或坐或蹲或站着，但都摇着大葵扇，看上去，倒也像是一团扇子在聚会。

六月的木棉树上，蒴果正开裂，内里的椭圆形种子连同棉絮随风飘落，四散而去。朵朵轻盈的棉絮飘浮在空中，宛如六月飘雪，点缀着落日余晖下那一抹红晕，煞是好看。

“都是半只脚踏入黄土的人了，死得自然，无冤无恨。你说，咋就不肯闭目呢？这不为难了自家子孙……老周，剃头回来了……”

一个摇着葵扇的中年人正手舞足蹈说着事，见到老周挑着担子迎面走来，急忙招呼一声。

“啊，好有伴儿，都出来纳凉了……”

老周面容枯瘦，像为熬过严冬而脱去了树叶的光秃秃的木棉树般毫无生气。他虽笑着，但牵起脸部黑皱干枯的肌肉和神经，并不好看。

老周是住在院子里的剃头匠，有一手家传的剃头技艺。自从老伴到大城市带孙子后，他就自个儿待在古城，一个人过日子。

老周剃头手艺精湛，服务周到，深得老主顾们的欢喜。在新时代，也只有这些看似食古不化的老主顾不喜欢进时髦点的理发屋，才听老周侍候剃头。

棉絮在风中飘着，透着黄亮的夕阳，像舞进空气中的小精灵，虚幻缥缈。

老周和木棉树下的邻居招呼着。阔大的葵扇此起彼伏，把人的脑袋都遮蔽大半了。邻居们也隔着葵扇向老周回话。老周自感是和一团葵扇在打招呼，觉得没趣，就没停留脚步，径自走过去。

“老刘也真是的，儿女都成家立室了，没啥值得牵挂的。去就去了，咋还瞪着眼吓唬家人，太不像话了！”

一个老人接过中年人的话茬儿，边说着边放下手中葵扇，欠着屁股，把坐石翻正，让屁股腚儿坐着再舒服熨帖些。

“老刘走了？”

老周怔了一下，收住脚步，像自语又像是问人，却没有回过头来。脑子里兀自想起这个老主顾来。

老刘比老周年长十来岁，对老周的手艺甚是满意，每月都得请老周为自己剃头，否则时间隔得过长，就会感到浑身不舒服似的，心头没个安稳。

老刘长得胖，天生就是个乐呵呵无忧的主儿，咋会死不瞑目？老周兀自想着。那边已回过话来，说得确切：是走了！早上就走了！

听到确切的话，老周回过神来，头一埋，转身大步流星走过院子。

老周来到老刘门前，径自挑着担走了进去。老刘的几个儿女还在争吵着爹还没瞑目是否该入殓。眼看日头就落山了。一众来奔丧的亲戚都焦急而无奈着，只盼他们兄妹能早下定夺，天气炎热，尸首不等人啊。

老刘几个儿女见老周挑着担子一声不吭地走进来，都愣住了。老周没理会他们，在老刘尸首旁放下担子，见静静躺在院子里木架上的老刘果然死不瞑目，眼睛瞪得浑圆，不知何故。

老周略为迟疑了一下，就弯腰在担子里取出把磨得锋利的剃刀，动情地朝老刘的尸首大声说："老哥，兄弟来送你一程了……"

老周说着，就用手按住老刘的左眼，用剃刀在上下眼睑来回清扫，刀片贴着眼球划过，手腕力度巧劲、轻、稳，恰到好处，刀片划过，眼球却丝毫无损。

老周像对待活人一样，低着头，弯着腰，一丝不苟地为死去的老刘刮眼，他心思只有一个，人干干净净地来，也该干干净净地去。刘老哥是个爱干净的人，他的后辈给他剃了头换了寿衣，却还没把眼里的污浊洗去。刘老哥死不瞑目，或许就是等自己来给他洗眼了。

老周为老刘刮完左眼又刮右眼。然后，又取出一根泡在酒精瓶里的银制圆棒，将圆棒探进老刘的眼睛里，挑起上眼皮，如同扫帚往墙上扫灰水般摆动着，随后又挑起下眼皮重复动作。当老周又把圆棒探进老刘右眼，完成这一动作时，死去多时的老刘突然泪流满面，安逸地闭上了双眼。

这"刀锋洗眼"是老周的绝技。有睑板腺异常、导致分泌油脂成固体引起眼睛干涩的人，通过刀锋洗眼刮掉眼里的污垢后，眼泪一流，眼睛就会清亮舒服多了。老刘有干眼症状，生前常让老周侍候着"刀锋洗眼"，且上了瘾，至死不忘。

"时候不早了，该送你爹上路了！"

老周松了口气，收拾好刀具。

"啊……是……是……"

一旁看得目瞪口呆的老刘儿女们回过神来，和看傻了眼的一众亲戚慌忙为老刘入殓，钉棺板。棺上破碗后，唢呐声顿起，众人前呼后拥把棺材抬出去，往城外送。一路幡旗猎猎，纸钱纷飞，爆竹轰鸣。

老周目送老刘的棺木移动，早已泪流满面，多好的老主顾啊！

死了还惦着自己的手艺。

2

老周几乎一夜未眠，好好的一个人，咋说没了就没了？能吃能喝能拉能撒的人，活得好好的咋就去了？人咋就不能像野草一样，秋天枯了，春风吹又生！

人咋连根草都不如？老周早早就起了床，瞅着屋外绿油油的野草惘然起来。肚子却没惘然，“咕噜咕噜”地响了起来，提醒着老周该弄口吃的了。

老周捂着瘪下去的肚子，想起豆腐张的豆腐脑来，就收拾剃头家当出门了。

“剃头担子一头热”，老周的挑子一头是洗头铜盆和锅碗瓢盆，下面还有个圆桶，内装炭火小炉，还竖着小旗杆，杆上有钩，悬挂着围布、毛巾和磨刀布；另一头是坐凳，凳侧有个抽屉，内盛推子、刀子、剪子、扫子、镜子等剃头用具，凳子上面还捆扎着小袋米面口粮。晌午，营生到哪儿，就得在哪儿解决伙食了。

往常，老周是吃了早餐才出门的。偶尔，吃上豆腐张的豆腐脑是挨晚回来的路上，当小餐吃上一碗解馋的。

老刘也喜欢豆腐张的豆腐脑，不时跑去吃。还常约老周搭个伴，去吃个痛快。但老周早出晚归营生，腾不出时间陪老刘去吃豆腐脑，每每爽约。现在老刘人不在了，老周便想起豆腐脑来，悔恨当初没和这个老主顾结伴到豆腐张的档口吃个痛快。

豆腐张的档口在城西五里路的亭子里，是入城的一个岔口。

豆腐张年纪和老周相仿，圆头肥脑，肤色如豆腐脑般漂白，看上去，比老周年轻得多了。豆腐张就住在亭子附近，每天清早都推一板车豆腐脑到亭子旁，找根粗木头支起车头，就能稳住板车了。

老周挑着担子来到凉亭时，膀大腰粗的豆腐张正光着膀子坐在凉亭的青石板往浓密的脚毛中找虱子。

老周闻到板车大圆木桶盛着的豆腐脑的清香，精神一振，心思也活络了起来，豆腐张那一身膘是给豆腐脑喂出来的吧！

“老周，来了！”

豆腐张正沾着口水逮住只虱子，听到脚步声，抬起头来，冷不防虱子趁机悄无声息跳走了。

“来了！”

“来……来，给我剃头，月底前你吃豆腐脑不用钱，两清了。”

“……”老周怔了一下。心中暗算，离月底还有十来天，这划算。就放下担子说：“行！这事准了……我先把炉子生起火来……”

“我给你瓢水去，你帮我照看下档子……”

豆腐张抓起老周担子里的铜盆，跑向亭子后面的溪涧。

“谁……会嘴馋，偷你的豆腐脑……”

老周忍不住踮起脚尖，朝隔着白布升腾出热气的木桶里瞅，直咽口水。

“老周，你嗅嗅就好，别往里舔……”

豆腐张像是看破了老周的心思，声音隔着竹林，远远地，隐隐约约传来。

“……”老周的脸一下子红到脖子里去，黑黢黢的脸像是要迸出暗血来。

老周把心思从桶里的豆腐脑放到炉子上。他捡些地上的枯竹叶揉碎，撒到炉里隔夜炭灰上，再往上添些木炭进去，用竹枝把里头挑松，拿吹风筒往里吹几下，暗火就活了起来。揉烂的枯竹叶“噼里啪啦”燃烧着，火苗蹿了出来。老周把吹风筒往外扯出，鼓着腮帮子，又朝炭火猛吹一阵，待木炭有些透亮了，这才罢休。

这时，豆腐张已端着盛了水的铜盆从竹林中奔了出来，八字步，有力，踩得一路枯枝败叶脆闷脆闷地响。

“好了，把盆搭在炉子上，温着水。我得先来碗豆腐脑，填填肚子。”

老周径自走向板车，掀开木桶上的布罩。一阵香气更加浓郁地喷发出来了。

“……行，老周，让我来，你不会瓢……”

豆腐张放下铜盆，三步并作两步走到板车前，左手拿起只倒扣着的空碗，右手拿起瓣蚌壳便往木桶里轻轻切勺豆腐脑，盛至碗里。一勺一勺，碗里的豆腐脑像小馒头似的凸了出来。

豆腐张每勺一蚌壳豆腐脑，脸部的肌肉就跳动一下。一勺一勺，老周看在眼里，颇为不悦起来，暗里骂，瞧你这德行，老子又没白吃你的豆腐脑，你咋就小气了，每一勺都心疼！

“老周，你看我的脸肉是不是跳了起来？咋回事？”

豆腐张用调羹勺了一把白糖撒进碗里头，递给老周。

“对啊！别人是跳眼皮，你咋就跳脸肉了？”

“谁知道呢？”

老周端着碗，走上石板条，蹲了下来，挖着碗里的豆腐脑吃了起来。细嫩香滑的豆腐脑让老周吃得津津有味，心里慨叹着，这小气虫豆腐张还真有一手，换家就吃不出这细嫩香滑的味儿。

老周一碗下肚，意犹未尽，咂着嘴把碗递给候在一旁的豆腐张。

“来碗咸的！”

“你不是兴甜的？咋换口味了？”

豆腐张接过碗，便往桶上勺豆腐脑。

“这碗我是替刘老哥吃的。”

“咋？你回去吐给他？”

豆腐张又把碗中间的豆腐脑盛得似小馒头似的凸出，然后浇卤，待卤从“馒头”上流向碗的四周后，就添上麻酱、辣椒油，撒把蒜泥、葱花，这才递给还蹲在青石板上的老周。

“刘老哥走了……”

老周接过碗，头一埋，大口地吃了起来。

“……”豆腐张愣住了，瞪着眼看老周狼吞虎咽一番，碗就见底了。

“刘老哥口味还真重！”

老周跳了下来，往板车上把碗子一撂，脸上已是涕泪交流。

“老刘走了？活得好好的人，咋就走了？”

豆腐张回过神来，还是一脸的不敢相信。

“不说了，一说鼻子就酸。来，来，剃头……”

老周擤把鼻涕，又用衣袖压压泪花，把坐凳摆方正，拿着泛黄的围布习惯性地拂拂凳子，示意豆腐张坐上来。

“唉……”

豆腐张一声长叹，坐在凳子上。

老周把围布往外一扬，待围布如伞般悠然降落的瞬间，便收到豆腐张身上，在脖子上打个活结。

老周先用推子“咔嚓咔嚓”地沿着豆腐张的脑袋把头发推短，头发一段一段往下掉。老周的手枯瘦而修长，捏着手动推子，像只螳螂迅猛地爬在豆腐张的头上，一口一口吃下豆腐张的头发。然后放下推子，把蘸了水的毛刷往肥皂上略为揉搓，便轻按着豆腐张的头，用毛刷满脑袋和脸都打上肥皂沫。放下毛刷拿起剃刀就直奔豆腐张的脑袋，“嘎吱嘎吱”，几刀下来，已青皮溜亮了。刀锋所至，老周按头的手也没闲着，不断转动着豆腐张的脑袋。

豆腐张顺着让老周摆弄，倒腾在头上脸面的剃头刀所及之处，一阵冰凉的锋利。几个来回，老周把剃头刀不断沾满的肥皂沫剔掉几次，豆腐张的新脸就出来了，锃亮锃亮的。

“来，洗个头，擦把脸……”

老周收刀入袋，解开系在豆腐张脖子上的活结，把围布往外一扬，散下沾在上面的毛发。围布降下时，豆腐张早已摸着发凉的光头离座，老周又顺势用围布拍打了几下凳子，清扫干净。

凉亭被一片竹林遮掩着，几条岔路其实就是竹道，竹景清翠，婆娑影漪，在这清夏的沉寂中摇曳生姿却有着风蚀斑驳的痕迹。

林鸟啁啾着，扑扇着竹叶，叫声在竹筒间婉转。风沿几条竹路涌来，叶“扑簌扑簌”地挥舞着，欲飞未飞。地上往日碎下的断叶却被风吹聚拢到了亭前的岔口空地上，几股风迸在一起，瞬间就舞成龙卷风，大把的绿叶沿圈滚飘了起来，旋在老周跟前。

风把老周的的确凉衬衫鼓了起来，“嘭嘭”作响，眼看就要把他枯瘦的身子飘走了。老周倒淡定，把早已陶醉得睡着的豆腐张的头歪向一边，扯着耳朵，掏起耳屎来。一勺一勺，由浅而深，沿耳廓顺蜗而下，掏得细致，全神贯注。

掏完耳朵，老周却把豆腐张坐姿放平，上身略为前倾。豆腐张突地点下头，又回复常态，还在熟睡着，发出均匀的鼾声。这时，老周手上的剃刀已从豆腐张后颈往下跳三下，刀尖从背脊向下拖动，像陷入肉中，却毫发未损。

刀尖的寒意把豆腐张惊醒，他打了个哆嗦，全身起了鸡皮疙瘩。睁眼一晃，眼前的旋涡却已收住，撒下一地绿叶。豆腐张怔了一下，却舒服地吐了口气，仰起头对老周说：“跳三刀？”

“跳三刀”是和“刀锋洗眼”一样，是老周的绝学，可助人松弛背部肌肉，全身酥麻舒服。剃刀在老周手中游刃有余，动作轻巧连贯，一气呵成，手艺非凡。寻常的剃头匠掌握不到个中要诀，是无论如何都不敢下手的。

“行了，要照镜子吗？”

老周收起刀具。老周侍候老主顾剃头，知道他们的习性，刮脸、胡子，剪鼻须，掏耳朵后；哪个要“刀锋洗眼”、哪个要“跳三刀”、哪个要“推拿按摩”，他都收在心里，不用主顾提醒，就服务到家了。

“还信不过你手艺？来，来碗豆腐脑，新鲜滚烫着呢……”

豆腐张用手背压压流出的唾液，摇晃了几下身子，见到几个城西居民从竹道走来，急忙掀开盖桶的白布招呼路客。

“好，给我打碗……”

“老周，你也在这？别收拾家伙，先给我剃个头……”

“哦……好……”

老周弯腰正收拾火炉，听到叫声，急忙直起身来，拿起摊在凳背的围布，让出座来。

竹林中的亭子顿时热闹了起来。

老周一直忙到晌午才歇下手来。剃头匠挑担沿路走城，哪有主顾就歇下挑担来，就地放下凳子就可以给主顾剃头了。

老周见晌午没什么人了，就边收拾家当，边趁着炉火红，在锅里下了面条，差不多烂了，摸了个鸡蛋打下来，和些酱油，倒出钵子。封上炉盖，把铜盆放上，温着水。

老周端起钵子，扭头正要招呼豆腐张吃午餐了，却见坐在青石板上的豆腐张背靠着圆圆的亭柱睡着了。

豆腐张头歪着，吊了下来，嘴微张，偶尔蠕动几下，唾液像蜘蛛网般丝丝断断往下垂。竹风吹来，细细地飘浮着……

3

过了不久的几天，老周挑着沉重的担子，走进竹林，却不见亭子里豆腐张和他的一桶白嫩豆腐脑，老周向人打听，才知道豆腐张不知何故在木桶里吸水，而被噎着，一口气缓不过来，就这么去了。

老周半晌才缓过神来。待在清冷的亭子里，有种孤寞的感觉，老主顾一个一个离他而去，自己的剃刀在主顾脑袋上倒腾的机会越来越少。他意识到挑担剃头已是个没落的行业了，就像这座古城说拆哪改哪，却始终没拆没改。与老周的“刀锋洗眼”“跳三刀”等绝技一样，因老周还活着，依然存在，但又说不定明天就消失了。

莺飞草长的三月，木棉树萧瑟的枯枝上绽放了满树火红。红烛火般的花朵，宛若点燃的烽火，在枝头上蹿了起来。

渐渐地，木棉花像油尽灯枯一样，从枝头上脱落。

木棉花能入药，晒干了，用于煮粥或煲汤，可解毒清热，驱寒去湿。院子的人都守着落花，尤其是那些毛头小孩，几乎是掉一朵捡一朵的。

这天晨曦初露，老周就起床了，看院子的木棉花开得灿烂，就取出凳子在木棉树下坐着，跷起腿来，闭目养神嗅着花香。

乍暖还寒的初夏，有点凉意。老周不禁打了个哆嗦，浑浑噩噩起来，似感觉老主顾老刘扯着他的手说:老周来，帮我“刀锋洗眼”。老周满口答应，正要取剃刀。豆腐张就一把拖住了他，豆腐张说:老周，我还欠你十来天豆腐脑呢，快随我来，吃个痛快。好……好……我这就吃……这就吃……老周应承着，露了一脸笑意。

天渐渐大亮起来，日头也探了出来。几个毛头小孩从家中跑了出来，来捡木棉花。老远就见到剃头匠老周坐在树下，披了一身红花。

老周是去了，去得很安详。院子的人帮他入殓时，在他身上找出一纸遗书:我剃头的凳子里夹着1.2万元，修葺古城墙时，把钱给用上。

院子的人撬开凳子的夹板，一沓沓钞票“簌簌”掉了下来。像剃头匠老周帮老主顾剃头，刮下毛发一样，干净利落。

作者简介：

李罗斌　笔名月狼，出生于1974年8月，广东怀集人，中国民间文艺家协会会员、广东省作家协会会员、怀集县民间文艺家协会主席。曾获“广东省基层宣传文化能人”称号、广东省民间文艺著作奖。作品散见于《广州日报》《小小说月刊》《小说月刊》《微型小说选刊》等，出版有《忘不了的乡愁——怀集味道》《粤西怀集古村落——何屋的故事》等七部作品。

图书在版编目（CIP）数据

灯盏2020：中国作家网"文学之星"原创作品选 / 陈涛主编 .—北京：作家出版社，2021.5

ISBN 978-7-5212-1412-3

Ⅰ.①灯… Ⅱ.①陈… Ⅲ.①中国文学—当代文学—作品综合集 Ⅳ.①I217.2

中国版本图书馆CIP数据核字（2021）第068677号

灯盏2020：中国作家网"文学之星"原创作品选

主　　编：陈　涛
副 主 编：王　杨　李英俊
责任编辑：袁艺方
特约编辑：李英俊　邓洁舲
装帧设计：天行云翼 · 宋晓亮
出版发行：作家出版社有限公司
社　　址：北京农展馆南里10号　　**邮　　编：**100125
电话传真：86-10-65067186（发行中心及邮购部）
86-10-65004079（总编室）
E-mail:zuojia @ zuojia.net.cn
http://www.zuojiachubanshe.com
印　　刷：唐山嘉德印刷有限公司
成品尺寸：152×230
字　　数：350千
印　　张：24.75
版　　次：2021年5月第1版
印　　次：2021年5月第1次印刷
ISBN 978-7-5212-1412-3
定　　价：58.00元